Diogenes Taschenbuch 21532

de
te
be

Ganz gemeine Geschichten

oder

Haß muß sein

Für den Literaturfreund ausgewählt von Mary Hottinger

Diogenes

Die Erstausgabe dieser Geschichten-Sammlung
erschien 1963 unter dem Titel
›Der Connaisseur
Eine Sammlung von Haßgeschichten,
für den Literaturfreund
ausgewählt von Mary Hottinger‹
im Diogenes Verlag
Umschlagillustration von
Hans Traxler

Veröffentlicht als Diogenes Taschenbuch, 1987

150/87/36/1
ISBN 3 257 21532 0

Inhalt

Eine Apologie des Hasses

Wenn der Leser im ersten Satz dieses Buches erfährt, daß das Hauptthema der darin enthaltenen Geschichten der Haß ist, besteht eine gewisse Gefahr, daß er vorschnell zu dem Schluß kommt, sein Anliegen sei nur die unangenehme und niedrige Seite des menschlichen Wesens. Haß ist von Natur aus destruktiv; es schmerzt, ihn zu ertragen, ob man nun der Hassende oder der Gehaßte ist. Er erinnert uns daran, daß das Leben oft – meistens sogar – eine recht schmerzhafte Angelegenheit ist, und gerade dies möchten die meisten von uns vergessen, wenn sie sich in ein Buch vertiefen.

Es wäre sehr schade, wenn das Thema von diesem Gesichtspunkt aus betrachtet würde; denn echter Haß enthüllt und verleiht einen tiefen Einblick in das Wesen des Menschen, und diese Geschichten könnten uns einige Überraschungen bieten. Nicht viele Leute werden sich zu Haßgefühlen bekennen, es sei denn, es handle sich um Dinge wie Knoblauch, Stockfisch und dergleichen Nahrungsmittel. Doch der Haß kann uns nicht nur das Schlimmste, sondern oft auch das Beste im Menschen zeigen.

Denn letzten Endes ist der Haß eine lebendige Beziehung zu einem anderen Menschen und birgt daher jede nur mögliche menschliche Verhaltensweise in sich. Er ist das Verströmen einer Empfindung, und dieser Vorgang allein verschafft oft schon einen Ausgleich. Wir können dies an einem der treffendsten Beispiele überhaupt sehen.

Am erschreckendsten an Jago ist die Tatsache, daß er Othello *nicht* haßt. Er ist zum Hassen genauso wenig fähig wie zum Lieben. Die einzige empfindsame Stelle in ihm ist verwundet worden – seine Selbstachtung, und sofort beginnt sein *Verstand* – ein vortrefflicher Verstand übrigens – zu arbeiten. Wir könnten fast mit Jago fühlen, wenn er Othello mit dem Messer in der Hand verfolgt hätte, aber sein bedächtiges, kaltes Ränkespiel und die verstandesbetonte Befriedigung, die er daraus zieht, stellen ihn außerhalb des Menschentums, stempeln ihn zum ewig Ausgestoßenen.

Im Vergleich hierzu ist echter Haß lebendig und zu begreifen – der Haß Kains auf Abel, Elektras auf Klytämnestra. Und die Erzählungen dieses Buches geben Zeugnis von ihm als einer elementaren Kraft, die uns weit jenseits aller Fragen nach Behagen oder Unbehagen, Vergnügen oder Mißvergnügen und all der anderen kleinen Vorkehrungen führt, die wir auf der Suche nach einer angenehmen Lebensführung treffen.

Wenn man die verschiedenen Arten des Hasses in diesen Geschichten näher betrachtet, fällt ein helles Licht auf das Wesen des Menschen. Was oder wen haßt ein Mensch? Was will er zerstören? Warum will er es zerstören?

Man wird indes bemerken, daß ein oder zwei Geschichten, die von Liebe handeln, Eingang in dieses Buch gefunden haben. Keine Liebesgeschichten im üblichen Sinne, sondern Geschichten über Liebe, die so blind ist wie der Haß. Der Mensch ist von Natur aus so beschaffen, daß er seine Gedanken nicht auf etwas Bestimmtes richten kann, ohne zugleich auch an dessen Gegenteil zu denken – Weiß setzt Schwarz voraus. Daß diese Geschichten über Liebe einen tragischen Akzent aufweisen, ist das gemeinsame Schicksal aller großen Liebesgeschichten, denn eine wirklich große Liebesgeschichte ist nur auf dem Hintergrund von Leiden und Haß gezeichnet denkbar. Man denke an Romeo und Julia. Aber eines ist sicher – ein Mensch ist an seinem Haß genauso zu erkennen wie an seiner Liebe.

Die Erzählung am Anfang dieser Sammlung ist eine der bemerkenswertesten – und unerträglichsten –

die Kipling je geschrieben hat. Sie ist streng autobiographisch, und Kipling ist selbst nie über das Erlebnis hinweggekommen, das er darin niedergelegt hat. Es hat ihn für den Rest seines Lebens gezeichnet. Die Erzählung greift ein Thema auf, das in früherer Zeit, als die Engländer noch in Indien waren, oft auftauchte. Ihre Kinder mußten zum Schulbesuch nach England geschickt werden und wurden dadurch oft entwurzelt wie Pflanzen, die man roh aus dem Mutterboden reißt; man übergab sie Verwandten oder einem Vormund, die keine elterlichen Bindungen zu ihnen spürten. Der Haß eines Kindes ist etwas Entsetzliches, denn das Kind ist nicht imstande, darüber nachzudenken – es ist stumm und kraftlos. Kipling ist dabei auf eine wahre Erkenntnis gestoßen: ein ungeliebtes Kind wird sich bald zu einem Wesen entwickeln, das man nur noch schwer lieben kann.

Doch Kipling konnte seinen Weg nicht zu Ende gehen und eine wahrhaft phantasievolle Katharsis finden wie Saki in seiner Erzählung zum gleichen Thema, *Sredni Vashtar*. Bei Saki beobachtet der Junge voller Genugtuung den Tod seiner Cousine. Aber wenn auch bei Kipling die liebreizende junge Mutter zur Rettung ihres Sohnes herbeieilt, sagt uns doch der Schluß der Erzählung, daß der Alpdruck nicht gewichen ist.

Bei *Bartleby* handelt es sich um einen völlig anderen Fall. Diese Erzählung ist vor allem deswegen hier aufgenommen worden, weil sie eine der großartigsten ist, die je über ein scheinbar unmögliches Thema geschrieben wurden – über reinen Negativismus. Bartleby weiß kein anderes Mittel, sich vor der Welt zu behaupten, als die unerschütterliche Opposition seines eigenen Ichs mit dem ewigen Refrain: »Ich möchte lieber nicht.« Er kann nicht einmal sagen: »Ich *will* nicht.«

Was stellt er dar? Was soll er versinnbildlichen, dieser Bartleby, der anmutet wie ein Brief in der Abteilung für unzustellbare Postsachen, den niemand abholen kommt? Eines kann man jedenfalls sagen: es wäre besser für Bartleby gewesen, wenn er etwas hätte hassen können – das Wohlwollen und die Nachsicht, die man ihm entgegenbrachte, das Leben selbst, irgend etwas. Dann hätte er natürlich reagiert und wäre nicht als ein armseliges Häuflein Haut und Knochen an einer Gefängnismauer verschieden.

Es muß vorausgeschickt werden, daß Somerset Maugham eine bessere Haßgeschichte geschrieben hat als *Lord Mountdrago,* nämlich *The Outstation,* die phantasievoller empfunden und deshalb lebendiger ist. Aber *The Outstation* ist so oft anthologisiert worden, daß es vorteilhafter schien, diese weniger bekannte Erzählung aufzunehmen.

Eine Schwäche dieser Erzählung ist es zum Beispiel, daß ihre Charaktere so leicht zu identifizieren sind. Lord Mountdrago verkörpert Lord Curzon, einen hervorragenden, aber seiner Umwelt mit Verachtung gegenübertretenden und enttäuschten Aristokraten, und sein Widersacher ist Lloyd George, der erfolgreiche Emporkömmling und Sohn einfacher walisischer Landleute.

Was als erstes hervorsticht, ist eine allgemeine Erfahrungstatsache: wenn zwei Menschen durch die äußeren Umstände zur Zusammenarbeit verpflichtet sind, wird nichts sie stärker gegeneinander einnehmen als ein Unterschied in gesellschaftlicher Stellung und Herkunft; jede Geste und jede Gewohnheit ist davon geprägt. Und oft ist nicht der Neid des Tieferstehenden, sondern die Abneigung des Höherstehenden die treibende Kraft. Auf Lord Mountdrago, der mit jeder Faser ein Aristokrat alter Schule ist, wirkt jedes Tun seines Widersachers verletzend. Er kann nicht erkennen, daß dieser sich im Rahmen seiner Tradition genauso benimmt wie er, Lord Mountdrago, in seinem.

Doch hier kommt ein weiterer Faktor ins Spiel: die merkwürdige Identifizierung des Hassenden mit dem Gehaßten. Jeder, der diesen Umstand zu dem majestätischen Thema eines großen Romans entwickelt sehen möchte, greife zu R. L. Stevensons *The Master of Ballantrae (Die feindlichen Brüder)*, wo die Brüder, die sich ihr Leben lang gehaßt haben, am Ende in ein gemeinsames Grab müssen.

Hugh Walpole war ein wesentlich interessanterer Mensch, als er es sich selbst zu sein gestattete. Er war ein äußerst beliebter und fruchtbarer Romancier, und dies in einem solchen Ausmaß, daß man sich wirklich fragen muß, warum er nicht den Nobelpreis erhielt. Doch tief in ihm steckte eine Anlage zur Grausamkeit. Er unterdrückte sie zum Teil aus geschäftlichen Gründen, zum Teil wegen seiner Erziehung und Bildung und teilweise auch, weil er sich ihrer schämte. *Mais on ne badine pas avec son talent.* Die grausame Ader rächte sich jedoch dafür, zum Teil in seinen makabren Geschichten, am stärksten aber in *The Man with Red Hair,* einem auf viel unangenehmere Weise sadistischen Roman als die meisten Erzählungen des Schreckens *(Tales of Terror).*

Der Feind greift ein Thema auf, das die meisten phantasiebegabten Leute am eigenen Leibe erfahren haben und das sich in der Anonymität einer großen Stadt wie London vielleicht häufiger abspielt als in Orten, in denen die Leute einander kennen und sich aussprechen können. Niemand weiß, wie eine so tiefe Antipathie gegen einen völlig Fremden entsteht, die dann im Rhythmus des täglichen Lebens wächst. Das Gesicht, gegen das man einmal eine Abneigung gefaßt hat und das man Morgen für Morgen im gleichen Zug zur City und Abend für Abend auf dem Heimweg sieht, kann leicht zu einer Heimsuchung werden, und die Menschen haben alle möglichen und unmöglichen Dinge getan, um seinem Anblick aus dem Wege zu gehen. Sie haben einen anderen Zug oder eine andere Wohnung genommen, den Arbeitsplatz gewechselt oder sind in einen ganz anderen Stadtteil gezogen.

Doch Hugh Walpole konnte selbstverständlich auch hier die eingeschlagene Richtung nicht bis zum Schluß verfolgen. Es mußte eine Aussöhnung geben. Der Hund war natürlich der geradeste Weg in die Herzen seiner Leser. Aber wir müssen fragen, ob ein Mensch, der das Opfer einer solchen merkwürdigen Heimsuchung geworden ist, nicht einfach »Gott sei Dank!« sagen würde, wenn er erfährt, daß der Feind für immer gegangen ist.

Die Erzählung ist indes als ein Beispiel für den völlig vernunftwidrigen Haß aufgenommen, der den Menschen in außergewöhnliche Gefühlszustände stürzen kann.

Mit *Ein Privatprozeß,* einer der berühmtesten aller modernen amerikanischen Erzählungen, sind wir auf einer völlig anderen Ebene angelangt. Mr. Martins Haß gegen Mrs. Barrows richtet sich nicht gegen ihre

Person. Es ist ein Akt auf der Bühne des ewigen Kampfes der Geschlechter. Und hier muß man die Technik der Erzählung beobachten. Man wird erkennen, daß die Handlung sich völlig in den Bahnen eines Strafprozesses bewegt. Als Mr. Martin das Gefühl bekommt, daß er langsam einer rein persönlichen Abneigung gegen Mrs. Barrows verfällt, lesen wir: »In Mr. Martins Kopf klopfte ein Hämmerchen« – das Hämmerchen des Richters in amerikanischen Gerichtshöfen, das so effektvoll in Filmen in Erscheinung tritt. Der Richter führt hier den Prozeß – nicht von Mr. Martin gegen Mrs. Barrows, sondern von Mann gegen Weib – und Mr. Martin ist Anklagevertreter, Jury und Richter in einer Person, während Mrs. Barrows den Verbrecher verkörpert. Wenn wir dies nicht erfassen, geht die ganze Pointe der Erzählung verloren.

Bei dieser brillanten Erzählung kommt man in Versuchung, sich zu fragen, ob die Männer die drückende Last der einzigen in der zivilisierten Welt nachgebliebenen Matriarchie zu spüren und sich dagegen aufzulehnen beginnen – gegen die Matriarchie der amerikanischen Frau.

Die Erzählung von Bret Harte ist einer der Ruhepunkte in dieser kurzen Anthologie des Hasses. Obgleich er nie zur Spitzengruppe der Schriftsteller gehörte, war er seinerzeit mit Erzählungen über das Leben in den Goldgräberlagern Kaliforniens um die Mitte des vergangenen Jahrhunderts ungeheuer populär. Ein paar seiner Erzählungen – darunter auch *Tennessee's Partner* – haben bis heute immer wieder in Anthologien eine Rolle gespielt und hatten Teil an der Pionierarbeit Amerikas auf dem Gebiet der Kurzgeschichte.

Seine Popularität verblaßte, und er geriet fast ganz in Vergessenheit. Das geschah, weil die Saite, die er in seinen Erzählungen zum Klingen brachte – das goldene Herz unter der rauhen Schale – genau an das Gefühl appellierte, dessen sich die Leute später zu schämen begannen. Der Erste Weltkrieg verursachte eine emotionelle Revolution, in der man dieses Empfinden als falsch und als einen der Gründe für die Katastrophe ansah.

Doch das wird nicht stets der Fall bleiben. Die Menschen haben sich nicht immer ihrer Gefühle geschämt. Vor knapp hundert Jahren fanden selbst Männer nichts dabei, in der Öffentlichkeit zu weinen, und noch ein wenig früher fiel ein junger Engländer auf einer Straße in Weimar in Ohnmacht, weil er Goethe hatte vorbeigehen sehen.

Die Wiederkehr von Bret Harte ist zum Teil eine Folge des neuerlichen Interesses an der Kurzgeschichte und der Suche nach Kurzgeschichtenschreibern, zum Teil aber auch des erwachenden Bewußtseins der Amerikaner für ihr eigenes heroisches Zeitalter, die Jahre des Aufbruchs in den Westen.

Verschiedenen Anzeichen nach ist es aber auch die Folge der Erkenntnis, daß diese einfachen Gefühle einfacher Männer – wie die Liebe Davids zu Saul – nicht gänzlich der Zeit zum Opfer gefallen sind, und daß wir uns über ihr Fortbestehen freuen. Die Welt kann nicht auf ewig hartgesotten bleiben.

Über *Ein Familientreffen* gibt es nur eines zu sagen: die Erzählung ist zu wahr, um gut zu sein.

Die Einsamkeit des Geländeläufers, ein neueres Meisterwerk, schneidet wieder ein anderes Thema an. Der Haß des Helden richtet sich nicht gegen eine bestimmte Person, sondern auf die Verkörperung eines Systems, das er aus tiefster Seele ablehnt. Was wir auch in diesem Punkt empfinden mögen, für ihn steht das System im Widerspruch zu allen Werten, die er in seinem Innern als richtig befunden hat, und sein Haß führt zu einer Art von Selbstmord. Er weiß, was geschieht, wenn er den Wettlauf verliert – mehr Strafen, verschärfte Haft. Doch er hat seinen persönlichen merkwürdigen Ehrbegriff gegen das verhaßte System behauptet.

Denn er nennt persönliche Erlebnisse sein eigen,

die das System nie verstehen oder in ihrer Bedeutung für ihn erfassen kann. Er hat seinen Vater sterben sehen. Er hat mitgeholfen und sein Vergnügen daran gehabt, mit vollen Händen im Kreise der schwelgenden Familie das Versicherungsgeld durchzubringen – eine so normale und beglückende Reaktion unter Leuten, die nie genug gehabt haben. Und er hat Freuden genossen, die das System ihm niemals geben kann – die Freuden der Einsamkeit an einem feuchten Morgen, während er unter tropfenden Zweigen dahinläuft und die ganze Welt ihm gehört, die Freuden bedingungslos treuer Freundschaft. Er wird nie ein braver Durchschnittsbürger werden, den das System aus ihm zu machen versucht. Er würde immer und in jedem Fall ein Außenseiter geblieben sein; in einer anderen Gesellschaftsform wäre er vielleicht Forscher und Entdecker geworden.

Das sind Konflikte, die nie gelöst werden können. Doch es ist gut, sie dann und wann zu erwähnen.

Es käme fast einer Anmaßung gleich, viel an der Erzählung von D. H. Lawrence *Chrysanthemenduft* herumzudeuten. Diese wundervolle Erzählung wurde aus einem bestimmten Grund aufgenommen. Es handelt sich um den Augenblick, als die Frau ihren Mann tot vor sich sieht und ihr Herz vor Liebe und Jammer überläuft. Dieser Mann, der ihre Liebe erniedrigt und zu Abscheu und Überdruß hatte werden lassen, ruft in diesem letzten Augenblick jene aus Mitleid geborene Liebe in ihr hervor, die man für die Toten empfinden muß.

Das grauenvolle Radio schließt in gewissem Sinne an *Ein Familientreffen* an. Man hat mehrfach schriftstellerisch zu gestalten versucht, was wirklich in den Köpfen der Leute unter der Oberfläche ihres sozialen Verhaltens vor sich geht. In *Ein Familientreffen* bleibt sozusagen ›alles in der Familie‹ und *kann* in die Öffentlichkeit dringen. In *Das grauenhafte Radio* wird es unter dem Deckmantel der Anonymität ausgebreitet.

Die Erzählung ist nicht angenehm, doch vielleicht verrät sie *eine* Wahrheit über die Menschen – nicht *die* Wahrheit, denn die gibt es nicht. Aber Jegliches hat eine Kehrseite, ob wir es mögen oder nicht, und ohne sie hörte alles Sein zu existieren auf.

Vielleicht war es ein gewisses Widerstreben gegen einen solchen Ausklang, das zur Aufnahme der Erzählung *Die Innigstgeliebte des Benjamin Cobb* führte. Das Thema der Frau, die in eine andere Gesellschaftsklasse hineinheiratet und die Folgen tragen muß, erscheint wieder und wieder in der englischen Literatur, wo das Klassenbewußtsein so stark ist, daß jemand einmal gesagt hat, die englischen Romane bezögen ihren Stoff lediglich aus dem Konflikt zwischen den Gesellschaftsklassen. Die Verbitterung, der Groll und der Haß, die in einem Menschen aufsteigen können, den man wegen seiner herkunftsbedingten natürlichen Reaktionen verachtet, treten im englischen Schrifttum immer wieder verstreut auf.

Die Folgen im Privatleben sind stets Unruhe und oft Zerstörung. Die Erzählung von Clemence Dane hat aber auch eine konventionelle Seite. Der in schlichter Frömmigkeit lebende Ortsgeistliche hat in der englischen Staatskirche wirklich existiert, und wahrscheinlich gibt es ihn noch, wenn auch die Leute ihn heutzutage lieber revolutionär und als guten Fußballspieler sehen. Wir können uns nur schwer vorstellen, daß der kleine Benjamin Cobb diese Frau geheiratet hat; doch das Leben hat überraschendere Dinge zu bieten, und ihr leidenschaftlicher Grimm bringt auch diese Frau in den Bereich unserer Untersuchung. Sie kann uns zu der Erkenntnis führen, daß jeder Haß mit Leid einhergeht – Jago ist das zeitlose Beispiel des Menschen, der nicht leidet, weil er nicht hassen kann, und doch bleibt er uns allen ein Rätsel.

Wie dem auch sei, vielleicht ist es gut, daß diese kleine Anthologie des Hasses mit dem Ton: *innig geliebt* ausklingt.

Mary Hottinger

Bäh, bäh, schwarzes Schaf!

VON RUDYARD KIPLING

Bäh, bäh, schwarzes Schaf,
Hast du schöne Woll?
Ja Herr, ja Herr, drei Sack voll.
Einen für Papa, einen für Mama,
Keinen für den Kleinen, den ich weinen sah.

Ammen-Reim

Der erste Sack

»*In meines Vaters Hause, da hab' ich's besser gehabt.*«

Sie brachten Punch zu Bett, die Ayah und der Hamal und Mita, der große Surti-Diener mit dem rot und goldenen Turban. Judy lag schon zugedeckt unter ihrem Moskitonetz und war am Einschlafen. Punch hatte zum Abendessen aufbleiben dürfen. In den letzten zehn Tagen waren Punch viele Vergünstigungen zugestanden worden, und noch größere Freundlichkeit von seiten der Menschen seiner Welt hatte sein Tun und Treiben, das meistens mit Lärm verbunden war, umgeben. Er saß auf der Kante seines Bettes und baumelte herausfordernd mit seinen nackten Beinen.

»Will Punch-Baba nicht Heidi machen gehn?« fragte einladend die Ayah.

»Nein«, sagte Punch, »Punch-Baba will die Geschichte von der Rani, die in einen Tiger verwandelt wurde. Mita soll sie erzählen, und der Hamal soll sich hinter der Tür verstecken und Tigergebrüll machen, wenn es so weit ist.«

»Aber Judy-Baba wird aufwachen«, sagte die Ayah.

»Judy-Baba ist wach«, piepste eine kleine Stimme aus dem Moskitonetz. »Es war einmal eine ›Jani‹, die lebte in Delhi, un' weiter Mita –«, und sie sank wieder in tiefen Schlaf, während Mita die Geschichte begann.

Nie noch hatte Punch mit so wenigen Einwänden die Erzählung dieser Geschichte erschwert. Er dachte lange nach. Der Hamal ahmte das Tigergebrüll in zwanzig verschiedenen Tonarten nach.

»So!« sagte Punch gebieterisch, »warum kommt Papa nicht herein und sagt, daß er mir Bonbons geben wird?«

»Punch-Baba wird fortgehen«, sagte die Ayah, »in einer Woche wird kein Punch-Baba mehr da sein, um mich an den Haaren zu ziehen.« Sie seufzte leicht, denn der Sohn des Hauses war ihrem Herzen sehr teuer.

»Die Ghauts hinauf mit dem Zug?« sagte Punch, der in seinem Bett stand, »bis nach Nassick, wo der Rani-Tiger wohnt?«

»Nicht nach Nassick dieses Jahr, kleiner Sahib!« sagte Mita und hob ihn auf die Schulter. »Zum Meer hinunter, wo die Kokosnüsse wachsen, und übers Meer in einem großen Schiff. Wirst du Mita mitnehmen nach Belait (Europa)?«

»Ihr sollt alle mitkommen«, sagte Punch hoch von Mitas starken Schultern herab. »Mita und die Ayah und der Hamal und Bhini-im-Garten und der Sei-gegrüßt-Kapitän-Sahib-Schlangen-Mann.«

Ohne Spott klang Mitas Stimme, als er erwiderte: »Groß ist des Sahib Gnade!« Er legte den kleinen Mann ins Bett, und die Ayah, die im Mondlicht auf der Schwelle saß, lullte ihn mit einem endlosen Lobgesang, wie man ihn in der römisch-katholischen Kirche zu Parel singt, in den Schlaf. Punch rollte sich zu einem Knäuel zusammen und schlief.

Am nächsten Morgen brüllte Judy, eine Ratte sei im Kinderzimmer, und so vergaß er, die wundervolle Neuigkeit zu erzählen.

Es machte nichts aus, denn Judy war erst drei Jahre alt und hätte sie doch nicht verstanden. Aber Punch war fünf Jahre alt; und er wußte, daß eine Reise nach England viel netter sein mußte als ein Ausflug nach Nassick.

Papa und Mama verkauften den Zweisitzer und das Klavier und takelten das Haus ab; sie ersetzten das zerbrochene Tafelgeschirr nicht mehr und hielten lange Beratungen über ein Bündel von Briefen, die den Poststempel ›Rocklington‹ trugen.

»Das ärgste daran ist, daß man keine Sicherheit hat«, sagte Papa und zog an seinem Schnurrbart. »Die Briefe an sich sind ausgezeichnet und die Bedingungen bescheiden genug.«

»Das ärgste daran ist, daß die Kinder fern von mir aufwachsen werden«, dachte die Mama, aber sie sagte es nicht laut.

»Wir sind nur ein Fall unter hunderten«, sagte Papa bitter. »In fünf Jahren sollst du wieder nach Hause fahren, Liebe!«

»Punch wird dann zehn Jahre alt sein und Judy acht. Oh, wie lang, wie unsagbar lang wird die Zeit sein. Und wir müssen sie bei Fremden lassen!«

»Punch ist ein lustiger kleiner Kerl. Wo er hinkommt, wird er sich sicherlich Freunde erwerben.«

»Und meine Ju *muß* man doch liebhaben!«

Sie standen in später Nacht über die Bettchen im Kinderzimmer gebeugt, und Mama weinte leise, glaube ich. Als Papa weggegangen war, kniete sie neben Judys Bettchen nieder. Die Ayah sah sie und sprach ein Gebet, nie möge der Memsahib die Liebe ihrer Kinder genommen und Fremden zuteil werden.

Mamas eigenes Gebet war ein wenig unlogisch. Es lautete etwa:

»Laß Fremde meine Kinder lieben und so gut zu ihnen sein, als ich selbst es wäre; aber laß mich ihre Liebe und ihr Vertrauen für immer besitzen. Amen.«

Punch kratzte sich im Schlaf und Judy wimmerte leise.

Am nächsten Tag fuhren alle zum Meer hinunter, und es gab eine Szene auf dem ›Apollo Bunder‹, als Punch entdeckte, daß Mita nicht mitkommen könne und Judy erfuhr, daß die Ayah zurückbleiben müsse. Doch fand Punch tausend fesselnde Dinge zu sehen, Tauwerk, Blocks, die Dampfpfeifenleine auf dem großen Peninsular and Oriental-Company-Dampfer, lange bevor Mita und die Ayah ihre Tränen getrocknet hatten.

»Komm wieder, Punch-Baba!« sagte die Ayah.

»Komm wieder und sei ein Burra Sahib (ein großer Mann)!« sagte Mita.

»Ja!« sagte Punch, den sein Vater zum Abschiedwinken auf seine Arme gehoben hatte. »Ja, ich werde wiederkommen und ein Burra Sahib Bahadur (ein wirklich sehr großer Mann) sein!«

Am Ende des ersten Tages verlangte Punch in England an Land gesetzt zu werden, das nach seiner Meinung schon nahe sein mußte. Am nächsten Tag gab es eine frische Brise, und Punch war sehr seekrank.

»Wenn ich nach Bombay zurückkomme«, sagte Punch auf seinem Krankenlager, »fahre ich lieber auf der Straße mit einem Broom-gharri. Das ist ein sehr schlimmes Schiff.«

Der schwedische Bootsmaat tröstete ihn, und er milderte seine Ansichten im Verlauf der Reise. Es gab so viel zu sehen, anzufassen und so viele Fragen zu stellen, daß Punch fast die Ayah, Mita und den Hamal vergaß und nur mit Mühe sich einiger weniger Worte aus dem Hindustanischen erinnerte, das einst seine zweite Muttersprache gewesen war. Aber Judy war noch ärger. Am Tag, bevor der Dampfer in Southampton anlegte, fragte Mama, ob sie nicht gerne die Ayah wiedersehen würde. Judys blaue Augen blickten über die weite See, die ihre ganze winzige Vergangenheit verschlungen hatte, und fragte: »Ayah? Welse Ayah?«

Mama weinte darüber, und Punch wunderte sich. Damals hörte er zum erstenmal Mamas leidenschaftliche Aufforderung, er dürfe nicht zulassen, daß Judy die Mama je vergesse. Er sah, daß Judy klein, lächerlich klein war und daß Mama seit vier Wochen jeden Abend in die Kabine gekommen war, um sie und Punch mit einem geheimnisvollen Vers, den er ›Söhnchen, meine Seele‹ nannte, in Schlaf sang, aber er konnte nicht begreifen, was Mama meinte. Doch bemühte er sich, seine Pflicht zu tun, und im Augenblick, da Mama die Kabine verließ, sagte er zu Judy:

»Ju, ajinners du dich an Mama?«

»Natürlis«, sagte Judy.

»Dann ajinner dich imma an Mama, sons geb ich dir nich die Papierenten, die mir der Kapitän-Sahib ausgeschnitten hat.«

So versprach Judy, sich immer Mamas zu ›ajinnern‹.

Viele, viele Male trug Mama Punch dies auf, und Papa sagte dasselbe mit einer Hartnäckigkeit, die das Kind erschreckte.

»Du mußt dich eilen und schreiben lernen, Punch!« sagte Papa, »und dann wirst du imstande sein, uns Briefe nach Bombay zu schreiben.«

»Ich werde in euer Zimmer kommen«, sagte Punch, und Papa schluckte.

Papa und Mama schluckten oft in diesen Tagen. Wenn Punch Judy zur Rede stellte, daß sie sich nicht ›ajinnere‹, schluckten sie. Wenn Punch auf dem Sofa des gemieteten Hauses in Southampton sich herumkugelte und seine Zukunft in Purpur und Gold ausmalte, schluckten sie, und ebenso, wenn Judy ihren Mund zum Kuß emporhielt.

Viele Tage lang waren alle vier Vagabunden auf der Oberfläche der Erde. Punch hatte niemand, dem er befehlen konnte, Judy war zu klein für irgend etwas, und die Eltern waren ernst, zerstreut und schluckten.

»Wo, wo ist unser Broom-gharri?« fragte Punch, angewidert von einer ekelhaften Vorrichtung auf vier

Rädern mit einem Wall von Gepäck obendrauf. »Das Ding spricht so viel, daß ich nicht sprechen kann. Wo is unser eigener Broom-gharri? Wie ich in Banstand war, bevor wir weggefahren sind, fragte ich Inverarity-Sahib, warum er drin sitzt, und er sagte, er gehört ihm. Und ich sagte ›Ich werde ihn dir schenken‹, denn ich habe Inverarity-Sahib gern, und ich sagte: ›Kannst du deine Beine durch die Fenster-Raufzieh-Schlingen stecken?‹ Und Inverarity-Sahib lachte und sagte ›Nein‹. – Ich kann meine Beine durch die Raufzieh-Schlingen stecken. Ich kann meine Beine auch durch die Raufzieh-Schlingen hier stecken. Guck mal. Oh, Mama weint schon wieder. Ich hab' nicht gewußt, daß ich das nicht tun darf.«

Punch zog die Beine aus den Aufziehriemen des vierrädrigen Wagens; die Tür ging auf, und er glitt mit einer Sturzflut von Paketen vor dem Tor einer einfachen kleinen Villa zu Boden, an deren Gatter der Name *Downe Lodge* stand. Punch rappelte sich zusammen und beäugte das Haus mit Abneigung. Es stand in einer fahlgelben Straße, und ein kalter Wind kitzelte seine in Kniehosen steckenden Beine.

»Gehen wir wieder fort!« sagte Punch. »Hier ist es nicht hübsch.«

Aber Mama, Papa und Judy hatten das Cab verlassen, und das Gepäck wurde schon ins Haus gebracht. Auf der Schwelle stand eine schwarzgekleidete Frau und lächelte breit mit trockenen, rissigen Lippen. Hinter ihr stand ein großer, ergrauter, knochendürrer Mann mit einem lahmen Bein und hinter ihm ein zwölfjähriger schwarzhaariger Junge von ölglattem Äußern. Punch besichtigte das Trio und trat dann furchtlos vor, wie er es in Bombay gewöhnt gewesen war, wenn Besuch kam und er zufällig auf der Veranda spielte.

»Guten Tag«, sagte er. »Ich bin Punch.«

Aber alle beschäftigten sich mit dem Gepäck, alle, außer dem grauhaarigen Mann, der Punch die Hand schüttelte und sagte, er sei ›ein netter kleiner Kerl‹. Es gab viel Rennen und Laufen, und Kofferdeckel wurden zugeschlagen. Punch rollte sich auf dem Sofa im Eßzimmer zusammen und betrachtete die Lage.

»Ich mag diese Leute nicht«, sagte Punch. »Aber das macht nichts. Wir fahren bald wieder weg. Wir sind immer von überall bald weggefahren. Ich wünschte, wir führen bald nach Bombay zurück.«

Der Wunsch ging nicht in Erfüllung. Sechs Tage lang weinte Mama zu verschiedenen Malen und zeigte der schwarzgekleideten Frau alle Kleider von Punch, der diese Vertraulichkeit übelnahm.

»Aber vielleicht ist sie eine neue weiße Ayah?« dachte er. »Ich soll sie Tantrosa nennen, aber sie nennt mich nicht Sahib. Sie sagt einfach Punch zu mir«, vertraute er Judy an. »Was ist das: eine Tantrosa?«

Judy wußte es nicht, weder sie noch Punch hatten etwas von einem Tier namens Tante gehört. Ihre Welt waren Papa und Mama gewesen, die alles wußten und alle liebten – selbst Punch, wenn er in Bombay in den Garten zu gehen pflegte und seine Nägel nach dem wöchentlichen Schneiden mit Schmutz füllte, weil, wie er zwischen zwei Schlägen mit dem Pantoffel seinem tiefbekümmerten Vater erklärte, seine Finger ›sich an den Enden so neu anfühlten‹.

Unerklärlicherweise hielt es Punch für geraten, beide Eltern zwischen sich und die schwarzgekleidete Frau und den schwarzhaarigen Jungen zu stellen. Er billigte sie nicht. Er mochte den grauhaarigen Mann gern, der den Wunsch ausgesprochen hatte, ›Onkharri‹ genannt zu werden. Sie nickten einander zu, wenn sie sich trafen, und der grauhaarige Mann zeigte ihm ein kleines Schiff mit beweglicher Takelage.

»Das ist ein Modell der Brisk, der kleinen Brisk, die so schwer mitgenommen wurde – am Tage von Navarino!«

Der grauhaarige Mann summte die letzten Worte vor sich hin und verfiel in Träumerei.

»Ich werde dir von Navarino erzählen, Punch, wenn wir miteinander spazierengehen. Und du darfst das Schiff nicht anrühren, denn es ist die Brisk.«

Lange bevor dieser Spaziergang stattfand, der erste von vielen, weckte man Punch und Judy in der Dämmerung eines eisigen Februarmorgens, um Abschied zu nehmen, und zwar unter allen Menschen auf der weiten Welt gerade von Papa und Mama – beide weinten diesmal. Punch war sehr schläfrig, und Judy war mürrisch.

»Vergeßt uns nicht!« bettelte Mama, »oh, mein kleiner Sohn, vergiß uns nicht, sieh zu, daß auch Judy sich unsrer erinnert.«

»Ich hab' Judy gesagt, sie soll sich erinnern«, sagte Punch strampelnd, denn ihn kitzelte der Bart seines Vaters am Halse. »Ich hab's Judy gesagt, zehn, vierzig, elftausendmal. Aber Judy ist so klein, noch ein ganzes Baby, nich?«

»Ja«, sagte Papa, »sie ist noch ein ganzes Baby, und du mußt lieb zu Judy sein und dich eilen, schreiben zu lernen – und und – und ...«

Punch lag wieder in seinem Bett. Judy schlief tief, und unten ratterte ein Cab davon. Papa und Mama waren fortgefahren. Nicht nach Nassick, das war jenseits des Meeres. An einen viel näheren Ort natürlich, und ebenso natürlich würden sie wieder zurückkehren. Sie kehrten ja auch immer nach Abendgesellschaften zurück, und ebenso war Papa zurückgekommen, nachdem er an einem Ort namens Im Schnee gewesen war, und Mama mit ihm, zurück zu Punch und Judy in

Frau Inveraritys Haus in Marine-Lines. Sicherlich würden sie wieder zurückkommen. So schlief Punch wieder ein und schlief bis in den hellen Morgen, an dem ihm der schwarzhaarige Junge die Nachricht mitteilte, daß Papa und Mama nach Bombay gefahren seien und er und Judy ›für immer‹ in Downe Lodge bleiben müßten. Tantrosa antwortete auf die tränenreiche Bitte um Widerrufung, daß Harry die Wahrheit gesprochen habe und daß es sich für Punch gezieme, seine Kleider vor dem Schlafengehen ordentlich zusammenzulegen. Punch ging hinaus und weinte bitterlich mit Judy, in deren blondes Köpfchen er einiges Wissen, was Trennung bedeute, hineingehämmert hatte.

Wenn ein Erwachsener entdeckt, daß er von der Vorsehung verlassen, seines Gottes beraubt und ohne Hilfe, ohne Trost und Mitgefühl in eine ihm neue und fremde Welt verstoßen ist, so wird nach allgemeiner Annahme seine Verzweiflung, die sich in schlechter Lebensführung, Aufzeichnung seiner Erfahrungen oder dem erfolgreicheren Zeitvertreib des Selbstmordes äußert, ergreifend wirken. Ein Kind kann unter ganz gleichen Umständen, soweit sein Wissen davon reicht, nicht Gott verfluchen und sterben. Es brüllt, bis seine Augen schmerzen, die Nase rot wird und der Kopf weh tut. Punch und Judy hatten ohne eigenes Verschulden ihre ganze Welt verloren. Sie saßen in der Diele und weinten. Der schwarzhaarige Junge betrachtete sie von weitem.

Das Schiffsmodell half nichts, obwohl der grauhaarige Mann Punch versicherte, er dürfe die Segel hissen und niederholen, soviel er wolle; Judy wurde freier Zutritt zur Küche versprochen. Sie verlangten nach Papa und Mama, die nach Bombay gefahren waren, und solange ihr Kummer anhielt, gab es keine Abhilfe.

Als ihre Tränen versiegten, war das Haus ganz still. Tantrosa hatte entschieden, es sei besser, die Kinder ›sich ausweinen‹ zu lassen, und der Junge war in die Schule gegangen. Punch hob den Kopf vom Boden und schnüffelte voll Trauer. Judy war fast eingeschlafen; drei kurze Jahre hatten sie nicht gelehrt, Kummer mit ihrem ganzen Bewußtsein zu ertragen. In der Ferne klang ein dumpfes Brausen durch die Luft, ein immer wiederkehrendes schweres Dröhnen. Punch kannte diesen Ton von Bombay aus der Zeit der Monsune her. Es war das Meer, das Meer, das man überqueren mußte, ehe man nach Bombay gelangen konnte. Er rief:

»Rasch, Ju! Wir sind nahe am Meer, ich kann es hören. Hör zu, dort sind sie hingefahren. Vielleicht können wir sie noch einholen, wenn wir zurechtkommen. Sie wollten doch sicher nicht ohne uns fortfahren. Sie haben nur vergeßt.«

»Sa«, sagte Judy, »sie haben nur verdeßt. Dehn wir sum Meer.«

Die Eingangstüre war offen und ebenso das Gartentor.

»Dieser Ort is sehr, sehr groß«, sagte er und schaute vorsichtig die Straße hinab, »und wir werden uns verirren; aber ich werde einen Mann finden und ihm befehlen, mich in mein Haus zurückzubringen – wie ich es immer in Bombay getan habe.«

Er nahm Judy bei der Hand, und ohne Hut liefen die beiden in die Richtung, woher das Brausen der See erklang. Down Lodge war beinahe das letzte in einer Zeile neugebauter Häuser, die erst durch ein Ziegelfeld führte und an einer Heide endete, auf der hie und da Zigeuner lagerten und die Garnisonsartillerie von Rocklington ihre Übungen abhielt. Selten sah man hier Leute, und die Kinder wären für die Sprößlinge der Soldaten gehalten worden, die weitab von dort exerzierten. Eine halbe Stunde lang wanderten die müden Füßchen über Heide, Kartoffeläcker und Sanddünen.

»Is bin so müd«, sagte Judy, »un Mama wird bös sein.«

»Mama is nie böse. Ich denke, sie wartet am Meer, während Papa Fahrkarten nimmt. Wir werden sie finden und mit ihnen fahren. Ju, du darfst dich nicht niedersetzen. Nur noch ein kleines Stück und dann sind wir am Meer. Ju, wenn du dich niedersetzst, hau ich dich!« sagte Punch. Sie überstiegen noch eine Düne und kamen zur Ebbezeit an das große graue Meer. Hunderte von kleinen Krabben liefen eilig über den Strand, aber keine Spur von Papa und Mama war zu sehen, nicht einmal ein Schiff auf den Wassern – nichts als Sand und Schlamm meilenweit.

Und durch Zufall fand sie ›Onkharri‹ dort, sehr schmutzig und sehr verlassen; Punch war in Tränen aufgelöst, versuchte aber doch, Judy mit einer ›herzigen Tjabbe‹ zu zerstreuen; Judy aber brüllte zum mitleidslosen Horizont »Mama, Mama!« und immer wieder »Mama!«

Der zweite Sack

Rasch kommt ein Tag, der unser Herz beraubt.
Wir sind die Hoffnungslosesten der Wesen,
Die wir an Hoffnung doch so reich gewesen,
Und ohne Glauben, die wir so geglaubt.

Die Stadt der furchtbaren Nacht.

Die ganze Zeit war von dem schwarzen Schaf nicht die Rede. Es kam erst später, und der schwarzhaarige Junge, Harry, war besonders verantwortlich für sein Kommen.

Judy – wer hätte Klein Judy nicht geliebt? – zog mit Extraerlaubnis in die Küche ein und von dort gerade in Tante Rosas Herz. Harry war Tante Rosas einziges Kind, und Punch war der Nebenjunge im Hause. Es gab keinen eigenen Platz für ihn oder seine kleinen Angelegenheiten, und es war ihm verboten, auf dem Sofa herumzulümmeln und seine Ansichten über die Beschaffenheit der Welt und seine Hoffnungen für die Zukunft auseinanderzusetzen. Herumzulümmeln war faul und ruinierte das Sofa, und kleine Jungen hatten nicht zu reden. Man hielt ihnen Reden und beabsichtigte damit, ihre Moral zu heben. Punch, der in Bombay fraglos der Tyrann des Hauses gewesen war, konnte nicht ganz begreifen, wieso er in diesem seinem neuen Leben so gar kein Ansehen genoß.

Harry konnte über den Tisch greifen und nehmen,

was er wollte; Judy konnte hinzeigen und bekommen, was sie wollte; Punch durfte nichts dergleichen tun. Der grauhaarige Mann war viele Monate hindurch nach dem Abschied von Papa und Mama seine große Hoffnung und sein Beistand. Er hatte auch vergessen, Judy zu sagen, sie möge sich ›an Mama ajinnen‹.

Aber dieses Versehen war entschuldbar, denn Tante Rosa hatte ihn in der Zwischenzeit mit zwei sehr interessanten Dingen bekannt gemacht – einem Wesen, das Gott hieß, einem intimen Freund und Bundesgenossen von Tante Rosa, der nach allgemeinem Glauben hinter dem Küchenherd wohnte, weil es dort warm war – und mit einem schmutzigen braunen Buch voll unverständlicher Punkte und Striche. Punch war immer besorgt, jedem zu Gefallen zu sein; so schweißte er die Schöpfungsgeschichte mit den indischen Märchen, soweit er sich ihrer erinnerte, zusammen und entsetzte Tante Rosa, indem er das Ergebnis davon Judy erzählte. Das war eine Sünde, eine schwere Sünde, und Punch wurde darüber eine einviertelstündige Rede gehalten. Er konnte nicht verstehen, worin er unrecht getan hatte, aber er hütete sich, die Sünde zu wiederholen, denn Tante Rosa hatte gesagt, daß Gott jedes Wort vernommen habe und sehr böse sei. Wenn es wirklich so war, warum kam Gott nicht selbst und sagte es ihm, dachte Punch und beschäftigte sich nicht mehr mit der Angelegenheit. Später lernte er den Herrn als das einzige Ding auf der Welt kennen, das noch abscheuerregender war als Tante Rosa, ein Wesen, das im Hintergrund stand und die Stockschläge zählte.

Aber das Lesen war gerade damals eine viel ernstere Angelegenheit als jedes Glaubensbekenntnis. Tante Rosa setzte ihn auf einen Tisch und erzählte ihm, A B bedeute ›ab‹.

»Warum?« fragte Punch, »A ist a und B ist b. Warum bedeutet A B ab?«

»Weil ich dir sage, daß es so ist, und du mußt es daher sagen«, erwiderte Tante Rosa.

Demzufolge sagte Punch so und stolperte einen Monat lang, sehr gegen seinen Willen, durch das braune Buch, ohne im geringsten zu verstehen, was es bedeutete. Aber Onkel Harry, der viel und meist allein spazierenging, pflegte ins Kinderzimmer zu kommen und Tante Rosa einzureden, daß Punch mit ihm gehen müsse. Er sprach wenig, aber er zeigte Punch ganz Rocklington von den Schlammbänken und dem Sand der inneren Bucht bis zu den großen Hafenanlagen, wo die Schiffe ankerten, von den Werften, in denen die Hämmer nie stillstanden, und den Geschäften für Schiffsbedarf bis zu den glänzenden Messingzahltischen in den Ämtern, wohin Onkel Harry alle drei Monate mit einem blauen Zettel ging, den er gegen Sovereigns einwechselte; denn er bezog eine Invalidenpension. Auch hörte Punch von seinen Lippen die Erzählung der Schlacht von Navarino, wie die Matrosen der Flotte noch drei Tage nachher taub wie Pfosten gewesen seien und sich nur durch Zeichen miteinander verständigen konnten. »Das kam von dem Kanonendonner«, sagte Onkel Harry, »und ich selbst habe den Pfropfen einer Kugel jetzt noch in mir.«

Punch betrachtete ihn neugierig. Er hatte keine Ahnung, was ein Pfropfen war, und seine einzige Bekanntschaft mit einer Kugel war eine Werft-Kanonenkugel, die größer war als sein Kopf. Wie konnte Onkel Harry eine Kanonenkugel im Leib aushalten? Er schämte sich, danach zu fragen, aus Angst, Onkel Harry würde zornig werden.

Punch hatte nie gewußt, was Zorn – richtiger Zorn – sei, bis zu dem schrecklichen Tage, da Harry seinen Malkasten genommen hatte, um ein Boot anzustreichen, und Punch protestiert hatte. Da war Onkel Harry auf der Szene erschienen, hatte etwas von den ›Kindern fremder Leute‹ gemurrt und dem schwarzhaarigen Jungen mit einem Stock über die Schultern geschlagen, bis er weinte und schrie, Tante Rosa kam und Onkel Harry wegen seiner Grausamkeit gegen sein eigen Fleisch und Blut beschimpfte und Punch vom Kopf bis zum Fuß zitterte.

»Es war nicht meine Schuld«, erklärte er dem Jungen, aber beide, Harry und Tante Rosa, sagten, es wäre seine Schuld gewesen und Punch habe ›gepetzt‹, und eine Woche lang durfte er nicht mit Onkel Harry spazierengehen.

Aber diese Woche brachte Punch eine große Freude. Er hatte bis zur äußersten Erschöpfung die Feststellung: »Die Katze lag auf der Matratze und eine Ratze kam herein« wiederholt und sagte: »Jetzt kann ich wirklich lesen und von jetzt an will ich nichts auf der Welt mehr lesen.«

Er legte das braune Buch in den Schrank, in dem seine Schulbücher ihr Leben fristeten, und grub dabei zufällig einen ehrwürdigen Band ohne Deckel aus, der ›Sharpe's Magazin‹ betitelt war. Darin war auf der ersten Seite das äußerst entsetzenerregende Bild eines Greifen zu sehen, darunter standen Verse. Ein Greif raubte täglich ein Schaf aus einem deutschen Dorfe, bis ein Mann mit einem Krummsäbel kam und dem Greifen den Bauch aufschlitzte. Weiß Gott, was ein Krummsäbel war, aber da gab es noch den Greifen, und das war ein Fortschritt im Vergleich zu der ewigen Katze.

»Das bedeutet neue Dinge«, sagte Punch, »und von jetzt an will ich alles auf der Welt wissen.« Er las bis in die Dämmerung hinein, verstand nicht ein Zehntel dessen, was er las, aber er war angestachelt von dem Durchschimmern neuer Welten, die sich ihm hiernach aufzutun im Begriffe waren.

»Was ist ein Krummsäbel? Was ist ein Mäh-Lämmchen? Was ist ein elender Usurpator? Was ist eine grünende Flur?« fragte er mit geröteten Wangen die erstaunte Tante Rosa zur Schlafenszeit.

»Sprich deine Gebete und geh schlafen!« erwiderte sie, und dies war die ganze Hilfe, die Punch jetzt und später bei der neuen beseligenden Arbeit des Lesens von ihr zuteil wurde.

»Tante Rosa weiß nur von Gott und solchen Dingen«, dachte Punch, »Onkel Harry wird es mir erklären«.

Der nächste Spaziergang erwies, daß auch Onkel Harry nicht helfen konnte, aber er erlaubte Punch zu reden und setzte sich sogar auf eine Bank nieder, um von dem Greifen zu hören. Auf den folgenden Spaziergängen erzählte Punch neue Geschichten, die er eben gelesen hatte, denn im Hause gab es große Vorräte an alten Büchern, die nie jemand öffnete: von Frank Fairlegh in Fortsetzungen und den frühen Dichtungen Tennysons, die als anonyme Beiträge in Sharpe's Magazine erschienen waren, bis zu den Katalogen der Ausstellung von 1862, in heitern Farben und so herrlich unverständlich, und seltsamen Blättern aus Gullivers Reisen.

Sobald Punch einige Kritzelfüße aneinanderreihen konnte, schrieb er nach Bombay und bat um die postwendende Zusendung ›aller Bücher der Welt‹. Papa konnte diesen bescheidenen Wunsch nicht erfüllen, aber er schickte Grimms und Andersens Märchen. Das genügte. Wenn man Punch nur allein ließ, konnte er zu jeder beliebigen Stunde in sein eigenstes Land wandern, unerreichbar für Tante Rosa und ihren Gott, Harry und seine Quälereien, und Judys Verlangen, er möge doch mit ihr spielen.

»Stör mich nicht, ich lese. Geh in die Küche spielen«, grunzte Punch, »dich läßt Tante Rosa ja hinein.«

Judy bekam eben ihre zweiten Zähne und war schlecht gelaunt. Sie appellierte an Tante Rosa, die über Punch herfiel.

»Ich habe gelesen«, erklärte er. »Ich habe ein Buch gelesen, das ich so gern lesen wollte.«

»Das tust du nur, um dich aufzuspielen«, sagte Tante Rosa. »Aber wir werden schon sehen. Jetzt spielst du mit Judy und wirst mir eine Woche lang kein Buch aufmachen.«

Judy verbrachte keine sehr angenehme Zeit im Spiel mit Punch, der sich in Entrüstung verzehrte. Eine Geringfügigkeit im Hintergrunde dieses Verbotes setzte ihn in Verwirrung: »Gerade das, was ich gern tue, hat sie herausgefunden und mir verboten. Wein nicht, Ju! Du bist nicht schuld daran; bitte, wein nicht, sonst sagt sie, ich habe dich weinen gemacht.«

Ju wischte sich treulich die Tränen ab, und die beiden spielten in ihrem Kinderzimmer, einem Raum, der, im Kellergeschoß gelegen, zur Hälfte unterirdisch war. Dorthin wurden sie regelmäßig nach dem Mittagessen, während Tante Rosa schlief, geschickt. Sie trank Wein, das heißt irgend etwas aus einer Flasche, die im Büfett stand, um ihren Magen zu stärken; wenn sie aber nicht einschlafen konnte, kam sie manchmal in das Kinderzimmer, um nachzusehen, ob die Kinder auch wirklich spielten. Nun sind Bausteine, Holzreifen, Kegel und Puppengeschirr nicht in alle Ewigkeit unterhaltsam, noch dazu, wenn man das ganze Märchenland durch das bloße Öffnen eines Buches erobern kann, und häufig wurde Punch dabei ertappt, wie er Judy vorlas oder ihr endlose Geschichten erzählte. Das war eine Übertretung in den Augen des Gesetzes; Judy wurde dann von Tante Rosa mitgenommen, und Punch mußte allein spielen, »und daß ich dich auch spielen höre!«

Es war keine heitere Beschäftigung, denn er mußte ja Lärm beim Spielen machen. Zuletzt ersann er mit unendlicher Schlauheit eine Anordnung, wobei der Tisch mit drei Füßen auf Bausteinen stand, der vierte also schwebend blieb und zu Boden gedrückt werden konnte. Mit der einen Hand konnte er den Tisch in Bewegung setzen, mit der andern ein Buch halten. Dies tat er, bis an einem Unglückstage Tante Rosa unversehens hereinschoß und ihm mitteilte, daß er ›eine Lüge aufführe‹.

»Bist du alt genug, so zu handeln«, sagte sie – ihre Laune war nach dem Essen immer am schlechtesten – »so bist du auch alt genug, Prügel zu bekommen.«

»Aber, ich bin – ich bin doch kein Tier!« erwiderte Punch entsetzt. Er erinnerte sich an Onkel Harry und den Stock und wurde ganz blaß. Tante Rosa hatte einen leichten Rohrstock hinter dem Rücken verborgen gehalten, und mit dem schlug sie nun Punch über die Schultern. Es war eine Offenbarung für ihn. Die Zimmertüre wurde verschlossen, und er blieb sich selbst überlassen, um sich in Reue hineinzuweinen und sein eigenes Evangelium des Lebens auszuarbeiten.

Tante Rosa, überlegte er, hatte die Macht, ihn mächtig zu verprügeln. Es war ungerecht und grausam, und Papa und Mama hätten es nie erlaubt. Außer vielleicht, wie Tante Rosas Verhalten anzudeuten schien, sie hatten ihr heimlich den Auftrag gegeben. In dem Falle war er ganz verlassen. Er würde in Zukunft gut daran tun, Tante Rosa zu versöhnen, aber andrerseits war er selbst bei Angelegenheiten, in denen er schuldlos war, beschuldigt worden, er wolle ›sich aufspielen‹. Er hatte sich vor einem Besuch ›aufgespielt‹, als er einen fremden Herrn – Harrys Onkel, nicht seinen eigenen – mit der Bitte um Aufklärung über den Greif und den Krummsäbel und das genaue Aussehen des Wagens, in dem Frank Farleigh fuhr, überfallen hatte, lauter außerordentlich interessante Angelegenheiten, die er brennend gern verstehen wollte. Offensichtlich war es nutzlos, zu tun, als hätte er Tante Rosa gern.

In diesem Augenblick trat Harry ein, blieb ferne stehen und betrachtete Punch, ein aufgelöstes Häufchen in der Zimmerecke, mit Abscheu.

»Du bist ein Lügner, ein kleiner Lügner!« sagte Harry sehr salbungsvoll, »und du mußt hier unten Tee trinken; denn du bist nicht würdig, mit uns zu sprechen. Du darfst auch mit Judy nicht eher sprechen, bis Mutter dir nicht die Erlaubnis gibt. Du wirst sie noch verderben. Du bist nur wert, mit Dienstboten zu verkehren, hat Mutter gesagt.«

Nachdem Harry so Punch zu einem zweiten Tränenausbruch getrieben hatte, zog er ab und brachte nach oben die Nachricht, Punch sei noch immer widerspenstig.

Onkel Harry saß voll Unbehagen im Eßzimmer. »Hol's der Teufel, Rosa«, sagte er endlich, »kannst du das Kind nicht in Ruhe lassen? Er ist ein ganz braver kleiner Kerl, sooft ich ihn sehe.«

»Er zeigt sich dir immer von seiner besten Seite, Harry«, sagte Tante Rosa, »aber ich fürchte, ich fürchte sehr, er ist das schwarze Schaf der Familie.«

Harry hörte den Namen und hob ihn für künftigen Gebrauch auf. Judy weinte, bis man ihr befahl aufzuhören, ihr Bruder sei keiner Tränen wert; und der Abend schloß mit der Rückkehr von Punch in die oberen Regionen und zu einer Privatsitzung, bei der all die blendenden Schrecken der Hölle Punch mit solcher Fülle der Phantasie, wie sie Tante Rosas beschränktem Verstande zur Verfügung stand, geoffenbart wurden.

Am kränkendsten waren Judys weitgeöffnete vorwurfsvolle Augen, und Punch ging in den Tiefen des Tals der Erniedrigung zu Bett. Er teilte das Zimmer mit Harry und lernte die Fülle seiner Quälereien kennen. Ein und eine halbe Stunde lang mußte er die Fragen dieses jungen Herrn beantworten, welche Gründe er gehabt habe, eine solche Lüge und eine so furchtbare Lüge zu sagen, wie groß das genaue Strafausmaß, das ihm von Tante Rosa auferlegt worden war, gewesen sei, und ebenso hatte er seine Dankbarkeit für die religiöse Unterweisung zu zeigen, die ihm Harry zuteil werden zu lassen für angemessen hielt.

Von diesem Tag an begann der Sündenfall von Punch, der jetzt das schwarze Schaf hieß.

»Unzuverlässig in einer Sache, unzuverlässig in allem«, sagte Tante Rosa, und Harry fühlte, daß das schwarze Schaf in seine Hände gegeben war. Es kam vor, daß er ihn des Nachts weckte und fragte, warum er solch ein Lügner sei.

»Ich weiß es nicht«, pflegte dann Punch zu sagen.

»So, findest du nicht, daß du aufstehn und Gott um ein neues Herz bitten solltest?«

»Mm – ja.«

»Also steh auf und bete!« Und Punch stieg aus dem Bett mit rasendem Haß im Herzen gegen die ganze Welt, die sichtbare und die unsichtbare. Immer wieder geriet er in Unannehmlichkeiten. Harry hatte eine Geschicklichkeit, ihn ins Kreuzverhör betreffs seines täglichen Tuns und Treibens zu nehmen, die fast nie verfehlte, ihn, der schläfrig und wild war, in ein halbes Dutzend Widersprüche zu verwickeln, welche dann am nächsten Morgen pflichtgemäß Tante Rosa gemeldet wurden.

»Aber es war doch keine Lüge«, begann dann Punch und ließ eine mühevolle Erklärung vom Stapel, mit der er nur noch hoffnungsloser im Sumpfe landete.

»Ich hab' gesagt, daß ich meine Gebete nicht zweimal am Tag gesagt habe, und das war am Dienstag. Einmal hab ich sie gesagt. Ich weiß, ich hab' sie gesagt, aber Harry sagt, ich hätte sie nicht gesagt«, und so weiter, bis die Spannung sich in Tränen löste und er in Ungnade vom Tisch entlassen wurde.

»Du warst doch früher nie so schlecht wie jetzt«, sagte Judy, von Schauder erfüllt über die Sündenliste des schwarzen Schafes. »Warum bist du jetzt so schlecht?«

»Ich weiß nicht«, sagte das schwarze Schaf. »Ich bin nicht schlecht, wenn man mich nur nicht Tag und Nacht verfolgen würde. Ich weiß, was ich tat, und ich will es auch so sagen, aber Harry dreht es immer so, daß es anders herauskommt, und Tante Rosa glaubt mir kein Wort, das ich sage. Oh, Judy, glaub du nicht auch, daß ich schlecht bin!«

»Tante Rosa sagt, du bist schlecht«, erwiderte Judy, »sie hat es gestern dem Vikar erzählt, als er kam.«

»Warum erzählt sie allen fremden Leuten von mir? Das ist nicht recht«, sagte das schwarze Schaf. »Als ich in Bombay war und schlecht war – etwas Schlechtes tat, nicht schlechtgemacht wurde wie hier – erzählte Mama es dem Papa, und das war alles. Andere Leute wußten nichts davon, nicht einmal Mita.«

»Ich erinnere mich nicht«, sagte Judy gedankenvoll, »ich war damals noch ganz klein. Mama hat dich ebenso liebgehabt wie mich, nicht wahr?«

»Natürlich. Auch Papa. Jeder Mensch.«

»Tante Rosa hat mich lieber als dich. Sie sagte, du bist eine Plage und ein schwarzes Schaf, und ich dürfe nur das Allernotwendigste mit dir reden.«

»Immer? Auch nicht außer den Zeiten, wo du mit mir überhaupt nicht sprechen darfst?«

Judy nickte traurig. Das schwarze Schaf wandte sich verzweifelt ab, da fühlte er Judys Arme um seinen Hals.

Sie flüsterte: »Mach dir nichts draus, Punch. Ich werde genau wie immer mit dir sprechen. Du bist mein Bruder, mein eigener Bruder, wenn du auch – wenn Tante Rosa auch sagt, du bist schlecht, und Harry sagt, du bist ein kleiner Feigling. Er sagt, wenn ich dich stark an den Haaren risse, würdest du weinen.«

»Dann reiß mich doch!« sagte Punch.

Judy zupfte sachte.

»Reiß stärker, so stark du kannst. So! Mir ist es ganz egal, wie stark du jetzt reißt. Wenn du mit mir sprechen wirst wie immer, darfst du mich an den Haaren reißen, soviel du magst; reiß sie aus, wenn du magst. Aber ich weiß, wenn Harry käme und dabeistände und dir sagte, du solltest mich reißen, würde ich weinen.«

So besiegelten die zwei Kinder ihr Abkommen mit einem Kusse, und das Herz des schwarzen Schafes jauchzte auf. Durch äußerste Vorsicht und sorgliche Vermeidung von Harry zeigte er sich tugendhaft und durfte eine Woche lang ungestört lesen. Onkel Harry nahm ihn auf Spaziergänge mit und tröstete ihn mit rauher Zärtlichkeit, nie nannte er ihn schwarzes Schaf. »Es ist gut für dich, Punch, mein' ich«, pflegte er zu sagen. »Setzen wir uns nieder, ich bin müde.«

Er lenkte seine Schritte nicht mehr an den Strand, sondern auf den Friedhof von Rocklington, der zwischen Kartoffeläckern lag. Stundenlang pflegte der grauhaarige Mann auf einem Grabstein zu sitzen – während das schwarze Schaf Grabinschriften las – um dann mit einem Seufzer wieder heimzuhumpeln.

»Ich werde auch bald hier liegen«, sagte er zu Punch an einem Winterabend, an dem sein Gesicht im Laternenlichte des überdachten Eingangstores so weiß aussah wie ein abgegriffenes Silberstück. »Du brauchst es aber Tante Rosa nicht zu sagen.«

Einen Monat später kehrte er plötzlich um, bevor er noch die Hälfte seines morgendlichen Spazierweges hinter sich hatte, und humpelte nach Hause zurück. »Bring mich zu Bett, Rosa«, murmelte er. »Das war mein letzter Spaziergang. Der Pfropfen hat mich glücklich erwischt.«

Man brachte ihn zu Bett, und zwei Wochen lang lag der Schatten seiner Krankheit über dem Hause, und das schwarze Schaf ging und kam unbeobachtet. Papa hatte neue Bücher geschickt, und man hatte ihm befohlen, sich ruhig zu verhalten. Er zog sich in seine eigene Welt zurück und war vollkommen glücklich. Sogar nachts störte nichts sein Glück. Er konnte im Bett liegen und für sich Erzählungen von Fahrten und Abenteuern aussinnen, während Harry unten war.

»Onkel Harry wird sterben«, sagte Judy, die jetzt fast ganz mit Tante Rosa lebte.

»Das tut mir sehr leid«, erwiderte das schwarze

Schaf nüchtern. »Er hat mir das vor langer Zeit mitgeteilt.«

Tante Rosa hörte das Gespräch: »Kann nichts deine verfluchte Zunge im Zaum halten?« sagte sie zornig. Sie hatte blaue Ringe um die Augen.

Das schwarze Schaf zog sich in das Kinderzimmer zurück und las mit großem Interesse und ohne Verständnis: »Wie eine Blume kommst du ...« Man hatte ihm wegen seiner ›Sündhaftigkeit‹ verboten, ein Buch zu öffnen, aber die Festen des Weltalls bröckelten ab, und Tante Rosa war in großen Kummer versunken.

»Ich bin froh«, sagte das schwarze Schaf. »Jetzt ist sie unglücklich. Es war aber keine Lüge, ich wußte es. Er hat gesagt, ich sollte es nicht erzählen.«

In dieser Nacht erwachte das schwarze Schaf mit einem Ruck. Harry war nicht im Zimmer, und aus dem andern Stockwerk erklang ein Schluchzen. Dann kam durch das Dunkel die Stimme von Onkel Harry, der das Lied von der Schlacht bei Navarino sang:

Uns führte an die Asia,
Die Albion und Genua –

Es geht ihm besser, dachte das schwarze Schaf, der alle siebzehn Strophen des Liedes kannte. Aber plötzlich gefror ihm das Blut in seinem kleinen Herzen, wie er meinte, denn die Stimme sprang eine Oktave in die Höhe und klang schrill wie eine Bootsmaatspfeife:

Die holde Rose segelt schnell,
Und Brander war die Philomel,
Die kleine Brisk hat harten Stand
Am Tag von Navarino.

»Am Tag von Navarino, Onkel Harry!« rief das schwarze Schaf, halbwild vor Erregung und Angst vor etwas Unnennbarem.

Eine Tür öffnete sich, und Tante Rosa schrie über die Treppe:

»Still, um Gottes willen still, du kleiner Teufel. Onkel Harry ist gestorben.«

Der dritte Sack

Ziele aller Fahrt sind, die wir lieben –
Jedes weisen Mannes Sohn weiß das.

»Ich bin neugierig, was jetzt mit mir geschehen wird«, dachte das schwarze Schaf, als die halb heidnischen Gebräuche, die bei den Leichenbegängnissen in den Häusern des Mittelstandes üblich sind, vollzogen waren, und Tante Rosa, noch häßlicher in schwarzem Krepp, diesem Leben wiedergegeben war. »Ich glaube, ich hab' nichts Schlechtes getan, von dem sie weiß. Ich denke, ich werde aber bald. Sie wird jetzt sehr böse sein nach Onkel Harrys Tod, und Harry wird auch böse sein. Ich werde im Kinderzimmer bleiben.«

Zum Unglück für Punchs Pläne wurde beschlossen, ihn tagsüber in eine Schule zu schicken, die Harry besuchte. Das bedeutete einen Spaziergang mit Harry am Morgen und vielleicht auch einen des Abends, aber die Aussicht auf Freiheit in der Zwischenzeit war erfrischend. »Harry wird alles, was ich tue, berichten, aber ich werde nichts tun«, sagte das schwarze Schaf. Gestärkt durch diesen tugendhaften Entschluß ging er in die Schule, um herauszufinden, daß Harrys Auffassung von seinem Charakter ihm zuvorgekommen war und daß demzufolge das Leben eine Last war. Er nahm das Inventar seiner Genossen auf. Einige von ihnen waren schmutzig, einige sprachen Dialekt, viele ließen das H beim Sprechen unter den Tisch fallen, es waren sogar zwei Juden und ein Neger – er war wenigstens so schwarz wie ein Neger – in der Versammlung.

»Das ist ein Hubshi (Farbiger)«, sagte das schwarze Schaf zu sich selbst. »Selbst Mita pflegte einen Hubshi auszulachen. Ich glaub' nicht, daß das ein feiner Ort ist.« Er war mindestens eine Stunde lang entrüstet, bis er überlegte, daß jede Beschwerde von seiner Seite von Tante Rosa in ein ›sich Aufspielen‹ umgedeutet werden und daß Harry es den Jungen erzählen würde.

»Wie gefällt dir die Schule?« fragte Tante Rosa am Ende des Tages.

»Ich denke, es ist sehr nett dort«, erwiderte Punch ruhig.

»Ich nehme an, du hast die Jungen vor dem Charakter des schwarzen Schafes gewarnt?« sagte Tante Rosa zu Harry.

»O ja, sie wissen alles von ihm«, sagte der Zensor über die Moral des schwarzen Schafes.

»Wenn ich noch bei meinem Vater wäre«, sagte das schwarze Schaf rasch auffahrend, »dürfte ich mit den Jungen nicht einmal reden. Er würde es nicht erlauben. Sie wohnen in Geschäften. Ich sah sie in Geschäfte gehen, in denen ihre Väter leben und Sachen verkaufen.«

»Du bist zu gut für diese Schule, nicht wahr?« sagte Tante Rosa mit bitterem Lächeln. »Du solltest dankbar sein, schwarzes Schaf, daß diese Jungen überhaupt mit dir reden. Nicht jede Schule nimmt kleine Lügner auf.«

Harry verfehlte nicht, aus der unbedachten Äußerung des schwarzen Schafes Kapital zu schlagen. Die Folge davon war, daß mehrere Jungen, darunter der Hubshi, dem schwarzen Schafe mit Kopfstücken die ewige Gleichberechtigung des Menschengeschlechtes demonstrierten; Tante Rosas Trost war – es geschehe seiner Eitelkeit recht. Wie dem auch sei, er lernte, seine Meinungen für sich zu behalten. Er versöhnte Harry, indem er ihm Bücher trug und ähnliches, und hatte so ein wenig Frieden. Seine Existenz war nicht allzu vergnüglich. Von neun bis zwölf und von zwei bis vier war er in der Schule, außer am Sonnabend. Abends wurde er ins Kinderzimmer hinuntergeschickt, um seine Aufgaben für den nächsten Morgen zu machen, und jede Nacht wurde er von Harry in das gefürchtete Kreuzverhör genommen. Von Judy sah er nur wenig. Sie war tief religiös – mit sechs Jahren ist Religion leicht zu erringen – und war schmerzlich hin und her gerissen zwischen ihrer natürlichen Liebe zu dem schwarzen Schaf und ihrer Liebe zu Tante Rosa, die doch nicht unrecht tun konnte.

Die magere Frau erwiderte diese Liebe mit noch größerer, und Judy machte sich dies manchmal, wenn sie es wagen konnte, zunutze, um Nachlaß der Strafen für das schwarze Schaf zu erhalten. Versagen in den Schulstunden wurde mit dem Verbot, eine Woche lang andere als Schulbücher zu lesen, bestraft, und Harry brachte die Nachricht von solchem Versagen voll Fröhlichkeit nach Hause. Außerdem war das schwarze Schaf dann gezwungen, vor dem Schlafengehen Harry seine Lektion aufzusagen, dem es gewöhnlich gelang, ihn gänzlich versagen zu machen, und der ihn dann mit den düstersten Prophezeiungen für den nächsten Morgen tröstete. Harry war gleichzeitig Spion, Büttel, Inquisitor und der von Tante Rosa beorderte Henker. Er füllte seine zahlreichen Ämter bewundernswürdig aus. Gegen seine Taten gab es, da Onkel Harry tot war, keine Berufung. Das schwarze Schaf hatte keine Selbstachtung in der Schule bewahren dürfen; zu Hause war er natürlich vollkommen in Verruf gekommen und dankbar für Mitgefühl, das die Dienstmädchen – sie wechselten häufig in Downe Lodge, denn auch sie waren Lügner – ihm zeigten. »Sie und das schwarze Schaf sind ein würdiges Paar!« war eine Sentenz, die jede neue Johanna oder Elise von Tante Rosas Lippen zu hören erwarten durfte, ehe ein Monat um war, und das schwarze Schaf pflegte neueingetretene Mädchen zu fragen, ob sie schon mit ihm verglichen worden seien. Harry wurde Herr Harry genannt, Judy war offiziell Fräulein Judy, nur das schwarze Schaf war nie irgend etwas anderes als das ›schwarze Schaf‹ *tout court*.

Die Zeit verging, und die Erinnerung an Papa und Mama wurde sehr getrübt durch die unerfreuliche Verpflichtung, ihnen jeden Sonntag unter Tante Rosas Aufsicht einen Brief zu schreiben. Das schwarze Schaf vergaß, welche Lebensweise er im Anfang der Dinge geführt hatte, selbst Judys dringender Bitte »Versuch dich an Bombay zu erinnern!« gelang es nicht, ihn zu beleben.

»Ich kann mich nicht erinnern«, sagte er. »Ich weiß, ich war gewohnt zu befehlen, und Mama küßte mich.«

»Tante Rosa wird dich auch küssen, wenn du brav bist«, sagte Judy verteidigend.

»Ach, ich will nicht von Tante Rosa geküßt werden. Sie würde sagen, ich tue es, um mehr zu essen zu bekommen.«

Die Wochen dehnten sich in Monate aus, und die Ferien kamen, aber knapp vor den Ferien beging das schwarze Schaf eine Todsünde.

Unter den vielen Jungen, die Harry aufgestachelt hatte, »dem schwarzen Schaf ein paar Kopfstücke zu geben, denn er wage es ja nicht, zurückzuschlagen«, war einer, der die Sache ärger trieb als die andern.

Dieser fiel in einem unglücklichen Augenblick, da Harry nicht in der Nähe war, über das schwarze Schaf her. Die Schläge schmerzten, und das schwarze Schaf schlug blindlings aus allen ihm zu Gebote stehenden Kräften zurück. Der Junge sank wimmernd zu Boden. Das schwarze Schaf war wie betäubt von seinem eigenen Tun, aber, da er den widerstandslosen Körper unter sich fühlte, beutelte er ihn mit beiden Händen in blinder Raserei und begann seinen Feind zu würgen, in der ehrlichen Absicht, ihn zu ermorden. Es gab eine Balgerei, das schwarze Schaf wurde von Harry und einigen Kameraden von dem Jungen weggerissen und mit Püffen nach Hause gebracht, aufgeregt, aber frohlockend. Tante Rosa war nicht da. Ihre Heimkehr stand bevor, und Harry begann unterdessen dem schwarzen Schafe eine Vorlesung über die Sünde des Totschlags zu halten, die er als das Verbrechen Kains bezeichnete.

»Warum hast du nicht ehrlich mit ihm gerungen? Warum hast du noch auf ihn losgeschlagen, als er schon am Boden lag, du kleiner Halunke?«

Das schwarze Schaf sah auf Harrys Kehle und dann auf ein Messer, das auf dem Eßtisch lag.

»Ich verstehe nicht«, sagte er gequält. »Du hast ihn immer auf mich gehetzt und mir gesagt, ich sei ein

Feigling, wenn ich weinte. Willst du mich nicht in Ruhe lassen, bis Tante Rosa heimkommt? Sie wird mich prügeln, wenn du ihr sagst, daß ich geprügelt gehöre – und so ist alles in Ordnung.«

»Nichts ist in Ordnung«, sagte Harry in lebhaftem Tone, »du hast ihn fast getötet, und ich würde mich nicht wundern, wenn er stürbe.«

»Wird er sterben?« fragte das schwarze Schaf.

»Ich meine wohl, und dann wirst du aufgehängt werden und in die Hölle kommen«, sagte Harry.

»Gut!« sagte das schwarze Schaf und nahm das Messer vom Tisch. »Dann werde ich jetzt dich umbringen. Du sagst Dinge, und du tust Dinge – und ich weiß nicht, wie die Dinge geschehen – und – du läßt mich nicht in Ruhe, und es ist mir ganz gleichgültig, was geschehen wird.«

Er lief mit dem Messer auf den Jungen los, und Harry floh die Treppe hinauf in sein Zimmer mit dem Versprechen, das schwarze Schaf würde die schönste Tracht Prügel in der Welt bekommen, wenn Tante Rosa heimkehre. Das schwarze Schaf saß auf dem untersten Treppenabsatz, das Messer in der Hand und weinte, daß er Harry nicht getötet hatte. Das Dienstmädchen kam aus der Küche herauf, nahm ihm das Messer weg und tröstete ihn. Aber das schwarze Schaf war keinem Troste zugänglich. Er würde von Tante Rosa gräßlich geprügelt werden, dann gäbe es nochmals Haue von seiten Harrys. Judy werde nicht mit ihm sprechen dürfen, dann würde die ganze Geschichte in der Schule herumgehen, und dann –

Da war niemand, den er noch liebte oder von dem er Hilfe erwarten konnte, und der beste Ausweg aus dieser Angelegenheit war der Tod. Ein Messer würde wehtun, aber Tante Rosa hatte ihm vor einem Jahr gesagt, er würde sterben, wenn er bemalte Dinge lutsche. Er ging ins Kinderzimmer, grub die Arche Noah, mit der er nicht mehr spielte, aus und lutschte die Farbe von allen Tieren, die noch da waren. Es schmeckte scheußlich, aber er hatte dennoch die Friedenstaube schon ganz blank gelutscht, als Tante Rosa und Judy heimkehrten. Er ging die Treppe hinauf und begrüßte sie mit den Worten: »Bitte, Tante Rosa, ich glaube, ich habe in der Schule einen Jungen fast getötet, und ich habe versucht, Harry zu töten, und wenn du mit Gott und der Hölle fertig bist, wirst du mich dann gleich prügeln, damit es vorbei ist?«

Die Geschichte seines Überfalls auf Harry — wie ihn dieser darstellte — fand ihre einzig mögliche Erklärung darin, daß er vom Teufel besessen sei. Daher wurde das schwarze Schaf nicht nur außerordentlich verprügelt, einmal von Tante Rosa, und, als er schon genügend eingeschüchtert war, nochmals von Harry, sondern er wurde fürderhin in die Familiengebete eingeschlossen, zusammen mit Jane, die eine kalte

Rissole aus der Speisekammer gestohlen hatte und hörbar schnaufte, als ihre Sünde vor den Thron der Gnade gebracht wurde. Das schwarze Schaf war wund und steif, aber voll Triumphgefühl. Er würde diese Nacht sterben und sie alle los sein. Nein, er würde Harry nicht um Verzeihung bitten und zur Schlafenszeit Fragen von seiner Seite nicht beantworten, selbst wenn ihn Harry mit ›kleiner Kain‹ anredete.

Er sagte: »Ich bin geschlagen worden, und ich habe andere Sachen gemacht. Mir ist ganz egal, was ich tue. Wenn du heute nacht mit mir sprichst, Harry, stehe ich auf und versuche dich zu töten. So, jetzt kannst du mich töten, wenn du willst.«

Harry trug sein Bettzeug in das Fremdenzimmer, und das schwarze Schaf legte sich nieder, um zu sterben.

Es mag sein, daß die Hersteller von Noahs Archen wissen, daß ihre Tiere höchstwahrscheinlich den Weg in den Mund von Kindern finden werden und sie daher dementsprechend bemalen. Sicher ist, daß der gewöhnliche traurige Morgen, der am andern Tage durch die Fenster brach, das schwarze Schaf zwar ganz wohl und recht beschämt über sich selber antraf, aber bereichert um das Wissen, daß er sich im äußersten Falle vor Harry künftig Ruhe verschaffen könne.

Als er am ersten Ferientag zum Frühstück herunterkam, wurde er mit der Neuigkeit begrüßt, daß Harry,

Tante Rosa und Judy nach Brighton fahren würden, während das schwarze Schaf mit dem Mädchen zu Hause zu bleiben habe. Sein letzter Ausbruch paßte Tante Rosa ausgezeichnet in den Kram. Er gab ihr eine gute Ausrede, den Nebenjungen zu Hause zu lassen. Papa, der in Bombay zu wissen schien, was ein kleiner Sünder zu jeder Stunde brauchte, schickte in der gleichen Woche einen ganzen Pack Bücher. Und in Gesellschaft dieser und Janes, die auf Kostgeld gesetzt war, blieb das schwarze Schaf einen ganzen Monat lang allein.

Die Bücher hielten zehn Tage vor. Er verschlang sie auf einmal in großen Bissen von zwölfstündiger Dauer. Dann kamen Tage gänzlichen Nichtstuns, in denen er seinen Träumen nachhing, Armeen seiner Phantasie die Treppe auf und ab führte, die Zahl der Geländerpfosten zählte und die Länge und Breite aller Zimmer mit der Hand abmaß – fünfzig Spannen die Längsseite, dreißig die Querseite und wiederum fünfzig zurück.

Jane schloß viele Freundschaften, und nachdem ihr das schwarze Schaf die Versicherung gegeben hatte, er würde von ihren Ausgängen nicht Mitteilung machen, verließ sie täglich für viele Stunden das Haus. Das schwarze Schaf folgte dann den Strahlen der sinkenden Sonne von der Küche in das Eßzimmer und von dort aufwärts in sein Schlafzimmer, bis alles grau und dunkel ward; dann rannte er in die Küche hinab und las beim Scheine des Herdfeuers. Er war glücklich, in Ruhe gelassen zu werden und soviel lesen zu dürfen, als er wollte. Aber später geriet er in Schrekken vor den Schatten der Fenstervorhänge und dem Knarren der Laden. Er ging hinaus in den Garten, und das Rauschen der Lorbeerbüsche ängstigte ihn.

Er war froh, als alle zurückkamen – Tante Rosa, Harry und Judy, erfüllt von Neuigkeiten und Judy mit Geschenken beladen. Wer konnte umhin, die kleine offenherzige Judy zu lieben. Als Gegengabe gegen ihr fröhliches Geschwätz vertraute ihr das schwarze Schaf an, daß die Entfernung von der Eingangstüre bis zum ersten Treppenabsatz genau hundertvierundachtzig Spannen groß sei, er habe es selbst herausgefunden.

Dann begann das alte Leben von neuem, aber mit einem Unterschied – und einer neuen Sünde. Zu seinen anderen Verfehlungen hatte das schwarze Schaf eine phänomenale Ungeschicklichkeit hinzugefügt – er war ebenso vertrauenswürdig in seinen Handlungen wie in seinen Worten. Er selbst konnte sich keine Rechenschaft ablegen, warum alles, was er berührte, zerbrach, warum Gläser umstürzten, wenn er nur die Hand ausstreckte, und er mit dem Kopf an Türen stieß, die doch offensichtlich geschlossen waren. Ein grauer Nebel lag für ihn über der Welt, wurde von Tag zu Tag dichter und ließ endlich das schwarze

Schaf allein mit den wehenden Vorhängen, die so sehr Geistern glichen, und den namenlosen Schreckgestalten des hellen Tages, die sich schließlich nur als auf Haken hängende Mäntel entpuppten. Ferien kamen und Ferien gingen, das schwarze Schaf wurde zu vielen Leuten mitgenommen, deren Gesichter alle ganz gleich waren; er wurde geschlagen, wenn es die Sachlage erforderte, und von Harry bei allen möglichen Gelegenheiten gepeinigt, aber von Judy durch dick und dünn verteidigt, wenn sie sich damit auch den Zorn Tante Rosas zuzog.

Die Wochen nahmen kein Ende, und Papa und Mama waren vollkommen vergessen. Harry hatte die Schule verlassen und war in einer Bank angestellt. Von seiner Gegenwart befreit, beschloß das schwarze Schaf, sich nicht länger am Lesen seiner Unterhaltungsbücher hindern zu lassen. Sooft er daher in der Schule nichts gekonnt hatte, erzählte er zu Hause, wie gut es gegangen sei, und große Verachtung für Tante Rosa quoll in ihm empor, als er sah, wie leicht sie zu täuschen war. »Sie sagt, ich sei ein kleiner Lügner, wenn ich nicht lüge, und jetzt, wo ich lüge, weiß sie es nicht«, dachte er. Tante Rosa hatte ihm früher kleine Listen und Manöver zugetraut, die ihm nie eingefallen waren. Im Lichte dieser häßlichen Erkenntnis, die sie ihm geoffenbart hatte, zahlte er ihr nun voll heim. Sein Verhalten wurde ihm leicht gemacht in einem Hause, wo das unschuldigste seiner Motive, sein natürliches Bedürfnis nach ein wenig Zärtlichkeit, als Begehren nach mehr Brot und Eingemachtem ausgelegt worden war, oder sein Wunsch, sich Fremden freundlich zu erweisen, als die Absicht, Harry in den Hintergrund zu drängen. Tante Rosa konnte gewisse Arten von Scheinheiligkeit durchschauen, aber nicht alle. Er setzte seinen Kinderverstand ihrem Verstand entgegen und bekam keine Prügel mehr.

Von Monat zu Monat wurde es anstrengender, die Schulbücher zu lesen, und selbst die großgedruckten Buchstaben seiner Geschichtenbücher tanzten ihm vor den Augen und waren verschwommen. So brütete das schwarze Schaf in den Schatten, die über ihn fielen und ihn von der Welt abschnitten, vor sich hin, erfand schreckliche Strafen für den ›lieben Harry‹ oder plante einen neuen Faden in dem verwirrenden Gewebe von Betrug, in das er nach und nach Tante Rosa einspann.

Dann aber kam die Katastrophe, und die Spinnweben zerrissen. Es war unmöglich, alles vorauszusehen. Tante Rosa ging selbst, sich nach den Fortschritten des schwarzen Schafes zu erkundigen und bekam eine Auskunft, die sie aufrüttelte. Schritt für Schritt, mit einem ebenso hinterlistigen Entzücken, als wenn sie ein unterernährtes Mädchen des Diebstahls von kaltem Fleisch überführen konnte, verfolgte sie die Spuren von Punchs Verbrechen. Wochen und Wochen hatte er, um der Verbannung von den Bücherregalen zu entgehen, Tante Rosa zum Narren gehalten. Tante Rosa, Harry, Gott und die ganze Welt zum Narren gehalten. Schauderhaft, höchst schauderhaft, und der Beweis für einen äußerst verdorbenen Charakter.

Das schwarze Schaf überschlug die Kosten. »Nur eine große Tracht Prügel wird es geben, und dann wird sie mir eine Tafel mit der Aufschrift ›Lügner‹ auf den Rücken heften, wie sie es schon getan hat. Harry wird mich verhauen und für mich beten, und sie wird mich in ihre Gebete einschließen und mir sagen, ich sei ein Kind des Teufels und mir Psalmen zu lernen aufgeben. Aber ich habe doch immer gelesen, und sie hat es nicht gewußt. Sie wird sagen, sie hat es schon lang gewußt. Sie ist auch eine alte Lügnerin«, sagte er. Drei Tage lang blieb das schwarze Schaf in seinem Schlafzimmer eingeschlossen – um seine Seele vorzubereiten: »Das bedeutet zweimal Prügel. Einmal in der Schule, und einmal hier. Ersteres wird mehr wehtun.«

Und genau wie er es sich vorgestellt hatte, geschah es. Er bekam in der Schule vor den Juden und dem Hubshi eine Tracht Prügel für das verruchte Verbrechen, zu Hause falsche Berichte über seine Fortschritte erstattet zu haben. Er bekam zu Hause aus demselben Grunde eine Tracht Prügel von Tante Rosa, dann brachte sie das Plakat zum Vorschein, nadelte es ihm zwischen die Schultern und befahl ihm, damit einen Spaziergang zu machen.

Das schwarze Schaf sagte sehr ruhig: »Wenn du mich dazu zwingst, werde ich dieses Haus anzünden, und vielleicht werde ich dich töten. Ich weiß nicht, ob ich dich töten kann, denn du bestehst nur aus Knochen, aber ich werde es versuchen.«

Auf diese Blasphemie folgte keine Bestrafung; dennoch hielt sich das schwarze Schaf bereit, seinen Weg bis zu Tante Rosas vertrockneter Kehle zu finden und sie zu umklammern, bis er mit Schlägen vertrieben würde. Vielleicht auch fürchtete sich Tante Rosa, denn das schwarze Schaf, auf dem Nadir der Sünde angelangt, trug eine ganz neue Unbekümmertheit zur Schau.

Inmitten all der Aufregungen kam Besuch aus Übersee nach Downe Lodge, der Papa und Mama kannte und beauftragt war, nach Punch und Judy zu sehen. Das schwarze Schaf wurde in den Salon geschickt und rannte in einen massiven gedeckten Teetisch.

»Sachte, sachte, kleiner Mann!« sagte der Besucher und wandte das Gesicht des schwarzen Schafes langsam dem Lichte zu. »Was für ein Vogel sitzt dort auf dem Zaun?«

»Ein Vogel?« fragte das schwarze Schaf.

Der Besucher schaute eine halbe Minute lang tief in die Augen des schwarzen Schafes, dann sagte er plötzlich: »Herrgott, der kleine Kerl ist fast blind.«

Der Besuch war sehr sachlich. Er verbot auf seine eigene Verantwortung hin dem schwarzen Schaf, in die Schule zu gehen oder ein Buch zu öffnen, bis Mama zurückkäme. Er sagte: »Sie wird in drei Wochen hier sein, wie du wohl schon weißt. Und ich bin Inverarity-Sahib. Ich habe dich in diese schlechte Welt befördert, junger Mann, und du scheinst ja einen schönen Gebrauch von deiner Zeit gemacht zu haben. Du darfst überhaupt nichts tun; wirst du das können?«

»Ja«, sagte Punch wie betäubt. Er hatte gewußt, daß Mama kommen würde. Da gab es also Aussicht auf eine neue Tracht Prügel. Gott sei Dank, kam Papa nicht auch mit. Tante Rosa hatte vor kurzem gesagt, er müsse von einem Mann Prügel bekommen.

Für die nächsten drei Wochen hatte das schwarze Schaf den strengen Befehl, nichts zu tun. Er verbrachte die Zeit in dem alten Kinderzimmer damit, alle die zerbrochenen Spielsachen anzusehn, für die er wohl der Mama Rechenschaft abzulegen haben würde; Tante Rosa schlug ihm doch auf die Hände, selbst wenn nur ein Holzboot zerbrochen wurde. Aber diese Sünde war von geringer Bedeutung im Vergleich zu den andern Offenbarungen, auf die Tante

Rosa so dunkel anspielte: »Wenn deine Mutter kommt und hört, was ich ihr zu erzählen habe, wird sie einen schönen Begriff von dir bekommen«, sagte sie grimmig und überwachte Judy, damit dieses kleine Fräulein nicht zum Schaden ihrer jungen Seele ihren Bruder zu trösten versuche.

Und Mama kam an – in einem vierrädrigen Wagen – kam, aufgelöst in zärtlicher Aufregung. Solch eine Mama! Sie war jung, lachhaft jung, und schön, mit zartgeröteten Wangen, Augen, die wie Sterne schienen, und einer Stimme, die gar nicht der Unterstützung durch ausgestreckte Arme bedurfte, um Kinder an ihr Herz zu locken. Judy lief gerade auf sie zu, doch das schwarze Schaf zögerte. Konnte vielleicht nicht auch dieses Wunder ›sich aufspielen‹? Sie würde wohl nicht die Arme nach ihm ausstrecken, wenn sie von seinen Verbrechen wüßte? War es nicht möglich, daß sie mit Liebkosungen etwas aus dem schwarzen Schaf herausbekommen wollte? Nur seine ganze Liebe und sein ganzes Vertrauen; aber das wußte das schwarze Schaf nicht. Tante Rosa zog sich zurück und ließ Mama allein, die halb lachend, halb weinend zwischen ihren Kindern kniete, in ebenderselben Diele, wo Punch und Judy vor fünf Jahren so geweint hatten.

»Nun, meine Häschen, erinnert ihr euch noch an mich?«

»Nein«, sagte Judy offenherzig, »aber ich habe jede Nacht gesagt: Gott segne Papa und Mama.«

»Ein bißchen«, sagte das schwarze Schaf. »Ich hab' dir doch jede Woche geschrieben, wenigstens. Das sag' ich nicht, um mich aufzuspielen, sondern wegen dem, was nachher kommt.«

»Was kommt nachher? Was soll nachher kommen, mein Herzensjunge?« Und sie zog ihn näher an sich. Linkisch schob er sich heran. »Nicht gewohnt, verzärtelt zu werden«, dachte das rasch auffassende Mutterherz. »Das Mädchen schon.«

»Sie ist zu klein, um irgendwem weh zu tun«, dachte das schwarze Schaf, »und wenn ich sagte, ich werde sie umbringen, würde sie sich fürchten. Ich bin neugierig, was Tante Rosa ihr erzählen wird.«

Es gab ein gezwungenes spätes Abendessen, dann hob Mama Judy auf und legte sie unter vielen Zärtlichkeiten zu Bett. Die ungetreue kleine Judy war sichtlich schon von Tante Rosa abgefallen, und diese Dame nahm es bitter übel. Das schwarze Schaf erhob sich, um das Zimmer zu verlassen.

»Komm her und sag gute Nacht«, sagte Tante Rosa und bot ihm die welke Wange.

»Äh«, sagte das schwarze Schaf, »ich hab' dich nie geküßt und ich werde mich jetzt nicht aufspielen. Sag dieser Frau, was ich getan habe, und schau zu, was sie sagt.«

Das schwarze Schaf kletterte ins Bett mit dem Gefühl, den Himmel, durch dessen Tor er flüchtig hatte sehen dürfen, für immer verloren zu haben. Eine halbe Stunde später beugte sich ›diese Frau‹ über sein Bett. Das schwarze Schaf warf schützend seinen rechten Arm vors Gesicht. Es war nicht anständig, im Finstern zu kommen und ihn zu schlagen. Tante Rosa hatte das nie versucht. Aber kein Schlag fiel.

»Spielst du dich auf? Ich werde dir aber doch nicht mehr erzählen, als dir Tante Rosa schon gesagt hat, und sie weiß noch nicht alles«, sagte das schwarze Schaf so deutlich, als er konnte, denn ihre Arme schlangen sich um seinen Hals.

»O mein Sohn, mein kleiner, kleiner Sohn! Es war meine Schuld – meine Schuld, Liebling – aber wie hätten wir es verhindern können. Verzeih mir, Punch!« Die Stimme erstarb in einem gebrochenen Flüstern, und zwei heiße Tränen fielen auf die Stirn des schwarzen Schafes.

»Hat sie dich auch zum Weinen gebracht?« fragte er. »Du solltest sehen, wie Jane immer weint. Aber du bist lieb, und Jane ist eine geborene Lügnerin – sagt Tante Rosa.«

»Still, Punch, still! Mein Junge, sprich nicht so! Versuch, mich ein bißchen lieb zu haben, ein kleines bißchen lieb. Du weißt nicht, wie sehr ich es brauche. Punch-Baba, gehör wieder mir! Ich bin deine Mutter

– deine eigene Mutter – alles andere ist unwichtig. Ich weiß, ja ich weiß, Liebes. Es macht jetzt nichts mehr. Punch, willst du mich nicht ein bißchen lieb haben?«

Es ist erstaunlich, wieviel Zärtlichkeit ein großer Junge von zehn Jahren ertragen kann, wenn er ganz sicher ist, von niemand ausgelacht zu werden. Niemals zuvor hatte sich jemand aus dem schwarzen Schaf etwas gemacht, und nun behandelte diese schöne Frau hier ihn – das Kind des Teufels und den Erben nie verlöschender Flammen – als sei er ein kleiner Gott.

»Ich hab' dich sehr lieb, liebe Mutter«, flüsterte er endlich, »und ich bin froh, daß du zurückgekommen bist; aber, bist du sicher, daß Tante Rosa dir alles erzählt hat?«

»Alles. Was macht das? Aber« – ihre Stimme brach in einem Schluchzen, das auch schon Lachen war – »Punch, mein armes, liebes, halbblindes Herzenskind, glaubst du nicht, daß das ein bißchen toll von dir war?«

»Nein. Es ersparte mir Haue.«

Mama schauerte zusammen und schlüpfte in der Dunkelheit fort, um einen langen Brief an Papa zu schreiben. Hier ist ein Auszug daraus:

»Judy ist ein liebes, dickes, eingebildetes kleines Ding; sie betet diese Frau an und trägt mit demselben

Ernst wie ihre religiösen Anschauungen – nur acht Jahre ist sie alt, Jack – eine ehrwürdige Scheußlichkeit aus Roßhaar, die sie ihren *Cul de Paris* nennt. Ich habe es eben verbrannt. Das Kind liegt, während ich schreibe, in meinem Bett und schläft. Sie wird mit einem Male zu mir zurückkommen. Punch kann ich nicht ganz verstehen. Er ist gut genährt; aber er scheint in eine Kette von kleinen Betrügereien hineingezerrt worden zu sein, die dieses Weib zu Todsünden stempelt. Erinnerst du dich nicht an unsere eigene Erziehung, Lieber? Wie oft war die Furcht des Herrn der Beginn zur Verlogenheit! Ich werde auch Punch in kurzem für mich gewinnen. Ich übersiedle mit den Kindern aufs Land, damit sie mich wieder kennenlernen, und im ganzen bin ich zufrieden oder werde es sein, wenn du wieder nach Hause kommst, lieber Junge, und dann, wenn Gott will, werden wir endlich wieder unter einem Dache vereinigt sein.« –

Drei Monate später hat Punch – nicht länger mehr das schwarze Schaf – entdeckt, daß er der wahrhaftige Besitzer einer wirklichen, lebendigen, entzückenden Mama ist, die zugleich Schwester, Tröster und Freundin ist, und die er beschützen muß, bis der Vater zurückkehrt. Einem Beschützer steht es nicht an, zu betrügen, und wenn man alles, ohne zu fragen, tun darf, wozu sollte man da betrügen?

»Mutti wäre schrecklich böse, wenn du durch diesen Graben gehst«, sagt Judy im Verlauf eines Gespräches.

»Mutti ist nie böse«, erwidert Punch, »sie würde bloß sagen: ›Du bist ein kleiner Pagal (Schmutzfink)‹; und das ist nicht nett, aber ich will's dir zeigen.«

Punch geht durch den Graben und beschmutzt sich bis an die Knie. Er ruft: »Liebe Mutti, ich bin so schmutzig, wie's nur geht.«

»Dann wechsle deine Kleider, so schnell, wie's nur geht«, antwortet Muttis helle Stimme aus dem Hause. »Und sei kein kleiner Schmutzfink!«

»Siehst du? Ich hab's dir gesagt. Es ist jetzt alles ganz anders, und wir gehören jetzt so zu Mutti, als sei sie nie fort gewesen«, sagt Punch.

Nicht ganz genauso, Punch: denn wenn einmal junge Lippen einen tiefen Trunk aus den bittern Wassern des Hasses, des Mißtrauens und der Verzweiflung getan haben, kann alle Liebe der Welt dieses Wissen nicht mehr vollkommen auslöschen; doch kann es verdunkelte Augen für eine Weile dem Licht zuwenden und Vertrauen lehren, wo kein Vertrauen war.

Bartleby

VON HERMAN MELVILLE

Ich bin ein ziemlich bejahrter Mann. In den letzten dreißig Jahren hat mich die Art meiner beruflichen Tätigkeit in besonders nahe Berührung mit einer, wie mir scheint, recht interessanten und einigermaßen eigenartigen Klasse von Menschen gebracht, über die jedoch bisher, soviel ich weiß, noch nie geschrieben wurde: ich meine die Aktenkopisten und Anwaltsschreiber. Ich habe sehr viele von ihnen kennengelernt, beruflich und privat, und wenn ich wollte, könnte ich mancherlei Geschichten erzählen, über die gutmütige Männer vielleicht lächeln und gefühlvolle Seelen Tränen vergießen würden. Aber ich verzichte auf die Lebensgeschichte aller andern Schreiber zugunsten einiger Wochen aus dem Leben Bartlebys, der ein Schreiber war und der seltsamste, den ich je sah oder von dem ich je vernahm. Während es sich mit anderen Aktenkopisten so verhält, daß ich ihr ganzes Leben schildern könnte, ist bei Bartleby nichts dergleichen möglich. Ich glaube, für eine vollständige und erschöpfende Lebensbeschreibung dieses

Mannes fehlt es an Unterlagen. Für die Literatur ist das ein unersetzlicher Verlust. Bartleby gehört zu jenen Menschen, über die man nur aus den eigentlichen Quellen etwas Sicheres erfahren kann, und die sind in seinem Falle dürftig. Was meine eigenen verwunderten Augen an Bartleby beobachteten, ist alles, was ich über ihn weiß, allerdings mit Ausnahme eines einzigen ungenauen Berichts, von dem später noch die Rede sein wird.

Ehe ich den Schreiber vorstelle, wie er zuerst vor mir erschien, ist es zweckmäßig, daß ich einiges über mich selbst, meine Angestellten, meine Tätigkeit, meine Kanzlei und die allgemeine Umgebung sage; denn eine solche Schilderung ist unerläßlich, damit man die Hauptperson, die hier dargestellt werden soll, hinreichend versteht. Zunächst dies: ich bin ein Mann, der von Jugend auf zutiefst von der Überzeugung durchdrungen war, daß die gemächlichste Lebensführung die beste ist. Obwohl ich einem Beruf angehöre, der durch Tatkraft und manchmal bis zur Unrast gesteigerte Unermüdlichkeit sprichwörtlich wurde, habe ich es doch nie geduldet, daß etwas dergleichen in meinen Frieden eindrang. Ich gehöre zu jenen von Ehrgeiz freien Juristen, die niemals Ansprachen an Geschworene halten oder sonstwie den Beifall der Öffentlichkeit erhaschen wollen, sondern die in der kühlen Stille einer behaglichen Zufluchtsstätte in aller Behaglichkeit die Papiere und Pfandbriefe und Besitzurkunden reicher Leute verwalten. Alle, die mich kennen, halten mich für einen überaus zuverlässigen Menschen. Der verewigte John Jacob Astor, eine Persönlichkeit, die bestimmt nicht zu poetischem Überschwang neigte, erklärte, ohne zu zaudern, meine hervorragendste Eigenschaft sei weise Vorsicht, die nächstbeste sei mein planmäßiges Vorgehen. Ich sage es nicht aus Eitelkeit, sondern berichte es nur als Tatsache, daß der verblichene John Jacob Astor sich meine Dienste zunutze machte – ein Name, den ich, es sei zugegeben, gerne wiederhole, denn es haftet ihm ein voller und wohltönender Klang an, wie pures Gold. Ich will gerne hinzufügen, daß ich für die gute Meinung des verewigten John Jacob Astor nicht unempfänglich war.

Eine Weile vor dem Zeitpunkt, an dem diese kleine Geschichte beginnt, hatten meine Geschäfte sehr zugenommen. Mir war ein gutes, altes, jetzt im Staate New York ausgelöschtes Amt übertragen worden: das eines Beisitzers im Kanzleigericht. Es war kein besonders anstrengendes Amt, doch erfreulich gewinnbringend. Ich verliere selten die Beherrschung, noch viel seltener gerate ich in gefährliche Entrüstung über Unrecht oder Unbill und Kränkungen; doch gestatte man mir, jetzt einmal heftig zu werden und zu erklären, daß ich die jähe und gewaltsame

Abschaffung des Beisitzeramtes am Kanzleigericht durch die neue Verfassung für einen ... übereilten Schritt halte; ich hatte nämlich auf einen lebenslänglichen Genuß der Einkünfte gerechnet, erhielt sie aber nur wenige Jahre. Doch das nebenbei.

Meine Kanzlei lag im zweiten Stock des Hauses Nummer ... in der Wall Street. Auf der einen Seite blickte sie auf die weiße Mauer eines geräumigen Lichtschachtes, der sich vom Erdgeschoß bis zum Dach des Hauses erstreckte.

Eine solche Aussicht mag man für besonders langweilig halten, da ihr alles fehlte, was die Landschaftsmaler ›Leben‹ nennen. Doch wenn dem so war, dann bot die Aussicht auf der andern Seite meiner Kanzlei zumindest einen Gegensatz, wenn auch nicht mehr. In jener Richtung gingen meine Fenster nämlich auf eine himmelhohe Backsteinmauer hinaus, die infolge von Alter und andauerndem Schatten geschwärzt war, und es war kein Fernglas erforderlich, um etwa verborgene Schönheiten auf besagter Mauer zu entdecken, denn zu Nutz und Frommen aller kurzsichtigen Betrachter erhob sie sich keine zehn Fuß vor meinen Fensterscheiben. Da die uns umgebenden Gebäude sehr hoch waren und da meine Räume im zweiten Stock lagen, glich der Zwischenraum zwischen der schwarzen Wand und der meinen recht auffallend einem riesigen viereckigen Brunnenschacht.

In der Zeit, die dem Erscheinen Bartlebys unmittelbar voranging, beschäftigte ich in meiner Kanzlei zwei Kopisten und, als Lehrling, einen vielversprechenden jungen Burschen. Der erste hieß Turkey oder Truthahn, der zweite Nippers oder Kneifzange, der dritte Ginger Nut oder Pfeffernuß. Es mag scheinen, daß dies Namen sind, wie man sie kaum in einem Adreßbuch findet. Eigentlich waren es denn auch Spitznamen, die sich meine drei Angestellten füreinander ausgedacht hatten, und jeder fand, daß sie das Äußere oder den Charakter des Betreffenden gut kennzeichneten. Turkey war ein untersetzter, dicker Engländer und etwa ebenso alt wie ich, das heißt an die Sechzig. Am Vormittag zeigte sein Gesicht ein prächtig blühendes Rot, doch nach zwölf Uhr mittags, seiner Essenszeit, glühte es wie ein Kaminrost voller Kohlen in den Weihnachtsfeiertagen; und so glühte es, wenn auch mit allmählichem Erblassen, bis etwa gegen sechs Uhr nachmittags; danach entschwand meinen Blicken der Träger des Gesichts, das, wie mir schien, seine schönste Glut mit dem Mittagsstand der Sonne erreichte, gleichzeitig mit ihr sank und am folgenden Tag wieder aufging und den Höhepunkt erklomm und unterging: immer mit der gleichen Regelmäßigkeit wie sie und in unverminderter Pracht. Ich habe mancherlei seltsame Zufälle im Laufe meines Daseins beobachtet, und folgende Tatsache ist nun wirklich bemerkenswert: genau in dem Augenblick, wenn Turkeys rotglühendes Gesicht die stärksten Strahlen ausschickte, genau dann, in diesem kritischen Augenblick, begann auch tagtäglich die Zeit, während der mir seine berufliche Tüchtigkeit für den Rest der vierundzwanzig Stunden ernstlich beeinträchtigt schien. Nicht etwa, daß er dann völlig träge oder jeder Beschäftigung abhold war, bei weitem nicht! Unangenehm war gerade, daß er nun dazu neigte, viel zu tatendurstig zu sein. Er war von einem seltsam hitzigen, aufgeregten und flüchtig-unsorgfältigen Eifer. Schon beim Eintauchen der Feder ins Tintenfaß war er unvorsichtig. Alle Tintenflecke auf meinen Akten stammten aus der Zeit nach zwölf Uhr mittags. Ja, nachmittags war er nicht nur unsorgfältig und auf betrübliche Art der Erzeugung von Tintenflecken zugetan, sondern an manchen Tagen ging er sogar noch weiter und war ziemlich laut. In solchem Falle flammte sein Gesicht in noch satterem Rot, als hätte man Pechkohle auf Anthrazit gehäuft. Er machte unliebsamen Lärm mit seinem Stuhl, verschüttete Sand aus der Streusandbüchse, zerschnitzelte in seiner Ungeduld die Gänsefedern beim Zurechtschneiden und warf sie in jähem Ärger auf den Fußboden, oder er stand auf und lehnte sich über den Tisch, wobei er seine Dokumente ganz liederlich durcheinanderbrachte, was einem bejahrten Manne wie ihm recht übel anstand. Trotzdem war er mir auf mancherlei Art höchst wertvoll, und in den Stunden vor zwölf Uhr mittags war er überdies der schnellste und zuverlässigste Mensch und erledigte eine große Menge Arbeiten so glänzend, daß es ihm so leicht keiner gleichtat; aus diesem Grunde war ich willens, seine Verschrobenheiten zu übersehen, obwohl ich ihm allerdings gelegentlich einen Verweis erteilen mußte. Ich tat es jedoch sehr behutsam, weil er, der am Vormittag der höflichste, nein, der gutmütigste und ehrerbietigste Untergebene war, am Nachmittag dazu neigte, mit seiner Zunge etwas vorlaut oder, offen gesagt, ungebührlich zu werden, besonders wenn er gereizt wurde. Weil ich nun seine vormittäglichen Dienste so schätzte und entschlossen war, nicht auf sie zu verzichten, während andrerseits sein hitziges Benehmen am Nachmittag mir auf die Nerven fiel, und weil ich ein friedliebender Mensch bin und durch meine Ermahnungen keine unziemlichen Erwiderungen heraufbeschwören wollte, faßte ich mir eines Samstagmittags ein Herz (an den Samstagen war es immer besonders schlimm) und wies ihn darauf hin, daß es vielleicht jetzt, da er älter würde, für ihn besser wäre, wenn er seine Arbeitszeit verringerte: kurz gesagt, er brauche nach zwölf Uhr nicht mehr in meine Kanzlei zu kommen, sondern nach eingenommenem Mittagessen tue er am besten, in seine Wohnung zurückzukehren und sich bis zur Teestunde auszuruhen. Aber nein, er bestand auf seinen nachmittäglichen Pflichten. Er steigerte sich in eine unerträgliche Hitze hinein, als er mir – er fuchtelte am andern Ende meines Zimmers mit einem langen Lineal herum – mit Rednergebärde versicherte: wenn seine Dienste am Vormittag nützlich seien, wie unentbehrlich müßten sie da erst am Nachmittag sein!

»Denn mit allem gebührenden Respekt, Sir«, sagte Turkey bei dieser Gelegenheit, »ich halte mich nämlich für Ihre rechte Hand. Morgens ordne ich meine Streitkräfte nur und stelle sie auf; am Nachmittag jedoch trete ich an ihre Spitze und greife den Feind mutig an – so –« und er machte einen heftigen Ausfall mit dem Lineal.

»Aber die Tintenflecke!« gab ich ihm vorsichtig zu verstehen.

»Stimmt, Sir. Aber mit allem gebührenden Respekt, Sir: betrachten Sie dieses Haar! Ich werde alt. Einen Klecks oder auch zwei an warmen Nachmittagen sollten Sie, Sir, einem Mann mit grauem Haar gewißlich nicht zur Last legen. Alter ist, selbst wenn es eine Seite mit Tinte befleckt, noch immer ehrwürdig. Mit allem gebührenden Respekt, Sir: wir werden *beide* alt!«

Diesem Hinweis auf ein gemeinsames Erleben konnte ich nur schwer widerstehen. Jedenfalls sah ich eins: *gehen* würde er nie. Also entschloß ich mich, ihn zu behalten, nahm mir jedoch vor, darauf zu achten, daß er nachmittags meine weniger wichtigen Dokumente in die Hände bekam.

Nippers, der zweite in meiner Kanzlei, war ein bleicher, backenbärtiger und, im großen und ganzen genommen, recht seeräuberhaft aussehender junger Mann von etwa fünfundzwanzig Jahren. Ich hielt ihn von jeher für das Opfer zweier Übel, nämlich seines Ehrgeizes und seiner Verdauungsbeschwerden. Der Ehrgeiz verriet sich durch eine gewisse Ungeduld gegenüber seinen Pflichten als einfacher Kopist, so daß er rein juristische Arbeiten, wie etwa die Erstabfassung von rechtsgültigen Dokumenten, ganz eigenmächtig selber vornahm. Die Verdauungsbeschwerden schienen sich in gelegentlicher nervöser Launenhaftigkeit und giftiger Reizbarkeit kundzutun, so daß er hörbar mit den Zähnen knirschte, wenn ihm beim Kopieren Fehler unterlaufen waren, oder in der Hitze des Gefechts unnötigerweise Flüche – wenn auch nicht deutlich äußerte, so doch zwischen den Zähnen hervorstieß; vor allem aber war er ständig über die Höhe des Pultes unzufrieden, an dem er arbeitete. Obwohl Nippers sehr erfinderischen und praktischen Geistes war, gelang es ihm doch nie, sein Arbeitspult wunschgemäß herzurichten. Er steckte Holzsplitter, Klötze verschiedener Art und Pappstückchen unter die Beine; schließlich gelangte er dahin, eine besonders fein abgestimmte Pulthöhe auszutüfteln, indem er zu allerletzt noch gefaltetes Löschpapier darunterschob. Doch keine Erfindung befriedigte ihn. Wenn er, um seinen Rücken auszuruhen, den Pultdeckel in scharfem Winkel zu seinem Kinn empordrehte und schrieb, als benütze er das steile Dach eines holländischen Hauses als Pult, dann wurde dadurch, wie er behauptete, der Blutkreislauf in den Armen behindert. Wenn er die Platte hingegen bis zur Höhe seines Gürtels niederließ und sich beim Schreiben darüberbeugte, dann bekam er starke Rükkenschmerzen. Kurzum, es verhielt sich einfach so, daß Nippers nicht wußte, was er wollte. Oder, wenn er etwas wollte, so war's dies, das Pult eines Kopisten endgültig loszuwerden. Sein ungesunder Ehrgeiz äußerte sich darin, daß er mit Vorliebe Besuch von gewissen zweifelhaft aussehenden Subjekten in schäbiger Kleidung empfing, die er seine Klienten nannte. Ich gewahrte denn auch, daß er sich zeitweise nicht nur erheblich mit der Politik seines Wahlkreises beschäftigte, sondern sich manchmal im Gerichtsgebäude mit Geschäftchen versuchte und an der Treppe des Stadtgefängnisses nicht unbekannt war. Ich habe jedoch allen Grund, zu glauben, daß ein Individuum, das ihn in der Kanzlei aufsuchte und das er mit großartiger Miene als Klienten bezeichnete, einfach ein Gläubiger – und das angebliche Dokument nur eine

Rechnung war. Indessen war mir Nippers, genau wie sein Landsmann Turkey, trotz aller Fehler und der Unannehmlichkeiten, die er mir bereitete, auch sehr nützlich: er schrieb eine saubere und gewandte Handschrift, und wenn es ihm genehm war, liess er es nicht an feinem Betragen fehlen. Außerdem kleidete er sich stets sorgfältig, was wiederum ein gutes Licht auf meine Kanzlei warf. Was dagegen Turkey betraf, so mußte ich mich ständig sorgen, ob er mir nicht zur Schande gereichte. Seine Anzüge sahen oft speckig aus und rochen nach Speisewirtschaften. Im Sommer schlotterten ihm die Beinkleider ausgebeult um die Beine. Seine Röcke waren widerwärtig, und den Hut mochte man gar nicht anfassen. Aber während mir sein Hut gleichgültig war, da ihn als Engländer angeborene Höflichkeit und Rücksichtnahme stets bewogen, den Hut zu ziehen, sowie er das Zimmer betrat, war es mit seinem Rock denn doch eine andere Sache. Betreffs seiner Röcke machte ich ihm Vorhaltungen, aber ohne Erfolg. In Wahrheit stand es vermutlich so, daß ein Mann mit so kleinem Einkommen nicht gleichzeitig mit einer prächtigen Gesichtsfarbe und einem prächtigen Rock prunken konnte. Wie Nippers einmal bemerkte, ging Turkeys Geld größtenteils für ›rote Tinte‹ drauf. Eines Wintertags schenkte ich Turkey einen äußerst anständigen Rock aus meinem eigenen Besitz: einen mit Steppfutter versehenen grauen Rock, der herrlich wärmte und vom Kinn bis zum Knie zugeknöpft werden konnte. Ich dachte, Turkey würde diese Wohltat schätzen und den nachmittäglichen Übereifer und das Getöse etwas abstellen. Aber nein: ich glaube ernstlich, es wirkte verhängnisvoll, daß er sich in einen so daunenweichen und bettdeckenwarmen Rock einknöpfen konnte – etwa so, wie allzuviel Hafer den Pferden nicht bekommt. Und genauso, wie man von einem launischen Gaul zu sagen pflegt, daß ihn der Hafer sticht, hätte man von Turkey sagen können, daß ihn der Rock steche. Er machte ihn dreist. Turkey war ein Mann, dem Wohlergehen nicht gut bekam.

Während ich nun gegenüber Turkeys ungezügelten Gewohnheiten meine stillen Vermutungen hegte, war ich, was Nippers betraf, durchaus überzeugt, daß er, einerlei, was für Fehler er haben mochte, wenigstens im Trinken ein mäßiger Mensch war. Jedoch war wohl die Natur sein Mundschenk, indem sie ihm schon bei der Geburt einen derartig reizbaren Branntweincharakter verlieh, daß jede weitere Getränkezufuhr unnötig wurde. Wenn ich bedenke, wie Nippers manchmal in meiner Kanzlei in der friedlichsten Stille ungeduldig von seinem Stuhl aufsprang, sich über die Schreibplatte beugte, mit weitgeöffneten Armen das ganze Pult packte, es ungestüm rüttelte und unter grimmigem Drücken und Mahlen wieder auf den

Fußboden stieß, als sei das Pult ein verstockter Testamentsvollstrecker, der ihm Schwierigkeiten und Verdruß bereiten wollte, so ist es mir ganz klar, daß bei Nippers Branntwein vollkommen überflüssig war.

Es war ein Glück, daß sich bei Nippers die Reizbarkeit und die anschließende Unruhe wegen der besonderen Ursache, der Verdauungsbeschwerden, hauptsächlich vormittags bemerkbar machten, während er nachmittags verhältnismäßig sanftmütig war. Weil nun Turkeys Anwandlungen immer erst gegen zwölf Uhr mittags begannen, brauchte ich mich daher niemals gleichzeitig mit den Verrücktheiten beider zu befassen. Ihre Anfälle lösten einander ab wie Wachtposten. Wenn sie bei Nippers aufmarschierten, war Turkey frei – und umgekehrt. Es war, unter den gegebenen Umständen, eine gute und natürliche Anordnung.

Ginger Nut, der dritte meiner Angestellten, war ein junger Bursch von etwa zwölf Jahren. Sein Vater war Fuhrmann; er hoffte, den Sohn vor seinem Tode bei Gericht anstatt in der Fuhrhalterei zu sehen. Deshalb schickte er ihn gegen ein Entgelt von einem Dollar die Woche als Rechtsstudenten, Laufjungen und Putzfrau in meine Kanzlei. Er hatte sein eigenes kleines Schreibpult, doch benutzte er es nicht oft. Das Schubfach enthielt, wie es sich bei einer Inspektion herausstellte, eine große Ansammlung von Schalen mannigfaltiger Nüsse. Diesem schlauen Jüngling schien tatsächlich die ganze edle Wissenschaft vom Recht in einer Nußschale beschlossen. Nicht die unwesentlichste von Ginger Nuts Aufgaben, der er auch mit aller Bereitwilligkeit nachkam, war das Amt, Kuchen und Äpfel für Turkey und Nippers zu beschaffen. Das Kopieren von Akten ist, wie das Sprichwort sagt, eine trockene, halsausdörrende Beschäftigung, und meine beiden Schreiber liebten es, sich den Mund öfters mit jenen Äpfeln zu erfrischen, die man Spitzenberger nennt und die in den zahlreichen Buden beim Zollgebäude und beim Postamt zu haben sind. Außerdem ließen sie sich von Ginger Nut sehr oft jene bewußten Küchlein holen – eine kleine, flache, runde, scharfgewürzte Sorte – nach denen sie ihn benannt hatten. An kalten Vormittagen, wenn das Geschäft flau ging, pflegte Turkey Dutzende von diesen Kuchen zu vertilgen, als ob es nur Oblaten wären – übrigens kosteten sechs oder acht Stück nur einen Penny – und das Kratzen seines Gänsekiels wurde vom Zermalmen der knusprigen Eßreste in seinem Mund begleitet. Die übereilteste aller hitzigen Nachmittagssünden und ungestümen Tollkühnheiten beging Turkey, als er einmal eine Pfeffernuß mit der Zunge anfeuchtete und anstatt eines Siegels unter einen Schuldbrief klebte. Damals fehlte nicht viel und ich hätte ihn entlassen. Doch besänftigte er mich, indem er eine orientalisch tiefe Verneigung machte und dazu sagte: »Mit Verlaub, Sir, es war großzügig von mir, Sie auf meine Kosten mit Kanzleibedarf zu versorgen!«

Nun hatte meine eigentliche Arbeit – das Grundstücknotariat, das Klären von Rechtsansprüchen und das Aufsetzen von verzwickten Dokumenten aller Art – durch die Übertragung des Beisitzeramtes erheblich zugenommen. Jetzt gab es für Aktenkopisten reichlich Arbeit. Ich mußte nicht nur die schon bei mir beschäftigten Angestellten zur Eile antreiben, sondern brauchte auch noch zusätzliche Hilfe.

Als Antwort auf meine Anzeige stand eines Morgens ein junger Mensch unbeweglich auf der Schwelle zu meiner Kanzlei – die Tür war nämlich offen, da es Sommer war. Ich sehe die Gestalt jetzt noch vor mir – farblos sauber, mitleiderregend anständig, rettungslos vereinsamt! Es war Bartleby.

Nach ein paar Worten, die sich auf seine Fähigkeiten bezogen, stellte ich ihn an und war froh, in meinem Kopistenstab einen so offensichtlich ruhigen Mann zu haben: ich glaubte, er würde einen wohltuenden Einfluß auf das hitzige Temperament Turkeys und das Ungestüm Nippers' haben.

Ich hätte schon früher erwähnen sollen, daß eine Flügeltür aus Milchglasscheiben meine Kanzleiräume in zwei Hälften teilte; die eine war für meine Schreiber bestimmt, die andere für mich. Je nach Stimmung öffnete ich die Flügeltür oder ließ sie geschlossen. Ich nahm mir vor, Bartleby einen Platz an dieser Flügeltür anzuweisen, aber in meiner Zimmerhälfte, damit ich diesen ruhigen Mann bequem in Rufweite hatte, falls irgendwelche Kleinigkeiten zu erledigen waren. Ich ließ sein Pult dicht vor einem kleinen Seitenfenster aufstellen, einem Fenster, das ursprünglich einen schrägen Ausblick auf schmutzige Hinterhöfe und Backsteinmauern gewährt hatte, das aber wegen der später errichteten Gebäude jetzt überhaupt keinen Ausblick mehr bot, sondern nur noch etwas Licht spendete. Drei Fuß vor den Scheiben stieg eine Brandmauer auf, und das Licht fiel zwischen himmelragenden Häusern von hoch oben wie aus der sehr kleinen Öffnung einer Domkuppel nieder. Um die Unterbringung Bartlebys noch befriedigender zu gestalten, besorgte ich einen hohen grünen Wandschirm, der den neuen Kopisten vollständig meinen Blicken entzog, obwohl er für meine Stimme erreichbar blieb. Und so waren gewissermaßen Abgesondertheit und Geselligkeit unter einen Hut gebracht.

Zuerst erledigte Bartleby eine erstaunliche Menge Schreibarbeit. Als sei er geradezu ausgehungert nach Material zum Kopieren, fraß er sich an meinen Akten voll. Zum Verdauen ließ er sich keine Zeit. Er arbeitete in Tag- und Nachtschicht, denn er kopierte bei Sonnenschein und Kerzenschimmer. Ich hätte ja hocherfreut über seinen Fleiß sein können, wäre es ein freudiger Fleiß gewesen. Doch er schrieb stumm, bleich und mechanisch weiter – endlos weiter.

Es gehört natürlich unbedingt zur Arbeit eines Kopisten, die Genauigkeit seiner Abschrift Wort für Wort genau nachzuprüfen. Wo zwei oder mehr Schreiber in einer Kanzlei sind, helfen sie sich gegenseitig bei dieser Nachprüfung; der eine liest die Abschrift vor, der andere hält das Original in der Hand. Es ist eine sehr langweilige, ermüdende und geisttötende Arbeit. Ich kann mir gut vorstellen, daß sie für gewisse lebhafte Naturen durchaus unerträglich ist. Zum Beispiel kann ich nicht glauben, daß ein Feuergeist und Dichter wie Byron sich mit Bartleby zusammen hingesetzt hätte, um eine Rechtsurkunde von, sagen wir, fünfhundert Seiten zu vergleichen, die mit engen und schnörkelhaften Schriftzügen bedeckt sind.

Ich hatte es mir angewöhnt, hin und wieder, wenn eine Sache besonders eilig war, ein kurzes Aktenstück selbst zu vergleichen; zu diesem Behufe rief ich dann Turkey oder Nippers zu mir. Als ich Bartleby für mich so leicht erreichbar hinter dem Wandschirm unterbrachte, hatte ich es einesteils auch deshalb getan, um mich bei derlei geringfügigen Arbeiten seiner Hilfe zu bedienen. Es war, glaube ich, drei Tage seit seinem Eintritt bei mir, und ehe sich eine Notwendigkeit ergeben hatte, seine eigenen Abschriften nachzuprüfen, daß ich ihn unvermittelt zu mir rief, da ich eine kleine Sache, die ich in Arbeit hatte, schnell beenden wollte. Weil ich in Eile war und natürlich erwartete, daß er meinem Ruf sofort Folge leisten würde, saß ich vor meinem Pult, den Kopf über das Originalschriftstück gebeugt und die rechte Hand mit der Abschrift etwas nervös ausgestreckt, damit Bartleby, sowie er aus seinem Winkel hervorkam, sie ergreifen und ohne die geringste Verzögerung mit dem Vergleichen beginnen konnte.

In dieser Haltung saß ich also, während ich ihn herbeirief und schnell erklärte, was er tun solle: nämlich mit mir zusammen ein kurzes Aktenstück vergleichen. Man stelle sich meine Überraschung, nein, meine Bestürzung vor, als Bartleby, ohne aus seiner Abgeschiedenheit hervorzukommen, mit eigentümlich sanfter und doch entschiedener Stimme erklärte: »Ich möchte lieber nicht.«

Ich saß eine Weile vollkommen stumm da und suchte meine betäubten Gedanken zu sammeln. Sogleich kam es mir in den Sinn, daß mein Gehör mich getäuscht haben müsse oder Bartleby habe mich falsch verstanden. Ich wiederholte meine Aufforderung so deutlich, wie ich nur irgend konnte; aber genauso deutlich kam die gleiche Antwort wie vorher: »Ich möchte lieber nicht.«

»Sie möchten nicht?« wiederholte ich, stand sehr erregt auf und durchquerte das Zimmer mit ein paar langen Schritten. »Was soll das bedeuten? Sind Sie von Gott verlassen? Sie sollen mir helfen, das Schriftstück zu vergleichen – da, nehmen Sie es!« Und ich stieß es ihm fast ins Gesicht.

»Ich möchte lieber nicht«, sagte er.

Ich blickte ihn scharf an. Seine Gesichtszüge waren hager und gefaßt, die grauen Augen verschleiert und ruhig. Auch nicht die leiseste Erregtheit durchzitterte ihn. Wenn in seinem Verhalten auch nur die geringste Spur von Unsicherheit, Ärger, Ungeduld oder Unverschämtheit gelegen hätte, mit andern Worten, wäre etwas im landläufigen Sinne Menschliches an ihm gewesen, würde ich ihn bestimmt voller Zorn aus meiner Kanzlei entlassen haben. Doch wie die Dinge hier lagen, hätte es mir ebensogut in den Sinn kommen können, meiner bleichen Cicero-Gipsbüste die Tür zu weisen. Ich stand und starrte ihn eine Weile an, während er seine eigene Schreiberei aufnahm; und dann setzte ich mich wieder an mein Pult. Das ist sehr seltsam, dachte ich. Was tut man da am besten? Die Arbeit drängte. Ich beschloß, eine Weile nicht an die Sache zu denken und ihr eine spätere Mußestunde einzuräumen. Daher rief ich Nippers aus dem andern Zimmer herbei, und das Dokument wurde rasch geprüft.

Ein paar Tage danach beendete Bartleby die Abschrift von vier längeren Dokumenten, der vierfachen Ausfertigung von Zeugenaussagen, die eine Woche lang in meiner Anwesenheit vor dem Hohen Kanzleigericht aufgenommen worden waren. Es wurde nun notwendig, sie zu vergleichen. Da es sich um ein wichtiges Gerichtsverfahren handelte, war größte Genauigkeit geboten. Als ich alles vorbereitet hatte, rief ich Turkey, Nippers und Ginger Nut aus dem andern Zimmer, denn meine vier Schreiber sollten die vier Kopien zur Hand nehmen, während ich aus dem Original vorlesen wollte. Folglich nahmen Turkey, Nippers und Ginger Nut in einer Reihe Platz, jeder sein Schriftstück in der Hand, und dann rief ich Bartleby, damit er sich für diese wichtige Arbeit den andern zugeselle. »Bartleby! Ich warte!«

Ich hörte, wie die Beine seines Stuhles langsam über den unbelegten Holzfußboden scharrten, und dann stand er im Eingang zu seiner Einsiedelei.

»Was steht zu Diensten?« fragte er sanft.

»Die Abschriften! Die Abschriften!« rief ich hastig. »Wir wollen sie vergleichen! Hier ...« Und damit hielt ich ihm die vierte Kopie hin.

»Ich möchte lieber nicht«, sagte er und verschwand sachte hinter dem Wandschirm.

Bei jedem andern Menschen wäre ich daraufhin in einen furchtbaren Zorn ausgebrochen, hätte auf jedes weitere Wort verzichtet und ihn schmählich hinausgeworfen. Doch Bartleby hatte etwas an sich, das mich nicht nur eigentümlich entwaffnete, sondern auch auf wundersame Art rührte und aus der Fassung brachte. Ich begann mit ihm zu verhandeln.

»Es sind Ihre Kopien, die wir hier vergleichen wollen. Das bedeutet eine Ihnen abgenommene Arbeit, denn mit dem einmaligen Vergleichen sind dann Ihre vier Abschriften geprüft. Es ist allgemein so üblich. Jeder Kopist ist verpflichtet, beim Vergleichen seiner Abschriften behilflich zu sein. Stimmt das etwa nicht? Wollen Sie nicht sprechen? Antworten Sie!«

Während ich mit ihm sprach, schien es mir, daß er jede meiner Behauptungen sorgsam überdachte, den Sinn erfaßte und gegen die unwiderlegliche Schlußfolgerung nichts einzuwenden hatte; doch gleichzeitig zwang ihn eine gewichtigere Überlegung, mir so zu antworten, wie er es tat.

»Sie sind also entschlossen, meiner Aufforderung nicht nachzukommen – einer Aufforderung, die dem allgemeinen Brauch und dem gesunden Menschenverstand entspricht?«

Er gab mir kurz zu verstehen, daß ich in diesem Punkte richtig gefolgert hätte. Ja, sein Entschluß sei unwiderruflich.

Es geschieht nicht selten, daß der Mensch, wenn ihm auf unvorhergesehene und durchaus nicht einleuchtende Art entgegengetreten wird, an seiner eigenen, simpelsten Überzeugung zu zweifeln beginnt. Er beginnt dann etwa dumpf zu argwöhnen, daß, so wunderlich es auch scheinen mag, alles Recht und alle Vernunft auf seiten des Gegners seien. Daher wendet er sich, wenn unbeteiligte Dritte anwesend sind, an diese, um bei ihnen Unterstützung für sein eigenes, unsicher gewordenes Denken zu suchen.

»Turkey«, fragte ich, »was sagen Sie dazu? Habe ich nicht recht?«

»Mit allem gebührenden Respekt, Sir«, sagte Turkey in seinem mildesten Tonfall, »ich glaube, Sie haben recht.«

»Nippers«, fragte ich, »wie denken *Sie* darüber?«

»Ich würde ihn zum Tempel hinauswerfen!«

(Der Leser, der auf Feinheiten achtet, wird hier bemerken, daß Turkeys Antwort sich, da es früh am Morgen war, in höfliche und gedämpfte Ausdrücke kleidete, während Nippers' Erwiderung unfreundlich war. Oder, um einen früheren Vergleich zu wiederholen: bei Nippers stand die schlechte Laune auf Posten, bei Turkey hatte sie Ablösung.)

»Ginger Nut«, fragte ich, da ich auch die geringfügigste Stimme für mich gewinnen wollte, »was meinst *du* dazu?«

»Ich finde, er ist ein bißchen übergeschnappt, Sir«, erwiderte Ginger Nut grinsend.

»Da haben Sie's gehört, was die andern denken«, sagte ich und wandte mich dabei an den Wandschirm, »kommen Sie jetzt hervor und tun Sie Ihre Pflicht!«

Aber er würdigte mich keiner Antwort. Einen Augenblick sann ich, peinlich verlegen, nach. Doch wiederum drängte die Arbeit. Ich beschloß abermals, die Erwägung dieser schwierigen Frage auf eine zukünftige Mußestunde zu verschieben. Mit einiger Mühe brachten wir es fertig, die Papiere ohne Bartleby zu prüfen, obwohl Turkey nach jeweils ein, zwei Seiten gehorsamst seine Meinung kundtat, unser Vorgehen weiche vom Üblichen ab, während Nippers in galliger Gereiztheit auf seinem Stuhl zappelte und zwischen zusammengebissenen Zähnen hin und wieder Verwünschungen hervorzischte, die gegen den störrischen Esel hinter dem Wandschirm gerichtet waren. Und was ihn, Nippers, anginge, so wäre es das erste und letzte Mal, daß er unentgeltlich die Arbeit eines anderen leiste.

Bartleby saß unterdessen in seiner Einsiedelei und vergaß über seiner eigenen Arbeit alles andre.

Einige Tage vergingen, und der neue Kopist war mit einer umfangreichen Arbeit beschäftigt. Sein abermaliges seltsames Betragen veranlaßte mich, seine Lebensweise etwas genauer ins Auge zu fassen. Ich beobachtete, daß er nie zum Essen fortging, ja, daß er überhaupt nie fortging. Bisher hatte er sich, soweit ich es selbst feststellen konnte, noch nie aus der Kanzlei entfernt. In seinem Winkel war er wie eine ewige Schildwache. Jedoch bemerkte ich, daß sich Ginger Nut gegen elf Uhr morgens der Öffnung von Bartlebys Wandschirm näherte, als sei er durch einen stummen Wink, den ich von meinem Platz aus nicht sehen konnte, herangeholt worden. Der junge Bursche verließ dann, mit ein paar Münzen klimpernd, die Kanzlei und kehrte mit einer Handvoll Pfeffernüsse zurück, die er in der Einsiedelei abgab und dabei zwei für seine Mühe erhielt.

Er ernährt sich also von Pfeffernüssen, dachte ich; niemals nimmt er ein Mittagessen zu sich oder was man so darunter versteht; er muß daher Vegetarier sein; aber nein, Gemüse ißt er ja niemals, er ißt nichts als Pfeffernüsse. Nun lief meine Phantasie mit mir davon und erwog die Folgen einer einzig aus Pfeffernüssen bestehenden Ernährung auf die menschliche Konstitution. Pfeffernüsse verdanken ihren Namen der Tatsache, daß sie als eine ihrer besonderen Zutaten – und zwar die entscheidende, Geschmack verleihende – ›Pfeffer‹ enthalten. Was war nun dieser ›Pfeffer‹? Jedenfalls ein hitziges, scharfes Gewürz. War Bartleby hitzig und scharf? Ganz und gar nicht. ›Pfeffer‹ hatte also keine Einwirkung auf ihn, was wohl (»Ich möchte lieber nicht!«) in seinem Sinne war.

Nichts vermag einen ernsthaften Menschen so zu erbittern wie passiver Widerstand. Wenn der Mensch, dem solchermaßen Widerstand geleistet wird, von nicht unmenschlicher Sinnesart ist, und wenn der Widerspenstige in seiner Passivität vollkommen harmlos ist, so wird sich jener in seinen besseren Stunden bemühen, mittels seiner Einbildungskraft mitleidsvoll zu deuten, was zu enträtseln seiner Urteilskraft nicht gelang. Und so war's, wie ich mich meistens zu Bartleby und seiner ganzen Art verhielt. Der arme Mensch, dachte ich, meint es ja nicht böse; es ist klar, daß er mich nicht beleidigen will; sein Äußeres beweist mir zur Genüge, daß seine Verschrobenheiten unfreiwillig sind. Er ist mir nützlich. Ich kann mit ihm auskommen. Wenn ich ihn entlasse, so besteht die Gefahr, daß er an einen weniger nachsichtigen Arbeitgeber gerät, und dann wird er grob behandelt und vielleicht fortgejagt, um elend zu verhungern. O ja, hier konnte ich mir billig ein angenehmes Gefühl von Zufriedenheit mit dem eigenen Ich verschaffen. Bartleby freundschaftlich behandeln, ihm in seiner seltsamen Eigenwilligkeit entgegenkommen, das würde mich wenig oder nichts kosten, wohingegen ich in meiner Seele einen Schatz aufhäufte, der sich zu guter Letzt als süßer Gewissenstrost erweisen würde. – Jedoch herrschte diese Stimmung nicht ständig bei mir vor. Manchmal reizte mich Bartlebys Passivität. Dann drängte mich etwas, ihm in einer neuen Begegnung gegenüberzutreten und einen Zornesfunken zu entlocken, der meinem eigenen Zustand entsprach. Doch hätte ich, weiß Gott, ebensogut versuchen können, mit meinen Handknöcheln aus einem Stück Windsor-Seife Feuer zu schlagen. Eines Tages aber überwältigte mich die böse Lust, und daraus ergab sich folgender kleiner Auftritt.

»Bartleby«, sagte ich, »wenn Sie alle Abschriften erledigt haben, will ich sie mit Ihnen vergleichen.«

»Ich möchte lieber nicht.«

»Was soll das? Sie wollen doch wohl nicht bei Ihrer verrückten Dickköpfigkeit beharren?«

Keine Antwort.

Da riß ich die Flügeltüre auf, um mich an Turkey und Nippers zu wenden, und rief laut:

»Bartleby weigert sich schon wieder, die Abschriften zu vergleichen. Was sagen Sie dazu, Turkey?«

Man bedenke, daß es Nachmittag war. Turkey saß da und glühte wie ein Kupferkessel; sein kahler Schädel dampfte, und die Hände huschten in den tintenbekleckten Papieren umher.

»Was ich dazu sage?« brüllte Turkey. »Ich sage, daß ich gleich hinter den Wandschirm gehen und ihm eins überziehen werde.« Damit erhob sich Turkey und brachte die Arme in Boxerstellung. Er rannte los, um seine Drohung auszuführen, doch hielt ich ihn zurück, entsetzt, daß ich seine nachmittägliche Streitlust so unbedacht geschürt hatte.

»Setzen Sie sich, Turkey«, bat ich, »und hören wir, was Nippers zu sagen hat! Wie denken Sie darüber, Nippers? Wäre ich nicht berechtigt, Bartleby umgehend zu entlassen?«

»Mit Verlaub, Sir, darüber haben nur Sie zu entscheiden. Ich halte sein Betragen für ganz ungewöhnlich und sogar ungerecht, weil es ja auch Turkey und mich betrifft. Aber vielleicht ist es nur eine vorübergehende Laune.«

»Ach«, rief ich, »da haben Sie ja Ihre Meinung merkwürdig geändert! Jetzt urteilen Sie so milde über ihn!«

»Das kommt vom Bier!« schrie Turkey. »Bier stimmt den Menschen milde. Nippers und ich haben heute mittag zusammen gegessen. Sie sehen ja, wie milde *ich* gesinnt bin. Darf ich ihn jetzt verprügeln?«

»Vermutlich meinen Sie Bartleby? Nein, nicht heute, Turkey«, erwiderte ich. »Bitte, lassen Sie die Fäuste weg!«

Ich schloß die Flügeltür und wandte mich wieder an Bartleby. Ich spürte noch heftiger als vorher die böse Lust, die mich lockte, eine Entscheidung zu erzwingen. Ich brannte darauf, daß man sich mir abermals widersetzte. Ich erinnerte mich, daß Bartleby niemals die Kanzlei verließ.

»Bartleby«, sagte ich, »Ginger Nut ist nicht da. Wollen Sie bitte eben zum Postamt gehen und sehen, ob etwas für mich da ist?« (Es war ein Weg von nur drei Minuten Dauer.)

»Ich möchte lieber nicht.«

»Sie *wollen* nicht?«

»Ich *möchte* nicht.«

Ich schwankte an mein Pult zurück und versank in tiefes Grübeln. Blinde Erbitterung überfiel mich wieder. Wie konnte ich es bewerkstelligen, mir von diesem mageren, armseligen Wicht, meinem bezahlten Angestellten keine weitere schimpfliche Abfuhr zu holen? Was sonst noch würde er mir mit Sicherheit abschlagen, sei es auch der sinnvollste Auftrag?

»Bartleby!«

Keine Antwort.

»Bartleby!« Diesmal mit lauterer Stimme.

Keine Antwort.

»Bartleby!« brüllte ich.

Genau wie ein Gespenst, das den Gesetzen magischer Beschwörung folgt, erschien er beim dritten Anruf im Eingang zu seiner Einsiedelei.

»Gehen Sie ins andere Zimmer und bitten Sie Nippers, zu mir zu kommen!«

»Ich möchte lieber nicht«, sagte er ehrerbietig und leise und zog sich still zurück.

»Schon recht, Bartleby«, erwiderte ich in ruhigem

Tonfall, der gleichzeitig gelassen und streng und beherrscht klang und meinen unabänderlichen Entschluß einer sehr nahen, schrecklichen Vergeltung andeutete. Im Augenblick war ich auch halb dazu entschlossen. Da aber schon die Stunde für das Abendessen herannahte, hielt ich es dann doch für das beste, meinen Hut aufzusetzen und für den Rest des Tages nach Hause zu gehen, wenn auch ratlos und niedergeschlagen.

Soll ich es gestehen, wie die ganze Sache endete? Bald war es vollendete Tatsache: ein blasser junger Kopist namens Bartleby hatte in meiner Kanzlei ein Pult; er fertigte zum üblichen Satz von vier Cents für die Folioseite – einhundert Wörter – Abschriften für mich an; er war ein für allemal von der Pflicht befreit, die von ihm geleistete Arbeit nachzuprüfen, da diese Aufgabe Turkey und Nippers anvertraut wurde, zweifellos in Anerkennung ihres größeren Scharfsinns; überdies sollte besagter Bartleby nie und unter keinen Umständen auch nur um den geringfügigsten Botengang gebeten werden; bat man ihn aber doch einmal, etwas Derartiges zu übernehmen, so verstand es sich von selbst, daß er ›ich möchte lieber nicht‹ sagte, mit anderen Worten, daß er es klipp und klar ablehnte.

Im Laufe der Zeit wurde ich bedeutend versöhnlicher gegen Bartleby gestimmt. Seine Stetigkeit, seine stets unverminderte Aufmerksamkeit, sein unaufhörlicher Fleiß (der nur nachließ, wenn er, hinter seinem Schirm stehend, in eine Träumerei versank), seine überaus stille Art und sein unter allen Umständen gleichbleibendes Benehmen machten ihn zu einer wertvollen Erwerbung. Und eins war besonders hervorstechend: er war immer da, der erste am Morgen, den ganzen Tag hindurch, und abends der letzte. Ich setzte ein eigentümliches Vertrauen in seine Ehrlichkeit. Meine wertvollsten Dokumente hielt ich in seinen Händen für völlig sicher. Manchmal konnte ich es zwar beim besten Willen nicht verhindern, daß mich seinetwegen plötzlich ein jäher Wutanfall packte. Denn es war äußerst schwierig, sich all die Zeit an die seltsamen Eigentümlichkeiten, Vorrechte und nie dagewesenen Freiheiten zu erinnern, die, von Bartlebys Seite aus, stillschweigende Bedingung waren, damit er in meiner Kanzlei blieb. Hin und wieder und nur im Eifer, eine dringliche Sache schnell zu erledigen, konnte ich Bartleby wohl aus Versehen und mit kurzer, hastiger Stimme darum bitten, seine Finger beispielsweise auf die erste Schlinge einer roten Schnur zu drücken, mit der ich Aktenstücke bündeln wollte. Natürlich ertönte unweigerlich hinter dem Schirm die übliche Antwort: »Ich möchte lieber nicht.« Wie hätte sich da ein menschliches Wesen, behaftet mit den allgemeinen Unzulänglichkeiten unsrer Menschennatur, wohl einer bitteren Klage über soviel Eigensinn und Unvernunft enthalten können? Indessen trug jede weitere abschlägige Antwort, die ich erhielt, dazu bei, die Wiederholung derartiger Unüberlegtheiten meinerseits tatsächlich zu verringern.

Hier möchte ich einfügen, daß ich, wie übrigens die meisten Anwälte, die ihre Kanzleien in überfüllten Bürohäusern hatten, mehrere Schlüssel zu meiner Tür besaß. Den einen hatte eine Frau, die im Dachstock wohnte und in meinen Räumlichkeiten einmal täglich fegte und abstaubte und einmal wöchentlich den Fußboden scheuerte. Einen zweiten Schlüssel hatte der Zweckmäßigkeit wegen Turkey in Verwahrung. Den dritten trug ich manchmal bei mir. Wer den vierten hatte, wußte ich nicht.

Eines Sonntagmorgens nun ging ich zufällig zur Trinity Church, um einen berühmten Prediger zu hören, und da ich etwas zu früh gekommen war, beschloß ich, mich noch ein Weilchen in meine Kanzlei zu begeben. Glücklicherweise trug ich meinen Schlüssel bei mir; doch als ich ihn ins Schloß stecken wollte, spürte ich einen Widerstand, weil von der Innenseite etwas hineingesteckt worden war. Vor Überraschung entfuhr mir ein Ausruf, worauf zu meiner Bestürzung drinnen ein Schlüssel herumgedreht wurde. Durch den Türspalt schoß mir ein mageres Gesicht entgegen, und wie ein Spuk erschien Bartleby in Hemdsärmeln und auch sonst in merkwürdig zerlumpter Morgengewandung und sagte ruhig, daß er sehr bedaure, doch sei er gerade dringend beschäftigt, und mich jetzt einlassen ›möchte er lieber nicht‹. Er riet mir kurz, es sei vielleicht besser, wenn ich zwei-, dreimal um den Häuserblock liefe; bis dahin würde er wahrscheinlich fertig sein.

Das völlig unerwartete Erscheinen Bartlebys, der an einem Sonntagmorgen in meiner Anwaltskanzlei steckte, und seine vornehme, leichenblasse Nonchalance, die dennoch voller Bestimmtheit und Selbstbewußtsein war, übten eine so eigentümliche Wirkung auf mich aus, daß ich mich alsogleich von meiner eigenen Türe fortschlich und tat, was er wünschte, jedoch nicht ohne einige schmerzhafte Stiche ohnmächtiger Auflehnung gegen die sanftmütige Unverschämtheit meines verrückten Kopisten. Es war wohl auch vor allem seine wunderliche Sanftmut, die mich nicht nur entwaffnete, sondern sozusagen aller männlichen Haltung beraubte. Denn ich kann es nicht anders als unmännlich bezeichnen, wenn jemand es ruhig hinnimmt, sich von seinem bezahlten Angestellten Vorschriften machen und sich von der eigenen Türe fortschicken zu lassen. Überdies war mir sehr unbehaglich zumute, weil ich nicht wußte, was Bartleby wohl an einem Sonntagmorgen, in Hemdsärmeln und auch sonst höchst mangelhaft bekleidet, in meinen

Kanzleiräumen tun mochte. War etwas Ungehöriges im Gange? Nein, das kam überhaupt nicht in Frage. Nicht einen Augenblick konnte man sich vorstellen, daß Bartleby ein unsittlicher Mensch sei. Aber was tat er dann in der Kanzlei? Kopierte er Schriftstücke? Nein und abermals nein: wie verschroben er auch sein mochte, Bartleby gab sehr viel auf ein geziemendes Benehmen. Er wäre der letzte, sich in einem an Nacktheit grenzenden Zustand an sein Pult zu setzen. Außerdem war es Sonntag; und es war etwas an Bartleby, das selbst die bloße Vermutung zurückwies, er könne durch eine weltliche Beschäftigung den Feiertag um seine Rechte schmälern.

Trotz alledem wurde ich nicht ruhiger, und schließlich kehrte ich, von neugieriger Unrast getrieben, an meine Türe zurück. Der Schlüssel glitt ins Schloß, ohne auf Widerstand zu stoßen, und ich trat ein. Bartleby war nicht zu sehen. Ich blickte mich besorgt um und spähte auch hinter seinen Wandschirm, doch war es ganz klar, daß er fortgegangen war. Nachdem ich das Zimmer etwas näher untersucht hatte, kam ich auf den Verdacht, daß Bartleby seit längerer Zeit in meiner Kanzlei gegessen, sich angekleidet und geschlafen haben mußte, und obendrein ohne Teller, Spiegel oder Bett. Der Polstersitz eines wackligen alten Sofas in der Ecke zeigte den schwachen Abdruck eines schmalen, lang ausgestreckten Körpers. Unter seinem

Pult fand ich eine zusammengerollte Wolldecke, unter dem leeren Ofenrost eine Dose Schuhwichse und eine Bürste, auf einem Stuhl ein Waschbecken mit Seife und ein zerschlissenes Handtuch; in einer Zeitung waren ein paar Krumen von Pfeffernüssen und ein Bröckchen Käse. Ja, dachte ich, es ist erwiesen, Bartleby hat sich hier häuslich niedergelassen und für sich allein ein Junggesellenheim eingerichtet. Sofort überfiel mich der Gedanke: was für eine jämmerliche Freudlosigkeit und Einsamkeit offenbart sich hier! Er ist furchtbar arm, aber wie entsetzlich ist erst seine Verlassenheit! Man stelle es sich vor: sonntags ist die Wall Street so verlassen wie arabische Ruinen, und jeden Abend eines jeden Tages liegt sie menschenleer da. Auch das Gebäude hier, das an den Wochentagen vor Leben und Geschäftigkeit summt, hallt bei Anbruch der Nacht von gähnender Leere wider und ist den ganzen Sonntag hindurch wie ausgestorben. Und hier schlägt Bartleby sein Heim auf, als einziger Zeuge einer noch eben von Leben wimmelnden Einöde – ein Marius, verwandelt zwar und schuldlos, der in den Ruinen Karthagos seiner Trübsal nachhängt.

Zum erstenmal in meinem Dasein packte mich ein Gefühl überwältigender, qualvoller Schwermut. Bisher war mir nie etwas anderes als eine nicht einmal unangenehme Trauer widerfahren. Jetzt zog mich die Verbundenheit mit allen Menschen unwiderstehlich ins Düster. Eine brüderliche Schwermut: denn Bartleby und ich, waren wir nicht beide Kinder Adams? Ich dachte an die schimmernde Seide, die strahlenden Gesichter, die ich an jenem Sonntag in vollem Glanze, schwanengleich, einen Broadway genannten Mississippi hinabsegeln sah; und ich verglich sie mit dem bleichen Schreiber und dachte bei mir: ach, die Glücklichen lieben das Licht, daher glauben wir, die Welt sei heiter; das Elend dagegen versteckt sich in Abgeschiedenheit, und daher glauben wir, es sei nicht vorhanden. Diese trüben Grübeleien – gewiß Hirngespinste eines kranken und törichten Hirns – führten zu anderen, greifbareren Vorstellungen, die sich um Bartlebys Verschrobenheiten drehten. Eine Ahnung kam mir, als harrten meiner noch seltsame Entdekkungen. So erschien mir der Leichnam des Schreibers zur Schau gestellt unter teilnahmslosen Fremden und eingehüllt in frostige Bahrtücher.

Plötzlich zog Bartlebys Pult meine Aufmerksamkeit an; der Schlüssel steckte, deutlich sichtbar, im Schloß.

Ich habe nichts Böses im Sinn, ich will keine herzlose Neugierde befriedigen, dachte ich; außerdem gehört mir das Pult und ebenso der Inhalt, deshalb will ich mich erkühnen, hineinzuschauen. Alles lag ordentlich an seinem Platze; die Papiere waren sorgfältig übereinandergeschichtet. Das Pult hatte tiefe, schmale Brieffächer; ich entfernte die Aktenmappen und tastete bis nach hinten. Sogleich fand ich etwas und zog es heraus. Es war ein altes buntes Taschentuch, zusammengeknotet und schwer. Ich öffnete es und sah, daß es seine Sparkasse darstellte.

Jetzt fielen mir all die stummen Geheimnisse ein, die ich an dem Mann bemerkt hatte. Ich erinnerte mich, daß er nur sprach, wenn er angeredet wurde; daß ich ihn nie hatte lesen sehen, nein, nicht einmal eine Zeitung, obwohl er zuweilen Muße genug hatte; daß er manchmal lange vor dem trüben Fensterchen hinter seinem Wandschirm stand und auf die düstere Brandmauer starrte; ich war ganz überzeugt, daß er niemals eine Speisehalle oder eine Wirtschaft aufsuchte, und sein blasses Gesicht verriet deutlich, daß er nie Bier trank wie Turkey, nicht einmal Tee oder Kaffee wie andere Menschen; daß er, soweit ich es beobachten konnte, überhaupt nie fortging; daß er nie einen Spaziergang machte, wenn nicht eben jetzt; daß er es abgelehnt hatte, mir zu sagen, woher er kam oder ob er Verwandte habe, und daß er, obschon so ausgemergelt und bleich, nie über schlechte Gesundheit klagte. Und ganz besonders dachte ich an einen gewissen, ihm selbst vielleicht unbewußten Ausdruck von – wie nenn' ich's nur? – von blassem Hochmut oder eher einer überlegenen Zurückhaltung, die mich tatsächlich so eingeschüchtert hatte, daß ich mich seinen Verschrobenheiten widerstandslos fügte und mich scheute, ihn um die kleinste Kleinigkeit zu bitten, selbst wenn ich aus der lange anhaltenden Reglosigkeit hinter dem Wandschirm darauf schließen konnte, daß er in eine seiner Mauerträumereien versunken war.

Über all das sann ich nach und hielt es neben die soeben entdeckte Tatsache, daß er meine Kanzlei zu seinem ständigen Wohnsitz und Heim gemacht hatte; auch seine krankhafte Schwermut vergaß ich nicht, und bei alledem geriet ich allmählich in eine sachliche Stimmung. Zuerst hatte ich nichts als Schwermut und aufrichtiges Mitleid empfunden; doch im gleichen Maße, wie Bartlebys Verlassenheit in meiner Vorstellung größer und größer wurde, ging die Schwermut in Furcht, ging das Mitleid in Widerwillen über. Es ist so wahr – und so erschreckend wahr – daß das Unglück andrer bis zu einem gewissen Punkt unsre edelsten Regungen auf den Plan ruft; über diesen Punkt hinaus geht es jedoch in manchen besonderen Fällen nicht. Wer behaupten wollte, dies liege stets in der angeborenen Selbstsucht des Menschenherzens begründet, der ist im Irrtum. Vielmehr beruht es auf einer gewissen Aussichtslosigkeit, ein übergroßes und wesensbedingtes Leid heilen zu können. Zarter besaitete Naturen empfinden Mitleid nicht selten wie eigenen Schmerz. Und wenn man dann schließlich erkennt, daß solch Mitleid keine wirksame Hilfe bringen kann, dann befiehlt die Vernunft der Seele, das Mitleid aufzugeben. Was ich an jenem Vormittag sah, überzeugte mich, daß mein Schreiber das Opfer einer angeborenen und unheilbaren Störung war. Seinem Körper konnte ich Wohltaten angedeihen lassen; aber er litt ja nicht körperlich: seine Seele war es, die litt, und zu seiner Seele hatte ich keinen Zugang.

Ich führte an jenem Vormittag meine Absicht, in die Trinity Church zu gehen, nicht aus. Das Gesehene hatte mich für den Augenblick untauglich zum Kirchenbesuch gemacht. Ich kehrte nach Hause zurück und dachte nach, was mit Bartleby geschehen solle. Schließlich gelangte ich zu folgender Entscheidung: ich wollte ihm am nächsten Morgen mit ruhiger Stimme Fragen stellen, die seine Vergangenheit betrafen, und wenn er sich weigerte, sie offen und ohne Rückhalt zu beantworten (›ich möchte lieber nicht‹, würde er wohl sagen), dann wollte ich ihm – außer der Summe, die ich ihm noch an Lohn schuldete – eine Zwanzig-Dollar-Note geben und ihm erklären, daß ich seiner Dienste nicht länger bedürfe; daß ich mich aber glücklich schätzen würde, wenn ich ihm irgendwie helfen könne; und vor allem, falls er in seine Heimat zurückkehren wolle, einerlei, wo das sein mochte, würde ich ihm gerne beistehen, die Reisekosten zu bestreiten. Und wenn er etwa in seiner

Heimat einmal Hilfe brauche, so würde ich bestimmt auf seinen Brief eingehen.

Der nächste Morgen kam.

»Bartleby«, rief ich sanft zum Wandschirm hinüber.

Keine Antwort.

»Bartleby«, sagte ich in noch sanfterem Ton, »kommen Sie her! Ich will nichts von Ihnen verlangen, was Sie lieber nicht tun möchten – ich möchte nur mit Ihnen sprechen.«

Daraufhin tauchte er lautlos auf.

»Wollen Sie mir bitte sagen, wo Sie geboren sind, Bartleby?« fragte ich.

»Ich möchte lieber nicht.«

»Würden Sie mir überhaupt irgend etwas über sich erzählen?«

»Ich möchte lieber nicht.«

»Aber was für einen stichhaltigen Grund können Sie haben, mir nicht zu antworten? Ich meine es gut!«

Er sah mich nicht an, während ich sprach, sondern hielt den Blick auf meine Cicero-Büste geheftet, die sich, so wie ich damals saß, genau hinter mir befand, etwa sechs Zoll über meinem Kopf.

»Wie lautet Ihre Antwort, Bartleby?« fragte ich, nachdem ich beträchtlich lange auf eine Erwiderung gewartet hatte. Während dieser Zeit war sein Gesicht unbeweglich geblieben, nur um den bleichen, zusammengekniffenen Mund war das denkbar leiseste Zittern wahrzunehmen.

»Im Augenblick möchte ich lieber keine Antwort geben«, sagte er und zog sich in seine Einsiedelei zurück.

Es war vielleicht, ich gesteh's, eine Schwäche von mir, doch erbitterte mich sein Verhalten in diesem Wortwechsel. Es schien mir nicht nur, als lauere eine gewisse gelassene Nichtachtung hinter seinen Worten, sondern seine Verschrobenheit kam mir in Anbetracht der unleugbar guten Behandlung und der Nachsicht, die ich ihm hatte widerfahren lassen, als undankbar vor.

Wieder zerbrach ich mir den Kopf, was ich tun solle. So sehr sein Benehmen mich kränkte und so fest ich auch beim Betreten der Kanzlei entschlossen war, ihn zu entlassen, spürte ich trotzdem eine seltsam abergläubische Regung im Herzen, die mir verbot, mein Vorhaben auszuführen, und die es schändlich nannte, wenn ich zu diesem einsamsten aller Menschen auch nur ein böses Wort sagen würde. Schließlich nahm ich meinen Stuhl, setzte mich ganz zutraulich hinter seinen Wandschirm und sagte: »Gut, Bartleby, reden wir also nicht über Ihre Vergangenheit; aber ich möchte Sie herzlich und freundschaftlich bitten, sich, soweit möglich, den Bräuchen in meiner Kanzlei anzupassen. Sagen wir einmal, daß Sie mir morgen oder übermorgen helfen würden, Abschriften zu vergleichen, oder einfach, daß Sie in ein, zwei Tagen anfangen wollen, etwas vernünftig zu sein? Abgemacht, Bartleby?«

»Einstweilen möchte ich lieber nicht vernünftig sein«, kam die leichenhaft gelassene Antwort.

Gerade in dem Augenblick ging die Flügeltür auf, und Nippers trat ein. Er schien die Folgen einer besonders schlechten Nacht zu spüren, die eine schwerere Magenstörung als üblich verursacht hatte. Bartlebys letzte Worte hatte er noch erhascht.

»*Er möchte lieber nicht,* he?« knirschte Nippers zwischen den Zähnen hervor. »Ich an Ihrer Stelle, Sir«, wandte er sich an mich, »ich würde ihm mal was geben, was er *lieber möchte;* ich würde ihm das *Lieber-Mögen* beibringen, dem störrischen Maulesel! Bitte, Sir, was ist's, das er *lieber nicht möchte*?«

Bartleby rührte sich nicht.

»Mr. Nippers«, sagte ich, »ich möchte lieber, daß Sie sich jetzt zurückziehen!«

Letzthin hatte ich es mir selber angewöhnt, bei allen nicht einmal ganz passenden Gelegenheiten den Ausdruck vom ›Lieber-Mögen‹ anzuwenden. Und ich zitterte bei dem Gedanken, der Umgang mit meinem Schreiber könne womöglich mein Denken schon ernstlich beeinflußt haben. Und was für weitere schwerwiegende Wunderlichkeiten mochten noch folgen? Diese Befürchtung hatte ebenfalls eine Rolle gespielt, als ich mich zu raschen Maßnahmen entschloß.

Als Nippers sich mit sehr unzufriedenem und verdrießlichem Gesicht zurückzog, meldete sich – sanft und ehrerbietig – Turkey zum Wort.

»Mit allem gebührenden Respekt, Sir«, sagte er, »gestern dachte ich über Bartleby nach, und ich dachte, ob er nicht lieber jeden Tag ein gutes Glas Bier trinken möchte. Es würde ihm sehr gut tun und ihn in die Lage versetzen, uns beim Vergleichen der Abschriften zu helfen.«

»Sie haben sich also den Ausdruck auch schon angewöhnt«, erwiderte ich leicht erregt.

»Mit allem gebührenden Respekt, Sir – welchen Ausdruck?« fragte Turkey und schob sich ehrerbietig in die Enge hinter dem Wandschirm, so daß ich gegen Bartleby gedrängt wurde. »Welchen Ausdruck, Sir?«

Bartleby, als sei er gekränkt, weil man ihm in seiner Abgeschiedenheit zu nahe trat, sagte: »Ich möchte lieber allein sein!«

»Da haben Sie's ja, Turkey!« rief ich, »*das ist es!*«

»Ach so – *möchte lieber*? Ja, ein eigentümlicher Ausdruck. Ich benutze ihn niemals. Jedoch, Sir, wie ich schon sagte, wenn er lieber ...«

»Turkey«, unterbrach ich ihn, »ziehen Sie sich bitte zurück!«

»Ja gewiß, Sir, wenn Sie es lieber mögen.«

Als er die Flügeltüre öffnete, um sich zurückzuziehen, warf Nippers von seinem Schreibpult aus einen Blick auf mich und fragte, ob ich ein bestimmtes Schriftstück lieber auf blaues oder auf weißes Papier kopiert haben möchte. Er benutzte den Ausdruck ›lieber mögen‹ ohne die leiseste hämische Betonung. Es war klar, daß er auch ihm unwillkürlich über die Lippen glitt. Insgeheim dachte ich: natürlich muß ich mich eines leicht gestörten Menschen entledigen, der mir und meinen Angestellten bereits in gewissem Grade die Zunge, wenn nicht gar den ganzen Kopf verdreht hat. Doch hielt ich es für klüger, die Entlassung nicht sofort auszusprechen.

Am folgenden Tage fiel mir auf, daß Bartleby nicht arbeitete, sondern nur am Fensterchen stand und in seine Mauerträumerei versunken war. Als ich ihn fragte, weshalb er nicht schreibe, erklärte er mir, daß er beschlossen habe, nicht mehr zu schreiben.

»Wie? Was soll das heißen?« rief ich. »Sie wollen nicht mehr schreiben?«

»Nein.«

»Und weshalb nicht?«

»Sehen Sie den Grund nicht selbst?« fragte er gleichgültig.

Ich blickte genauer hin und bemerkte, daß seine Augen matt und glasig aussahen. Sofort kam es mir in den Sinn, daß durch den beispiellosen Fleiß, mit dem er während der ersten Wochen seiner Tätigkeit bei mir an dem trüben Fensterchen Abschriften gemacht hatte, seine Sehkraft vielleicht vorübergehend geschädigt worden war.

Ich war erschüttert. Ich sagte ein paar Worte, die meine Anteilnahme ausdrückten. Ich gab ihm recht, daß es gewiß vernünftig sei, eine Zeitlang nicht mehr zu schreiben, und riet ihm, diese Gelegenheit zu Spaziergängen im Freien auszunützen. Er tat es jedoch nicht. Als ein paar Tage später meine anderen Schreiber nicht da waren und ich ein paar dringende Briefe zur Post geben mußte, glaubte ich, daß Bartleby, der ja überhaupt nichts zu tun hatte, bestimmt weniger störrisch als sonst sein und mir die Briefe zum Postamt bringen würde. Aber er lehnte es rundweg ab. Daher ging ich selbst, so schlecht es mir paßte.

Weitere Tage verstrichen. Ich wußte nicht, ob Bartlebys Augen sich gebessert hatten. Allem Anschein nach glaubte ich, es könne wohl der Fall sein. Doch als ich ihn danach fragte, würdigte er mich keiner Antwort. Jedenfalls wollte er nicht schreiben. Schließlich teilte er mir auf meine dringende Anfrage hin mit, er habe das Kopieren ein für allemal aufgegeben.

»Wie?« rief ich. »Wenn Ihre Augen nun ganz ausheilen – besser als vorher werden – würden Sie dann nicht kopieren?«

»Ich habe das Kopieren aufgegeben«, erwiderte er und verzog sich hinter den Wandschirm.

Er blieb wie ein unverrückbares Möbel in meiner Kanzlei – oder nein, er war, falls möglich, noch mehr als sonst zu einem unverrückbaren Möbel geworden. Was war da zu machen? In der Kanzlei wollte er nichts tun; weshalb sollte er also bleiben? Klipp und klar gesagt, er hing jetzt an mir wie ein Mühlstein, der als Halsband nicht nur untauglich war, sondern auch schmerzhaft drückte. Trotzdem tat er mir leid. Hätte er mir nur einen einzigen Verwandten oder Freund genannt, so hätte ich umgehend geschrieben und dringend gebeten, den armen Burschen abzuholen und ihm eine geeignete Unterkunft zu geben. Doch schien er allein, völlig allein im ganzen Weltall. Ein Trümmerstück im Atlantik – auf hoher See. Endlich trugen zwingende, mit meinem Beruf verknüpfte Umstände den Sieg über alle anderen Erwägungen davon. So schonend ich nur konnte, teilte ich Bartleby mit, daß er in sechs Tagen unwiderruflich meine Kanzlei verlassen müsse. Ich ermahnte ihn, sich in der Zwischenzeit umzusehen und sich etwas anderes zu verschaffen. Ich erbot mich, ihm bei dieser Aufgabe zu helfen, sobald er selbst nur den ersten Schritt mache, hier auszuziehen. »Und wenn Sie sich endgültig von mir getrennt haben, Bartleby«, fügte ich hinzu, »dann werde ich dafür sorgen, daß Sie nicht gänzlich mittellos dastehen. Also heute in sechs Tagen, denken Sie daran!«

Nach Ablauf dieser Zeitspanne blickte ich hinter den Wandschirm, und sieh an! Bartleby war da.

Ich knöpfte meinen Rock zu, wappnete mich, trat langsam auf ihn zu, legte ihm die Hand auf die Schulter und sagte: »Jetzt ist es so weit: Sie müssen meine Kanzlei verlassen. Es tut mir sehr leid für Sie. Hier ist Geld! Und jetzt müssen Sie gehen.«

»Ich möchte lieber nicht«, erwiderte er und hatte mir noch immer den Rücken zugewandt.

»Sie *müssen!*«

Er blieb stumm.

Ich setzte nun aber ein unbegrenztes Vertrauen in die Rechtschaffenheit dieses Mannes. Er hatte mir häufig Sechspence- und Schillingstücke wiedergegeben, die aus Unachtsamkeit auf den Fußboden gefallen waren, denn ich neige dazu, mit derlei Kleinigkeiten recht sorglos umzugehen. Was jetzt folgte, wird daher nicht ungewöhnlich erscheinen.

»Bartleby«, sagte ich, »Sie haben zwölf Dollar von mir zu bekommen; hier sind zweiunddreißig Dollar – die zwanzig Dollar gebe ich Ihnen als Geschenk – nehmen Sie sie bitte an!« Und ich hielt ihm die Scheine hin.

Doch er rührte sich nicht.

»Also lasse ich das Geld hier!« Ich legte es unter

einen Briefbeschwerer auf seinem Pult. Dann nahm ich Hut und Stock, ging auf die Türe zu, drehte mich um und sagte ruhig: »Wenn Sie Ihre Sachen aus der Kanzlei fortgeschafft haben, Bartleby, müssen Sie natürlich die Tür abschließen, weil außer Ihnen schon alle weg sind, und, bitte, legen Sie Ihren Schlüssel dann unter die Türmatte, damit ich ihn morgen früh dort vorfinde. Da ich Sie nicht wiedersehen werde, verabschiede ich mich jetzt von Ihnen; wenn ich Ihnen späterhin, an Ihrem neuen Wohnort, irgendwie behilflich sein kann, so zaudern Sie nicht, mich brieflich darüber zu unterrichten. Leben Sie wohl, Bartleby! Ich wünsche Ihnen alles Gute!«

Doch er antwortete mit keinem Wort. Wie die letzte Säule eines in Trümmern liegenden Tempels stand er stumm und einsam in der Mitte des leeren Zimmers.

Während ich in nachdenklicher Stimmung heimwärts ging, gewann meine Eitelkeit die Oberhand über mein Mitleid. Ich konnte es nicht unterlassen, mich vor mir selbst zu brüsten, wie meisterhaft ich mich Bartlebys entledigt hatte. Meisterhaft nannte ich es, und so mußte es auch jedem Unbeteiligten erscheinen. Mein Vorgehen schien mir deshalb so ideal, weil es sich in aller Ruhe abgespielt hatte. Es hatte weder unfeines Schimpfen noch Auftrumpfen gegeben, kein zorniges Drohen und kein wütendes Herumrennen mit dem heftig hervorgepolterten Befehl, Bartleby solle sich mit seinem Bettelkram zum Teufel scheren. Nichts dergleichen. Ich hatte Bartleby nicht mit lauter Stimme aufgefordert, sich davonzumachen – wie es ein kleiner Geist vielleicht getan haben würde – sondern ich setzte es als selbstverständlich voraus, daß er gehen müsse, und auf diese Voraussetzung baute ich alles auf, was ich zu sagen hatte. Je mehr ich über mein Vorgehen nachdachte, um so mehr begeisterte es mich. Trotzdem plagten mich beim Erwachen am nächsten Morgen Zweifel: während des Schlafens hatten sich wohl die Dünste meiner Eitelkeit verflüchtigt. Man hat ja gleich nach dem Erwachen seine nüchternste und weiseste Stunde. Mein Vorgehen erschien mir so klug wie je – aber nur in der Theorie. Wie es sich in der Praxis bewähren würde – das war die Frage! Es war bestimmt ein großartiger Einfall, Bartlebys Fortgehen als vollzogene Tatsache vorauszusetzen; doch ging die Voraussetzung ja nur von mir und nicht von Bartleby aus. Es handelte sich nicht darum, ob ich es als selbstverständlich voraussetzte, daß er die Kanzlei verließ, sondern ob er es tat oder ›lieber nicht‹ tun wollte. Bei ihm gaben nicht Voraussetzungen den Ausschlag, sondern das ›Lieber-Mögen‹.

Nach dem Frühstück, auf dem Wege in die Stadt, bedachte ich das Für und Wider eines möglichen Erfolges. Eben noch war ich überzeugt, mein Vorgehen würde sich als kläglicher Fehlschlag erweisen und Bartleby würde wie gewohnt in Fleisch und Blut in meiner Kanzlei sitzen; im nächsten Augenblick erschien es mir sicher, daß ich seinen Stuhl leer vorfinden würde. Und so schwankte ich zwischen Zweifeln hin und her. An der Ecke des Broadway und der Canal Street sah ich eine Gruppe ziemlich aufgeregter Menschen, die in ernstem Gespräch standen.

»Ich wette, daß er's nicht tut«, sagte eine Stimme, als ich vorbeiging.

»Daß er nicht geht? – Abgemacht!« sagte ich. »Her mit dem Einsatz!«

Unwillkürlich steckte ich die Hand in die Tasche, um dagegenzusetzen, als mir einfiel, daß ja Wahltag war. Die Worte, die ich aufgefangen hatte, bezogen sich nicht auf Bartleby, sondern auf den Erfolg oder Nichterfolg eines Kandidaten für das Bürgermeisteramt. So versunken war ich gewesen, daß ich mir einbilden konnte, der ganze Broadway nehme an meiner Aufregung teil und stritte sich über die gleiche Frage. Ich ging weiter und war sehr froh, daß meine Zerstreutheit im Straßenlärm nicht aufgefallen war.

Ich war, wie ich es mir vorgenommen hatte, früher als sonst an der Tür meiner Kanzlei. Einen Augenblick lauschte ich. Alles war still. Er mußte fort sein. Ich drückte auf die Klinke. Die Tür war zugesperrt.

Ja, mein Vorgehen hatte fabelhaft gewirkt; er schien tatsächlich fort zu sein. Trotzdem mischte sich eine gewisse Trauer in meine Begeisterung: fast war es mir leid um meinen glänzenden Erfolg. Ich tastete unter der Türmatte nach dem Schlüssel, den Bartleby dort für mich hatte hinterlegen sollen, wobei mein Knie zufällig gegen die Türfüllung stieß, was sich wie ein Anklopfen anhörte. Als Antwort drang von drinnen eine Stimme zu mir heraus: »Noch nicht. Ich bin beschäftigt.«

Es war Bartleby.

Ich war wie vom Donner gerührt. Einen Augenblick stand ich wie der Mann da, der vor langer Zeit mit der Pfeife im Mund an einem wolkenlosen Nachmittag in Virginien vom Blitz erschlagen wurde; an seinem eigenen offenen Fenster wurde er getroffen und blieb so, in den verträumten Nachmittag hinausgelehnt, stehen, bis jemand kam und ihn anfaßte; da fiel er um.

»Nicht fort!« murmelte ich schließlich. Doch wiederum gehorchte ich jener seltsamen Gewalt, die der rätselhafte Schreiber auf mich ausübte und von der ich mich trotz allen Sträubens nicht völlig befreien konnte; langsam ging ich die Treppe hinunter und auf die Straße hinaus, und während ich ums Viertel schlenderte, überlegte ich, was ich in dieser unerhört mißlichen Lage noch unternehmen solle. Den Mann buchstäblich zur Tür hinauswerfen? Das konnte ich nicht. Ihn mit Schimpfworten davonjagen? Das würde nichts nützen. Die Polizei zu Hilfe rufen? Das war ein unangenehmer Gedanke. Und doch – einfach mit ansehen, daß er sich seines morbiden Triumphs über mich erfreute – auch das war mir nicht möglich. Was sollte ich also tun? Oder, wenn sonst gar nichts getan werden konnte, gab es vielleicht noch eine andere Tatsache, die ich als selbstverständlich voraussetzen konnte? Ja: wie ich zuerst vorausschauend annahm, daß Bartleby ausziehen würde, so konnte ich jetzt rückblickend annehmen, daß er ausgezogen sei. Ich konnte, wenn ich diese Idee folgerichtig in die Tat umsetzte, in aller Eile meine Kanzlei betreten, dann so tun, als sähe ich Bartleby nicht, und so dicht an ihm vorbeistreifen, als wäre er Luft. Ein solches Vorgehen würde ganz eindeutig ein vorzüglicher Gegenhieb sein. Es war kaum möglich, daß Bartleby einer solchen Nutzanwendung der Lehre von den Voraussetzungen würde standhalten können. Aber bei nochmaligem Durchdenken des Plans erschien mir der Erfolg doch wieder zweifelhaft. Ich beschloß, den Fall noch einmal mit ihm durchzusprechen.

»Bartleby«, sagte ich mit ruhiger Strenge, als ich die Kanzlei betrat, »ich bin ernstlich verstimmt. Ich bin peinlich berührt, Bartleby. Ich hatte Sie anders eingeschätzt. Ich hatte Sie für einen gebildeten Menschen gehalten, bei dem in einer heiklen Lage der leiseste Wink genügen würde – gewissermaßen schon eine stillschweigende Voraussetzung. Doch wie es scheint, habe ich mich getäuscht. Nein, so etwas!« rief ich und war aufrichtig überrascht, »Sie haben ja noch nicht einmal das Geld angerührt!« Ich wies auf die Scheine, die noch dort lagen, wo ich sie am Abend vorher hingelegt hatte.

Er antwortete nicht.

»Wollen Sie jetzt ausziehen oder nicht?« fragte ich in einer plötzlichen Aufwallung und trat dicht vor ihn hin.

»Ich möchte lieber *nicht* ausziehen«, erwiderte er mit sanfter Betonung des ›nicht‹.

»Wo in aller Welt nehmen Sie das Recht her, hierzubleiben? Zahlen Sie Miete? Zahlen Sie meine Steuern? Oder gehört Ihnen das Gebäude?«

Er antwortete nicht.

»Sind Sie bereit, mit Abschreiben fortzufahren? Geht es Ihren Augen besser? Könnten Sie heute morgen ein kleines Aktenstück für mich abschreiben? Oder mir helfen, ein paar Zeilen zu vergleichen? Oder schnell zum Postamt gehen? Mit einem Wort: wollen Sie überhaupt etwas tun, um Ihrer Weigerung, die Kanzlei zu verlassen, ein Mäntelchen umzuhängen?«

Er zog sich stumm in seine Einsiedelei zurück.

Ich war jetzt in einem solchen Zustand nervöser Gereiztheit, daß ich es für klüger hielt, einstweilen von weiteren Vorhaltungen abzusehen. Ich erinnerte mich an das Drama, das sich zwischen dem unglücklichen Adams und dem noch unglücklicheren Colt in dessen menschenleerer Kanzlei abgespielt hatte, und wie der arme Colt, den Adams furchtbar erzürnt hatte und der sich unvorsichtigerweise sinnlos aufregte, so unversehens zu der raschen Tat getrieben wurde – einer Tat, die gewiß kein Mensch tiefer beklagte als der Täter selbst. Wenn ich über diese Sache manchmal nachsann, kam es mir stets in den Sinn, daß es nicht so hätte enden können, wenn der Streit auf offener Straße oder in einer Privatwohnung zum Austrag gekommen wäre. Aber der Umstand, daß beide im Oberstock eines Bürogebäudes waren, das der Weihe menschlicher Wärme und Beziehung gänzlich ermangelt, und in einer menschenleeren Kanzlei, in einem Raum ohne Teppiche und sicherlich mit verstaubtem und schäbigem Mobiliar – dieser Umstand muß es gewesen sein, der sehr dazu beitrug, die Gereiztheit und Erbitterung des unseligen Colt noch zu steigern.

Als sich nun der alte Adam grollend in mir regte und mich gegen Bartleby aufbringen wollte, packte ich ihn und besiegte ihn. Wie das? Nun, einfach, indem ich mich an das göttliche Gebot hielt: ›Ein neues Gesetz gebe ich euch, daß ihr euch lieben sollt untereinander‹. Ja, das war's, was mich gerettet hat. Abgesehen von höheren Erwägungen, erweist sich die Barmherzigkeit oft als sehr weiser und vorsichtiger Grundsatz und auch als mächtiger Schutz für den, der sie übt. Die Menschen begehen Morde aus Zorn, aus Eifersucht, aus Haß, aus Selbstsucht und aus geistigem Hochmut; doch noch niemals hörte ich, daß jemand aus gütiger Barmherzigkeit einen teuflischen Mord beging. Daher sollte, wenn kein besserer Beweggrund aufgebracht werden kann, einfach der Eigennutz alle Menschen, besonders die Hitzköpfe, zur Barmherzigkeit und Menschenliebe bewegen. Jedenfalls bemühte ich mich, Haßgefühle gegen den Schreiber zu unterdrücken, indem ich mir seine Haltung wohlwollend klarmachte: Der arme Mensch! Der arme Mensch! dachte ich. Er meint es nicht böse. Und überdies hat er harte Zeiten hinter sich, deshalb muß man Nachsicht mit ihm haben.

Ich bemühte mich außerdem, mich durch Beschäftigung abzulenken und gleichzeitig meine Niedergeschlagenheit zu beschwichtigen. Ich versuchte mir auszumalen, wie Bartleby im Laufe des Vormittags zu einer Zeit, die ihm gut passen mochte, und aus eigenem freien Willen aus der Einsiedelei auftauchen und entschlossenen Schrittes auf die Tür zugehen würde. Aber nein. Es wurde halb eins. Turkeys Gesicht begann zu glühen; er warf sein Tintenfaß um und war auch sonst laut; Nippers besänftigte sich und wurde ruhig und höflich; Ginger Nut kaute an seinem Mittagsapfel; und Bartleby blieb vor seinem Fensterchen stehen, in eine seiner tiefsten Mauerträumereien versunken. Ob man's mir glauben wird? Soll ich es zugeben? An jenem Nachmittag verließ ich die Kanzlei, ohne ihm auch nur ein einziges Wort gesagt zu haben.

Wieder verstrichen ein paar Tage, und in müßigen Augenblicken schaute ich dann und wann ein wenig in zwei Bücher: *Über den Willen* von Edwards, und *Über die Notwendigkeit* von Priestley. Unter den obwaltenden Umständen waren diese Bücher von heilsamem Einfluß. Allmählich und unmerklich überzeugten sie mich, daß all meine den Schreiber betreffenden Schwierigkeiten seit ewigen Zeiten vorherbestimmt waren und daß eine allwissende Vorsehung in irgendeiner geheimnisvollen Absicht, die zu ergründen einem armen Sterblichen wie mir versagt war, Bartleby in meiner Kanzlei einquartiert hatte. Ja, Bartleby, bleibe du hinter deinem Wandschirm, dachte ich; ich will dich nicht länger verfolgen; du bist so harmlos und lautlos wie die alten Stühle in meiner Kanzlei; denn wirklich, ich fühle mich nie so zu Hause, als wenn ich weiß, daß du hier bist. Endlich sehe ich's ein, endlich begreife ich es; ich bin zum vorbestimmten Zweck meines Daseins vorgedrungen. Ich bin zufrieden. Andere haben vielleicht erhabenere Rollen zu spielen; doch meine Sendung in der Welt ist es, dich, Bartleby, mit Kanzleiraum zu versorgen, solange es dir paßt, bei mir zu bleiben.

Diese weise und segensvolle Stimmung hätte, so glaube ich, bei mir angehalten, wären nicht die unerbetenen und lieblosen Äußerungen gewesen, mit denen mich meine Berufskollegen beim Besuch in meiner Kanzlei bedachten. Doch so geschieht es ja oft, daß die ständige Reibung mit kleinen Seelen zu guter Letzt die besten Vorsätze der Großherzigen verschleißt. Zwar war es, bei Lichte besehen, nicht verwunderlich, wenn Besucher beim Betreten meiner Kanzlei erschraken, sobald sie den unberechenbaren Bartleby erblickten und dadurch in Versuchung gerieten, bösartige Bemerkungen über ihn fallen zu lassen. Zuweilen versuchte wohl ein Anwalt, der gerade geschäftlich mit mir zu tun hatte, in meine Kanzlei kam und niemand als den Schreiber vorfand, von ihm genaue Angaben über meinen Aufenthalt zu erlangen; doch ohne das müßige Gerede des Besuchers irgendwie zu beachten, blieb Bartleby unbeweglich mitten im Zimmer stehen. Dann mußte der Anwalt, nachdem er ihn eine Zeitlang in dieser Stellung betrachtet hatte, einfach wieder fortgehen und war nicht klüger als vorher.

Ebenso war es, wenn eine Verhandlung bei mir stattfand, mein Zimmer voller Zeugen und Rechtsanwälte war und das Geschäftliche drängte: da geschah es wohl, daß einer der anwesenden, stark in Anspruch genommenen Herren, der Bartleby untätig herumstehen sah, ihn kurzweg bat, zu seiner (des Rechtsanwalts) Kanzlei hinüberzuspringen und ihm einige Akten zu holen. Dann schlug es Bartleby gelassen ab und blieb trotzdem so untätig wie zuvor. Der Anwalt starrte ihn daraufhin sprachlos an und wandte sich an mich. Aber was konnte ich dazu sagen? Schließlich gab man mir zu verstehen, daß überall im Kreise meiner Berufskollegen verwundert über das seltsame Geschöpf gemunkelt wurde, das ich mir da in meiner Kanzlei hielt. Mir war es äußerst unangenehm. Und dann stieg mir der Gedanke auf, Bartleby könne möglicherweise zu den Langlebigen gehören und bis ans Ende seiner Tage fortfahren, meine Räume zu bewohnen und meine Autorität nicht anzuerkennen, meine Besucher zu erschrecken, mein berufliches Ansehen zu schädigen, meine Kanzlei mit seiner Schwermut zu verdüstern, bis ans Ende Leib und Seele mit seinen Ersparnissen zusammenzuhalten (denn er gab bestimmt nur fünf Cents täglich aus) und mich endlich noch zu überleben und auf Grund einer ununterbrochenen Anwesenheit Anspruch auf meine Kanzlei zu erheben. All diese düsteren Vorahnungen lasteten immer schwerer auf mir, und meine Freunde bedrängten mich unaufhörlich mit ihren harten Bemerkungen über die gespenstische Erscheinung in meiner Kanzlei, so daß sich schließlich ein großer Umschwung in mir vollzog. Ich nahm mir vor, all meine Kräfte zu sammeln und mich für immer von diesem unerträglichen Alpdruck zu befreien.

Ehe ich mir jedoch einen verwickelten Plan ausdachte, der mich zum Ziele führen sollte, legte ich Bartleby erst einmal nahe, sein endgültiger Aufbruch sei ein Gebot der Schicklichkeit. Mit ruhiger und ernster Stimme empfahl ich diesen Gedanken seiner sorgfältigen und reiflichen Erwägung. Nachdem er jedoch drei Tage gebraucht hatte, um darüber nachzudenken, teilte er mir mit, daß sein ursprünglicher Entschluß der gleiche geblieben sei, kurzum, daß er ›lieber bei mir bleiben möchte‹.

Was soll ich tun? fragte ich mich und knöpfte meinen Rock bis zum obersten Knopf zu. Was soll ich tun? Was müßte ich tun? Was empfiehlt mir mein Gewissen, mit diesem Menschen zu tun – oder vielmehr mit diesem Gespenst zu tun? Loswerden muß ich ihn; gehen soll er. Aber wie? Du wirst doch nicht Bartleby, diesen armen, blassen, duldenden Sterblichen – du wirst doch nicht ein so hilfloses Geschöpf von deiner Türe weisen? Du wirst dich doch nicht mit solcher Grausamkeit beflecken? Nein, das will ich und das kann ich nicht tun. Eher würde ich ihn hier leben und sterben lassen und seine sterblichen Überreste in die Wand einmauern. Was also willst du tun? Trotz all deiner Überredungskünste rührt er sich nicht vom Fleck. Bestechungsgelder läßt er unter deinem Briefbeschwerer auf deinem Schreibtisch liegen – mit einem Wort: es ist ganz klar, daß er sich lieber an dich klammern möchte.

Dann muß also etwas Einschneidendes, etwas Ungewöhnliches unternommen werden! Wie? Du willst ihn doch nicht etwa durch einen Schutzmann beim Kragen nehmen lassen und ihn, den Bleichen, Unschuldigen, dem Gefängnis überantworten? Und unter welcher Begründung könntest du etwas Derartiges überhaupt veranlassen? Weil er ein Herumtreiber ist? Was? Er ein Herumtreiber und Vagabund, er, der sich weigert, von der Stelle zu gehen? Weil er also *kein* Herumtreiber ist, möchtest du ihn als Herumtreiber hinstellen? Das ist zu widersinnig. ›Keine nachweisbaren Subsistenzmittel‹ – da habe ich ihn! Wiederum falsch, denn offensichtlich vermag er sich selbst zu ernähren, und damit beweist er unwiderleglich, daß er tatsächlich die Mittel besitzt. Und das wäre alles. Da er mich nicht verlassen will, muß ich ihn verlassen. Ich will mir andere Kanzleiräume suchen; ich will umziehen und ihm förmlich erklären, daß ich ihn wegen Hausfriedensbruches verklagen werde, sollte ich ihn jemals in meinen neuen Räumen antreffen.

Dementsprechend wandte ich mich am folgenden Tag an ihn: »Mir liegen diese Räume zu weit vom Gerichtsgebäude entfernt, außerdem ist die Luft hier zu schlecht. Kurzum, ich werde nächste Woche umziehen und benötige Ihre Dienste nicht mehr. Ich sage es Ihnen schon heute, damit Sie sich eine andere Stellung suchen können.«

Am festgesetzten Tage bestellte ich mir Wagen und Packer und ging in meine Kanzlei; da ich nur wenig Möbel habe, war alles innerhalb von wenigen Stunden umgeräumt. Die ganze Zeit über blieb Bartleby hinter dem Wandschirm stehen, der auf meinen Wunsch hin als letztes entfernt werden sollte. Er wurde abgerückt und wie eine riesige Aktenmappe zusammengeklappt, Bartleby aber blieb zurück – der unbewegliche Bewohner eines kahlen Zimmers. Ich stand noch einen Augenblick in der Tür und sah ihn an, während eine innere Stimme mich tadelte.

Ich trat wieder ins Zimmer, die Hand in der Tasche – und das Herz, ja, das Herz auf der Zunge.

»Leben Sie wohl, Bartleby! Ich gehe jetzt. Leben Sie wohl, und möge Gott Ihnen beistehen! Da, nehmen Sie!« Ich ließ etwas in seine Hand gleiten, doch es fiel zu Boden. Und dann – so seltsam es klingen mag – dann riß ich mich mühsam von dem Menschen los, dessen ich mich mit allen Mitteln hatte entledigen wollen.

Als ich mich in meinen neuen Räumlichkeiten eingerichtet hatte, hielt ich ein paar Tage lang die Tür verschlossen, und bei jedem Schritt im Treppenhaus draußen fuhr ich zusammen. Wenn ich, selbst nach der kürzesten Abwesenheit, in meine Kanzlei zurückkehrte, blieb ich ein Weilchen vor der Schwelle stehen und lauschte aufmerksam, ehe ich den Schlüssel ins Schloß steckte. Doch meine Befürchtungen waren überflüssig. Bartleby kam nicht in meine Nähe.

Ich glaubte schon, daß alles gut ginge, als mich ein verstört aussehender Fremder aufsuchte und sich erkundigte, ob ich bis vor kurzem Mieter der Räume Wall Street Nr. ... gewesen sei.

Voll schlimmer Vorahnungen bejahte ich es.

»Dann, Sir«, sagte der Fremde, der sich als Anwalt vorgestellt hatte, »sind Sie verantwortlich für den Mann, den Sie dort zurückgelassen haben! Er weigert sich, Schreibarbeiten zu übernehmen, er weigert sich überhaupt, etwas zu tun, sondern sagt, ›er möchte es lieber nicht‹, und er weigert sich auch, auszuziehen.«

»Ich bedaure sehr, Sir«, sagte ich mit gespielter Ruhe, aber zitternd vor innerer Unruhe, »der Mann, von dem Sie sprechen, steht in keinem Dienstverhältnis zu mir. Da er weder mein Verwandter noch ein Angestellter ist, können Sie mich nicht für ihn verantwortlich machen!«

»Um Himmels willen, wer ist er denn?«

»Darüber kann ich Ihnen auch nichts sagen. Ich weiß nichts über ihn. Früher hatte ich ihn als Kopisten beschäftigt, doch seit längerer Zeit hat er nicht mehr für mich gearbeitet.«

»Dann werde ich ihn mir vom Halse schaffen. Guten Morgen, Sir!«

Mehrere Tage vergingen, und ich hörte nichts weiter; und obwohl mich öfters das Erbarmen drängte, die alten Räume zu besuchen und den armen Bartleby zu sprechen, so hielt mich doch eine Art Scheu, wovor, weiß ich nicht, davon ab.

Nun ist inzwischen wohl alles erledigt, dachte ich schließlich, als wieder eine Woche vergangen und keine weitere Nachricht zu mir gedrungen war. Als ich indessen am nächsten Tage in meine Kanzlei wollte, fand ich vor der Tür mehrere Leute, die äußerst erregt auf mich gewartet hatten.

»Da ist er ja! Da kommt er!« rief der mir am nächsten Stehende, in dem ich den Anwalt erkannte, der mich neulich besucht hatte.

»Sie müssen ihn abholen, Sir, und zwar sofort«, schrie ein wohlbeleibter Mann und kam auf mich zu. Ich erkannte in ihm meinen ehemaligen Hauswirt von Nr. ... in der Wall Street. »Diese Herren hier, meine Mieter, können den Zustand nicht länger ertragen. Mr. B.« (er deutete auf den Anwalt) »hat ihn aus seiner Kanzlei gejagt, und nun macht er das ganze Gebäude unsicher; tags sitzt er auf dem Treppengeländer, und nachts schläft er im Hauseingang. Alle regen sich darüber auf; die Klienten wollen nicht mehr in die Kanzleien gehen; man befürchtet, daß es zu Ausschreitungen kommen könnte; Sie müssen etwas unternehmen, und zwar auf der Stelle!«

Ich wich zurück, so betäubt war ich von diesem Redeschwall, und am liebsten hätte ich mich in meine neue Kanzlei eingeschlossen. Vergeblich betonte ich, daß Bartleby mich nichts anginge, mich ebensowenig wie andre Leute. Doch alles umsonst! Ich hatte als letzter mit ihm zu tun gehabt, und nun wurde mir diese gräßliche Verantwortung aufgeladen. Da ich befürchten mußte, in der Zeitung bloßgestellt zu werden (wie es einer der Anwesenden schon unter versteckten Drohungen andeutete), überlegte ich mir die Sache und sagte schließlich, wenn der Anwalt mir am Nachmittag eine vertrauliche Unterredung mit dem Schreiber in seinem (des Anwalts) Zimmer vermitteln könne, dann würde ich mich nach besten Kräften bemühen, sie von der Plage, über die sie Klage führten, zu befreien.

Als ich die Treppe zu meiner ehemaligen Kanzlei emporstieg, saß Bartleby dort schweigend auf dem Geländer des Treppenabsatzes.

»Was machen Sie hier, Bartleby?« fragte ich.

»Ich sitze auf dem Geländer«, erwiderte er sanft.

Ich bat ihn in das Zimmer des Anwalts, der uns dann allein ließ.

»Bartleby«, sagte ich, »sind Sie sich dessen bewußt, daß Sie mir viel Ärger verursachen, weil Sie durchaus im Treppenhaus bleiben wollen, obwohl ich Sie doch entlassen habe?«

Keine Antwort.

»Sie haben jetzt die Wahl: entweder Sie unternehmen etwas, oder man wird etwas gegen Sie unternehmen müssen. Was für eine Beschäftigung wünschen Sie sich? Möchten Sie wieder eine Stelle als Kopist bei irgend jemand annehmen?«

»Nein, ich möchte mich lieber nicht verändern.«

»Möchten Sie einen Posten als Verkäufer in einem Schnittwarenladen?«

»Dort würde ich mich zu eingesperrt fühlen. Nein, ich möchte lieber nicht Verkäufer werden; doch bin ich nicht wählerisch.«

»Dort fühlen Sie sich eingesperrt?« rief ich. »Aber Sie sperren sich ja selbst dauernd ein!«

»Ich möchte lieber keine Stelle als Verkäufer annehmen«, wiederholte er, als wolle er diese kleine Frage ein für allemal klären.

»Wie würde Ihnen die Arbeit als Barmann gefallen? Das würde Ihre Augen nicht überanstrengen.»

»Das würde mir durchaus nicht gefallen. Aber, wie ich schon sagte, ich bin nicht wählerisch.«

Seine ungewohnte Beredsamkeit machte mir Mut. Ich ging von neuem zum Angriff über.

»Würden Sie denn lieber im Lande umherreisen und Aufträge für die Geschäftsleute einsammeln? Das wäre Ihrer Gesundheit dienlich!«

»Nein, ich möchte lieber etwas anderes tun.«

»Wie wäre es denn, wenn Sie als Reisebegleiter und Gesellschafter mit einem jungen Herrn nach Europa führen? Würde Ihnen das nicht zusagen?«

»Ganz und gar nicht. Mir scheint, daß so etwas kein fester Posten ist. Ich möchte lieber seßhaft sein. Aber ich bin nicht wählerisch.«

»Seßhaft? Meinetwegen, dann sollen Sie seßhaft sein!« rief ich. Zum erstenmal während meiner nervenaufreibenden Bekanntschaft mit ihm hatte ich alle Geduld verloren und geriet in heftigen Zorn.

»Wenn Sie nicht bis zum Abend das Haus hier verlassen haben, dann sehe ich mich gezwungen, ja, dann bin ich bestimmt gezwungen, selbst – selbst – das Haus zu verlassen«, schloß ich etwas unlogisch, da ich nicht wußte, mit was für einer Drohung ich seine Starrheit erschüttern konnte. Ich verzweifelte an jedem weiteren Versuch und wollte ihn schon überstürzt verlassen, als mir ein letzter Einfall kam – über den ich aber doch schon hin und wieder nachgedacht hatte.

»Bartleby«, sagte ich mit dem freundlichsten Tonfall, der mir gelingen wollte, »möchten Sie mit mir kommen – ich meine nicht in die Kanzlei, sondern in meine Wohnung, und dort bleiben, bis wir uns in aller Ruhe über eine Ihnen passende Lösung geeinigt haben? Kommen Sie, wir wollen gehen, jetzt gleich!«

»Nein, ich möchte mich im Augenblick lieber überhaupt nicht verändern.«

Ich erwiderte nichts. In jäher und hastiger Flucht, die mich vor jeder unliebsamen Begegnung bewahrte, stürzte ich aus dem Haus, rannte die Wall Street bis zum Broadway hinauf, sprang auf den ersten besten Omnibus und entzog mich so jeder weiteren Verfolgung. Sobald ich zur Ruhe kam, wurde es mir klar, daß ich jetzt alles getan hatte, was möglich war, sowohl gegenüber den Forderungen des Hausbesitzers und seiner Mieter wie auch gegenüber meinem eigenen Wunsch und Pflichtgefühl, Bartleby zu helfen und ihn vor roher Verfolgung zu schützen. Ich bemühte mich nun, beruhigt und leichten Herzens zu sein, und mein Gewissen half mir dabei, wenn auch nicht mit solchem Erfolg, wie ich es mir gewünscht hätte. Meine Angst, der aufgebrachte Hausbesitzer und seine erbitterten Mieter könnten mich verfolgen, war so groß, daß ich Nippers für einige Tage mit meinen Geschäften betraute und in meiner Kutsche im Norden der Stadt und den Vororten umherfuhr; ich fuhr nach Jersey City und Hoboken und machte Stippvisiten in

Manhattanville und Astoria. Eigentlich wohnte ich in diesen Tagen in meiner Kutsche.

Als ich meine Kanzlei wieder betrat, lag – siehe da! – ein Briefchen des Hausbesitzers auf meinem Schreibtisch. Ich öffnete es mit zitternden Händen. Er teilte mir mit, daß er die Polizei geholt und Bartleby als Herumtreiber dem Stadtgefängnis (in New York ›die Gräber‹ genannt) überliefert habe. Da ich mehr über Bartleby wisse als irgendwer sonst, bat er mich, dort hinzugehen und die Tatsachen zu Protokoll zu geben. Diese Mitteilung weckte zwiespältige Gefühle in mir; zuerst war ich empört, zu guter Letzt war ich beinahe einverstanden. Der Hauswirt, in seiner tatkräftigen, entschlossenen Art, hatte ein Verfahren gewählt, zu dem ich mich, glaube ich, nicht selbst entschieden hätte – doch schien es mir unter so eigentümlichen Umständen und als letzter Ausweg das einzig mögliche Vorgehen zu sein.

Wie ich später hörte, hatte der arme Schreiber, als man ihm sagte, er müsse ins Stadtgefängnis gebracht werden, nicht den geringsten Widerstand geleistet, sondern sich auf seine unbewegliche Art bleich und stumm gefügt.

Ein paar mitleidige oder neugierige Passanten gesellten sich zu der Gruppe; und so wand sich der schweigsame Zug, voran einer der Polizisten Arm in Arm mit Bartleby, durch all den Lärm und die Hitze und die frohe mittägliche Betriebsamkeit enger Straßen.

Am gleichen Tage, an dem ich die Nachricht erhalten hatte, begab ich mich zu den ›Gräbern‹ oder, geziemender ausgedrückt, zum Gerichtsgebäude. Ich suchte den zuständigen Beamten auf, erklärte ihm den Zweck meines Besuches und erfuhr, das von mir beschriebene Individuum befinde sich tatsächlich dort. Daraufhin versicherte ich dem Beamten, daß Bartleby ein durchaus achtbarer und sehr bemitleidenswerter Mensch, aber eben unvorstellbar überspannt sei. Ich berichtete alles, was ich wußte, und schloß mit dem Vorschlag, ihm eine möglichst milde Haft angedeihen zu lassen, bis eine weniger harte Regelung gefunden sei – obwohl ich mir nicht recht denken konnte, was für eine. Wenn man sich für nichts Besseres entscheiden könne, dann müsse er eben im Armenhaus untergebracht werden. Dann bat ich um eine Unterredung mit Bartleby.

Da man ihm nichts Ehrenrühriges vorzuwerfen hatte und da er in jeder Beziehung ruhig und harmlos war, durfte er ungehindert überall im Gefängnis und besonders in den von Mauern umgebenen, grasbewachsenen Höfen herumgehen. Und dort fand ich ihn denn auch, wie er ganz allein im stillsten Hof stand, sein Gesicht einer hohen Mauer zugewandt, während – so bildete ich es mir ein – ringsumher aus den schmalen Fensterschlitzen der Zellen die Augen von Mördern und Dieben nach ihm spähten.

»Bartleby!«

»Ich kenne Sie«, sagte er, ohne sich umzudrehen, »und ich möchte nicht mit Ihnen sprechen.«

»Ich war es ja gar nicht, der Sie hergebracht hat, Bartleby«, sagte ich und war wegen der unausgesprochenen Verdächtigung schmerzlich berührt. »Übrigens ist dies hier für Sie ein nicht gar so übler Aufenthalt. Durch Ihr Hiersein fällt kein Makel auf Sie selbst. Denn sehen Sie doch, es ist nicht so trostlos, wie man glauben könnte. Schauen Sie, dort oben ist der Himmel, und hier unten wächst grünes Gras.«

»Ich weiß, wo ich bin«, gab er zur Antwort, und weiter nichts. Daher verließ ich ihn.

Als ich wieder in den Korridor trat, sprach mich ein breiter, fleischiger Mann an, der eine Schürze umgebunden trug; er deutete mit dem Daumen über die Schulter und fragte: »Ist das Ihr Freund?«

»Ja.«

»Will wohl verhungern? Wenn er's will, soll er von nichts anderem als der Gefängnisration leben – dann schafft er's schnell.«

»Wer sind Sie?« fragte ich und wußte nicht, was ich in einer solchen Umgebung von einem so wenig amtlich redenden Menschen halten sollte.

»Ich bin der Proviantmann. Ich erhalte von Herren,

die hier Freunde sitzen haben, etwas Geld, damit ich ihnen gutes Essen zutrage.«

»Stimmt das?« fragte ich den Zellenwärter.

Er erwiderte, daß es stimme.

»Gut«, sagte ich und steckte dem Proviantmann (wie er genannt wurde), einige Silberstücke in die Hand, »ich möchte, daß Sie sich meines Freundes dort hinten besonders annehmen. Geben Sie ihm das beste Essen, das Sie auftreiben können. Und behandeln Sie ihn so höflich wie nur möglich!«

»Würden Sie mich bitte vorstellen?« fragte der Proviantmann und blickte mich voller Ungeduld an, weil er mir eine Probe seiner guten Manieren geben wollte.

Da ich fand, es könne sich für den Schreiber als dienlich erweisen, willigte ich ein; ich fragte den Proviantmann nach seinem Namen und ging mit ihm zu Bartleby.

»Bartleby, hier kommt ein Freund, der Ihnen sehr nützlich sein kann!«

»Ihr Diener, Sir, Ihr Diener«, sagte der Proviantmann und machte, mit den Händen hinter der Schürze, einen tiefen Bückling. »Hoffe, daß es Ihnen hier gefällt, Sir: nette Anlagen, kühle Zimmer; hoffentlich bleiben Sie ein Weilchen bei uns; ich werd's Ihnen behaglich machen. Was wünschen Sie heute als Mittagessen zu speisen?«

»Ich möchte heute lieber nicht zu Mittag essen«,

sagte Bartleby und wandte sich ab. »Es würde mir nicht bekommen. Ich bin nicht an Mittagessen gewöhnt.« Und damit zog er sich auf die andere Seite des Hofes zurück und stellte sich mit dem Gesicht zur fensterlosen Brandmauer auf.

»*Was* sagt er?« fragte der Proviantmann und stierte mich verwundert an. »Ist ein bißchen wunderlich, was?«

»Ich glaube, er ist etwas verstört«, sagte ich traurig.

»Verstört? So, so, verstört ist er. Nein, so was, ich hätt' gewettet, daß Ihr Freund ein Fälscher ist: die sehen immer so blaß und vornehm aus, die Fälscher. Tun mir immer leid, Sir, kann's nicht ändern, sie tun mir leid. Haben Sie Monroe Edwards gekannt?« fragte er rührselig und wartete. Dann legte er mir die Hand auf die Schulter und seufzte kläglich: »Der ist in Sing-Sing an der Schwindsucht gestorben. So, den Monroe kennen Sie also nicht?«

»Nein, Fälscher zählen nicht zu meinen Bekannten. Doch jetzt kann ich mich nicht länger aufhalten. Kümmern Sie sich um meinen Freund. Es soll Ihr Schaden nicht sein. Ich komme bald wieder.«

Ein paar Tage darauf konnte ich mir nochmals Einlaß ins Gefängnis verschaffen und ging auf der Suche nach Bartleby die Korridore entlang, fand ihn jedoch nicht.

»Ich sah ihn vor nicht langer Zeit aus seiner Zelle

kommen«, sagte ein Schließer, »vielleicht geht er jetzt in den Höfen spazieren.«

Also wandte ich mich nach draußen.

»Suchen Sie den stummen Mann?« fragte mich im Vorbeigehen ein anderer Schließer. »Da liegt er im Hof und schläft. Vor kaum zwanzig Minuten hab' ich gesehen, wie er sich hinlegte.«

Der Hof war totenstill. Die gewöhnlichen Gefangenen durften ihn nicht betreten. Die Umfassungsmauern waren erschreckend dick und hielten jeden Laut von draußen ab. Das ägyptisch-wuchtige Mauerwerk wirkte düster und bedrückte mich. Doch zu Füßen wuchs ein weicher, ebenfalls eingekerkerter Rasen. Es war wie im Innern der ewigen Pyramiden und als sei durch seltsamen Zauber in den Mauerspalten Grassamen hervorgesproßt, den Vögel verstreut hatten.

Am Fuße der Mauer, merkwürdig zusammengekauert und mit hochgezogenen Knien auf der Seite liegend, so daß sein Kopf die kalten Steine berührte, erblickte ich den abgezehrten Bartleby. Doch er rührte sich nicht. Ich wartete ein Weilchen, trat dann nahe an ihn heran und beugte mich über ihn; ich sah, daß seine trüben Augen geöffnet waren; sonst aber schien es, als liege er in tiefem Schlaf. Irgendwie drängte es mich, ihn anzurühren. Ich faßte nach seiner Hand, und ein Schauder kroch mir den Arm hinauf und über den Rücken bis zu den Füßen hinab.

Das runde Gesicht des Proviantmannes sah forschend zu mir hinunter. »Sein Mittagessen ist bereit. Will er heute auch wieder nichts essen? Oder lebt er ohne Essen?«

»Lebt ohne Essen«, sagte ich und schloß die Augen.

»Ah – er schläft wohl, was?«

»Mit Königen und Würdenträgern«, sagte ich leise.

Vielleicht mag es unnötig erscheinen, mit der Erzählung fortzufahren. Was von der Beerdigung des armen Bartleby an kärglichen Einzelheiten zu berichten wäre, kann die Phantasie mühelos selbst nachtragen. Bevor ich mich jedoch vom Leser verabschiede, möchte ich noch sagen: falls diese kleine Geschichte ihn so gefesselt hat, um seine Neugier zu erwecken, wer Bartleby war und was für ein Leben er führte, ehe der Erzähler ihn kennenlernte, dann kann ich nur versichern, daß ich seine Wißbegierde durchaus teile, doch völlig außerstande bin, sie zu befriedigen. Allerdings weiß ich nicht recht, ob ich eine kleine Einzelheit anführen soll, die mir ein paar Monate nach dem Tode des Schreibers gerüchtweise zu Ohren kam. Auf welche Tatsachen sie sich stützte, konnte ich nicht herausfinden; daher kann ich jetzt auch nicht sagen, wieviel Wahres daran ist. Weil aber diese ungenaue Nachricht, so traurig sie war, meine Phantasie anregte, mag sie auf andere ebenso wirken, und deshalb will ich sie kurz erwähnen. Sie besagte, daß Bartleby ein untergeordneter Angestellter in der ›Abteilung für tote Briefe‹ im Postamt Washington gewesen sei und diese Stelle durch einen Wechsel in der Verwaltung verloren habe. Wenn ich über dieses Gerücht nachsinne, so vermag ich die Empfindungen, die mich dabei überfallen, fast nicht auszudrücken. ›Tote Briefe!‹ Klingt es nicht wie ›Tote Menschen?‹ Stellen wir uns einen Mann vor, der infolge von Veranlagung und Mißgeschick schon einer fahlen Hoffnungslosigkeit zuneigt – welche Beschäftigung wäre wohl geeigneter, ihn darin noch zu bestärken, als das tägliche Hantieren und Sichten unbestellbarer Briefe für ein Ende in den Flammen? Denn ganze Wagenladungen voll werden alljährlich verbrannt. Manchmal nimmt ein blasser Angestellter aus dem zusammengefalteten Papier wohl einen Ring – der Finger, für den er bestimmt war, modert vielleicht längst im Grabe; oder eine Banknote, aus Hilfsbereitschaft eiligst fortgesandt – doch der, dem sie zu Hilfe kommen sollte, ist jenseits allen Hungers; oder er liest von Verzeihung für solche, die verzweifelt starben, von Hoffnung für andere, die ohne Hoffnung starben, von froher Botschaft für alle, die unter der Bürde ungelinderten Unglücks zusammenbrachen und starben. Mit Leben befrachtet, eilten diese Briefe in den Tod.

O Bartleby! O Menschenlos!

Lord Mountdrago

VON W. SOMERSET MAUGHAM

Dr. Audlin sah auf die Schreibtischuhr. Es war zwanzig Minuten vor sechs. Er war erstaunt, daß sein Patient Verspätung hatte, denn Lord Mountdrago war stolz auf seine Pünktlichkeit. In seiner knappen Art sich auszudrücken, die einer banalen Bemerkung den Anschein eines Epigramms verlieh, pflegte er zu sagen, Pünktlichkeit sei eine Ehrung, die man den Gescheiten erweise, und eine Rüge für die Dummen. Lord Mountdrago war auf halb sechs bestellt.

Dr. Audlins Erscheinung hatte nichts Auffälliges. Er war groß und mager, mit schmalen, leicht gebeugten Schultern. Sein Haar war grau und dünn; das lange, gelbliche Gesicht tief gefurcht. Er war nicht über Fünfzig, sah aber älter aus. Die blaßblauen und ziemlich großen Augen wirkten müde. Wenn man eine Zeitlang mit ihm zusammen gewesen war, fiel einem auf, daß sie sich sehr wenig bewegten; sie blieben an dem Gesicht des Gegenübers haften, waren aber ohne allen Ausdruck, so daß es nicht unangenehm wirkte. Sie leuchteten nur selten auf. Sie ließen nichts von seinen Gedanken erraten und veränderten, auch wenn er sprach, nicht den Ausdruck. Einem guten Beobachter wäre wahrscheinlich aufgefallen, daß er sehr viel weniger blinzelte als die meisten Leute. Seine Hände waren eher groß, mit langen spitzen Fingern; sie waren sanft, aber fest, kühl, doch nicht feucht. Man hätte nie sagen können, was Dr. Audlin anhatte, außer man hätte besonders darauf geachtet. Seine Anzüge waren dunkel. Seine Krawatte war schwarz. Seine Kleidung machte das gelbliche, gefurchte Gesicht noch bleicher und die blassen Augen noch farbloser. Er machte den Eindruck eines sehr kranken Menschen.

Dr. Audlin war Psychoanalytiker. Er war durch Zufall zu dem Beruf gekommen und übte ihn voller Zweifel aus. Bei Kriegsausbruch hatte er das Staatsexamen noch nicht lange hinter sich und sammelte praktische Erfahrung in verschiedenen Krankenhäusern: er hatte sich den Behörden zur Verfügung gestellt und war nach einer Weile nach Frankreich geschickt worden. Eben um diese Zeit hatte er seine sonderbare Begabung entdeckt: er konnte gewisse Schmerzen durch die Berührung seiner kühlen, festen Hände lindern und häufig Menschen, die unter Schlaflosigkeit litten, zum Schlafen bringen, indem er zu ihnen sprach. Er sprach langsam. Seine Stimme hatte keine besondere Klangfarbe, und ihr Ton veränderte sich nicht mit den Worten, die er aussprach, aber sie war musikalisch, sanft und einschläfernd. Er sagte den Männern, sie sollten ausruhen, sie sollten sich keine Sorgen machen und sie müßten schlafen, und Ruhe umfing ihre ermatteten Glieder, Friede verdrängte ihre Ängste, wie wenn ein Mensch einen Platz auf einer sehr besetzten Bank findet, und Schlummer senkte sich auf ihre müden Lider wie sanfter Frühlingsregen auf frisch umgegrabene Erde. Dr. Audlin entdeckte, daß, wenn er mit seiner tiefen, eintönigen Stimme zu den Menschen sprach, wenn er sie mit seinen blassen, stillen Augen ansah und ihnen mit seinen langen, festen Händen über die Stirn strich, er ihre Unruhe stillen, die Konflikte, die sie quälten, lösen und die krankhaften Ängste, die ihr Leben zur Qual machten, verscheuchen konnte. Manchmal brachte er Heilungen zustande, die ein Wunder schienen. Er gab einem Mann die Sprache wieder, der, von einer explodierenden Granate verschüttet, stumm geworden, und er gab einem andern den Gebrauch seiner Glieder zurück, der nach einem Flugzeugabsturz gelähmt gewesen war. Er konnte seine Macht nicht verstehen; er war eher skeptisch von Natur, und obwohl man sagt, unter solchen Umständen sei die Hauptsache, an sich selbst zu glauben, gelang ihm das niemals ganz; und nur das Ergebnis seiner Tätigkeit, das für den ungläubigsten Beobachter offenkundig war, zwang ihn zuzugeben, daß er irgendeine, er wußte nicht woher stammende Fähigkeit besaß, die ihm erlaubte, Dinge zu vollbringen, für die er keine Erklärung wußte. Als der Krieg vorüber war, ging er nach Wien und studierte dort, und später nach Zürich; und ließ sich dann in London nieder, um die Kunst auszuüben, die er auf so seltsame Weise gelernt hatte. Er praktizierte jetzt seit fünfzehn Jahren und hatte sich auf seinem Spezialgebiet einen ausgezeichneten Ruf erworben. Die Leute erzählten einander von seinen erstaunlichen Erfolgen, und er hatte, obwohl seine Honorare hoch waren, so viele Patienten, wie er behandeln konnte. Dr. Audlin war sich seiner ganz außerordentlichen Erfolge bewußt; er hatte Menschen vor dem Selbstmord gerettet, andere vor dem Irrenhaus bewahrt; er hatte Leiden gelindert, die nützliche Leben vergifteten, er hatte unglückliche Ehen zu glücklichen gemacht, hatte anormale Instinkte von Grund auf geheilt und so nicht wenige von einem verhaßten Zwang befreit, er hatte seelisch Kranken Gesundheit geschenkt; all dies hatte er getan und hegte doch im tiefsten Innern den Verdacht, nicht viel mehr als ein Quacksalber zu sein.

Es widerstrebte ihm, eine Macht auszuüben, die er nicht verstehen konnte, und es kränkte seine Redlichkeit, den Glauben der Menschen, die er behandelte, zu mißbrauchen, da er doch selbst nicht an sich glaubte. Er war jetzt reich genug, um ohne Arbeit zu leben, und die Arbeit erschöpfte ihn: schon ein Dutzend Mal war er nah daran gewesen, die Praxis aufzugeben. Er kannte alles, was Freud und Jung und alle andern geschrieben hatten. Es befriedigte ihn nicht, und er war zutiefst überzeugt, daß all ihre Theorien Schwindel seien, und doch lagen die Resultate vor, unbegreiflich aber offensichtlich. Und was hatte er in den fünfzehn Jahren, da die Patienten in sein düsteres Hinterzimmer in Wimpole Street kamen, nicht alles über die menschliche Natur erfahren? Die Enthüllungen, die ihm, manchmal nur allzu willig, manchmal beschämt, mit Vorbehalten, widerstrebend oder im Zorn gemacht wurden, hatten schon lange aufgehört, ihn zu verwundern. Nichts konnte ihn mehr schockieren. Er wußte mittlerweile, daß die Menschen Lügner waren, er kannte ihre maßlose Eitelkeit; er wußte viel Schlimmeres als nur das von ihnen; aber er wußte, daß es nicht an ihm war, zu richten oder zu urteilen. Doch während ihm die furchtbaren Geständnisse gemacht wurden, wurde sein Gesicht von Jahr zu Jahr etwas grauer, die Runzeln wurden tiefer und die blassen Augen matter. Er lachte selten, aber hie und da, wenn er zur Entspannung einen Roman las, lächelte er. Glaubten ihre Verfasser wirklich, daß die Männer und Frauen, über die sie schrieben, so waren? Wenn sie nur wüßten, wieviel komplizierter, wieviel überraschender sie waren, was für unversöhnliche Elemente gleichzeitig in ihren Seelen existierten, und welche dunklen, unheilvollen Konflikte sie quälten!

Es war dreiviertel sechs. Von all den seltsamen Fällen, für deren Behandlung man sich an ihn gewandt hatte, konnte Dr. Audlin sich an keinen seltsameren erinnern, als an den des Lord Mountdrago. Einmal machte die Persönlichkeit des Patienten den Fall sonderbar. Lord Mountdrago war ein tüchtiger und hervorragender Mann. Noch unter Vierzig zum Minister des Äußeren ernannt, hatte er jetzt, nach drei Jahren Amtstätigkeit, den Erfolg seiner Politik erlebt. Er wurde allgemein als der begabteste Politiker der Konservativen betrachtet, und nur die Tatsache, daß sein Vater Peer war und er nach dessen Tode nicht mehr Mitglied des Unterhauses würde sein können, verbot ihm, nach dem Posten des Premierministers zu streben. Doch wenn es auch in diesen demokratischen Zeiten für einen Premierminister Englands ausgeschlossen ist, dem Oberhaus anzugehören, so konnte nichts Lord Mountdrago hindern, weiterhin Minister für Auswärtiges in aufeinanderfolgenden konservativen Regierungen zu sein und so für lange Zeit die Außenpolitik seines Landes zu leiten.

Lord Mountdrago hatte viele gute Eigenschaften. Er besaß Intelligenz und Fleiß. Er war weit gereist und sprach mehrere Sprachen fließend. Er hatte sich seit frühester Jugend auf Außenpolitik spezialisiert und gewissenhaft über die politischen und wirtschaftlichen Verhältnisse anderer Länder unterrichtet. Er hatte Mut, Einsicht und Entschlossenheit. Er war ein guter Redner, sowohl auf der Tribüne wie im Parlament, klar, präzis und oft witzig. Er debattierte glänzend und seine Schlagfertigkeit war berühmt: er sah gut aus; er war ein großer, stattlicher Mann; schon ziemlich kahl und ein wenig zu dick, aber das verlieh ihm Gediegenheit und einen Anstrich von Reife, der ihm nützlich war. Als junger Mann war er ein leidlicher Sportsmann gewesen und hatte im Oxford Boot mitgerudert; und er galt als einer der besten Schützen Englands. Mit Vierundzwanzig hatte er ein achtzehnjähriges Mädchen geheiratet, deren Vater ein Herzog und deren Mutter eine große, amerikanische Erbin war, so daß sie sowohl Rang wie Reichtum besaß. Von ihr hatte er zwei Söhne. Sie lebten seit mehreren Jahren privat getrennt, aber vor der Öffentlichkeit vereint, so daß der Schein gewahrt war, und keine außereheliche Bindung, weder auf der einen noch anderen Seite, hatte dem Klatsch Nahrung gegeben. In der Tat war Lord Mountdrago zu ehrgeizig, zu beschäftigt und, wie hinzugefügt werden muß, zu patriotisch, um sich von irgendwelchen Vergnügungen, die seine Karriere stören konnten, verführen zu lassen. Kurz, er besaß sehr viel, was ihn zu einer volkstümlichen und erfolgreichen Gestalt machen konnte. Leider hatte er auch große Fehler.

Er war ein furchtbarer Snob. Das hätte nichts Erstaunliches gehabt, wenn sein Vater der erste Inhaber des Titels gewesen wäre. Daß der Sohn eines geadelten Anwalts, Fabrikanten oder Destillateurs seinem Rang übermäßige Bedeutung beilegt, ist verständlich. Lord Mountdragos Vater war der Earlstitel aber von Charles II. verliehen worden, und der Rang eines Barons, den der erste Earl innegehabt hatte, datierte aus der Zeit der Rosenkriege. Dreihundert Jahre hindurch hatten die aufeinanderfolgenden Inhaber des Titels sich mit den vornehmsten Geschlechtern Englands verbunden. Aber Lord Mountdrago war sich seiner Abstammung ebenso bewußt, wie ein *nouveau riche* sich seines Geldes bewußt ist. Er ließ keine Gelegenheit vorübergehen, sich vor andern damit zu brüsten. Er hatte ausgezeichnete Umgangsformen, wenn er geruhte, sie zu benutzen, doch tat er dies nur Menschen gegenüber, die er als ebenbürtig betrachtete. Er war von kühler Unverschämtheit gegen alle, die er als gesellschaftlich unter ihm stehend betrachtete. Er war grob zu seinen Dienstboten und beleidigend gegen seine Sekretäre. Die unteren Beamten in den Regierungsbüros, denen er nacheinander zugeteilt war, fürchteten und haßten ihn. Sein Hochmut war entsetzlich. Er wußte, daß er sehr viel klüger war als die meisten Leute, mit denen er zu tun hatte, und zögerte nie, sie's fühlen zu lassen. Er hatte keine Geduld mit den Schwächen der menschlichen Natur. Er fühlte sich zum Befehlen geboren und wurde gereizt, wenn jemand erwartete, daß er seine Argumente anhöre oder die Gründe für seine Entscheidungen wissen wollte. Er war ein grenzenloser Egoist. Er betrachtete jeden Dienst, den man ihm leistete, als etwas, das seinem Rang und seiner Intelligenz gebühre und das daher keine Dankbarkeit verdiene. Es kam ihm niemals in den Sinn, etwas für andere zu tun. Er hatte viele Feinde, und er verachtete sie. Er kannte niemanden, der seinen Beistand, seine Sympathie oder sein Mitleid verdient hätte. Er besaß keine Freunde. Seine Vorgesetzten trauten ihm nicht, weil sie an seiner Loyalität zweifelten; er war in seiner Partei nicht beliebt, weil er hochfahrend und unhöflich war, und doch war sein Verdienst so groß, seine Vaterlandsliebe so offensichtlich, seine Intelligenz so unbestreitbar, und er erledigte seine Geschäfte auf so brillante Art, daß man ihn dulden mußte. Und man brachte es fertig, weil er manchmal bezaubernd sein konnte: wenn er mit Menschen zusammen war, die er als ebenbürtig betrachtete oder die er für sich einnehmen wollte; in Gesellschaft ausländischer Würdenträger oder von Frauen von Rang, konnte er heiter, witzig und liebenswürdig sein; dann erinnerte sein Auftreten daran, daß in seinen Adern das gleiche Blut floß wie in Lord Chesterfields; er konnte eine Geschichte mit Pointe erzählen, er konnte natürlich, feinfühlig, ja, sogar tief sein. Man war erstaunt über den Umfang seines Wissens und die Sensibilität seines Geschmacks. Man hielt ihn für den besten Gesellschafter der Welt; man vergaß, daß er einen am vorhergehenden Tage beleidigt hatte und durchaus fähig war, einen am folgenden Tag nicht zu grüßen.

Fast wäre Lord Mountdrago nicht Dr. Audlins Patient geworden. Sein Sekretär hatte den Arzt angerufen und ausgerichtet, daß seine Lordschaft ihn gern konsultieren und sich freuen würde, ihn am nächsten Vormittag bei sich zu sehen. Dr. Audlin hatte erwidert, es sei ihm nicht möglich, Lord Mountdrago zuhause aufzusuchen, er werde sich aber freuen, ihn am übernächsten Tag um fünf in seinem Sprechzimmer zu empfangen. Der Sekretär nahm die Botschaft entgegen und rief gleich wieder an, um zu sagen, daß Lord Mountdrago darauf bestehe, Dr. Audlin in seinem eigenen Haus zu sehen, und der Arzt die Konsultation entsprechend berechnen solle. Dr. Audlin erwiderte, er empfange Patienten nur in seinem Sprechzimmer; wenn Lord Mountdrago nicht bereit sei, zu ihm zu kommen, bedaure er, ihn nicht behandeln zu können. Eine Viertelstunde später erfolgte die kurze Mitteilung, daß seine Lordschaft nicht übermorgen, sondern morgen um fünf bei ihm sein werde.

Als Lord Mountdrago dann hereingeführt wurde, trat er nicht näher, sondern blieb an der Tür stehen und musterte den Arzt unverschämt von oben bis unten. Dr. Audlin merkte, daß er höchst ungehalten war; er blickte ihn schweigend, mit unbeweglichen Augen an. Er sah einen großen, schweren Mann mit ergrauendem, zurückweichendem Haar, was seiner Stirn Adel verlieh, einem aufgedunsenen Gesicht mit kühnen, regelmäßigen Zügen und einem Ausdruck von Stolz. Er erinnerte irgendwie an einen der Bourbonen-Herrscher aus dem achtzehnten Jahrhundert.

»Es scheint ebenso schwierig, Sie zu sprechen, wie den Premierminister, Dr. Audlin. Ich bin ein sehr beschäftigter Mann.«

»Wollen Sie nicht Platz nehmen?« fragte der Arzt.

Sein Gesicht ließ nicht erkennen, daß Lord Mountdragos Worte in irgendeiner Weise auf ihn gewirkt hatten. Dr. Audlin saß in seinem Stuhl am Schreibtisch. Lord Mountdrago stand noch immer und seine Miene verfinsterte sich noch mehr.

»Vielleicht sollte ich Ihnen sagen, daß ich der Minister für Auswärtiges Ihrer Majestät bin«, sagte er eisig.

»Wollen Sie nicht Platz nehmen?« wiederholte der Doktor.

Lord Mountdrago machte eine Bewegung, die aussah, als sei er im Begriff, kehrt zu machen und zu gehen; doch wenn er das vorgehabt hatte, überlegte er es sich anscheinend anders. Er nahm Platz. Dr. Audlin öffnete ein dickes Buch und nahm seine Feder. Er schrieb, ohne seinen Patienten anzusehen.

»Wie alt sind Sie?«

»Zweiundvierzig.«

»Sind Sie verheiratet?«

»Ja.«

»Wie lange sind Sie verheiratet?«

»Achtzehn Jahre.«

»Haben Sie Kinder?«

»Ich habe zwei Söhne.«

Dr. Audlin schrieb die Tatsachen ein, während Lord Mountdrago schroff Auskunft gab. Dann lehnte er sich in seinem Sessel zurück und sah ihn an. Er sprach nicht, er sah ihn nur ernst und ruhig an.

»Warum sind Sie zu mir gekommen?« fragte er schließlich.

»Ich habe von Ihnen gehört. Lady Canute ist, soviel ich weiß, eine Patientin von Ihnen. Sie hat mir gesagt, Sie hätten ihr in gewisser Weise geholfen.«

Dr. Audlin antwortete nicht. Seine Augen blieben auf das Gesicht des andern gerichtet, waren aber so ohne allen Ausdruck, daß man hätte denken können, er sehe ihn nicht.

»Ich kann keine Wunder tun«, sagte er schließlich. Kein Lächeln, aber der Schatten eines Lächelns leuchtete in seinen Augen auf. »Und die Königliche Ärztegesellschaft würde es nicht billigen, wenn ich es könnte.«

Lord Mountdrago ließ ein kurzes Lachen hören. Es schien seine Feindseligkeit zu mildern. Er sprach etwas verbindlicher:

»Sie haben einen bemerkenswerten Ruf. Die Leute scheinen an Sie zu glauben.«

»Warum sind Sie zu mir gekommen?« wiederholte Dr. Audlin.

Jetzt war Lord Mountdrago an der Reihe zu verstummen. Er sah aus, als falle ihm die Antwort schwer. Dr. Audlin wartete, schließlich schien Lord Mountdrago sich Mühe zu geben. Er sprach:

»Ich bin vollkommen gesund. Nur als Routinemaßnahme habe ich mich erst neulich von meinem Arzt untersuchen lassen: Sir Augustus Fitzherbert, wahrscheinlich haben Sie von ihm gehört. Er hat mir gesagt, ich hätte die Konstitution eines Dreißigjährigen. Ich arbeite angestrengt, aber ich bin niemals müde, und meine Arbeit macht mir Freude. Ich rauche sehr wenig und trinke überaus mäßig. Ich mache mir ausreichend Bewegung und führe ein regelmäßiges Leben. Ich bin ein völlig gesunder, normaler, kräftiger Mann. Ich würde durchaus verstehen, wenn Sie es überaus albern und kindisch von mir finden, daß ich Sie konsultiere.«

Dr. Audlin merkte, daß er ihm zu Hilfe kommen mußte.

»Ich weiß nicht, ob ich Ihnen irgendwie helfen kann. Ich will es versuchen. Etwas quält Sie?«

Lord Mountdrago runzelte die Stirn.

»Die Arbeit, die ich tue, ist wichtig, die Entscheidungen, die ich zu treffen habe, können leicht das Wohlergehen des Landes, ja, sogar den Weltfrieden beeinflussen. Es ist wichtig, daß mein Urteil ungetrübt und mein Verstand klar ist. Ich betrachte es als meine Pflicht, jeden Grund zur Beunruhigung, der meiner Nützlichkeit Abbruch tun könnte, auszuschalten.«

Dr. Audlin hatte ihn unverwandt angesehen. Er sah eine ganze Menge. Hinter dem anspruchsvollen Auftreten und dem arroganten Stolz seines Patienten steckte eine Angst, die er nicht loswerden konnte.

»Ich habe Sie gebeten, so freundlich zu sein, hierher zu kommen, weil ich aus Erfahrung weiß, daß es leichter für einen Menschen ist, sich in einem schäbigen ärztlichen Sprechzimmer als in seiner gewohnten Umgebung auszusprechen.«

»Es ist allerdings schäbig«, sagte Lord Mountdrago

eisig. Er verstummte. Es war offensichtlich, daß dieser Mann, der über so viel Selbstsicherheit, einen so raschen und entschlossenen Geist verfügte, daß ihm stets Worte zu Gebote standen, in diesem Augenblick verlegen war. Er lächelte, um dem Arzt zu zeigen, daß er sich wohl fühlte, aber die Augen verrieten seine Unruhe. Als er wieder sprach, tat er es mit unnatürlicher Frische.

»Die ganze Sache ist so banal, daß es mir schwer fällt, Sie damit zu belästigen. Ich fürchte, Sie werden mir lediglich sagen, kein Dummkopf zu sein und Ihre kostbare Zeit nicht zu vergeuden.«

»Selbst Dinge, die sehr banal scheinen, können von Wichtigkeit sein. Sie können ein Symptom einer tiefsitzenden Störung darstellen. Und meine Zeit steht ganz zu Ihrer Verfügung.«

Dr. Audlins Stimme war tief und ernst. Der gleichbleibende Ton, in dem er sprach, war seltsam beruhigend. Lord Mountdrago entschloß sich, endlich aufrichtig zu sein.

»Es handelt sich darum, daß ich in der letzten Zeit einige höchst lästige Träume hatte. Ich weiß, daß es albern ist, darauf zu achten, aber sie gehen mir, offen gestanden, auf die Nerven.«

»Können Sie mir ein paar davon erzählen?«

Lord Mountdrago lächelte, aber das Lächeln, das gleichgültig sein sollte, wirkte nur kläglich.

»Sie sind so idiotisch, daß ich es fast nicht über mich bringe, sie zu erzählen.«

»Das hat nichts zu sagen.«

»Nun, den ersten Traum hatte ich vor etwa einem Monat. Ich träumte, ich sei an einer Gesellschaft in Connemara House. Es war eine offizielle Gesellschaft. Der König und die Königin wurden erwartet, und natürlich wurden Orden getragen. Ich trug Band und Stern. Ich ging in eine Art Garderobe, um meinen Mantel auszuziehen. Dort war ein kleiner Mann namens Owen Griffith, ein walisisches Parlamentsmitglied, und ich war, offengestanden, erstaunt, ihn zu sehen. Er ist sehr gewöhnlich, und ich dachte: ›Wirklich, Lady Connemara geht zu weit, wen wird sie als nächsten einladen?‹ Ich hatte das Gefühl, er sehe mich etwas seltsam an, aber beachtete ihn nicht; tatsächlich schnitt ich den kleinen Proleten und ging hinauf. Wahrscheinlich sind Sie nie dort gewesen?«

»Nein, nie.«

»Nun ja, es ist ein Haus, in das Sie kaum kommen würden. Es ist ein ziemlich gewöhnliches Haus, aber es hat eine sehr schöne Marmortreppe, und die Connemaras standen auf der obersten Stufe und empfingen ihre Gäste. Lady Connemara warf mir einen erstaunten Blick zu, als ich ihr die Hand schüttelte und fing an zu kichern; ich achtete nicht weiter darauf – sie ist eine recht törichte, schlecht erzogene Frau, und ihre

Manieren sind nicht besser als die ihrer Ahne, die Charles II. zur Herzogin gemacht hat. Ich muß sagen, die Empfangsräume in Connemara House sind prächtig. Ich ging hindurch, nickte verschiedenen Leuten zu und schüttelte Hände; dann sah ich den deutschen Botschafter im Gespräch mit einem der österreichischen Erzherzöge. Mir lag viel daran, mit ihm zu sprechen, also trat ich zu ihm und streckte die Hand aus. In dem Augenblick, da der Erzherzog mich erblickte, brach er in schallendes Gelächter aus. Ich war tief gekränkt und musterte ihn streng, aber er lachte nur noch mehr. Ich war im Begriff, ihn scharf zurechtzuweisen, als plötzlich Stille eintrat, und ich erfaßte, daß der König und die Königin gekommen waren. Ich kehrte dem Erzherzog den Rücken, ging weiter und merkte dann, ganz plötzlich, daß ich keine Hosen anhatte. Ich trug kurze, seidene Unterhosen und knallrote Sockenhalter. Kein Wunder, daß Lady Connemara gekichert, kein Wunder, daß der Erzherzog gelacht hatte. Ich kann Ihnen nicht sagen, was für einen Augenblick quälender Scham ich durchlebte. Ich erwachte in kalten Schweiß gebadet. Und Sie können sich meine Erleichterung nicht vorstellen, als ich merkte, daß es nur ein Traum gewesen war.«

»Diese Art Träume sind gar nicht so ungewöhnlich!« sagte Dr. Audlin.

»Das ist durchaus möglich. Aber am nächsten Tag

passierte etwas Merkwürdiges. Ich war im Vorsaal des Unterhauses, und dieser Griffith ging langsam an mir vorüber. Er sah absichtlich auf meine Beine und mir dann direkt ins Gesicht, und ich war fast sicher, daß er mir zublinzelte. Mir kam ein lächerlicher Gedanke. Er war am Abend vorher dagewesen und hatte gesehen, wie ich mich zum allgemeinen Gespött gemacht hatte, und genoß das Vergnügen. Aber natürlich wußte ich, es war ausgeschlossen, denn es war ja nur ein Traum gewesen. Ich warf ihm einen eisigen Blick zu und ging weiter. Er aber lachte sich tot.«

Lord Mountdrago nahm sein Taschentuch aus der Tasche und wischte sich die Handflächen ab. Er versuchte nun nicht mehr, seine Verwirrung zu verbergen. Dr. Audlin sah ihn unverwandt an.

»Erzählen Sie mir noch einen andern Traum.«

»Ich hatte ihn in der folgenden Nacht, und er war noch absurder als der erste. Mir träumte, ich sei im Parlament. Es war eine Debatte über Außenpolitik vorgesehen, die nicht nur das Land, sondern die ganze Welt mit ernstester Sorge erwartete. Die Regierung hatte einen Wechsel ihrer Politik beschlossen, der die Zukunft des britischen Weltreichs grundlegend beeinflussen würde. Der Anlaß war historisch. Natürlich war das Haus voll besetzt. Sämtliche Botschafter waren anwesend. Die Galerien waren überfüllt. Es fiel mir zu, die wichtige Rede des Abends zu halten. Ich hatte sie sorgfältig vorbereitet. Ein Mann wie ich hat Feinde – viele Leute nehmen es übel, daß ich die Position, die ich habe, in einem Alter einnehme, da sogar Hochbegabte sich mit relativ unwichtigen Posten begnügen – und ich war entschlossen, daß meine Rede nicht nur des Anlasses würdig sein, sondern auch meine Verleumder zum Schweigen bringen sollte. Der Gedanke, daß die ganze Welt an meinen Lippen hing, erregte mich. Ich stand auf. Wenn Sie jemals im Parlament gewesen sind, so wissen Sie, wie die Mitglieder während einer Debatte miteinander schwatzen, mit Akten rascheln und Berichte durchblättern. Aber es herrschte Grabesstille, als ich zu sprechen anhob. Plötzlich erblickte ich auf einer der Bänke der Opposition den ekelhaften kleinen Proleten Griffith, das walisische Mitglied; er streckte mir die Zunge heraus. Ich weiß nicht, ob Sie jemals den gewöhnlichen Variété-Schlager: ›Ein Fahrrad für Zwei‹ gehört haben. Er war vor vielen Jahren sehr beliebt. Um Griffith zu zeigen, wie sehr ich ihn verachtete, fing ich an, ihn zu singen. Ich sang die erste Strophe ganz durch. Einen Augenblick herrschte allgemeines Erstaunen, und als ich fertig war, riefen sie ›hört, hört‹ auf den gegnerischen Bänken. Ich hob die Hand, um sie zu beruhigen und sang die zweite Strophe. Das Haus hörte in eisigem Schweigen zu, und ich fühlte, daß der Schlager nicht gut ankam. Ich war böse, denn ich habe eine schöne Baritonstimme und war entschlossen, sie zu zwingen, meine Leistung zu würdigen. Als ich die dritte Strophe begann, fingen die Abgeordneten zu lachen an; das Lachen verbreitete sich im Nu, die Botschafter, die Ausländer in der Galerie für berühmte Fremde, die Damen in der Galerie für Damen, die Reporter, alle schüttelten sich, brüllten vor Lachen, hielten sich die Seiten und wälzten sich auf ihren Sitzen; alle waren von Lachen überwältigt, ausgenommen die Minister auf der vordersten Bank direkt hinter mir. Sie saßen wie erstarrt in dem ungeheuren Aufruhr. Ich warf ihnen einen Blick zu, und plötzlich kam mir die Ungeheuerlichkeit meines Tuns zum Bewußtsein. Ich hatte mich zum Gespött der ganzen Welt gemacht. Ich begriff entsetzt, daß ich mein Amt würde niederlegen müssen. Dann wachte ich auf und merkte, daß es nur ein Traum gewesen war.«

Lord Mountdragos würdevolles Gehabe hatte sich bei diesem Bericht verloren: er war blaß und zitterte. Doch nahm er sich mit einer Anstrengung zusammen und zwang ein Lachen auf die bebenden Lippen.

»Das Ganze war so phantastisch, daß ich es einfach komisch fand. Ich dachte nicht mehr daran, und als ich am nächsten Nachmittag ins Parlament ging, fühlte ich mich in bester Form. Die Debatte war langweilig, aber ich mußte dabei sein und las einige Schriftstücke, die meine Aufmerksamkeit erforderten. Aus irgendeinem Grunde blickte ich auf und sah, daß Griffith sprach. Er hatte einen unangenehmen walisischen Akzent und eine wenig einnehmende Erscheinung. Ich konnte mir nicht vorstellen, daß er irgend etwas zu sagen hatte, das mein Zuhören lohnte, und war im Begriff, mich wieder meinen Akten zuzuwenden, als er zwei Zeilen aus ›Ein Fahrrad für Zwei‹ zitierte. Ich konnte nicht umhin, ihn anzusehen und merkte, daß er mich mit einem Grinsen bittersten Hohns anblickte. Ich zuckte leise die Achseln. Es war komisch, daß ein ruppiger, kleiner walisischer Abgeordneter mich so ansah. Es war ein seltsames Zusammentreffen, daß er zwei Zeilen aus dem fürchterlichen Schlager zitierte, den ich in meinem Traum von der ersten bis zur letzten Strophe gesungen hatte. Ich wandte mich wieder meinen Akten zu, aber ich muß Ihnen gestehen, daß es mir schwerfiel, mich darauf zu konzentrieren. Ich war etwas verwirrt. Owen Griffith war in meinem ersten Traum, dem in Connemara House vorgekommen, und ich hatte hinterher den sehr bestimmten Eindruck gewonnen, daß er über die traurige Figur, die ich gemacht hatte, unterrichtet war. War es reiner Zufall, daß er soeben jene zwei Zeilen zitiert hatte? Ich fragte mich, ob es möglich sei, daß er die gleichen Träume wie ich träumte. Aber natürlich war der Gedanke unsinnig, und ich beschloß, ihn nicht mehr zu erwägen.«

Schweigen trat ein. Dr. Audlin sah Lord Mountdrago an, und Lord Mountdrago sah Dr. Audlin an.

»Die Träume anderer Leute sind sehr langweilig. Meine Frau pflegte gelegentlich zu träumen und darauf zu bestehen, mir am nächsten Tag ihre Träume in allen Einzelheiten zu erzählen. Es war zum Wahnsinnigwerden.«

Dr. Audlin lächelte leise.

»Sie langweilen mich nicht.«

»Ich erzähle Ihnen noch einen Traum, den ich ein paar Tage später hatte. Ich träumte, ich ginge in ein Wirtshaus in Limehouse. Ich bin noch nie in meinem Leben in Limehouse gewesen; und ich glaube nicht, daß ich je wieder ein Wirtshaus betreten habe, seit ich in Oxford war, und doch habe ich die Straße und das Haus, in das ich ging, so genau gesehen, als gehe ich dort regelmäßig aus und ein. Ich trat in einen Raum – ich weiß nicht, ob man ihn *Saloon-Bar* oder *Private Bar* nennt; es war ein Kamin dort, mit einem großen Ledersessel auf der einen Seite und einem kleinen Sofa auf der andern; eine Bar lief durch den ganzen Raum, und darüber hinweg konnte man in die *Public Bar* sehen. An der Tür stand ein Marmortischchen mit zwei Sesseln. Es war Samstagabend und sehr voll. Der Raum war hell erleuchtet, aber so dick verraucht, daß mir die Augen brannten. Ich war angezogen wie ein Prolet; ich trug eine Mütze und ein Halstuch. Ich hatte den Eindruck, die meisten Leute dort seien betrunken. Ich fand es ganz lustig. Ich weiß nicht mehr, ob ein Grammophon oder ein Radio spielte, vor dem Kamin führten zwei Frauen jedenfalls einen grotesken Tanz auf. Mehrere Leute, die sie anfeuerten, lachten und sangen, standen um sie herum. Ich trat näher, um mir's anzusehen, und irgendein Mann sagte zu mir: ›Nimm einen Drink, Bill‹. Auf dem Tisch standen mit einer dunklen Flüssigkeit gefüllte Gläser, die anscheinend Braunbier genannt wird. Er gab mir ein Glas, und ich trank, um nicht aufzufallen. Die eine der tanzenden Frauen ließ die andere stehen und griff nach dem Glas. ›He, was soll das heißen?‹ sagte sie. ›Das ist mein Bier, das Sie da hinter die Binde gießen.‹ ›Oh‹, sagte ich, ›entschuldigen Sie bitte, dieser Herr hat es mir angeboten, und ich habe natürlich angenommen, es sei seines.‹ ›Na schön, Kamerad‹, sagte sie, ›macht nichts. Komm und tanz mit mir!‹ Und noch bevor ich protestieren konnte, hatte sie mich gepackt, und wir tanzten zusammen. Und dann saß ich mit der Frau auf meinen Knien in dem Sessel, und wir tranken zusammen ein Glas Bier. Ich muß Ihnen sagen, daß Sex nie eine große Rolle in meinem Leben gespielt hat. Ich habe jung geheiratet, weil es in meiner Position wünschenswert war, daß ich heirate, aber auch um die Sex-Frage ein für allemal zu regeln. Ich bekam die beiden Söhne, die ich haben wollte, und habe dann die ganze Sache beiseitegeschoben. Ich war immer zu beschäftigt, um viele Gedanken an diese Sachen zu verschwenden, und wenn man so im Licht der Öffentlichkeit lebt wie ich, wäre es Wahnsinn, irgend etwas zu tun, was Entrüstung erregen könnte. Das größte Plus, das ein Politiker haben kann, ist eine tadellose Vergangenheit, was Frauen anbelangt. Ich habe kein Verständnis für Männer, die ihre Karriere für eine Frau ruinieren. Ich habe nur Verachtung für sie. Die Frau auf meinen Knien war betrunken; sie war nicht hübsch und sie war nicht jung; tatsächlich war sie nur eine schlampige alte Prostituierte. Ich ekelte mich vor ihr, aber als sie ihren Mund auf den meinen preßte und mich küßte, begehrte ich sie – obwohl ihr Atem nach Bier stank und sie faule Zähne hatte, obwohl ich mich verabscheute, begehrte ich sie von ganzem Herzen. Plötzlich hörte ich eine Stimme: ›So ist's recht, alter Junge, amüsier dich.‹ Ich sah auf, und vor mir stand Owen Griffith. Ich versuchte, aus dem Sessel aufzustehen, aber die fürchterliche Frau ließ es nicht zu. ›Kümmere dich nicht um ihn‹, sagte sie, ›er ist nur einer von den dummen Schnüfflern.‹ ›Mach nur vorwärts‹, sagte er. ›Ich kenne Moll. Sie wird dir was bieten für dein Geld.‹ Im Grunde ärgerte ich mich gar nicht so sehr darüber, daß er mich in dieser absurden Situation sah, als darüber, daß er mich mit ›alter Junge‹ anredete. Ich stieß die Frau weg, stand auf und trat vor ihn hin. ›Ich kenne Sie nicht, und ich wünsche Sie nicht zu kennen‹, sagte ich. ›Ich kenne Sie sehr wohl‹, sagte er. ›Und ich rate dir, Molly, paß auf, daß du dein Geld kriegst, denn er wird dich reinlegen, wenn er kann.‹ Eine Flasche Bier stand auf dem Tisch neben mir. Ohne ein Wort packte ich sie am Hals und schlug ihm so hart ich konnte damit über den Schädel. Ich machte eine so heftige Bewegung, daß ich aufwachte.«

»Ein Traum dieser Art ist nicht unbegreiflich«, sagte Dr. Audlin. »Die Natur rächt sich auf diese Weise an Leuten mit untadeligem Charakter.«

»Die Geschichte ist idiotisch. Ich habe sie Ihnen nicht um ihrer selbst willen erzählt. Ich habe sie Ihnen um dessentwillen erzählt, was sich am folgenden Tag abspielte. Ich wollte rasch etwas nachsehen und ging in die Parlamentsbibliothek. Ich bekam das Buch und fing an zu lesen. Ich hatte, als ich mich setzte, nicht bemerkt, daß Griffith in einem Stuhl ganz in meiner Nähe saß. Ein anderer Labour-Abgeordneter kam herein und ging zu ihm. ›Hallo, Owen‹, sagte er, ›du siehst heute ziemlich schlecht aus.‹ – ›Ich habe furchtbare Kopfschmerzen‹, antwortete er, ›mir ist, als hätte mir jemand mit einer Flasche über den Schädel gehauen.‹«

Jetzt war Lord Mountdragos Gesicht grau vor Angst. »Damals begriff ich, daß der Gedanke, den ich gehabt und als wahnsinnig beiseitegeschoben hatte, richtig gewesen war. Ich wußte, daß Griffith meine Träume träumte und sich ebenso genau wie ich daran erinnerte.«

»Es kann auch ein Zufall gewesen sein.«

»Als er sprach, sprach er nicht zu seinem Freund, sondern ausdrücklich zu mir. Er musterte mich mit finsterem Groll.«

»Können Sie irgendeinen Hinweis geben, warum dieser Mann in Ihren Träumen vorkommt?«

»Nein.«

Dr. Audlins Augen waren unverwandt auf das Gesicht seines Patienten gerichtet und er sah, daß er log. Er hatte einen Bleistift in der Hand und zog einen einzelnen Strich oder zwei auf sein Löschblatt. Er brauchte oft lange, die Leute dahinzubringen, die Wahrheit zu sagen, und doch wußten sie, daß er nichts für sie tun konnte, wenn sie sie verschwiegen.

»Der Traum, den Sie soeben erzählt haben, liegt über drei Wochen zurück. Haben Sie seitdem noch andere Träume gehabt?«

»Jede Nacht.«

»Und dieser Mann Griffith kommt in allen von ihnen vor?«

»Jawohl.«

Der Arzt zog weitere Striche auf seinem Löschblatt. Er wollte, daß die Stille, die Eintönigkeit und das trübe Licht des kleinen Zimmers ihre Wirkung auf Lord Mountdragos Sensibilität ausübten. Lord Mountdrago warf sich in seinem Stuhl zurück und wandte den Kopf ab, um die ernsten Augen des andern nicht zu sehen.

»Dr. Audlin, Sie müssen mir helfen. Ich bin am Ende meiner Kräfte. Ich werde verrückt, wenn das so weiter geht. Ich habe Angst ins Bett zu gehen. Zwei oder drei Nächte habe ich nicht mehr geschlafen. Ich bin aufgeblieben und habe gelesen, und wenn ich schläfrig wurde, habe ich einen Mantel angezogen und bin spazierengegangen, bis ich erschöpft war. Aber ich brauche Schlaf. Bei all der Arbeit, die ich zu tun habe, muß ich in Form sein; ich muß über alle meine Fähigkeiten verfügen können. Ich brauche Ruhe, aber der Schlaf schenkt mir keine. Kaum bin ich eingeschlafen, fange ich an zu träumen, und er ist unweigerlich da, der ordinäre kleine Kerl, und grinst mich an und verhöhnt und verachtet mich. Es ist eine fürchterliche Verfolgung. Glauben Sie mir, Doktor, ich bin nicht der Mann meiner Träume; es ist nicht gerecht, mich danach zu beurteilen. Fragen Sie, wen Sie wollen. Ich bin ein aufrechter, ehrlicher, anständiger Mensch. Niemand kann etwas gegen meinen moralischen Ruf im privaten oder öffentlichen Leben sagen. Mein ganzer Ehrgeiz ist, meinem Land zu dienen und seine Größe zu erhalten. Ich besitze Geld und Rang und bin vielen der Versuchungen geringerer Leute nicht ausgesetzt, so daß meine Unbestechlichkeit für mich kein Verdienst darstellt; aber auf eines darf ich Anspruch erheben: daß keine Ehre, kein persönlicher Vorteil, kein Ehrgeiz mich veranlassen würden, auch nur im geringsten von meiner Pflicht abzuweichen. Ich habe alles geopfert, um der Mann zu werden, der ich bin. Größe heißt mein Ziel. Es ist mir erreichbar – und nun verliere ich den Mut! Ich bin nicht die gemeine, verächtliche, feige, unzüchtige Kreatur, die dieser fürchterliche kleine Mann sieht. Ich habe Ihnen drei meiner Träume erzählt; sie sind gar nichts; dieser Mann hat mich Sachen tun sehen, die so widerwärtig und furchtbar, so schändlich sind, daß ich sie nicht erzählen würde, selbst wenn mein Leben davon abhinge, und er erinnert sich daran. Ich kann den Hohn und Abscheu in seinen Augen fast nicht mehr ertragen, ja, ich wage kaum noch zu reden, weil ich weiß, daß meine Worte ihm als absoluter Schwindel erscheinen müssen. Er hat mich Dinge tun sehen, die kein Mann von irgendwelcher Selbstachtung tun würde, Dinge, derentwegen Menschen aus der Gesellschaft ihrer Mitmenschen ausgestoßen und zu langen Gefängnisstrafen verurteilt werden; er hat meine gemeinen Reden gehört; er hat mich nicht nur lächerlich, sondern ekelerregend gesehen. Er verachtet mich und gibt nicht einmal mehr vor, es zu verbergen. Ich kann Ihnen nur sagen, wenn Sie nicht etwas tun können, um mir zu helfen, werde ich entweder mich oder ihn umbringen.«

»Ich würde ihn an Ihrer Stelle nicht umbringen«, sagte Dr. Audlin kühl, mit seiner einschläfernden Stimme. »In diesem Land hat das Morden eines Menschen unangenehme Konsequenzen.«

»Ich würde nicht dafür gehängt werden, falls Sie das meinen! Wer sollte denn wissen, daß ich ihn getötet habe? Jener Traum hat mir gezeigt, auf welche Weise ich es tun müßte. Ich habe Ihnen ja erzählt, daß er an dem Tage, da ich ihn mit einer Bierflasche über den Schädel geschlagen hatte, solche Kopfschmerzen verspürte, daß er kaum aus den Augen sehen konnte. Er hat es selbst gesagt. Das beweist, daß er mit seinem wachen Körper fühlt, was seinem schlafenden Körper geschieht. Nächstes Mal werde ich ihn nicht bloß mit einer Flasche treffen. Eines Nachts, wenn ich träume, werde ich ein Messer in der Hand oder einen Revolver in der Tasche haben – es muss so kommen, weil ich es so sehr wünsche – und dann werde ich meine Chance nutzen. Ich werde ihn wie ein Schwein abstechen oder wie einen Hund niederschießen. Ins Herz. Und dann werde ich diese teuflische Verfolgung los sein.«

Manche Leute hätten Lord Mountdrago vielleicht

für verrückt gehalten; nach all den Jahren, in denen Dr. Audlin die kranken Seelen der Menschen behandelt hatte, wußte er, wie dünn die Trennungslinie ist, die jene, die wir gesund nennen von jenen andern scheidet, die wir wahnsinnig nennen. Nur zu häufig zeigten Menschen, die allem Anschein nach gesund und normal waren, die anscheinend nicht die geringste Einbildungskraft besaßen und die Pflichten des gewöhnlichen Lebens zu ihrer eigenen Befriedigung und zum Nutzen ihrer Mitmenschen erfüllten, wenn man ihr Vertrauen gewann und die Maske abriß, die sie vor der Welt trugen, nicht nur häßliche Anomalien, sondern so seltsame Schrullen und phantastische geistige Extravaganzen, daß man sie in dieser Beziehung nur geistesgestört nennen konnte. Wenn man all diese Menschen in Anstalten stecken wollte, würden sämtliche Irrenhäuser der Welt nicht ausreichen. Jedenfalls konnte man einen Mann nicht amtlich für geistesgestört erklären, nur weil er seltsame Träume träumte, die seine Nerven zerrüttet hatten. Der Fall war merkwürdig, aber doch nur eine Steigerung anderer Fälle, wie sie Dr. Audlin schon kennengelernt hatte; immerhin zweifelte er daran, ob die Behandlungsmethoden, die er so oft wirksam gefunden hatte, hier von irgendwelchem Nutzen sein würden.

»Haben Sie noch andere meiner Berufskollegen konsultiert?« fragte er.

»Nur Sir Augustus. Ich habe ihm bloß gesagt, daß ich an Alpträumen litte. Er sagte, ich sei überarbeitet und empfahl mir, auf eine Kreuzfahrt zu gehen. Das ist lächerlich. Ich kann doch jetzt, da die internationale Lage ständige Aufmerksamkeit erfordert, das Foreign Office nicht verlassen. Ich bin unentbehrlich, und ich weiß es. Von meinem Verhalten bei der gegenwärtigen Lage der Dinge hängt meine ganze Zukunft ab. Er hat mir Beruhigungsmittel gegeben. Sie waren wirkungslos. Dann hat er mir tonische Mittel gegeben. Sie waren mehr als nutzlos. Er ist ein alter Dummkopf.«

»Können Sie irgendeinen Grund angeben, warum gerade dieser bestimmte Mann ständig in Ihren Träumen vorkommt?«

»Sie haben mir diese Frage schon einmal gestellt. Ich habe sie beantwortet.«

Das stimmte. Aber Dr. Audlin war von der Antwort nicht befriedigt gewesen.

»Sie haben vorhin von Verfolgung gesprochen. Warum sollte Owen Griffith Sie verfolgen wollen?«

»Ich weiß es nicht.«

Lord Mountdragos Blick wich aus. Dr. Audlin war überzeugt, daß er nicht die Wahrheit sagte.

»Haben Sie ihn je gekränkt?«

»Niemals.«

Lord Mountdrago rührte sich nicht, aber Dr. Audlin hatte das seltsame Gefühl, als sacke er in seiner Haut zusammen. Er sah einen großen, stolzen Mann vor sich, der den Eindruck erweckte, als seien die ihm gestellten Fragen eine Unverschämtheit, und doch war hinter dieser Fassade etwas Hilfloses, Verstörtes, das an ein erschrecktes Tier in der Falle denken ließ. Dr. Audlin beugte sich vor und zwang Lord Mountdrago durch die Kraft seines Blickes, ihn anzusehen.

»Sind Sie ganz sicher?«

»Ganz sicher. Sie scheinen nicht zu verstehen, daß wir nichts miteinander zu tun haben. Ich möchte nicht darauf herumreiten, aber ich bin ein Minister der Krone, und Griffith ist ein obskures Mitglied der Labour Partei. Selbstverständlich unterhalten wir keine gesellschaftlichen Beziehungen; er ist ein Mann von sehr bescheidenem Herkommen, jemand, dem ich kaum in irgendeinem der Häuser, in denen ich verkehre, begegnen würde; politisch sind unsere Standorte so weit auseinander, daß wir nicht das Geringste gemeinsam haben.«

»Ich kann Ihnen nicht helfen, wenn Sie mir nicht die volle Wahrheit sagen.«

Lord Mountdrago hob die Brauen. Seine Stimme war schneidend.

»Ich bin nicht gewohnt, daß man an meinen Worten zweifelt, Dr. Audlin. Wenn Sie das tun wollen, so ist es, glaube ich, eine Verschwendung meiner Zeit, daß ich die Ihrige noch weiter in Anspruch nehme. Haben Sie die Güte, meinem Sekretär mitzuteilen, was Ihr Honorar beträgt, und er wird dafür sorgen, daß Ihnen ein Scheck übersandt wird.«

Nach dem Ausdruck von Dr. Audlins Gesicht zu schließen, hätte man annehmen können, er habe Lord Mountdragos Worte überhaupt nicht gehört. Er fuhr fort, ihm unverwandt in die Augen zu sehen, und seine Stimme war ernst und tief:

»Haben Sie irgend etwas getan, was *er* als Kränkung betrachten könnte?«

Lord Mountdrago zögerte. Er sah beiseite und dann, als habe Dr. Audlins Blick eine zwingende Kraft, der er nicht widerstehen konnte, wieder zurück. Er antwortete verdrießlich:

»Nur wenn er ein schmutziger, primitiver kleiner Kerl ist.«

»Aber eben als das haben Sie ihn ja beschrieben.«

Lord Mountdrago seufzte. Er war geschlagen. Dr. Audlin wußte, der Seufzer bedeutete, daß er nun endlich sagen würde, was er bis dahin unterdrückt hatte. Er brauchte nun nicht länger darauf zu bestehen. Er senkte den Blick und fing wieder an, vage geometrische Figuren auf sein Löschblatt zu zeichnen. Das Schweigen dauerte zwei oder drei Minuten.

»Mir liegt daran, Ihnen alles zu sagen, was Ihnen

irgendwie helfen kann. Wenn ich das Folgende nicht früher erwähnt habe, so nur, weil es so unwichtig war, daß ich nicht einsehen konnte, inwiefern es irgend etwas mit der Sache zu tun haben sollte. Griffith hatte bei der letzten Wahl einen Sitz gewonnen und fast sofort angefangen, sich unangenehm bemerkbar zu machen. Sein Vater ist Bergmann, und er hat als Junge selbst in einem Bergwerk gearbeitet; er war Lehrer in Internaten und Journalist. Er ist der Typ des eingebildeten Intellektuellen mit unzureichendem Wissen, unausgekochten Ideen und undurchführbaren Plänen, wie ihn die obligatorische Schulbildung in der Arbeiterklasse herangezüchtet hat. Er ist ein knochiger Mann mit grauem Gesicht, der halb verhungert aussieht, und in seiner äußeren Erscheinung überaus schlampig. Die Abgeordneten kümmern sich heutzutage weiß Gott nicht viel um ihre Kleidung, aber seine Kleider sind geradezu eine Beleidigung der Würde des Parlaments. Sie sind absichtlich schäbig, die Kragen nie sauber und seine Krawatten nie richtig gebunden; er sieht aus, als hätte er seit einem Monat nicht gebadet, und hat schmutzige Hände. Die Labourpartei hat zwei oder drei Leute mit gewisser Begabung auf der vordersten Bank, die übrigen taugen nicht viel. Im Reich der Blinden ist der Einäugige König: weil Griffith gewandt ist und über eine Menge oberflächlicher Informationen auf verschiedenen Gebieten verfügt, haben die Einpeitscher seiner Partei angefangen, ihn als Sprecher aufzustellen, wann immer sich Gelegenheit dazu bot. Er bildet sich ein, etwas von Außenpolitik zu verstehen, und stellte mir ständig törichte, lästige Fragen. Ich gebe gerne zu, daß ich mein Möglichstes tat, ihn so gründlich abzufertigen, wie er es verdiente. Ich verabscheute von Anfang an seine weinerliche Stimme und seinen gewöhnlichen Akzent; er hat nervöse Ticks, die mir furchtbar auf die Nerven gehen. Er sprach eher schüchtern, zögernd, als sei es ihm eine Qual, aber doch von innerer Leidenschaft getrieben, und er pflegte häufig recht beunruhigende Sachen zu sagen. Ich gebe zu, daß er hie und da über eine Art priesterliche Beredsamkeit verfügte. Sie hatte einen gewissen Einfluß auf die unausgeglichenen Geister der Mitglieder seiner Partei. Sie waren beeindruckt von seinem Ernst und nicht, wie ich, angeekelt von seiner Sentimentalität. Etwas Sentimentalität ist die übliche Münze einer politischen Debatte. Nationen werden von Eigennutz regiert, glauben aber lieber, ihre Ziele seien altruistisch, und der Politiker ist gerechtfertigt, wenn er die Wählerschaft mit schönen Worten und hübschen Phrasen überzeugen kann, daß die rücksichtslose Wahrung der Interessen seines Landes dem Besten der Menschheit dient. Der Fehler, den Leute wie Griffith machen, besteht darin, diese schönen Worte und hübschen Phrasen für bare Münze zu nehmen. Er ist ein Spinner und ein schädlicher Spinner. Er nennt sich einen Idealisten. Er verzapft all das blöde Geschwätz, mit dem die Intellektuellen uns seit Jahren langweilen. Gewaltlosigkeit. Brüderlichkeit. Sie kennen den hoffnungslosen Unsinn. Das Schlimmste daran war, daß nicht nur die Mitglieder seiner eigenen Partei, sondern auch ein paar der dümmeren, untergeordneteren Geister der unseren beeindruckt waren. Ich hörte Gerüchte, daß Griffith möglicherweise einen Ministerposten bekommen sollte, wenn Labour an die Regierung käme. Ich hörte sogar vorschlagen, er solle das Foreign Office bekommen. Die Vorstellung war grotesk, aber nicht unmöglich. Eines Tages hatte ich Gelegenheit, in eine Debatte über Außenpolitik einzugreifen, die Griffith eröffnet hatte. Er hatte eine Stunde lang gesprochen. Ich dachte, es sei eine glänzende Gelegenheit, ihm den Garaus zu machen und, bei Gott, Sir, das tat ich. Ich zerfetzte seine Rede in Stücke. Ich zeigte die Fehlerhaftigkeit seiner Beweisführung und unterstrich die Unzulänglichkeit seines Wissens. Im Unterhaus ist Lächerlichkeit die vernichtendste Waffe: ich verhöhnte ihn; ich hänselte ihn, ich war an jenem Tag in guter Form, und die Abgeordneten schüttelten sich vor Lachen. Ihre Heiterkeit stachelte mich an, und ich übertraf mich. Die Opposition saß mißmutig und stumm da, aber selbst einige ihrer Mitglieder mußten ein- oder zweimal lachen; es ist nicht unangenehm, einen Kollegen, möglicherweise einen Rivalen, zum Gespött werden zu sehen, und wenn je ein Mensch zum Gespött gemacht wurde, so war es Griffith. Er schrumpfte in seinem Sessel zusammen. Ich sah, wie sein Gesicht erblaßte, und bald darauf vergrub er es in den Händen. Als ich mich setzte, hatte ich ihn abgeschlachtet. Ich hatte sein Prestige für immer zerstört. Er hatte nicht mehr Aussicht, einen Ministerposten zu erhalten, wenn eine Labourregierung kam, wie der Polizist an der Tür. Ich erfuhr später, daß sein Vater, der alte Bergmann, und seine Mutter mit verschiedenen seiner Anhänger aus seinem Wahlkreis von Wales gekommen waren, um dem Triumph beizuwohnen, den sie für ihn erwarteten. Sie erlebten nur seine tiefste Demütigung. Er hatte in dem Wahlbezirk nur mit knappstem Mehr gewonnen. Ein Zwischenfall wie dieser konnte ihn sehr leicht seinen Sitz kosten. Aber das war nicht meine Sache.«

»Wäre es übertrieben ausgedrückt, wenn ich sagte, Sie hätten seine Karriere ruiniert?« fragte Dr. Audlin.

»Ich glaube nicht.«

»Sie haben ihm also eine sehr schlimme Kränkung zugefügt.«

»Er hatte es sich selbst zuzuschreiben.«

»Haben Sie deswegen nie Gewissensbisse verspürt?«

»Ich glaube, wenn ich gewußt hätte, daß sein Vater und seine Mutter da waren, hätte ich ihn etwas sanfter angefaßt.«

Dr. Audlin hatte nichts weiter dazu zu sagen und machte sich daran, seinen Patienten auf eine Weise zu behandeln, die vielleicht helfen konnte. Er versuchte ihn durch Suggestion soweit zu bringen, seine Träume beim Aufwachen zu vergessen: er versuchte, ihn in so tiefen Schlaf zu versenken, daß er nicht träumte. Aber er mußte feststellen, daß Lord Mountdragos Widerstand nicht zu brechen war. Nach einer Stunde verabschiedete er ihn.

Seitdem hatte er Lord Mountdrago ein halbes Dutzend Mal gesehen. Er hatte ihm nicht helfen können. Die furchtbaren Träume verfolgten den unglücklichen Mann Nacht für Nacht, und es war deutlich, daß sein Allgemeinzustand sich rasch verschlimmerte. Er war erschöpft. Seine Reizbarkeit war unbezähmbar. Lord Mountdrago war ärgerlich, weil die Behandlung ihm nichts nützte, fuhr aber trotzdem damit fort, nicht nur, weil sie seine einzige Hoffnung schien, sondern auch, weil es ihm eine Erleichterung war, jemanden zu haben, zu dem er offen sprechen konnte. Dr. Audlin kam schließlich zu dem Schluß, daß es nur einen Weg gab, auf dem Lord Mountdrago Erlösung finden konnte, aber er kannte ihn gut genug, um sicher zu sein, daß er ihn aus eigenem, freiem Willen niemals beschreiten würde. Wenn Lord Mountdrago vor dem Zusammenbruch, der ihn bedrohte, gerettet werden sollte, mußte er veranlaßt werden, einen Schritt zu tun, der seinem Adelsstolz und seiner Selbstgefälligkeit zuwider sein würde. Dr. Audlin war überzeugt, daß ein Aufschub unmöglich war. Mit seiner tiefen, sanften, eintönigen Stimme beruhigte er die gequälten Nerven seines Patienten. Er wiederholte wieder und wieder die gleichen Worte. Lord Mountdrago lag ganz still, mit geschlossenen Augen, er atmete regelmäßig, und seine Glieder waren entspannt. Dann sprach Dr. Audlin in der gleichen ruhigen Stimme die Worte, die er vorbereitet hatte.

»Sie werden zu Owen Griffith gehen und sagen, es täte Ihnen leid, daß Sie ihm diesen großen Schaden zugefügt haben. Sie werden sagen, daß Sie alles, was in Ihrer Macht steht, tun werden, um den Schaden, den Sie ihm angetan haben, wieder gutzumachen.«

Die Worte wirkten auf Lord Mountdrago wie ein Peitschenhieb ins Gesicht.

Er befreite sich aus seinem hypnotischen Zustand und sprang auf die Beine. Seine Augen funkelten vor Zorn, und er überschüttete Dr. Audlin mit einem Schwall wüster Beschimpfungen, wie sie selbst dieser noch nie gehört hatte. Er schrie ihn an. Er verfluchte ihn. Er gebrauchte eine Sprache von einer Unflätigkeit, daß Dr. Audlin, der schon alle Arten gemeiner Worte, manchmal von den Lippen keuscher und vornehmer Frauen, gehört hatte, staunte, daß er sie kannte.

»Mich bei dem dreckigen, kleinen Waliser entschuldigen? Eher würde ich mich umbringen.«

»Ich glaube, dies ist der einzige Weg, auf dem Sie Ihr Gleichgewicht wiedergewinnen können.«

Dr. Audlin hatte einen angeblich geistig gesunden Menschen nicht oft in einem solchen Zustand unbeherrschter Wut gesehen. Lord Mountdrago wurde rot im Gesicht, und seine Augen traten aus den Höhlen. Ihm stand tatsächlich Schaum vor dem Mund. Dr. Audlin beobachtete ihn kühl und wartete, bis der Sturm sich lege. Sehr bald sah er, daß Lord Mountdrago von der Anstrengung, der er seit so vielen Wochen ausgesetzt war, geschwächt, am Ende seiner Kräfte war.

»Setzen Sie sich«, sagte er dann scharf.

Lord Mountdrago ließ sich in einen Stuhl fallen.

»Du lieber Gott, mir ist ganz schwach. Ich muß mich einen Augenblick ausruhen und werde dann gehen.«

Etwa fünf Minuten saßen sie in völligem Schweigen. Lord Mountdrago war ein grober, tobender Tyrann, aber er war auch ein Gentleman. Als er das

Schweigen brach, hatte er seine Selbstbeherrschung wiedergewonnen.

»Ich bedauere, daß ich so grob zu Ihnen war. Ich schäme mich wegen der Sachen, die ich zu Ihnen gesagt habe und kann nur sagen, Sie wären gerechtfertigt, wenn Sie sich weigerten, noch irgend etwas mit mir zu tun zu haben. Ich hoffe, Sie werden das nicht tun. Ich habe das Gefühl, daß meine Besuche bei Ihnen mir helfen. Sie sind meine einzige Chance.«

»Denken Sie nicht mehr an das, was Sie gesagt haben. Es ist nicht wichtig.«

»Aber eines dürfen Sie nicht von mir verlangen: nämlich, daß ich mich bei Griffith entschuldige.«

»Ich habe sehr viel über Ihren Fall nachgedacht. Ich behaupte nicht, ihn zu verstehen, aber ich glaube, daß Ihre einzige Aussicht auf Erlösung ist, zu tun, was ich vorgeschlagen habe. Ich habe die Idee, daß keiner von uns nur ein einziges Ich ist, sondern mehrere, und eines Ihrer Ichs hat sich gegen die Kränkung aufgelehnt, die Sie Griffith angetan haben, es hat in Ihrem Geist die Form von Griffith angenommen und bestraft Sie für Ihr grausames Vorgehen. Wenn ich Priester wäre, würde ich sagen, es sei Ihr Gewissen, das Gestalt und Züge dieses Mannes angenommen hat, um Sie zur Reue zu treiben und zur Wiedergutmachung zu überreden.«

»Mein Gewissen ist rein. Es ist nicht meine Schuld,

wenn ich die Karriere dieses Mannes zerstört habe. Ich habe ihn zermalmt wie eine Schnecke in meinem Garten. Ich bedauere nichts.«

Mit diesen Worten hatte Lord Mountdrago ihn verlassen. Dr. Audlin las, während er auf ihn wartete, in seinen Notizen und überlegte, wie er seinen Patienten am besten in den Geisteszustand versetzen könne, der jetzt, da seine gewöhnlichen Behandlungsmethoden versagt hatten, ihm, wie er glaubte, allein Hilfe bringen konnte. Er sah auf die Uhr. Es war sechs. Es war seltsam, daß Lord Mountdrago nicht kam. Er wußte, er hatte die Absicht gehabt, denn ein Sekretär hatte am gleichen Vormittag angerufen, um zu sagen, daß er um die gewöhnliche Stunde da sein würde. Er mußte durch dringende Arbeit abgehalten worden sein. Diese Überlegung brachte Dr. Audlin auf einen anderen Gedanken: Lord Mountdrago war völlig außerstande zu arbeiten und nicht in der Lage, wichtige Staatsgeschäfte zu behandeln. Dr. Audlin fragte sich, ob es seine Pflicht sei, sich mit irgend jemanden an hoher Stelle, dem Premierminister oder dem ständigen Unterstaatssekretär für Auswärtiges, in Verbindung zu setzen, um ihm seine Überzeugung darzulegen, Lord Mountdragos Geist sei so sehr aus dem Gleichgewicht, daß es gefährlich wäre, ihm wichtige Staatsgeschäfte zu überlassen. Es war eine kitzlige Sache. Er konnte überflüssige Verwirrung stiften und zum Dank für seine Bemühungen nur kurz abgefertigt werden. Er zuckte die Achseln.

»Schließlich«, überlegte er, »haben die Politiker in den letzten fünfundzwanzig Jahren so viel Unordnung in der Welt gestiftet, daß es wahrscheinlich nicht viel ausmacht, ob sie verrückt oder gesund sind.«

Er klingelte.

»Sollte Lord Mountdrago jetzt noch kommen, sagen Sie ihm bitte, daß ich um Viertel nach sechs ein anderes Rendezvous habe und ihn leider nicht mehr empfangen kann.«

»Jawohl, Sir.«

»Ist die Abendzeitung schon gekommen?«

»Ich werde nachsehen.«

Gleich darauf brachte der Diener die Zeitung herein. Eine dicke Schlagzeile lief über die Seite: »Tragischer Tod des Außenministers.«

»Mein Gott!« rief Dr. Audlin.

Endlich einmal war er aus seiner gewohnten Ruhe aufgestört. Er war entsetzt, äußerst entsetzt, und doch nicht völlig überrascht. Er hatte mehrmals an die Möglichkeit gedacht, daß Lord Mountdrago Selbstmord begehen könnte, und daß es Selbstmord gewesen war, dessen war er sicher. In der Zeitung stand, Lord Mountdrago habe in der Untergrundbahn am Rand des Perrons gewartet, und man hätte gesehen, wie er, als der Zug einfuhr, auf die Schienen gefallen sei. Es wurde angenommen, ihm sei plötzlich schlecht geworden. Die Zeitung schrieb weiter, Lord Mountdrago hätte seit einigen Wochen unter den Auswirkungen von Überarbeitung gelitten, es aber für unmöglich gehalten, Urlaub zu nehmen, solange die politische Situation seine unablässige Aufmerksamkeit verlange. Lord Mountdrago sei ein weiteres Opfer der Anspannung, die die moderne Politik für jene bedeute, die eine der wichtigeren Rollen darin spielten. Ein paar nette Zeilen über die Begabung und den Fleiß, die Vaterlandsliebe und Weitsicht des verstorbenen Staatsmanns folgten, endend mit verschiedenen Mutmaßungen über die Wahl seines Nachfolgers durch den Premierminister. Dr. Audlin las das alles. Er hatte Lord Mountdrago nicht gemocht. Sein Tod ließ ihn vor allem Unzufriedenheit mit sich selbst empfinden, weil er nicht fähig gewesen war, etwas für ihn zu tun.

Vielleicht hatte er Unrecht gehabt, sich nicht in Verbindung mit Lord Mountdragos Arzt zu setzen. Er war entmutigt, wie immer, wenn ein Mißerfolg seine gewissenhaften Bemühungen zuschanden machte, und von Widerwillen gegen Theorie und Praxis der empirischen Lehre ergriffen, mit der er sein Brot verdiente. Er hatte es mit dunklen und geheimnisvollen Kräften zu tun, die zu verstehen die Fähigkeiten des menschlichen Geistes vielleicht nicht ausreichten. Er war wie jemand, der mit verbundenen Augen seinen Weg ins Unbekannte zu ertasten sucht. Teilnahmslos blätterte er die Seiten der Zeitung um. Plötzlich schreckte er zusammen, und noch einmal drang ein Ausruf über seine Lippen. Sein Blick war auf eine kleine Notiz am Ende einer Spalte gefallen. »Plötzlicher Tod eines Parlamentsmitgliedes«, las er. Mr. Owen Griffith, Abgeordneter für..., war am Nachmittag in Fleet Street von einem Unwohlsein befallen worden, und nach der Überführung ins Charing Cross Spital wurde der bereits eingetretene Tod festgestellt. Man nahm an, der Tod sei auf natürliche Ursachen zurückzuführen, doch sollte eine Obduktion vorgenommen werden. Dr. Audlin traute seinen Augen kaum. War es möglich, daß in der vergangenen Nacht Lord Mountdrago endlich im Traum über die erwünschte Waffe, Messer oder Pistole, verfügt und seinen Peiniger getötet hatte? Und hatte dieser gespenstische Mord auf die gleiche Art, wie der Schlag mit der Flasche am nächsten Tag quälende Kopfschmerzen verursacht hatte, nach einigen Stunden seine Wirkung auf den wachen Menschen ausgeübt? Oder hatte, noch geheimnisvoller und noch entsetzlicher, als Lord Mountdrago Erlösung im Tod suchte, der Feind, dem er so grausam geschadet hatte, unversöhnt aus seiner eigenen Sterblichkeit flüchtend, ihn in irgendeine andere Sphäre verfolgt, um ihn dort weiter zu quälen? Es war seltsam. Das Vernünftigste war, es nur als bloßes Zusammentreffen zu betrachten. Dr. Audlin läutete.

»Sagen Sie Mrs. Milton, es täte mir leid, aber ich könne sie heute abend nicht empfangen. Ich fühle mich nicht wohl.«

Es war wahr; er zitterte wie im Fieber. Mit einer Art geistigem Sinn schien er eine grausige Leere zu schauen. Die dunkle Nacht der Seele verschlang ihn, und er empfand ein seltsames, urzeitliches Entsetzen vor etwas Unkennbarem, Unnennbarem.

Der Feind

VON HUGH WALPOLE

Morgens um Viertel nach acht, jahraus, jahrein, im Sommer und Winter, verließ der kleine Jack Harding sein kleines Haus in Ealing, um sich nach Charing Cross Road zu begeben, wo er einen kleinen Buchladen hatte. Jedes Jahr nahm er einen Monat Urlaub, aber man hätte sagen können, daß er auch in diesem Monat die gleiche Prozedur durchmachte, denn wo immer er auch war, erwachte er um halb acht und absolvierte, auf dem Rücken im Bett liegend, alle Phasen des Ankleidens, des Frühstückens, des zum Bahnhof Eilens, des Umsteigens in Hammersmith, des Aussteigens in Leicester Square, ging zu dem kleinen Laden, schimpfte den Jungen mit den Polypen aus, öffnete seine Korrespondenz und machte sich vergnügt an die Geschäfte des Tages. Es war in der Tat ein Genuß, auf dem Rücken zu liegen und diese Reise zu machen, während man die Wellen vor dem Fenster plätschern hörte und die Wolken vorüberziehen sah oder in irgendeinem entfernten Teil des Gutshauses die Zentrifuge schwer arbeiten hörte. Natürlich genoß er seine Ferien, aber er genoß es noch mehr, wieder zurück an die Arbeit zu kommen. Er liebte seinen Laden, obwohl der in diesen schwierigen Nachkriegstagen kaum den nackten Lebensunterhalt abwarf, und man konnte nicht sagen, daß er sich im allgemeinen aus Büchern, um ihrer selbst willen, sehr viel machte. Er war ein kleiner Mann, rund und gedrungen wie eine Teigrolle, mit sehr kleinen Füßen und Händen, auf die er ungeheuer stolz war. Er war von Natur heiter und optimistisch, liebte es, den Klang seiner eigenen Stimme zu hören, und war trotz seiner fünfundvierzig Jahre noch unverheiratet. Er fand Gefallen an der Gesellschaft von Damen, liebte sie aber eher im allgemeinen als im besonderen. Eine alte Frau sorgte für ihn und sein kleines Haus, betrog und bestahl ihn und schalt und beschimpfte ihn, außer wenn er krank war. Dann verhätschelte sie ihn und gab sich ungeheure Mühe, es ihm bequem zu machen. Er hatte nur einen Feind auf der Welt.

Mit diesem Feind war es nun so, daß er nur selten mit ihm gesprochen hatte. Vor ein paar Jahren, als er neu nach Ealing gezogen war, war ihm auf seinem täglichen Weg zur Arbeit ein großer, schwerer Mann mit rotem Gesicht aufgefallen, der anscheinend in seiner Straße wohnte, immer aus der Haustür stürzte, wenn Harding vorbeikam, und dies offenbar in der Absicht, ein munteres Morgengespräch zu führen. Tatsächlich gewann Harding sehr bald die Überzeugung, daß der dicke, schwere Mann hinter den Eßzimmergardinen wartete, bis er ihn kommen sah, und dann herausstürzte. Nun wollte Harding aber kein munteres Morgengespräch. Sein Geist war mit den Einzelheiten der Tagesarbeit beschäftigt. Mit dem Katalog, den er vorbereitete, mit den paar billigen Büchern, die gestern hereingekommen waren, und von denen die meisten ihren Weg in den Sechs-Penny-Kasten draußen nehmen würden, mit den Chancen, irgendeinen unerwarteten Fund zu entdekken, der dem soeben erwähnten Katalog weiteren Glanz verleihen würde: Fragen wie diese machten ein Morgengespräch mit einem Fremden außerordentlich irritierend, und Harding war Engländer genug, um jeden, der ihm nicht korrekt vorgestellt worden war und einfach mit ihm zu reden anfing, sofort der fürchterlichsten Verbrechen fähig zu halten.

Dieser große Mann war in Hardings Augen genau der Mensch, dem man ein Verbrechen zutrauen würde. Am ersten Morgen hatte der große Mann darauf bestanden, mit Harding zum Bahnhof zu gehen, und mit schallender, dröhnender Stimme vom Wetter gesprochen, dann über das benachbarte Varieté und ein niedliches kleines Ding, das dort tanzte, über irgendwelche Aktien, die er von irgendeinem Unternehmen besaß, darüber, daß er Witwer war, über Geranien in seinem Hintergarten, über bestimmte Pferde, über Verdauungsstörungen und darüber, wohin er in den Sommerferien gehen würde. All das, bevor sie überhaupt zum Bahnhof kamen. Später, im Zug, saß er neben Harding, ja, man hätte fast sagen können, auf ihm, und fuhr mit einer langen, heiteren Abhandlung über Kartoffeln und Bohnen und Kohl fort, wobei er aus Leibeskräften schrie, um gegen den Lärm des Zuges aufzukommen. Wenn es irgend etwas in der Welt gab, das Harding verabscheute, so war es das Sprechen im Zug, da er selbst eine eher schwache, schrille Stimme hatte, die, wie er wohl wußte, nicht gerade am besten klang, wenn er sie übermäßig erheben mußte. Dann blieb dieser furchtbare Mensch in Hammersmith dicht an seiner Seite, marschierte mit ihm vom Bahnsteig herunter, drängelte an dem Billettabnehmer vorbei, kam mit auf den anderen Bahnsteig und folgte ihm in die Untergrundbahn, wo er ihn fast wieder erdrückte. Er fuhr die ganze Strecke bis Leicester Square mit und wäre ihm, nahm Harding an, bis in den Buchladen gefolgt, hätte er ihn nicht mit Erfolg in der Menge verloren. Die Arbeit war Harding an jenem Tag vergällt. Immer wenn er versuchte, klar zu denken, schien die dröhnende Stimme des Mannes ihn daran zu hindern. Sein großer, buschiger, schwarzer Schnurrbart schien die Bücherregale hinauf und herunter zu huschen, und seine breite, aggressive Brust verdeckte die Kunden.

Obwohl Harding ihn nicht gerade dazu ermuntert hatte, war der Mann am nächsten Tag wieder da, schoß die Stufen mit einem »Hallo, guten Morgen, guten Morgen, wie geht's uns denn heute« herunter, so daß Harding, der es haßte, ›uns‹ genannt zu werden, mürrisch murmelte, er habe etwas vergessen, in sein Haus zurücklief und zwanzig Minuten zu spät in die Buchhandlung kam.

So hatte es angefangen, und der arme, kleine Mann war nun täglich von diesem schrecklichen Fremden beschattet. Der Name dieses schrecklichen Menschen war Tonks, und er handelte offenbar mit Gemüse. Er hatte keine Kinder und erwog, wieder zu heiraten, konnte sich aber nicht recht entschließen. Er erzählte seinem unfreiwilligen Gefährten überaus widerliche und intime Einzelheiten aus seinem einstigen Eheleben und hatte zudem noch die besonders unangenehme Gewohnheit, seine Hand auf die Schulter des kleinen Harding zu legen. Seltsamerweise schien Tonks keine spezielle Sympathie für irgendeinen anderen aus der zahlreichen Gesellschaft, die Tag für Tag um die gleiche Stunde in die City fuhr, zu verspüren. Es gebe doch, klagte Harding, unzählige Leute, die entzückt über Tonks' vertrauliche Mitteilungen gewesen wären, aber Tonks schien niemand von ihnen kennenlernen zu wollen und Harding, der ein einfacher kleiner Mann war, konnte sein Verhalten nur als eine unzweideutige Verfolgung auslegen, die Tonks zu seinem speziellen Ärger unternahm.

Nun war aber die Leidenschaft von Hardings Leben sein Buchladen. Er dachte den ganzen Tag daran, schlief die ganze Nacht damit, vertilgte ihn zu jeder Mahlzeit und war nie so glücklich, wie wenn er wundervolle Pläne für dessen Zukunft schmiedete. Diese Pläne waren nicht eigentlich literarischer Art. Seine Vision und sein Traum war ein riesiger Laden, der Tausende und Abertausende von Bänden enthielt. Raum folgte auf Raum, und Reihen um Reihen von Regalen türmten sich in die geheimnisvollen Nebel der Decke. Es waren so viele Bücher da, daß niemand wußte, noch je wissen würde, wieviele es waren, und mit diesem Sinn für Größe und Menge war auch ein lebhaftes Vergnügen daran verbunden, auf das ›richtige Pferd‹ zu setzen. Harding ging niemals auf Pferderennen, denn er machte, wie er einmal einem Freund erklärte, seine Rennen im Buchladen.

Damals war gerade eine Zeit, da sowohl in Amerika wie in England eine Leidenschaft für moderne Erstausgaben herrschte, und Harding hatte einen Spezialkatalog moderner Erstdrucke, auf den er ungeheuer stolz war. Dieser Katalog hätte besser sein können, und Harding hätte bestimmt mehr Geld verdient, wenn er stärkeres Gewicht auf Qualität statt auf Quantität gelegt hätte, aber er liebte es, wenn seine Kataloge dick und voll bedeutender Namen waren. Er hatte eine Liste moderner Schriftsteller, die er Woche für Woche in seiner Aufstellung im Preis herauf- oder herunterzusetzen pflegte, je nach ihrem augenblicklichen Wert. Einmal waren es beispielsweise Drinkwater und De La Mare, die die literarischen Kampfpreise gewinnen würden, und in diesem Vierteljahr war dann sein Katalog voller Drinkwaters und De La Mares, von denen sehr viele überhaupt keinen Wert hatten. Aber er pflegte geheimnisvolle Anmerkungen unter die einzelnen Posten zu setzen, wie ›sehr selten‹ oder ›in diesem Zustand selten‹, und dann das Beste zu hoffen. Er liebte nichts mehr, als wenn jemand in seinen Laden kam, nach irgendeinem wohlfeilen Roman fragte und dann von ihm verführt wurde, den Kauf einer seltenen Erstausgabe zu erwägen. Er sah es gern, wie die Leute erstaunt die Augen aufrissen, wenn er ihnen die wundervolle Spekulation erklärte, die eine Kapitalanlage in den geheimnisvollen Drinkwaters darstellte. Er malte ihnen aus, wie sie von Woche zu Woche steigen würden, wie jemand vor zwei Jahren einen dünnen, kleinen Band Masefield fast umsonst in seinem Geschäft gekauft hatte, den man jetzt unter zehn Pfund nicht bekommen würde. Man konnte Damen mit einem Päckchen voll Werken mysteriöser Dichter seinen Laden verlassen sehen, die lediglich vorgehabt hatten, eine durchaus nicht mysteriöse Erzählung für die Lektüre im Zug zu kaufen. Wäre es bei dem geblieben, so hätte man sagen können, er wecke die Liebe zu guter Literatur im Volk, aber leider kamen die gleichen Damen sehr häufig zu einem späteren Zeitpunkt mit den gleichen geheimnisvollen Dichtern unter dem Arm zurück, in der sehr naiven Erwartung, er werde ihnen einen höheren Preis dafür bezahlen, und waren dann überaus entrüstet, festzustellen, daß diese Bücher im Wert eher gefallen als gestiegen waren.

Vielleicht ist nichts in unserem täglichen Leben geheimnisvoller, als die Art und Weise wie jemand, der möglicherweise eine sehr entfernte Beziehung zu uns und unseren Angelegenheiten hat, in unserem Bewußtsein auftaucht und es beherrscht. Ich erinnere mich, einst bei einem Mann zu Gaste gewesen zu sein, der in der Zurückgezogenheit eines von einem wundervollen Park umgebenen Landhauses wohnte, und doch von der Persönlichkeit eines gewissen Schlächters in einem Nachbardorf fast zu Tode gequält wurde. Er kaufte nicht einmal sein Fleisch bei dem Mann; aber sein rotes Gesicht, sein fetter Leib, sein blutbeflecktes Messer waren ihm ständig gegenwärtig. Dieser Mann störte seine Gemütsruhe so sehr, daß er sein Haus verkaufte und woanders hinzog. Wahrscheinlich ist das ein extremer Fall, aber wir können uns sicher alle an eine Zeit erinnern, da uns irgend etwas auf ähnliche Weise beeinflußte.

Der Gedanke an Mr. Tonks drängte immer mehr in Hardings Bewußtsein. Mr. Harding konnte nicht als sehr phantasievoller Mensch bezeichnet werden. Seine Phantasie erstreckte sich eigentlich nur auf die mögliche Größe seines Buchladens. Was seine eigenen täglichen Geschäfte anbetraf, war er sehr praktisch und vernünftig. Immerhin zögerte er nach ein oder zwei Wochen, bevor er zum Bahnhof ging: würde Tonks da sein und ihm die Stufen herunter entgegenstürzen? Würde sein fröhliches Lachen durch South Ealing hallen? Würde er, Harding, diesmal einen Vorsprung vor ihm haben? Jedenfalls merkte er, daß er nicht mehr mit seiner gewohnten Munterkeit zum Bahnhof ging, daß er in seinem kleinen Garten herumtrödelte und ein- oder zweimal die Straße herunterblickte, um zu sehen, ob irgend jemand dort sei. Er fing an, ein körperliches Gefühl von Tonks zu haben, als wäre dieser ein leicht faules Ei oder ein etwas zu groß geratener Vogel. Er erwog die Möglichkeit, einen anderen Weg zum Bahnhof einzuschlagen. Er überlegte, ob es vielleicht ebenso rasch gehen würde, von Ealing Broadway abzufahren, wußte aber genau, daß dies nicht der Fall war. Dann dachte er sich ein kompliziertes Gespräch mit Tonks aus: wie er sehr höflich ›guten Morgen‹ zu ihm sagen und zusammen mit ihm zum Bahnhof gehen würde. Wie er auf dem Weg sehr ernst, aber mit äußerster Höflichkeit erklären würde, daß es wichtig für ihn sei, absolutes Schweigen auf der Fahrt nach Charing Cross zu beobachten, da es so viele Geschäftsprobleme gäbe, die er nur morgens früh, vor der täglichen Vormittagshetze, lösen könne. Er stellte sich vor, wie er sich dann vor Mr. Tonks verbeugen und sagen würde, er hoffe, er verstehe, daß keine Kränkung beabsichtigt sei und daß, wenn es überhaupt einen Menschen auf der Welt gäbe, mit dem er im Augenblick zu sprechen wünsche, dieser Mensch Mr. Tonks wäre, daß es aber leider überhaupt niemanden geben dürfe. Harding dachte sich all das sehr genau aus, und ihm schien, es gäbe nichts, was ihn an der Ausführung seines Vorhabens hindern könne. Tatsächlich hinderte ihn auch nichts daran, außer daß die Worte ihm nicht über die Lippen wollten. Etwas hielt ihn zurück, wenn er Mr. Tonks sah, als seien ihm die Lippen versiegelt, was ihn noch mehr irritierte. »Man sollte meinen«, klagte er ärgerlich, »dieser Kerl müßte doch merken, daß ich nichts von ihm wissen will. Ich zeige es schließlich deutlich genug.« Aber der Kerl merkte nichts und wurde im Gegenteil immer liebenswürdiger, immer gesprächiger und war immer beharrlicher vorhanden.

Die nächste Phase war, daß Harding anfing, von Tonks zu träumen. Er war kein Mensch, der häufig träumte; nur gelegentlich, wenn er spät zu Abend gegessen hatte, fiel er schreiend aus furchtbaren Höhen, und ab und zu träumte er, daß jemand mit einer Erstausgabe von *Pilgrim's Progress* in tadellosem Zustand in den Laden kam und sie ihm für Sixpence anbot, doch im ganzen war er ein ausgesprochener Nicht-Träumer. Eines Nachts sah er Tonks im Nachthemd in seinem Zimmer stehen. Die Erscheinung war so lebendig, das Lächeln auf Tonks' Gesicht so echt, das Nachthemd genauso, wie es in Wirklichkeit sein würde, daß man nur schwer glauben konnte, es sei ein Traum. »Was wollen Sie hier?« fragte er ärgerlich. »Ich werde Sie nie mehr verlassen«, erwiderte die Gestalt. Der arme Harding erwachte mit einem Schrei. Später wiederholte sich dieser Traum ziemlich häufig. Er hatte verschiedene Formen. Das Schlimmste war, wenn Tonks' nackte Füße die Treppe heraufgetappt kamen. Dann folgte Stille vor der Schlafzimmertür, und Tonks' mühsames Atmen tönte wie ein Pfeifen durch das Holz. Dann ging langsam die Tür auf, und man sah zuerst Tonks' Kopf hereinschauen, und dann folgte der ganze große Körper. Dann wurde die Tür leise geschlossen, und Tonks stand da und schaute. Harding sagte immer dasselbe: »Was wollen Sie hier?« und Tonks sagte: »Ich werde Sie nie mehr verlassen.«

Und dann kam plötzlich eine Woche, in der Tonks überhaupt nicht erschien – man sah nicht das Geringste von ihm. Harding seufzte geradezu vor Erleichterung. Vielleicht war Tonks weggezogen. Vielleicht war er in den Ferien und würde im Meer ertrinken oder von einem Auto überfahren werden. Vielleicht hatte er irgend ein Verbrechen begangen und das Land verlassen. Auf jeden Fall war er eine Woche lang verschwunden, und Harding war erstaunt und insgeheim verärgert, so daß er ihn gegen Ende der Woche ganz ernsthaft vermißte, gerade weil jemand zu haben, den man so von Herzen hassen konnte, der Tagesarbeit Reiz zu verleihen schien; doch siehe da, am Montagmorgen war Tonks wieder da und kam die Treppe mit seinem »Nun, nun, wie gehts uns denn heute?« heruntergestürzt mit der Erklärung, er habe eine sehr schlimme Erkältung mit furchtbaren Halsschmerzen gehabt, und auch sein Inneres sei nicht recht in Ordnung gewesen. An jenem Tage hätte Harding ihn umbringen können und brachte es fertig, als sie sich dem Bahnhof näherten, zu sagen: »Hören Sie, ich muß mir etwas überlegen. Stören Sie mich nicht, ja?« worauf Tonks, der den ganzen Weg über hysterisch geniest hatte, durch seine erkältete Nase erwiderte: »Natürlich, alter Junge, entschuldigen Sie mein Niesen, ja? Furchtbar schwer, so eine Erkältung loszuwerden.«

Das nächste Stadium der Sache bestand darin, daß Tonks' Persönlichkeit in den Laden eindrang. Es kann nur Hysterie von seiten Hardings gewesen sein, und er war ganz gewiß alles andere als ein hysterischer Mensch, aber eines Morgens, als er die Ladentür aufmachte, eintrat, wie immer den Duft der alten, vermodernden Bücher, den wundervollen Geruch aufgestapelter, staubiger Bände einsog, hatte er das Gefühl, Tonks sei ihm gefolgt. Er drehte sich rasch um, aber natürlich war niemand da, doch den Bruchteil einer Sekunde hätte er geschworen, er sehe aus dem Augenwinkel die schweren Schultern, die stark geröteten Backen und einen Anflug jenes verhaßten Lächelns.

»Der Mann geht mir langsam auf die Nerven«, sagte er sich, »ich muß mich wirklich weigern, länger an ihn zu denken.« Aber er konnte nicht anders. Tonks hatte etwas von einem Frankenstein von Hardings eigener Schöpfung. Harding war, wie alle Engländer, unter seinem britischen Äußern ein hoffnungslos sentimentaler Mensch. Er hatte auch etwas von einem Schmeichler, von einem Speichellecker; und das Komische war, daß, hätte er Tonks nur auf andere Weise kennengelernt – nämlich an einem geselligen Abend im Haus eines gemeinsamen Freundes – er ihn vielleicht sehr gern gemocht hätte, so nah beieinander sind Liebe und Haß. Doch wie die Dinge standen, haßte er ihn, und zwar jeden Tag mit wachsender Inbrunst. Vielleicht arbeitete er zu streng und quälte sich zu emsig mit seinem neuen Katalog. Vielleicht hatte er zu wenig Bewegung und aß Sachen, die ihm nicht bekamen. Was immer die Erklärung war, Tonks' Schatten erschien nun ständig im Laden, versteckte sich hinter dem Ladentisch, drängte sich zwischen Buchdeckel, balancierte unsicher auf Leitern und tauchte ständig an den unerwartetsten Orten auf. Und eines Tages kam dann der Höhepunkt. Tonks erschien leibhaftig. Er kam eines Morgens gegen Mittag hereingeschlendert, eine Hand in der Tasche und übers ganze Gesicht lächelnd. Harding war gerade allein im Laden.

»Nun, nun, wie gehts?« rief er. »Also habe ich Sie schließlich doch in Ihrer Höhle aufgespürt! Sie wollten mir ja nie sagen, wo Sie arbeiten; so mußte ich es selbst herausfinden.«

Er hatte ihm also nachspioniert? Hardings Gesicht lief rot an. Er mußte sich über ein Buch beugen, das er gerade prüfte, um seine Erregung zu verbergen. Jawohl, er hatte ihm nachspioniert, das Biest!

Tonks wartete einen Augenblick auf eine Antwort und sprach, als keine erfolgte, aufs freundlichste weiter. »Nun, nun, bestimmt haben Sie heute viel zu tun. Ich bin gekommen, um ein Buch bei Ihnen zu kaufen.«

»Was für ein Buch?« sagte Harding fast flüsternd.

»Es ist für eine junge Freundin von mir, sie macht eine lange Reise in den Norden von Schottland und möchte etwas zu lesen haben. ›Oh‹, sagte ich, ›da kenne ich den geeigneten Mann. Er ist ein guter Freund von mir und sehr gescheit, und ich werde ihn bitten, mich zu beraten.‹«

Harding sah plötzlich auf und beugte sich mit vorgestrecktem Kopf über den Ladentisch. Die beiden Männer waren einander ganz nah.

»Ich bin nicht Ihr Freund«, sagte er, »und möchte, daß Sie das wissen. Ich hasse Ihren bloßen Anblick. Ich habe schon lange Lust gehabt, Ihnen das zu sagen.«

Das Lächeln wich plötzlich von Tonks' Gesicht, als habe jemand, der hinter ihm stand, es weggenommen. Seine Augen waren groß vor Staunen.

»Also, so etwas!« sagte er. »Empfinden Sie wirklich so in Bezug auf mich? Ich frage mich, warum?«

»Fragen Sie sich nicht, warum«, sagte Harding wütend. »Die Tatsache ist da, und das genügt. *Sie* haben mich nun monatelang gereizt, indem sie ständig mit mir zum Bahnhof gehen, nur hatte *ich* nicht den Mut, es Ihnen zu sagen. Ich hatte angenommen, Sie würden es irgendwann einmal merken!«

Er beugte sich mit noch immer hochrotem Gesicht

herunter und starrte in sein Buch. Tonks' bestürzter Gesichtsausdruck verstärkte sich. Auch sein ganzer Körper schien erstaunt. Seine Jacke schlug neue Falten, seine Hände schienen runzelig zu werden. Dann drang ein tiefer Seufzer aus seiner breiten Brust.

»Seltsam«, sagte er. »Ich frage mich, ob jemand irgend etwas gegen mich zu Ihnen gesagt hat? Nicht, daß es viel zu sagen gäbe. Aber es ist merkwürdig, weil Sie mir nämlich gefallen. Ja, Sie haben mir gleich sehr gefallen. Es kam ganz ungewöhnlich plötzlich. Auf den ersten Blick, wenn man so sagen darf. Wahrscheinlich merke ich alles sehr langsam, aber ich habe nie einen Menschen gesehen, den ich so gern zum Freund gehabt hätte, wie Sie. Sie haben etwas an sich, das mir irgendwie gefällt. Sie können es mir wohl nicht erklären, wie?«

»Nein, das kann ich nicht«, sagte Harding wild. »Ich mag Sie einfach nicht, und das ist alles. Wir haben besser nichts miteinander zu tun, wenn Sie entschuldigen, daß ich das sage.«

»Oh, gewiß, ich entschuldige Sie«, sagte Tonks, langsam den Kopf schüttelnd, und nahm sich zusammen, »aber es ist ein Jammer – ein großer Jammer. Ich bin ein einsamer Mann. Es ist gar nicht leicht, Witwer zu sein, müssen Sie wissen. Wenn man die erste Frau gern gehabt hat, ist es ziemlich unwahrscheinlich, daß es einem mit der zweiten gefällt, und wenn man die erste nicht gern gehabt hat – nun, dann ist eine zweite Ehe sozusagen ohnehin ausgeschlossen. Sie verstehen, was ich meine. Ich bin ein bißchen einsam in dem Haus. Ich habe Sie schon seit Wochen zu mir bitten wollen. Ich habe ein Harmonium im Eßzimmer, das Sie bestimmt gerne hören würden. Es klingt fast wie in der Kirche. Meinen Hund haben Sie auch noch nicht gesehen, nicht wahr?«

»Nein«, sagte Harding, »und ich will ihn auch nicht sehen.«

»So, so«, sagte Tonks langsam, »damit wäre das also erledigt. Ich bin froh, daß ich wenigstens den Hund habe«, murmelte er im Hinausgehen.

Nach diesem Zwischenfall begann eine noch schlimmere Zeit für Harding. Denn obwohl Tonks ihm jetzt auf dem Weg zum Bahnhof praktisch nie mehr begegnete und ihn niemals ansprach, war er immer in der Nähe. Harding konnte nie an seinem Haus vorbeigehen, ohne sicher zu sein, daß er sich hinter den Eßzimmergardinen versteckte und danach sehnte, herauszustürzen und mit ihm zu reden. In Hammersmith begegneten sie sich manchmal, und Tonks zeigte dann einen aus Stolz und Flehen gemischten Ausdruck auf dem großen, runden Gesicht, der furchtbar anzusehen war. Harding hatte jetzt ein eigenartiges Gefühl, als sei er auf die eine oder andere

Art im Unrecht. Absurd gewiß, aber vorhanden. Er haßte den Mann deswegen nur noch mehr. Der Mann wurde zu einem Gegenstand des Spotts in seinem Geist. Wenn er mit seinen Freunden sprach, führte er ihn als Beispiel für die Intensität seiner Gefühle an. »Ich kenne einen Mann», pflegte er zu sagen, »den ich auf eine Weise hasse, wie ihr es euch nicht vorstellen könnt, und ich wüßte nicht zu sagen, warum. Wahrscheinlich ein Fall Dr. Fell. Er macht mir tatsächlich Gänsehaut. Man könnte sagen, nichts spreche gegen ihn, und doch spricht eben alles gegen ihn. Daß er am Leben ist, spricht gegen ihn, wenn ihr versteht, was ich meine.« Und dann fingen alle Freunde zu lachen an und sagten, sie verstünden sehr wohl.

Eines Morgens ergab sich eine besonders peinliche Situation, als Tonks mit seinem Hund die Stufen herunterkam, dem häßlichsten Köter, den man sich überhaupt vorstellen konnte, einer Art Foxterrier mit einem schwarzen Fleck auf der Nase und einem in einem Hundekampf halb abgebissenen Ohr. Das Unangenehme war, daß der Hund an Harding heraufsprang, als sei er ein uralter Freund.

»Hierher, Spot, komm her!« rief Tonks in größter Verlegenheit, aber Spot bestand darauf, Harding als alten Freund zu behandeln. Er ließ ihn einfach nicht in Ruhe. Die beiden Männer blieben stehen und sahen einander an und Harding hatte das überaus merkwürdige Gefühl, daß er am liebsten zu Tonks gegangen wäre, ihn umarmt – und seinen Hut geradegeschoben hätte. Ein höchst seltsames und höchst unenglisches Gefühl, wie man zugeben wird, und Tonks ging mit seinem Hund in der einen und Harding in der anderen Richtung davon. Puh! Wie er diesen Mann haßte! Warum konnte er nicht wegziehen und irgendwo anders wohnen? Nichtsdestoweniger schämte er sich den ganzen Weg bis zum Laden und konnte den übrigen Tag nichts Rechtes tun.

Drei Tage später, gegen sechs Uhr abends, kam er nach Hause. Er hatte den Laden etwas früher als gewöhnlich verlassen, weil das Wetter so angenehm und schön war. Er wollte in seinen kleinen Garten gehen und etwas umgraben. Er stieg in South Ealing aus und trat munter den Heimweg an.

Vor Tonks' Haus herrschte Unruhe. Leute standen herum, und ein Polizist sah in die Luft.

»Entschuldigen Sie, ist irgend etwas passiert?« fragte Harding den Schutzmann.

»Ein Herr ist von einem Bus überfahren worden«, sagte der Polizist. »Gerade hier um die Ecke. Es hatte keinen Zweck, ihn ins Krankenhaus zu bringen. Er ist tot.«

»Tot?« keuchte Harding.

»Mausetot«, sagte der Polizist. Harding wurde weiß. Ihm war, als habe er selbst ihn umgebracht.

»Verzeihung, Sir«, sagte der Polizist. »Sind Sie ein Freund des Herrn?«

»Wieso?« fragte Harding.

»Nun, weil niemand im Haus zu sein scheint, der zu ihm gehört. Niemand außer einer alten Frau, die für ihn putzen kommt, und einem Hund. Der Hund will nicht von seinem Bett weg. Er muß ein einsames Leben geführt haben.«

»Ja, ich bin ein Freund von ihm«, sagte Harding plötzlich, »ein sehr naher Freund.«

Er ging an dem Polizisten vorbei ins Haus. Ein Arzt war dort, und eine alte Frau, die weinte, und der Hund hockte am Fußende des Betts und rührte sich nicht. Und da lag Tonks selbst, in einem hübschen, sauberen Nachthemd, mit gebürstetem Haar, sehr ruhig und friedlich, und die Spur eines Lächelns lag auf seinen Lippen.

»Er ist ihm über den Magen gefahren«, sagte der Arzt. »Es war sofort aus. Sind Sie ein Freund des Verstorbenen?« fragte er.

»Ja«, sagte Harding, »ich bin ein guter Freund von ihm.«

»Nun, er scheint sonst niemanden zu haben«, sagte der Arzt. »Er muß ein sehr einsames Leben geführt haben.«

Die alte Frau schluchzte. »Oh, er war ein guter Herr«, sagte sie.

»Ich war sein bester Freund«, sagte Harding. »Wir gingen jeden Morgen zusammen in die Stadt. Ich werde mich um alles kümmern.«

Er tat es. Wochenlang saß er über Tonks' Angelegenheiten, die sich in einem seltsam wirren Zustand befanden. Er schien keine Verwandten zu haben. Schließlich, als alles verkauft und alle Schulden bezahlt waren, blieben ein paar hundert Pfund übrig, und Harding gab sie der alten Frau. Niemand schien auch nur einen Augenblick zu bezweifeln, daß Harding Tonks' bester Freund gewesen war. Das Verhalten des Hundes bestätigte es. Er weigerte sich, zu irgend jemand außer zu Harding zu gehen. Harding mußte ihn mit zu sich nach Hause nehmen.

»Nein, es ist kein schöner Hund«, pflegte er zu sagen, »aber sein Herr war mein bester Freund, müssen Sie wissen, da kann man nichts machen.«

Und das Komische war, daß es stimmte.

Ein Privatprozess

VON JAMES THURBER

Mr. Martin kaufte das Päckchen Camel-Zigaretten am Montagabend im besuchtesten Zigarrengeschäft am Broadway. Es war kurz vor Theaterbeginn, und sieben oder acht andere Leute kauften auch Zigaretten. Der Verkäufer nahm kaum Notiz von Mr. Martin, der das Päckchen in seine Manteltasche steckte und hinausging. Wenn jemand vom Personal der F & S gesehen hätte, daß er Zigaretten kaufte, wären sie erstaunt gewesen, denn es war allgemein bekannt, daß Mr. Martin Nichtraucher war und zu keiner Zeit geraucht hatte. Aber niemand sah ihn.

Genau vor einer Woche hatte Mr. Martin beschlossen, Mrs. Ulgine Barrows ›auszuradieren‹. Der Ausdruck ›ausradieren‹ gefiel ihm, weil er nichts anderes besagte als die Korrektur eines Irrtums – in diesem Falle eines Irrtums von Mr. Fitweiler. In der vergangenen Woche hatte Mr. Martin jeden Abend damit verbracht, seinen Plan auszuarbeiten und zu überprüfen. Als er jetzt heimging, nahm er ihn noch einmal durch. Zum hundertstenmal brachte ihn der Faktor des Unberechenbaren zur Verzweiflung, der Spielraum bloßer Vermutung, den sein Vorhaben einschloß. Sein Projekt war kühn und hing von Zufällen ab, das Risiko war sehr groß. An irgendeinem Punkt konnte es schiefgehen. Darin lag die Verschlagenheit seines Plans; kein Mensch würde jemals hinter ihm die vorsichtige, gewissenhafte Hand des Chefs der Registratur-Abteilung von F & S vermuten, die Hand Erwin Martins, von dem Mr. Fitweiler einmal gesagt hatte: »Der Mensch kann sich irren, aber nicht Martin.« Keiner würde seine Hand darin erkennen, das heißt, sofern man sie nicht dabei erwischte.

Mr. Martin saß in seiner Wohnung, trank ein Glas Milch und überdachte noch einmal seine Argumente gegen Mrs. Ulgine Barrows, wie er es seit sieben Abenden getan hatte. Er begann von vorn. Ihre quäkende Stimme und ihr wieherndes Gelächter hatten zum erstenmal am 7. März 1941 die Räume von F & S entweiht. (Mr. Martin hatte ein Gedächtnis für Daten.) Der alte Roberts, der Personalchef, hatte sie eingeführt als die neu engagierte Assistentin von Mr. Fitweiler, dem Direktor der Firma. Die Frau war Mr. Martin gleich zuwider gewesen, aber er hatte sich nichts anmerken lassen. Er hatte ihr seine trockene Hand gereicht, hatte sie nachdenklich forschend angeblickt und bläßlich gelächelt. »Ach«, hatte sie gesagt und auf die Papiere geblickt, die auf seinem Pult lagen, »Sie ziehen den Karren aus dem Dreck?« Als Mr. Martin jetzt bei seiner Milch an diesen Augenblick zurückdachte, schüttelte es ihn noch. Aber er mußte seine Gedanken auf ihre Vergehen als Beraterin des Chefs konzentrieren, nicht auf ihre kleinen menschlichen Verstöße. Er fand es schwer, da er sich damit zu einem Widerspruch bekannte. Die Mängel dieser Frau als Frau rumorten anklagend in seinem Kopf. Sie hatte ihn nun beinahe zwei Jahre lang gequält. In den Korridoren, im Lift, sogar in seinem eigenen Büro, in das sie hie und da wie ein Zirkuspferd hineintobte und beständig diese albernen Fragen an ihn richtete: »Rupfen Sie das Erbsenfeld aus? Ziehen Sie den Karren aus dem Dreck? Schöpfen Sie die Regentonne aus? Kratzen Sie die Reste aus dem Pökelfaß zusammen? Sitzen Sie im Spottdrosselnest?«

Joey Hart war es, einer von den beiden Assistenten Mr. Martins, der ihm erklärt hatte, was das Kauderwelsch bedeutete.

»Sie muß eine fanatische Baseball-Närrin sein«, hatte er gemeint. »Red Barber, der die Baseballspiele im Radio ankündigt, gebraucht dabei solche Ausdrücke – hat sie irgendwo im Süden aufgelesen.« Joey hatte dann versucht, den einen oder andern Ausdruck zu erklären: »Das Erbsenfeld ausrupfen« bedeutet »sich ins Gewühl stürzen«; »im Nest der Spottdrossel sitzen« bedeutet »gut sitzen wie ein Schläger mit drei Bällen und keinem Schlag.« Mr. Martin ließ das alles nur mit Widerstreben beiseite. Es war sehr lästig gewesen und hatte ihn beinahe zur Raserei gebracht. Doch er war ein viel zu gediegener Mann, um sich durch solche Kindereien zum Mord anstiften zu lassen. Es war ein Glück, dachte er, als er zu den wichtigen Anklagen gegen Mrs. Barrows überging, daß er sich bei alldem so untadelig gehalten hatte. Äußerlich hatte er immer den Schein höflicher Nachsicht bewahrt.

»Was, ich glaube gar, Sie lieben diese Person«, hatte Miss Paird, seine zweite Hilfskraft, einmal zu ihm gesagt. Er hatte nur gelächelt.

In Mr. Martins Kopf klopfte ein Hämmerchen und rief zur Sache; der eigentliche Anklagepunkt wurde wieder aufgenommen. Frau Ulgine Barrows wurde beschuldigt, absichtlich, lärmend und beharrlich versucht zu haben, die Leistungsfähigkeit und die Ordnung der Firma F & S zu untergraben. Es war angemessen, sachlich und zweckdienlich, Beginn und Aufstieg zu ihrer Macht einmal genauer zu untersuchen. Mr. Martin hatte die Geschichte von Miss Paird, die anscheinend verstand, einfach alles herauszubekommen. Hörte man sie, so hatte Mrs. Barrows Mr. Fitweiler bei einer Gesellschaft kennengelernt, auf der sie ihn aus den Fängen eines riesigen betrunkenen

Mannes gerettet hatte, von dem der Direktor von F & S für einen berühmten ehemaligen Fußballtrainer aus dem Mittelwesten gehalten worden war. Sie hatte ihn zu einem Sofa geführt und irgendwelche finsteren Schwarzen Künste spielen lassen. Der alternde Mann war dabei zu dem übereilten Schluß gekommen, daß dies eine Frau mit ganz einzigartigen Talenten sei, dazu befähigt, aus ihm und aus der Firma das Allerbeste herauszuholen. Eine Woche später hatte er sie bei F & S als seine Assistentin eingeführt. An diesem Tag hatte die Verwirrung in Person ihren Fuß über die Schwelle gesetzt. Nachdem Miss Tyson, Mr. Brundage und Mr. Bartlett hinausgeflogen waren und Mr. Munson seinen Hut genommen hatte und stolz davongegangen war – seine Kündigung erklärte er später brieflich – hatte sich der alte Roberts ein Herz gefaßt und mit Mr. Fitweiler gesprochen. Er berichtete, daß Mr. Munsons Abteilung ›ein wenig in Unordnung geraten sei‹, und ob man dort nicht vielleicht doch lieber das alte System wieder einführen sollte. Mr. Fitweiler hatte erwidert, nein, das solle man keinesfalls. Er habe das größte Vertrauen zu Mrs. Barrows Ideen. »Sie müssen nur etwas ausreifen, bloß etwas ausreifen, das ist alles«, hatte er hinzugefügt. Da hatte Mr. Roberts es aufgegeben.

Mr. Martin überdachte im einzelnen alle Veränderungen, die Mrs. Barrows bewirkt hatte. Sie hatte damit begonnen, die Gesimse am Gebäude der Firma abzutragen, und jetzt hieb sie mit der Spitzhacke auf die Grundmauern ein. Mr. Martin kam nun in seinem Überblick zu jenem Montagnachmittag, dem 2. November 1942. An diesem Tag, gerade vor einer Woche, drei Uhr nachmittags, war Mrs. Barrows in sein Büro geplatzt. »Puuh!« hatte sie ausgerufen. »Kratzen Sie die Reste aus dem Pökelfaß zusammen?« Mr. Martin hatte sie unter seinem grünen Augenschirm hervor nur angesehen und nichts geantwortet. Sie war im Büro umhergelaufen und hatte es mit ihren großen, hervorstehenden Augen verschlungen. »Brauchen Sie wirklich *alle* diese Aktenschränke?« hatte sie plötzlich gefragt. Mr. Martins Herz hatte einen Sprung gemacht. »Jede dieser Akten«, hatte er erwidert und seine Stimme zur Ruhe gezwungen, »stellt einen unentbehrlichen Teil im Organismus von F & S dar.« Sie hatte ihn angewiehert: »Na, rupfen Sie bloß nicht das Erbsenfeld aus« und war zur Türe gegangen. Von da hatte sie geschrien: »Einen schönen Haufen Makulatur haben Sie hier aufgespeichert, das steht fest!« Mr. Martin konnte nicht länger im Zweifel sein, daß der Finger nun an seine geliebte Abteilung rührte. Ihre Spitzhacke hatte zum ersten Schlag ausgeholt. Noch war sie nicht niedergesaust; noch hatte er keinen blauen Zettel von dem behexten Mr. Fitweiler erhalten, mit unsinnigen Anweisungen, die von der widerwärtigen Frauensperson herrührten. Doch es bestand kein Zweifel für Mr. Martin, daß ihm ein solcher bevorstand. Er mußte schnell handeln. Schon war eine kostbare Woche vergangen. Mr. Martin erhob sich in seinem Wohnzimmer, noch immer mit dem Milchglas in der Hand. »Hoher Gerichtshof«, redete er sich selbst an, »ich beantrage die Todesstrafe für diese schauderhafte Person.«

Am nächsten Tag erledigte Mr. Martin wie gewohnt seine laufende Arbeit. Er rieb zwar seine Brille öfter blank und spitzte einmal einen schon gespitzten Bleistift, aber das bemerkte nicht einmal Miss Paird. Nur ein einziges Mal bekam er sein Opfer zu Gesicht; sie fegte auf dem Korridor an ihm vorbei mit einem gönnerhaften »Hei!« Um halb sechs Uhr ging er nach Hause wie gewöhnlich und trank ein Glas Milch wie jeden Tag. Niemals in seinem Leben hatte er ein stärkeres Getränk zu sich genommen, außer etwa Ginger Ale. Der verstorbene Sam Schlosser (das S von F & S) hatte vor einigen Jahren bei einer Betriebsversammlung Mr. Martin ob seiner mäßigen Lebensweise gerühmt: »Unser tüchtiger Mitarbeiter trinkt und raucht nicht«, so hatte er gesagt, »das Ergebnis spricht für sich selbst.« Mr. Fitweiler hatte daneben gesessen und beifällig genickt.

Mr. Martins Gedanken verweilten noch bei diesem Glückstag, während er zu Schrafft hinüberging, in der

Fifth Avenue, dicht bei der Forty-sixth Street. Er kam wie immer um 8 Uhr hin, und er beendete sein Abendessen und die Börsenseite der ›Sun‹ um Viertel vor 9 Uhr, wie immer. Es war seine Gewohnheit, nach dem Essen einen kleinen Spaziergang zu machen. Diesmal ging er langsam die Fifth Avenue hinunter. Seine Hände waren feucht und heiß in den Handschuhen, seine Stirn kalt. Er nahm die Camels aus der Manteltasche und steckte sie in seine Rocktasche. Er überlegte sich, als er das tat, ob das nicht ein unnötiger Aufwand an Mühe war; Mrs. Barrows rauchte ausschließlich Luckies. Sein Plan war, ein paar Züge aus einer Camel zu tun (nach dem ›Ausradieren‹), sie im Aschenbecher auszudrücken, in dem ihre lippenstiftverschmierten Luckies lagen, und so eine irreführende Spur zu hinterlassen. Vielleicht war dieser Einfall gar nicht gut. Es würde Zeit kosten. Er könnte sogar einen allzu lauten Hustenanfall bekommen.

Mr. Martin hatte das Haus in der West Twelfth Street noch nie gesehen, in dem Mrs. Barrows wohnte, aber er hatte eine genügend deutliche Vorstellung davon. Sie hatte zum Glück bei allen Leuten mit ihrer gemütlichen Wohnung im ersten Stock des einfach entzückenden dreistöckigen Backsteinhauses geprahlt. Es gab da weder Pförtner noch sonstige Bedienstete, nur noch die Mieter im zweiten und dritten Stock. Während er langsam weiterging, stellte Mr.

Martin fest, daß er vor 9 Uhr 30 ans Ziel kommen würde. Er hatte sich vorgenommen, von Schrafft aus die Fifth Avenue nach Norden bis zu einem Punkt zu gehen, von dem aus er nicht vor 10 Uhr das Haus erreichen würde. Um diese Zeit war es wenig wahrscheinlich, daß noch Leute aus- und eingingen. Doch dieses Vorgehen konnte zu einem unangenehmen Knoten im glatten Faden seiner Überlegungen führen, und er ließ davon ab. Es war überdies ganz unmöglich, vorher zu berechnen, wann Leute das Haus betreten oder verlassen würden. Das Risiko war zu jeder Stunde gleich groß. Wenn er irgend jemand in den Weg lief, würde er für immer das ›Ausradieren‹ von Ulgine Barrows in den Ordner für Unerledigtes ablegen müssen. Dasselbe würde der Fall sein, wenn jemand bei ihr in der Wohnung wäre. In diesem Falle wollte er eben sagen, daß er gerade vorbeigekommen sei, ihr reizendes Haus gesehen und sich gedacht habe, einmal hineinzuschauen.

Es war 18 Minuten nach neun, als Mr. Martin in die Twelfth Street einbog. Ein Mann ging an ihm vorbei und ein Paar, das sich unterhielt. Als er an das Haus kam, das in der Mitte des Straßenblocks lag, war auf fünfzig Schritt niemand zu sehen. Eins, zwei, drei war er die Stufen hinaufgesprungen und drückte auf dem kleinen Vorplatz die Klingel unter dem Schild: ›Mrs. Ulgine Barrows‹. Als das Schloß knackte, warf er sich gegen die Türe. Er ging schnell hinein und schloß die Tür hinter sich. Von der Decke der Vorhalle hing an einer Kette eine elektrische Laterne herab und schien erschreckend helles Licht zu geben. Es war niemand auf der Treppe, die linkerseits hinaufführte. Eine Tür öffnete sich oben rechts. Auf Zehenspitzen ging er schnell darauf zu.

»Ja, um Gottes willen, nun schau doch einer, wer da ist!« rief Mrs. Barrows, und ihr wieherndes Gelächter echote wie das Knallen einer Vogelflinte. Er raste wie ein Fußball-Stürmer an ihr vorbei und stieß sie dabei an. »He, nicht drängeln!« sagte sie und schloß die Tür hinter ihnen. Sie befanden sich in ihrem Wohnzimmer, das Mr. Martin mit hundert Lampen erleuchtet schien. »Was ist los mit Ihnen? Sie sind ja so nervös wie ein Ziegenbock.« Es war ihm unmöglich, nur ein Wort herauszubringen, sein Herz schlug ihm bis zum Halse. »Ich – ja«, brachte er endlich heraus. Sie schwatzte und lachte immerfort, während sie ihm aus dem Mantel helfen wollte. »Nein, nein«, sagte er, »ich will ihn lieber hierhin legen.« Er zog ihn aus und legte ihn auf einen Stuhl neben der Türe. »Auch Ihren Hut und die Handschuhe«, meinte sie, »Sie sind bei einer Dame.« Er legte seinen Hut auf den Mantel. Seine Handschuhe behielt er an. »Ich kam gerade vorbei«, fing er an, »da bemerkte ich – ist irgend jemand da?« Sie lachte noch lauter als vorher. »Nein, wir sind ganz allein. Sie sind so weiß wie ein Bettuch, Sie komischer Kauz. Was ist bloß mit Ihnen los? Ich will Ihnen einen Toddy mixen.« Sie ging quer durchs Zimmer zu einer Türe. »Whisky-Soda, ist Ihnen das recht? Aber wie ist das, Sie trinken ja doch gar nicht, oder?« Sie drehte sich um und warf ihm einen belustigten Blick zu. Mr. Martin gab sich einen Ruck. »Whisky-Soda wäre mir sehr lieb«, hörte er sich sagen. Er konnte ihr Lachen noch aus der Küche hören.

Mr. Martin sah sich rasch im Zimmer nach einer Waffe um. Er hatte damit gerechnet, hier eine zu finden. Da gab es Kaminzangen und einen Feuerhaken, und in einer Ecke etwas, das aussah wie eine Gymnastikkeule. Nichts davon war zu brauchen. Auf diese Weise ging es nicht. Er begann umherzugehen. Er kam zu einem Schreibtisch; dort lag ein Papiermesser aus Metall mit verziertem Griff. Würde es wohl scharf genug sein? Er griff danach und stieß an eine Messingschale, aus der Briefmarken flatterten, und die klirrend zu Boden fiel. »He«, rief Mrs. Barrows aus der Küche, »rupfen Sie das Erbsenfeld aus?« Mr. Martin lachte seltsam auf. Er hob das Messer auf und versuchte seine Spitze am linken Handgelenk. Es war stumpf. Es war unbrauchbar.

Als Mrs. Barrows wieder hereinkam, zwei Whiskygläser in der Hand, wurde sich Mr. Martin, der in seinen Handschuhen dastand, plötzlich darüber klar, was für ein Hirngespinst er sich ausgedacht hatte.

Zigaretten in der Tasche, ein Drink, der für ihn bereitet worden war – es war alles schreiend unwahrscheinlich. Mehr als das, es war unmöglich. Irgendwo im Unterbewußtsein regte sich in ihm eine vage Idee und setzte sich fest. »Um Himmels willen, ziehen Sie doch endlich diese Handschuhe aus«, rief Mrs. Barrows. »Ich trage sie immer im Haus«, erwiderte Mr. Martin. Die Idee begann seltsame und wunderbare Blüten zu treiben. Sie stellte die Gläser auf ein Teetischchen vor einem Sofa und setzte sich nieder. »Kommen Sie hier herüber, Sie kurioser Kauz!« sagte sie. Mr. Martin ließ sich neben ihr nieder. Es war nicht leicht, eine Zigarette aus dem Camel-Päckchen herauszufischen, aber es gelang ihm. Sie hielt ihm lachend ein Streichholz hin. »Na sowas«, meinte sie, ihm einen Drink zuschiebend, »das ist einfach unglaublich. Sie mit einem Drink und einer Zigarette!«

Mr. Martin rauchte, nicht allzu ungeschickt, und nahm einen Schluck von dem Whisky-Soda. »Ich trinke und rauche schon immer«, sagte er. Er stieß mit ihr an. »Auf den blöden Quatschkopf, den alten Fitweiler!« stieß er hervor und nahm noch einen Schluck. Das Zeug schmeckte schauderhaft, aber er verzog keine Miene. »Was fällt Ihnen ein, Mr. Martin«, schrie sie auf und wechselte Stimme und Haltung, »Sie beleidigen unseren Chef!« Mrs. Barrows war jetzt ganz und gar die Privatassistentin des Direktors. »Ich habe eine Bombe vorbereitet, die den alten Bock verteufelt hoch in die Luft blasen wird.« Er hatte nur ganz wenig von dem Zeug getrunken, das gar nicht stark war. Davon konnte es nicht kommen. »Nehmen Sie Kokain oder so was?« fragte Mrs. Barrows kühl. »Heroïn«, antwortete Mr. Martin, »damit werde ich bis zu den Kiemen voll sein, wenn ich diesen alten Bussard hochgehen lasse.« – »Mr. Martin!« schrie sie und sprang auf, »jetzt habe ich genug davon! Sie werden sofort gehen!« Mr. Martin nahm noch einen Schluck aus seinem Glas. Er drückte seine Zigarette im Aschenbecher aus und legte das Päckchen Camel auf das Tischchen. Dann erhob er sich. Sie stand da und stierte ihn an. Er ging ruhig hinüber, setzte den Hut auf und zog den Mantel an.

»Kein Wort darüber!« sagte er und legte den Zeigefinger an seine Lippen. Alles, was Mrs. Barrows herausbringen konnte, war: »Unglaublich!« Mr. Martin legte seine Hand auf die Türklinke. »Ich sitze im Nest der Spottdrossel«, warf er hin. Er streckte ihr die Zunge heraus und ging. Niemand sah ihn weggehen.

Mr. Martin ging zu Fuß in seine Wohnung, es war noch lange nicht elf Uhr. Keiner sah ihn kommen. Er trank zwei Glas Milch, nachdem er seine Zähne geputzt hatte, und fühlte sich in gehobener Stimmung. Es war kein Schwips, denn er war gar nicht beschwipst gewesen. Außerdem hatte der Spaziergang alle Wirkungen des Whiskys weggefegt. Er legte sich zu Bett und las noch eine Weile in einer Zeitschrift. Schon vor Mitternacht schlief er fest.

Mr. Martin ging am nächsten Morgen um 8 Uhr 30 ins Büro, wie gewöhnlich. Viertel vor 9 fegte Ulgine Barrows, die sonst nie vor 10 Uhr zur Arbeit gekommen war, in sein Büro. »Ich erstatte jetzt Mr. Fitweiler Bericht!« schrie sie. »Wenn er Sie der Polizei ausliefert, so ist das nicht mehr, als Sie verdienen!« Mr. Martin warf ihr einen Blick entsetzter Bestürzung zu. »Wie bitte?« sagte er. Mrs. Barrows fauchte und stürzte aus dem Zimmer, Miss Paird und Joey Hart starrten ihr nach. »Was will die alte Hexe schon wieder?« fragte Miss Paird. »Ich habe keine Ahnung«, erwiderte Mr. Martin und nahm seine Arbeit wieder auf. Die beiden andern blickten erst ihn an; dann warfen sie sich Blicke zu. Miss Paird stand auf und ging hinaus. Sie ging ganz langsam an der geschlossenen Tür zu Fitweilers Büro vorüber. Mrs. Barrows kreischte drinnen, aber sie wieherte diesmal nicht. Miss Paird konnte nicht verstehen, was sie sagte. So ging sie an ihren Schreibtisch zurück.

Fünfundvierzig Minuten später verließ Mrs. Barrows das Zimmer des Direktors, ging in ihr eigenes und warf die Tür hinter sich zu. Kaum eine halbe Stunde später ließ Mr. Fitweiler Mr. Martin rufen. Der Chef der Registratur-Abteilung stand ordentlich, ruhig und aufmerksam vor dem Schreibtisch des alten Herrn. Mr. Fitweiler war blaß und nervös. Er nahm seine Brille ab und spielte mit ihr. Er räusperte sich leicht. »Martin«, begann er, »Sie sind schon mehr als zwanzig Jahre bei uns.« – »Zweiundzwanzig«, warf Mr. Martin ein. »In dieser Zeit«, fuhr der Direktor fort, »ist Ihre Arbeit und Ihr – äh – Benehmen mustergültig gewesen.« – »Ich hoffe es«, sagte Mr. Martin. »Ich habe festgestellt, Martin«, sprach Mr. Fitweiler weiter, »daß Sie niemals getrunken oder geraucht haben.« – »Das stimmt«, pflichtete Mr. Martin bei. »Ach ja«, Mr. Fitweiler polierte seine Brillengläser, »wollen Sie bitte erzählen, was Sie gestern nach dem Verlassen des Büros getan haben?« Mr. Martin gestattete sich kaum eine Sekunde für eine verwirrte Pause. »Aber gewiß«, sagte er. »Ich ging heim. Dann ging ich zu Schrafft zum Essen. Danach ging ich wieder nach Hause. Ich ging sehr früh zu Bett und las noch eine Weile in einer Zeitschrift. Vor elf Uhr bin ich eingeschlafen.« – »Ach ja«, sagte Mr. Fitweiler wieder. Er schwieg eine Zeitlang und suchte nach den richtigen Worten, mit denen er sich dem Chef der Registratur-Abteilung erklären könne. »Mrs. Barrows«, sagte er schließlich, »Mrs. Barrows hat schwer gearbeitet, Martin, sehr schwer. Es macht mir Kummer, berichten zu müssen, daß sie einen ernsten Zusammenbruch erlitten hat. Und zwar in Form von Verfolgungswahn, verbunden mit quälenden Halluzinationen.«

»Das tut mir außerordentlich leid, Sir«, sagte Mr. Martin. »Mrs. Barrows lebt in dem Wahn«, fuhr Mr. Fitweiler fort, »daß Sie sie gestern abend besucht und sich in einer – äh – unziemlichen Weise benommen haben.« Er hob seine Hand, um Mr. Martins leisen, bekümmerten Ausruf zu beschwichtigen. »Es liegt in der Natur dieser psychischen Krankheit«, sagte Mr. Fitweiler, »daß sich ihre Opfer gerade von den Menschen verfolgt wähnen, die am unverdächtigsten sind. Diese Vorgänge sind für den Laienverstand nicht zu begreifen, Martin. Ich sprach gerade mit meinem Psychiater, Dr. Fitch, am Telefon. Er wollte sich natürlich nicht bindend äußern, aber er hat genügend allgemeine Andeutungen gemacht, die meinen Verdacht bestätigen. Ich habe Mrs. Barrows vorgeschlagen, als sie mir diesen Morgen ihre – äh – Geschichte zu Ende erzählt hatte, sie möchte doch Dr. Fitch konsultieren, denn ich hegte sofort Argwohn gegen ihren Zustand. Sie geriet, ich sage es mit Bedauern, in Wut und bat – äh – forderte, daß ich Sie herbeizitiere. Sie können es nicht wissen, Martin, aber Mrs. Barrows hatte eine Neuordnung Ihrer Abteilung geplant

– vorbehaltlich meiner Einwilligung, selbstverständlich, vorbehaltlich meiner Einwilligung. Dadurch haben sich ihre Gedanken mehr als mit sonst jemandem mit Ihnen beschäftigt. Aber auch das ist wieder ein Phänomen für Dr. Fitch und nicht für uns. So, Martin, muß ich fürchten, daß Mrs. Barrows Tätigkeit hier ein Ende hat.« – »Ich bedaure das ganz schrecklich, Sir«, sagte Mr. Martin.

In demselben Augenblick flog die Tür des Büros mit der Plötzlichkeit einer Gasexplosion auf, und Mrs. Barrows schoß herein. »Leugnet die kleine Ratte es ab?« kreischte sie. »Damit wird er nicht weit kommen!« Mr. Martin stand auf und stellte sich taktvoll neben Mr. Fitweilers Stuhl. »Sie haben getrunken und geraucht in meiner Wohnung«, bellte sie Mr. Martin an, »und Sie wissen es genau! Sie haben Mr. Fitweiler einen alten Quatschkopf genannt und behauptet, Sie wollten ihn in die Luft sprengen, wenn Sie erst bis zu den Kiemen voll mit Heroïn seien.« Sie hörte auf zu schreien, um Atem zu holen, dann kam ein neues Funkeln in ihre vorstehenden Augen. »Wenn Sie nicht solch ein unscheinbarer, gewöhnlicher und beschränkter Mensch wären«, stieß sie hervor, »könnte ich glauben, daß Sie das alles absichtlich gemacht haben. Mir die Zunge herauszustrecken und zu sagen, Sie säßen im Nest der Spottdrossel, weil Sie vorhersahen, daß niemand mir glauben würde, wenn ich es erzähle!

Lieber Gott, es ist wirklich *zu* unglaublich!« Sie wieherte laut und hysterisch auf und bekam wieder einen Wutanfall. Sie starrte Mr. Fitweiler an: »Geht Ihnen denn nicht auf, wie er uns an der Nase herumführt, Sie alter Narr? Durchschauen Sie sein gemeines Spiel denn nicht?« Aber Mr. Fitweiler hatte heimlich auf alle Knöpfe unter seiner Schreibtischplatte gedrückt, und jetzt begannen die Angestellten von F & S ins Zimmer zu strömen. »Stockton«, sagte Mr. Fitweiler, »Sie und Fishbein werden Mrs. Barrows nach Hause bringen. Miss Powell, Sie werden sie begleiten.« Stockton, der auf der höheren Schule ein wenig Fußball gespielt hatte, warf sich Mrs. Barrows in den Weg, als sie auf Mr. Martin losgehen wollte. Es bedurfte seiner und Fishbeins vereinter Anstrengungen, um sie zur Tür hinaus in den Gang zu bringen, der mit Schreibkräften und Bürodienern überfüllt war. Sie stieß immer noch Verwünschungen gegen Mr. Martin aus, wirre und widersprechende Verwünschungen. Schließlich verhallte der Lärm am Ende des Korridors.

»Ich bedaure dieses Vorkommnis«, sagte Mr. Fitweiler, »und ich muß Sie bitten, es aus Ihrem Gedächtnis zu streichen, Martin.«

»Jawohl, Sir«, erwiderte Mr. Martin und ging zur Tür, ehe sein Chef noch hatte sagen können: »Das wäre alles.« Er versicherte: »Ich will es vergessen.«

Er ging hinaus und schloß die Tür. Sein Schritt war draußen im Flur leicht und beschwingt. Als er in seine Abteilung kam, hatte er ihn zu seinem gewohnten Gang gemäßigt, und ruhig durchquerte er den Raum und griff nach der Akte W 20.

Sein Gesicht zeigte den Ausdruck geschäftiger Aufmerksamkeit.

Tennessees Partner

VON BRET HARTE

Ich glaube nicht, daß wir je seinen richtigen Namen erfuhren. Unsere Unwissenheit brachte uns jedoch bestimmt auch nie in gesellschaftliche Ungelegenheiten, denn im Jahre 1854 wurden in Sandy Bar die meisten Männer ohnehin neu getauft.

Manchmal wurden diese Beinamen von bestimmten Merkwürdigkeiten in der Kleidung abgeleitet, wie im Falle von ›Baumwoll-Jack‹, oder von gewissen Gewohnheiten, wie bei ›Natron-Bill‹, den man wegen übermäßiger Portionen dieser chemischen Substanz in seiner täglichen Nahrung so nannte, oder von einem unglücklichen Sprachfehler, wie beispielsweise bei dem ›Eisen-Piraten‹, einem sanften und harmlosen Mann, der sich diesen häßlichen Spitznamen durch ungeschickte Aussprache des Ausdrucks ›Eisen-Pyrit‹ zugezogen hatte.

Vielleicht mag diese Sitte als der Beginn einer primitiven Namenskunde gewertet werden, ich allerdings nehme an, der Grund liege eigentlich darin, daß in jenen Tagen der Name eines Mannes einzig und allein auf seinen eigenen, unbestätigten Angaben ruhte.

»Sie nennen sich Clifford, nicht wahr?« sagte Boston und wandte sich mit unendlicher Verachtung an einen schüchternen Ankömmling. »Die Hölle steckt voll von solchen Cliffords!« Dann stellte er den Unglücklichen, der zufällig tatsächlich Clifford hieß, als ›Schwätzer-Charley‹ vor – eine böswillige Inspiration des Augenblicks, die dem Mann seitdem anhaftete.

Aber kehren wir zu Tennessees Partner zurück, den wir niemals unter einem anderen als diesem indirekten Namen kannten. Daß er auch als ein selbständiges Individuum existiert hatte, erfuhren wir erst später.

Anscheinend verließ er Poker Flat 1853, um sich angeblich in San Francisco eine Frau zu suchen. Aber er kam nicht weiter als bis Stockton, wo er sich von einer jungen Weibsperson angezogen fühlte, die in dem Hotel, in dem er die Mahlzeiten einnahm, an seinem Tisch bediente. Eines Morgens sagte er etwas zu ihr, was sie veranlaßte, nicht unfreundlich zu lächeln, dann kokett eine Toastscheibe über seinem nach oben gewandten, ernsten und einfachen Gesicht zu zerbrechen und sich darauf in die Küche zurückzuziehen. Er folgte ihr dorthin und kam nach wenigen Minuten wieder heraus, bedeckt mit weiteren Toastkrümeln – und mit der Glorie des Siegers.

Noch am gleichen Tage wurden sie von einem

Friedensrichter getraut und kehrten nach Poker Flat zurück. Ich weiß, daß man aus dieser Episode noch mehr hätte herausholen können, aber ich ziehe es vor, sie so zu berichten, wie sie in Sandy Bar geläufig war, wo alle Gefühle durch einen kräftigen Humor gefiltert wurden.

Von ihrem ehelichen Glück ist nur wenig bekannt, vielleicht deshalb, weil Tennessee, der damals bei seinem Partner wohnte, eines schönen Tages die Gelegenheit ergriff, um der jungen Frau seinerseits etwas zu sagen, worauf sie, wie man sich erzählt, nicht unfreundlich lächelte und sich züchtig zurückzog – diesmal sogar bis nach Marysville, wohin ihr Tennessee folgte und wo sie sich ohne den Spruch eines Friedensrichters zusammentaten.

Tennessees Partner nahm den Verlust seiner Frau schlicht und gefaßt hin, wie es seine Art war. Aber als Tennessee eines Tages von Marysville zurückkehrte, ohne die Frau seines Partners – sie hatte nämlich wieder einmal gelächelt und sich mit einem anderen Mann zurückgezogen – war Tennessees Partner zur Überraschung aller der erste, der ihm die Hand gab und ihn freundlich begrüßte.

Die Männer, die sich im Cañon versammelt hatten, um der Schießerei beizuwohnen, waren natürlich verärgert. Ihre Verärgerung hätte sich sehr wohl in Bemerkungen Luft machen können, wenn nicht an den

Augen von Tennessees Partner abzulesen gewesen wäre, daß ihm jeglicher Humor fehlte. Er war in der Tat ein sehr ernst veranlagter Mann, dem es stets um die praktische Nutzanwendung ging, was in heiklen Situationen recht unangenehm sein konnte.

Unterdessen war es in Sandy Bar zu einer allgemeinen Ablehnung von Tennessee gekommen. Man wußte, daß er Spieler war, man vermutete, er sei auch ein Dieb. In diesen Verdacht schloß man auch seinen Partner mit ein. Die Fortdauer seines freundschaftlichen Verkehrs mit Tennessee nach der oben erwähnten Affäre konnte man sich nur so erklären, daß er auch im Verbrechen sein Partner sei.

Schließlich wurde Tennessees Schuld offenkundig. Eines Tages holte er auf dem Weg nach Red Dog einen Fremden ein. Dieser berichtete später, Tennessee habe ihm die Zeit mit interessanten Anekdoten und Erinnerungen vertrieben, aber die Unterhaltung dann recht unlogisch mit folgenden Worten beendet: »Und nun, junger Mann, möchte ich Sie um Ihr Messer, Ihre Pistole und Ihr Geld bitten. Verstehen Sie, Ihre Waffen könnten Sie in Red Dog in Ungelegenheiten bringen, und Ihr Geld bedeutet für böswillige Leute eine Versuchung. Ich glaube, Sie sagten, daß Sie in San Francisco wohnen. Ich werde mich bemühen, Sie dort einmal zu besuchen.«

Man müßte hier einflechten, daß Tennessee einen

ausgeprägten Sinn für elegantes Auftreten besaß, der sich auch bei geschäftlichen Tätigkeiten niemals völlig unterdrücken ließ.

Diese Heldentat war seine letzte. Red Dog und Sandy Bar machten gegen den Straßenbanditen gemeinsame Sache. Als sich die Netze um ihn zusammenzogen, machte er einen verzweifelten Ausbruch durch Sandy Bar, leerte seine Revolver gegen die Menge vor dem Arkaden-Salon und stürmte den Grisly-Cañon hinauf, wurde aber an dessen Ende von einem kleinen Mann auf einem grauen Pferd aufgehalten. Die Männer schauten sich einen Moment schweigend an. Beide waren furchtlos, selbstbeherrscht und unabhängig, und beide waren sie typische Vertreter einer Gesellschaftsschicht, die man im siebzehnten Jahrhundert heroisch genannt haben würde, im neunzehnten jedoch einfach – skrupellos.

»Was haben Sie da?« fragte Tennessee ruhig.

»Zwei Trümpfe und ein As«, sagte der Fremde ebenso ruhig und zeigte zwei Revolver und ein Messer.

»Damit stechen Sie mich aus«, entgegnete Tennessee, und mit diesem Spielerausdruck warf er seine nutzlose Pistole fort und ritt mit seinem Häscher zurück.

Es war eine warme Nacht. Die kühle Brise, die gewöhnlich bei Sonnenuntergang hinter dem bewaldeten Berg aufkam, wurde an diesem Abend von Sandy

Bar abgelenkt. Erstickend heiße Harzdüfte lagerten über dem kleinen Cañon, und das vermodernde Schwemmholz am Fluß strömte übelkeiterregende Gerüche aus. Die fiebrige Atmosphäre des Tages und seine wilden Leidenschaften erfüllten das Camp immer noch. Unruhig huschten Lichter am Ufer des Flusses entlang. Gegen die Schwärze der Fichten hoben sich die Fenster des alten Heubodens über dem Expreßbüro mit greller Deutlichkeit ab, und durch die nicht verhängten Scheiben konnten die Müßiggänger die Gestalten jener Männer sehen, die gerade jetzt Tennessees Schicksal entschieden. Über all dem erhob sich, scharf in das dunkle Firmament gezeichnet, leidenschaftslos die ferne Sierra, gekrönt von noch ferneren und kälteren Sternen.

Die Gerichtsverhandlung gegen Tennessee wurde so fair wie nur möglich von einem Richter und Geschworenen durchgeführt, die sich in gewisser Hinsicht verpflichtet fühlten, mit ihrem Urteilsspruch die Unregelmäßigkeiten bei der Verhaftung und Anklageerhebung zu rechtfertigen. Das Gesetz von Sandy Bar war unerbittlich, jedoch nicht rachsüchtig. Die Aufregung und persönliche Anteilnahme an der Jagd waren vorbei. Nachdem sich Tennessee sicher in ihrem Gewahrsam befand, waren sie bereit, geduldig die Verteidigung anzuhören, die selbstverständlich, wie sie befriedigt dachten, ungenügend sein würde.

Da Richter und Geschworene selbst keinerlei Zweifel hegten, waren sie bereit, dem Gefangenen die Gunst jedes Zweifels zu gewähren, der noch bestehen mochte. Sicher in der Annahme, daß er aus allgemeinen Prinzipien gehängt werden müsse, erlaubten sie ihm eine größere Freizügigkeit in der Verteidigung, als er sie selbst in seiner tollkühnen Sorglosigkeit zu erbitten schien.

Der Richter machte überdies einen besorgteren Eindruck als der Gefangene, der sich völlig unbeteiligt gab und ein grimmiges Vergnügen an der Verantwortung zu finden schien, die er für andere heraufbeschworen hatte.

»Bei diesem Spiel passe ich«, das war seine unweigerliche, jedoch gutwillige Antwort auf alle Fragen. Einen Augenblick bedauerte der Richter, der auch sein Häscher gewesen war, daß er ihn am Morgen nicht ›auf der Stelle‹ erschossen hatte, aber sofort unterdrückte er wieder diese menschliche Schwäche, die dem Stand eines Richters nicht angemessen war.

Wie dem auch sei – als an die Tür geklopft wurde und jemand sagte, Tennessees Partner sei wegen des Gefangenen draußen, wurde er sofort ohne weitere Frage vorgelassen. Möglicherweise begrüßten ihn die jüngeren Mitglieder des Gerichts, die das bedächtige Verfahren ermüdend fanden, als eine Art Retter.

Tennessees Partner war ganz gewiß keine eindrucksvolle Gestalt. Er war kurz und gedrungen, mit einem eckigen Gesicht, das von der Sonne zu einer unnatürlichen Röte verbrannt war, und bekleidet mit einer lockeren Zelttuchjacke und einer Hose, die mit roter Erde verschmiert und bespritzt war. Unter anderen Umständen wäre sein Anblick häßlich gewesen, jetzt wirkte er komisch. Er trat mit auffallendem Ernst vor, reichte mit etwas gezwungener Herzlichkeit jedem Anwesenden die Hand, wischte sich das ernste, verwirrte Gesicht mit einem roten Taschentuch ab, das nur um eine Schattierung heller war als seine Hautfarbe, legte seine kräftige Hand auf den Tisch, um sich einen Halt zu verschaffen, und wandte sich an den Richter.

»Ich bin gerade mal so vorbeigekommen«, begann er entschuldigend, »und da hab' ich mir gedacht, ich könnte mich mal umsehen, wie's mit Tennessee da weitergeht, meinem Partner. Es ist eine heiße Nacht. An so ein Wetter kann ich mich in Sandy Bar nicht erinnern.«

Er hielt einen Augenblick inne, aber da sich niemand aus freien Stücken zu der meteorologischen Frage äußerte, beschäftigte er sich wieder mit seinem Taschentuch und wischte sich sorgfältig das Gesicht ab.

»Haben Sie etwas zugunsten dieses Angeklagten vorzubringen?« fragte der Richter schließlich.

»Darum geht's ja«, sagte Tennessees Partner erleichtert; »ich bin hierhergekommen als Tennessees Partner – ich kenn' ihn ja so an die vier Jahre, hin und her, naß und trocken, in Glück und Pech. Seine Art ist nicht immer meine Art, aber da gibt's nichts bei diesem jungen Mann, auch keinen Streich, wovon ich nicht irgend etwas wüßte. Und nun sagen Sie zu mir, sagen also vertraulich und unter uns Männern ... sagen Sie also: ›Wissen Sie etwas zu seinen Gunsten‹, und ich sag' Ihnen, sag' ich ... vertraulich wie unter Männern: ›Was sollte ein Mann von seinem Partner denn nicht wissen?‹«

»Ist das alles, was Sie zu sagen haben?« fragte der Richter ungeduldig, denn er fühlte vielleicht, daß eine humorvolle Stimmung aufkommen wollte, die das Gerichtsverfahren in allzu menschliche Bahnen zu lenken drohte.

»Dem ist so«, fuhr Tennessees Partner fort, »es steht mir nicht an, etwas gegen ihn vorzubringen. Und nun – worum geht's denn? Nun ja, Tennessee braucht Geld, er braucht es sehr dringend, und es liegt ihm nicht, seinen alten Partner darum zu bitten. Also, was tut Tennessee deshalb? Er lauert einem Fremden auf, und er knöpft sich diesen Fremden vor. Und dann lauern Sie *ihm* auf, und Sie knöpfen sich *ihn* vor – die Sache ist ja ganz klar. Ich überlasse die Entscheidung Ihnen, da Sie ein fairer Mann sind, und auch

Ihnen, Gentlemen, die Sie ja ebenfalls faire Männer sind.«

»Angeklagter«, sagte der Richter und unterbrach ihn, »haben Sie diesem Mann noch Fragen zu stellen?«

»Nein – halt!« fuhr Tennessees Partner hastig fort. »Diese Runde spiel' ich allein! Um zum Kern der Sache zu kommen: es steht doch so, daß dieser Tennessee da mit einem Fremden sehr grob umgesprungen ist und auch mit diesem Camp hier. Und was wäre wohl jetzt das fairste? Einige würden mehr, andere weniger sagen. Ich hab' hier siebzehnhundert Dollar in Goldkörnern und eine Uhr, ungefähr meine gesamte Habe, und damit wäre doch die Geschichte erledigt!« Und noch ehe ihn jemand hindern konnte, hatte er den Inhalt seiner Tasche auf den Tisch geleert.

Einen Augenblick stand wirklich sein Leben auf dem Spiel. Ein oder zwei Männer sprangen auf, einige Hände griffen nach verborgenen Waffen, und der Vorschlag, ihn durchs Fenster hinauszuwerfen, wurde nur durch eine Geste des Richters abgewiesen.

Tennessee lachte. Und Tennessees Partner, der offenbar gar nichts von der ganzen Aufregung merkte, ergriff die günstige Gelegenheit, sich wieder das Gesicht mit dem Taschentuch abzuwischen.

Als die Ruhe wiederhergestellt war und man dem Mann durch kräftige Gesten und Ausdrücke klargemacht hatte, daß Tennessees Verbrechen nicht mit Geld gesühnt werden könnte, wurde sein Gesicht noch ernster und röter. Die ihm am nächsten standen, bemerkten, daß seine rauhe Hand auf dem Tisch leicht zitterte.

Er zögerte einen Moment, ehe er langsam das Gold in die Tasche zurückpackte, als habe er noch nicht ganz den großartigen Gerechtigkeitssinn erfaßt, der das Tribunal erfüllte. Vielleicht verwirrte ihn auch das Gefühl, daß er möglicherweise nicht genug geboten habe.

Dann wandte er sich dem Richter zu. »Dieses Spiel war nur ein Solo, allein gespielt, ohne meinen Partner«, sagte er, verbeugte sich vor den Geschworenen und schickte sich an, den Raum zu verlassen.

Der Richter rief ihn zurück: »Wenn Sie Tennessee noch etwas zu sagen haben, dann sollten Sie es besser jetzt gleich tun.«

Zum erstenmal an diesem Abend trafen sich die Blicke des Angeklagten und seines seltsamen Anwalts. Tennessee lächelte, daß seine weißen Zähne blitzten, und sagte: »Ausgespielt, mein Alter!« Dann hielt er ihm die Hand hin.

Tennessees Partner ergriff sie und erwiderte: »Ich wollte ja nur mal nachsehen, wie die Sache steht, als ich gerade vorbeikam.« Lustlos ließ er Tennessees Hand fallen, fügte hinzu, es sei »eine warme Nacht«, wischte sich wieder das Gesicht mit dem Taschentuch ab und zog sich ohne ein weiteres Wort endgültig zurück.

Die beiden Männer trafen sich im Leben nicht mehr. Die beispiellose Beleidigung, daß man bei Richter Lynch – der vielleicht bigott, schwach und engstirnig gewesen sein mochte, aber wenigstens unbestechlich war – einen Bestechungsversuch unternommen hatte, besiegelte Tennessees Schicksal. Beim ersten Morgengrauen wurde er – scharf bewacht – fortgebracht, um diesem Schicksal auf der Kuppe von Marleys Hügel zu begegnen.

Wie er ihm dort begegnete, wie kühl er war, wie er sich weigerte, irgend etwas zu sagen, wie vollkommen die Anordnungen des Komitees waren – das alles wurde pflichtgemäß unter Hinzufügung einer warnenden Moralpredigt für alle zukünftigen Sünder in der Zeitung von Red Dog berichtet.

Aber von der Schönheit jenes Mittsommermorgens, von der gesegneten Harmonie von Erde, Luft und Himmel, von dem erwachenden Leben in den freien Wäldern und Hügeln, von der freudigen Wiedergeburt und Verheißung der Natur und vor allem anderen dem heiteren Ernst, der alles durchdrang – davon wurde nichts berichtet, weil es ja nicht zur moralischen Lektion gehörte.

Dennoch: als die schwächliche und törichte Tat begangen und dieses Leben mit all seinen Möglichkeiten und Verantwortlichkeiten aus dem Körper entwichen war, der nun zwischen Erde und Himmel baumelte, sangen die Vögel, blühten die Blumen und schien die Sonne ebenso heiter wie zuvor. Möglicherweise hatte die Zeitung von Red Dog sogar recht.

Tennessees Partner befand sich nicht unter der Menge, die den unheilvollen Baum umringte. Aber als die Männer auseinandergingen, wurde ihre Aufmerksamkeit auf die seltsame Erscheinung eines Eselskarrens gelenkt, der am Weg hielt. Als sie näher kamen, erkannten sie in der ehrwürdigen ›Jenny‹ und dem zweirädrigen Karren sogleich das Eigentum von Tennessees Partner, der gewöhnlich Tier und Karren dazu verwendete, Erdreich von seiner Schürfstelle wegzutransportieren. Ein paar Schritte davon entfernt war auch der Eigentümer des Gefährts. Er saß allein unter einer Roßkastanie und wischte sich den Schweiß von seinem glühenden Gesicht.

Auf eine Frage sagte er, er sei wegen der Leiche des ›Dahingeschiedenen‹ gekommen, falls es dem Komitee recht sei. Er wünsche nicht, die Sache zu beschleunigen, er könne warten. Er arbeite heute nicht, und wenn die Gentlemen mit dem ›Dahingeschiedenen‹ fertig seien, würde er ihn übernehmen.

»Und wenn jemand hier anwesend ist«, fügte er in seiner schlichten, ernsten Art hinzu, »der sich gern der

Beerdigung anschließen möchte, dann kann er natürlich mitkommen.«

Vielleicht lag es an dem Sinn für Humor, der, wie ich bereits andeutete, ein besonderer Charakterzug von Sandy Bar war, vielleicht aber auch an etwas wesentlich Besserem, jedenfalls nahmen zwei Drittel der Zuschauer die Einladung sofort an.

Es war Mittag, als die Leiche Tennessees den Händen seines Partners übergeben wurde. Unter dem bewußten Baum bemerkten wir, daß der Karren eine rohe, überlange Kiste enthielt, die offenbar aus Teilstücken einer Siebvorrichtung angefertigt und zur Hälfte mit Fichtenrinde und -zweigen gefüllt war. Der Karren war mit Weidenzweigen und duftenden Kastanienblüten geschmückt. Als die Leiche in der Kiste lag, zog Tennessees Partner ein Stück Zeltleinwand darüber, stieg ernst auf den schmalen Vordersitz des Wagens und trieb den kleinen Esel an.

Das Gefährt rollte langsam an, in jenem schicklichen Tempo, das Jenny gewöhnlich – auch unter weniger feierlichen Umständen – einschlug. Die Männer trotteten halb neugierig, halb scherzend, aber alle gutgelaunt in kleinen Gruppen neben dem Karren her. Ob es nun an einer Verengung des Weges oder an einer plötzlichen Anwandlung von Anstand lag – während der Karren weiterfuhr, schlossen sich seine Begleiter zu Paaren zusammen und folgten ihm; sie glichen sich dem Tempo des Wagens an und fügten sich auch sonst in das Gehabe eines Leichenzuges. Jack Folinsbee, der zu Beginn so getan hatte, als spiele er auf einer imaginären Posaune einen Trauermarsch, unterließ bald diesen unpassenden Spaß.

Der Weg führte durch den Grisly-Cañon, der um diese Zeit von düsteren Schatten verhangen war. Die Redwood-Bäume standen in einer Reihe neben dem Weg und spendeten mit ihren hängenden Zweigen einen seltsamen Segen über die vorbeifahrende Bahre. Ein Hase, vor Überraschung bewegungslos erstarrt, saß aufrecht und zitternd in den Farnen neben der Straße, als der Trauerzug vorbeikam. Eichhörnchen huschten herbei, um einen sicheren Blick von höheren Ästen aus zu erhaschen, und die Häher spreizten ihre Flügel und flatterten wie Vorreiter vor ihnen her, bis der Außenrand von Sandy Bar und die einsame Hütte von Tennessees Partner erreicht waren.

Auch unter günstigeren Umständen betrachtet, wäre dies kein heiterer Ort gewesen. Die alles andere als malerische Lage, die häßlichen Umrisse und die geschmacklosen Einzelheiten, die die ersten Hütten der kalifornischen Goldsucher kennzeichneten – all das war hier zu finden, und dazu kam noch die Trostlosigkeit des Verfalls. Wenige Schritte von der Hütte entfernt befand sich ein kunstloses Gehege, das in den kurzen Tagen des ehelichen Glücks von Tennessees

Partner als Garten gedient hatte, jetzt aber von Farnen überwuchert war. Als wir uns diesem Gehege näherten, stellten wir überrascht fest, daß das, was wir für den Beginn einer neuerlichen Kultivierung gehalten hatten, nur aufgehäufte Erde um ein offenes Grab war.

Der Karren hielt vor der Einzäunung, und Tennessees Partner, der alle Hilfsangebote mit dem natürlichen Selbstvertrauen zurückwies, das er bislang gezeigt hatte, nahm den ungefügen Sarg auf den Rücken und legte ihn allein in das flache Grab. Dann nagelte er das Brett fest, das als Deckel diente, bestieg den kleinen Erdhügel, nahm den Hut ab und wischte sich mit dem Taschentuch übers Gesicht. Die Menge hielt dies für die Einleitung zu einer Rede, verteilte sich auf Baumstümpfe und Felsblöcke und setzte sich erwartungsvoll hin.

»Wenn ein Mann«, begann Tennessees Partner langsam, »den ganzen Tag herumgerannt ist, was tut er ganz selbstverständlich? Nun, er geht nach Hause. Und wenn er nicht fähig ist, nach Hause zu gehen, was kann dann sein bester Freund tun? Nun, er kann ihn nach Hause schaffen. Und hier haben wir jetzt Tennessee – er ist herumgerannt, und wir bringen ihn nun von seinen Wanderungen nach Hause.«

Er machte eine Pause, hob ein Stückchen Erz auf, rieb es nachdenklich an seinem Ärmel und fuhr fort:

»Es ist nicht das erstemal, daß ich ihn mir auf den Rücken geladen habe, wie ihr es gerade gesehen habt. Und ich hab' ihn auch nicht zum erstenmal in diese Hütte gebracht, weil er sich selbst nicht mehr helfen konnte. Ich und Jenny haben schon öfter auf dem Hügel dort auf ihn gewartet, ihn aufgeladen und heimgebracht, wenn er nicht reden konnte und mich nicht mehr erkannte. Und jetzt ist es also das letztemal – nun ja«, er machte wieder eine Pause und rieb das Erzstückchen sanft über seinen Ärmel, »versteht ihr, das ist für seinen Partner ziemlich hart. Und nun, Gentlemen«, fügte er unvermittelt hinzu und packte eine Schaufel, »ist die Beerdigung vorüber. Nehmt für eure Mühe meinen und Tennessees Dank.«

Er ließ sich wieder nicht helfen, als er daranging, mit dem Rücken zur Menge das Grab zuzuschaufeln. Nach kurzem Zögern entfernten sich die Männer, und als sie den kleinen Kamm überquerten, der Sandy Bar den Blicken entrückte, meinten einige, sie könnten Tennessees Partner nach getaner Arbeit auf dem Grab sitzen sehen, die Schaufel zwischen den Knien und das Gesicht in seinem roten Taschentuch vergraben. Andere jedoch wandten dagegen ein, man könne auf eine solche Entfernung sein Gesicht nicht von dem Tuch unterscheiden, und so blieb diese Frage ungelöst.

Nach der fieberhaften Erregung jenes Tages wurde

Tennessees Partner nicht vergessen. Geheime Nachforschungen entlasteten ihn von jeder Mitschuld an Tennessees Verbrechen und hinterließen nur einen unbestimmten Verdacht hinsichtlich seiner geistigen Verfassung. Die Leute von Sandy Bar machten es sich zur Aufgabe, ihn zu besuchen und ihm die verschiedensten rauhen, aber wohlgemeinten Freundlichkeiten anzubieten. Aber von jenem Tag an schienen seine gute Gesundheit und seine Kraft sichtlich dahinzuschwinden, und als die Regenzeit richtig einsetzte und schmale Grashalme aus dem steinigen Hügel über Tennessees Grab zu sprießen begannen, wurde er bettlägerig.

Eines Nachts, als die Fichten neben der Hütte im Sturm schwankten und mit ihren schlanken Fingern über das Dach strichen, als man tief unten das Tosen und Wüten des angeschwollenen Flusses hören konnte, hob Tennessees Partner den Kopf vom Kissen und sagte: »Es wird Zeit, Tennessee zu holen, ich muß Jenny vor den Karren spannen!« Er wäre aus dem Bett gestiegen, wenn sein Pfleger ihn nicht daran gehindert hätte.

Er wehrte sich und fuhr dann, immer noch in seinen seltsamen Phantasien befangen, fort: »Aber, aber, ruhig, Jenny – ruhig, meine Alte! Wie dunkel es doch ist! Gib auf die Furchen acht – und auch auf ihn, altes Mädchen. Weißt du, wenn er stockbetrunken ist, fällt er manchmal mitten auf der Straße hin. Lauf nur geradezu hinauf zur Fichte auf dem Berggipfel. Da! Ich hab's dir doch gesagt – da ist er. Kommt auch diesen Weg, ganz allein, nüchtern, und sein Gesicht glänzt. Tennessee! Partner!«

Und so trafen sie sich wieder.

Ein Familientreffen

VON MARY HOTTINGER

Die lange Dämmerung wurde langsam zur Nacht. Die Luft im Garten war schwer vom Duft der Levkojen, und die erste Fledermaus war vorübergeflattert. Es war sehr still, und das tagsüber unhörbare Plätschern des Flusses tönte durch die Stille. Die fünf hatten eine Weile dagesessen, ohne zu sprechen, und niemand schien geneigt, Beleuchtung, weitere Getränke oder einen allgemeinen Umzug ins Haus vorzuschlagen.

Plötzlich sagte eine Männerstimme:

»Ich nehme an, ihr alle wißt, daß Arthur zurückgekommen ist.«

Die allgemeine Betroffenheit war fast greifbar.

»Das glaube ich nicht«, sagte eine Frauenstimme scharf. »Das kann er doch nicht.«

»Das würde er nicht«, erklang die Stimme eines anderen Mannes mit einem Anflug von Angst.

»Nun«, sagte die erste Stimme kühl, »er hat es gekonnt und er ist zurückgekommen.«

»Woher weißt du das?« fragte der andere Mann.

»Ich habe ihn heute früh gesehen.«

»Ach so«, sagte die Frau mit einem erleichterten Seufzer. »Wahrscheinlich hast du dich geirrt.«

»O nein, keineswegs. Er hat mit mir gesprochen.«

»Aber wie, wann, wo?« fragten die beiden anderen Stimmen gleichzeitig.

»Heute früh, in Piccadilly, als ich meinen legitimen Geschäften nachging.«

»Hast du überhaupt welche?« fragte eine Mädchenstimme ruhig, aber boshaft.

»Ein paar, meine Liebe. Wenn ich ihnen auch nicht nachlaufe.«

»Ich nehme an, er sah ziemlich schäbig aus«, bemerkte jemand.

»Keineswegs. Er sah ganz gut aus und war kein bißchen verlegen.«

»Was man von dir wohl kaum behaupten konnte«, bemerkte das Mädchen.

»Wiederum sehr richtig, meine Liebe. Aber ich habe es glücklich überstanden.«

»Was hat er gesagt?« fragte die ältere Frau.

»Er hat eine Bemerkung über das ungewöhnlich schöne Wetter gemacht und nach euch allen gefragt.«

»Was hast du gesagt?« fragte der Nervöse.

»Ihm beigepflichtet, daß das Wetter für die Jahreszeit erstaunlich schön und nicht drückend sei, und gesagt, daß es euch allen, soviel ich weiß, ganz gut ginge.«

»Und dann?«

»Hat er gelächelt, gesagt ›auf später‹ und ist rasch weggegangen.«

Der Nervöse sprach wieder. »Das gefällt mir nicht. Es gefällt mir ganz und gar nicht. Es ist nicht taktvoll.«

»Es gefällt uns allen nicht. Aber wir können ihn nicht hindern. Schließlich hat er jetzt genauso viel Recht, in Piccadilly zu sein, wie einer von uns.«

»Eher mehr«, murmelte das Mädchen.

»Jenny«, sagte die alte Frau gereizt, »du weißt, wie ich diese Art Bemerkungen hasse. Sie sind affektiert.«

»Macht das was aus?«

»Mir schon. Es geht mir auf die Nerven.«

»Ah, ja, deine Nerven. Natürlich!«

Der Nervöse unterbrach.

»Was wirst du tun, Edward?«

»Was können wir tun? Wenn ihr mich fragt, so wird, glaube ich, *er* derjenige sein, der etwas tut. Übrigens hat er nicht nach dem Kind gefragt, Jenny.«

»Dann hast du ihm ja die traurige Neuigkeit nicht erzählen müssen.«

»Nun, eigentlich war es doch eher ein Glücksfall, oder?«

»Die meisten Leute scheinen das zu finden.«

»Versuche doch ein bißchen natürlich zu sein, Jenny«, sagte die ältere Frau verdrießlich. »Ich sehe dich wirklich nicht als das Muttertier, das grimmig das Leben seines Jungen verteidigt.«

»Es gibt viele Rollen, in denen ich dich auch nicht sehen kann, Mama.«

»Ich verstehe eigentlich die ganze Aufregung nicht«, sagte der Nervöse. »Schließlich hatten wir doch nichts damit zu tun, nicht wahr?«

Edward meinte kühl:

»Nein, im Grunde nicht. Was ihn drei Jahre seines Lebens gekostet hat, war seine falsche Vorstellung von uns und eine unverzeihliche Ungeschicklichkeit.«

Die ältere Frau sagte energisch: »Nun, was mich betrifft, so ist das alles längst vergangen. Ich habe nicht vor, mir mein ganzes Leben durch einen Zwischenfall verderben zu lassen. Schließlich war er nicht gezwungen, es zu tun, nicht wahr? Ich bin nicht mehr die Jüngste und möchte mich amüsieren, solange ich es noch kann.«

»Das sieht dir ähnlich«, sagte das Mädchen.

Eine neue Stimme ertönte, eine Männerstimme.

»Hör mal, Edward, könntet ihr mich nicht aufklären? Ich habe keine Ahnung, wovon ihr da redet.«

Man hörte erstauntes Atemholen, ein Stuhl knarrte, und jemand zündete sich eine Zigarette an.

»Wir sind so daran gewöhnt, dich hier zu haben, Ben«, sagte Edward, »daß deine Anwesenheit ganz selbstverständlich scheint. Ich nehme an, ich muß ihn einweihen?« fragte er die andern.

Niemand antwortete.

»Dann muß ich dich also mit unserem Familiengeheimnis bekanntmachen.«

»Sehr angenehm«, sagte Ben. »Ich bin ein Spezialist auf diesem Gebiet ...«

»Eigentlich«, bemerkte Jenny, »ist es *mein* Familiengeheimnis.«

»Willst also du es ihm enthüllen?«

»Nein.«

»Also, die Sache ist die... Hm – wo soll ich anfangen? Vielleicht ist dir aufgefallen, daß, obwohl Jenny alle Symptome einer verheirateten Frau aufweist – einer sehr hübschen sogar – der dazugehörige Mann nicht zu sehen ist.«

»Offengestanden habe ich angenommen, er sei irgendwie abwesend, vielleicht im Staatsdienst.«

Edward kicherte.

»In gewisser Weise war er das auch. Ich brauche wohl nicht zu betonen, daß bei Jennys fabelhaftem Aussehen – um es diskret auszudrücken – und dem ständigen Geldmangel ihrer Eltern dafür gesorgt wurde, daß sie sich einen jungen Mann mit Vermögen geangelt hat.«

»Bitte werde nicht geschmacklos«, sagte die ältere Frau.

»Aber Mildred, schließlich warst hauptsächlich du die Nutznießerin.«

»Oh, wie kannst du das sagen! Ich habe nur ein paar Geschenke angenommen – das war alles – weil er einfach darauf bestanden hat, daß ich sie annehme.«

»Tatsächlich hat er sie dir geradezu aufgedrängt«, sagte Jenny.

Die Mutter begann zu kreischen:

»Um Gottes willen, sei menschlich, Mädchen. Jetzt reicht es aber!«

»Ruhe«, sagte Edward. »Tatsächlich ist es uns allen dabei nicht schlecht gegangen. Wie hätte ich, mit einer bezaubernden, an einen jungen Mann von Vermögen verheirateten Nichte – nun, nennen wir's: ›Geschenken‹ widerstehen können?«

»Warum denn auch?« fragte Ben.

Die ältere Frau brach in Tränen aus.

»Alle sind gegen mich«, jammerte sie. »Ihr denkt, alles sei meine Schuld, nur weil Arthur wollte, daß ich ein paar hübsche Sachen hätte und niemand anders sie mir schenken konnte. Sogar mein eigener Bruder wendet sich gegen mich.«

»Um Himmels willen, weine nicht, Mutter«, sagte Jenny. »Du verschmierst deine ganze Wimperntusche.«

»Wenn ich also recht verstehe«, fragte Ben sachlich, »habt ihr alle Geschenke von diesem jungen

Mann bekommen, der vermutlich sehr verliebt in Jenny war?«

Der Nervöse widersprach gereizt:

»Ich nicht, ich habe niemals etwas von ihm angenommen.«

»Nein, Vater«, sagte Jenny. »Aber du hast mitgenossen, was wir bekommen haben, oder nicht?«

»Jenny!« schrie Mildred.

»Laß sie in Ruhe, Mildred«, sagte ihr Mann mit müder Stimme.

»Ihr seid alle gegen mich, alle«, schluchzte sie.

Ein längeres Schweigen trat ein. Die ersten Sterne standen am Himmel. Der Duft der Levkojen wurde stärker und das Plätschern des Wassers lauter in der Ferne.

»Ich glaube, ich kann die Geschichte selbst zu Ende erzählen«, sagte Ben. »Der betreffende junge Mann machte lieber Schulden, als womöglich Jenny zu verlieren, und griff, um sie zu bezahlen, zu Mitteln, die ihn einige Zeit aus der Öffentlichkeit verschwinden ließen. Stimmt's?«

»Genau«, sagte Edward.

»Und er ist soeben aus seiner Abgeschiedenheit zurückgekehrt.«

»Ganz recht.«

»Und als er seinen kleinen Verstoß beging, habt ihr vermutlich nicht viel getan, um ihm zu helfen.«

»Was hätten wir tun können?«

»Sehr wenig – hohe Ansprüche und keine Mittel, sie zu befriedigen, machen einen nicht besonders hilfreich.«

»Sehr wahr.«

Mildreds Tränenausbruch war vorüber. Sie versetzte scharf:

»Ich finde es herzlos von dir, so zu sprechen. Wir hätten alles getan.«

»Und haben nichts getan«, sagte Jenny.

»Du lieber Gott, Kind, was hätten wir denn tun können?«

»Das Geld irgendwie aufbringen und sparen, bis wir es zurückgezahlt hätten.«

»Das sind heroische Maßnahmen, meine Liebe«, sagte Edward, »und wir sind eben keine Helden. Immerhin möchte ich etwas klarstellen: Jenny, die ein Kind erwartete – das Kind, das glücklicherweise nicht am Leben geblieben ist – bekam einen Nervenzusammenbruch, als ihr Mann – hm – zur allgemeinen Erleichterung von der Bildfläche verschwand. Mildred und Percy zogen sich, um ihre Scham über ihren Schwiegersohn zu verstecken, aufs Land zurück, wo alle sich überaus verständnisvoll und diskret zeigten. Und ich machte einen längst überfälligen Besuch in Kanada.«

»Ich gratuliere euch allen«, sagte Ben. »Keine Familie hätte besser mit der Lage fertigwerden können. Darf ich fragen, ob Jenny noch Arthurs Frau ist?«

»Dem Namen nach«, sagte Edward.

»Bist du verrückt, Ben?« krächzte Mildred. »Soll eine hübsche Dreiundzwanzigjährige vielleicht wie eine Nonne leben?«

»Oder ihre Mutter um Geschenke bringen?« fragte Jenny.

»Laß deine Mutter in Ruhe«, sagte Percy mechanisch.

»Nun, so steht's«, sagte Edward. »Vielleicht war es gut, Ben alles erklären zu müssen. Aber was ist nun unser Stichwort? Herzlichkeit und Willkommen zu Hause und so weiter, oder leichtes, ausgezeichnet getarntes Zurückweichen – oder allgemeines Auspakken?«

»Ich finde, das sollte man ihm überlassen«, sagte Ben.

»Gehen wir um Himmels willen hinein«, sagte Mildred. »Die Dunkelheit geht mir auf die Nerven.«

Sie gingen langsam und schweigend ins Haus. Edward trat als erster ein und schaltete Licht an. Ein junger Mann saß auf dem Sofa und stand auf, als sie eintraten.

»Arthur!« schrie Mildred.

»Arthur!« hauchte Jenny.

»Hallo, Arthur«, sagte Edward.

»Ah, ja, hallo Arthur«, sagte Percy. »Nett, Sie wieder dazuhaben.«

»Danke, Ben«, sagte Arthur. »Das hast du sehr gut gemacht!«

Alle starrten erschreckt auf Ben.

»Du kennst ihn?«

»Ja, mein ganzes Leben lang. Ich bin die ganze Zeit, als er im Gefängnis war, in Verbindung mit ihm gewesen.«

»Müssen Sie sich unbedingt so direkt ausdrücken?« fragte Mildred.

»Auch Sie sind heute abend ziemlich direkt gewesen«, sagte Arthur. »Und warum sollten Sie auch anders sein? Es liegt schließlich in der Familie.«

»Hören Sie«, sagte Percy. »Wir freuen uns sehr, Sie wieder bei uns zu haben. Und jetzt Schwamm darüber! Sie können auf unseren Beistand zählen, falls Sie bei einem etwaigen Comeback Unannehmlichkeiten haben sollten.«

»Oh, nein!« sagte Arthur. »Gebranntes Kind scheut das Feuer. Ich will nicht ein zweites Mal ins Gefängnis. Aber eines spricht für mich: ich war der einzige von der ganzen Bande, der den Mut hatte, zu stehlen.«

»Ach, hören Sie doch endlich auf«, rief Mildred.

»Warum? Etwas spricht fürs Gefängnis. Es ist nicht gerade ein Kurort, aber man wird dort erwachsen. Lebe mit Sträflingen und lerne die Welt kennen!«

»Na, na«, sagte Percy. »Wir brauchen uns ja nicht so freimütig auszusprechen. Schließlich ist es vorbei. Jetzt können wir's uns alle wieder gemütlich machen.«

»Oh, nein, nein und nochmals nein«, sagte Arthur. »Das Leben fängt gerade erst an. Bitte glauben Sie nicht, ich hegte irgendwelche bitteren Gefühle. Ich – und nur ich – habe meinen Vater ins Grab gebracht und meine Mutter ruiniert, und nicht ihr. Aber etwas möchte ich haben, nämlich meine Frau.«

»Oh, Arthur – willst du mich wirklich? Willst du mich zurückhaben? Ich werde überall hingehen – und alles tun. Gib mir eine Chance – nur eine Chance, mich zu bewähren.«

»Ganz recht, das will ich. Nur wird es nicht ganz das sein, was du dir vorstellst. Du mußt wissen, meine Mutter hat eine nette kleine Wohnung, und ich habe tatsächlich eine nette kleine Stelle – die Leute sind nämlich gar nicht so geneigt, Sträflingen Vertrauen zu schenken – und du und ich, wir werden zu Mutter ziehen und uns um sie kümmern.«

»Nein!« schrie Mildred.

»Darf ich Sie bitten, das Schreien Jenny zu überlassen! Schließlich geht es um *ihr* Leben. Natürlich wird es eine ziemliche Veränderung für sie sein. Mutter hat sich nie wieder erholt, seit die Sache passiert ist. Sie braucht Pflege.«

»Willst du damit sagen ...«, fragte Jenny.

»Ganz recht. Freunde haben bis jetzt für Mutters Pflege bezahlt. Aber ich finde, es ist Zeit, daß meine Frau die Aufgabe übernimmt.«

»Aber du kannst doch nicht ... und ich kann nicht – sie hat mich nie leiden können. Ich würde alles für dich tun – dir überallhin folgen ...»

»Eben das wirst du tun müssen, meine Liebe.«

»Nein, das werde ich nicht tun, nein und nochmal nein. In zwei Zimmern mit einer Idiotin wohnen. Und arm sein. Ich kann nicht. Ich will nicht. Nein, nein, nein!«

»Vergiß nicht«, sagte Arthur, »daß, wenn du nicht gewesen wärst, sie heute keine Idiotin wäre, die in zwei Zimmern wohnt.«

Ben meinte: »Du wirst mit ihm gehen müssen, Jenny. Du bist schließlich mit ihm verheiratet.«

»Nein, nein. Ich werde weglaufen.«

»Wohin?«

»Ich werde vor Gericht gehen. Ich werde mich scheiden lassen.«

»Das würde ich nicht tun. Schmutzige Wäsche in der Öffentlichkeit gewaschen, riecht gar nicht gut.«

»Arme Jenny«, sagte Arthur. »Es wird zuerst nicht leicht sein. Mutter hat dich nie gemocht. Und es wird keine Geschenke geben, Mildred, überhaupt keine.«

Percy mischte sich ein.

»Hören Sie. Ein Scherz ist gut und recht, aber dieser geht zu weit. Wir waren alle bereit, zu vergeben und zu vergessen.«

»Aber ich nicht«, sagte Arthur. »Los, Jenny, pack deine Sachen!«

»Ich kann nicht. Ich will nicht«, schluchzte Jenny. »Arthur, ich habe dich wirklich geliebt – ich liebe dich noch, aber das ...«

»Du tätest gut daran, deine Sachen zu holen, Jenny«, sagte Ben.

Jenny schaute verzweifelt im Zimmer umher. Ihre Mutter schluchzte geräuschvoll, ihr Vater machte hilflose Handbewegungen, Onkel Edward betrachtete seine Nägel, und Ben betrachtete Jenny.

»Wird mir denn niemand helfen?« fragte sie. »Onkel, kannst du es nicht?«

»Außer Arthur zu töten, sehe ich nicht, was ich tun könnte«, erwiderte Edward, »und auch das würde viel Aufsehen erregen. Ich finde, die Sache sollte in der Familie bleiben.«

Jenny stand mit einer entschlossenen Bewegung auf.

»Also schön. Behaltet es in der Familie. Aber du wirst diesen Schritt bereuen«, sagte sie zu Arthur.

»Ich habe viel in meinem Leben zu bereuen. Etwas

mehr wird mir nichts ausmachen. Und jetzt komm! Es ist zehn, und Mutter muß ausgekleidet werden.«

Jenny machte den Mund auf, wie um etwas zu sagen, warf einen letzten verzweifelten Blick um Hilfe, die nicht kam, in die Runde und ging hinaus.

»Lohnt sich das?« fragte Edward.

»Sie ist zufällig meine Frau«, sagte Arthur. »Sie haben sie zweimal verkauft – einmal mir und einmal dem Herrn, der gegenwärtig ihre Gunst genießt. Dreimal wäre zu viel. Sie werden sie diesmal gratis geben müssen.«

Ben stand auf. »Ich gehe den Wagen holen«, sagte er.

Arthur folgte ihm.

»Das werden Sie teuer bezahlen«, rief Mildred.

»Nein, diesmal nicht. Beeil dich, Jenny«, rief er.

Jenny kam mit einem Koffer ins Zimmer.

»Ich nehme an, dies ist ein endgültiger Abschied«, sagte sie. »Das erste Mal war's ›in guten und in schlechten Zeiten‹. Diesmal ist's ›in schlechten Zeiten‹ – bis der Tod uns scheidet.«

Sie ging, und bald darauf hörten sie den Wagen anfahren.

»Jenny, mein Kind«, rief Mildred.

»Darf ich dich daran erinnern«, sagte Percy, »daß du in den letzten fünfzehn Jahren mit diesem Mädchen nicht im gleichen Zimmer sein konntest, ohne zu streiten?«

Mildred stand auf. Da ihr nichts blieb als ihre Würde, knallte sie nicht einmal die Tür zu. Die beiden Männer wußten nicht, was sie sagen sollten, und das Schweigen wurde bedrückend. Schließlich mischte Edward zwei starke Drinks. Als Percy den seinen nahm, murmelte er mechanisch: »Auf dein Wohl!«

»Ja«, sagte Edward und betrachtete nachdenklich sein Glas, »aber wer wird jetzt dafür bezahlen?«

Die Einsamkeit des Geländeläufers

VON ALAN SILLITOE

I

Sobald ich nach Borstal* kam, machten sie mich zum Geländeläufer. Sie fanden wohl, daß ich dafür gerade richtig gebaut war, denn für mein Alter war ich lang und dünn, und bin's noch immer. Na, und wenn ich ehrlich sein soll, hatte ich auch nicht viel dagegen, denn das Laufen war in unserer Familie schon immer sehr beliebt, besonders das Weglaufen vor der Polente. Ich bin auch schon immer ein guter Läufer gewesen, ich laufe schnell und hab einen guten Schritt am Leibe, das einzig Ärgerliche ist, so schnell ich auch lief, und ich hatte damals ein gutes Tempo drauf, das muß ich selbst sagen, es hat die Polizei nicht gehindert, mich nach dem Ding in der Bäckerei doch zu erwischen.

Vielleicht kommt es euch komisch vor, daß sie im Kittchen Geländeläufer haben, weil ihr vielleicht denkt, das erste, was so'n Geländeläufer tut, wenn

* Borstal ist eine Stadt in Kent, nach der ursprünglich die Fürsorgeanstalten genannt wurden, weil dort die erste Englands gegründet wurde. Die Geschichte spielt in Essex.

man ihn in Wald und Feld frei laufen läßt, ist: abhauen – so weit weg, wie er mit einem Bauch voll Borstal-Fraß nur kommen kann. Aber das ist ein falscher Irrtum, und ich will euch sagen, warum. Erstens sind diese Hunde, die die Macht über uns haben, nicht so dumm, wie sie meist aussehen, und dann bin ich auch nicht so dumm, wie ich dastehen würde, wenn ich auf meinem Geländelauf versuchen wollte, abzuhauen. Denn weglaufen und sich dann schnappen lassen ist doch Blödsinn, und auf so was laß ich mich nicht ein. Schlau muß man sein im Leben, und sogar die Schlauheit muß man noch gerissen anwenden. Ich sage euch das eine: Die sind schlau, und ich bin schlau, und wenn ›die‹ und ›wir‹ dieselben Ideen hätten, könnten wir glänzend miteinander auskommen, aber die sehen eben unsern Standpunkt nicht, und wir sehen ihren nicht. So ist das, und so wird's auch immer sein. Tatsache ist, daß wir alle schlau sind, und deshalb können wir einander nicht ausstehen. So kommt es, daß ›die‹ genau wissen, ich werde nicht versuchen auszureißen. Wie die Spinnen sitzen sie da in ihrem gammeligen Herrschaftshaus, wie freche Dohlen auf dem Dach, und peilen über Wege und Felder wie deutsche Generale vom Turm ihres Tanks. Und sogar wenn ich auf meinem Trab hinterm Wald verschwinde und sie mich nicht mehr sehen können, dann wissen sie doch, daß meine kurzgeschorene

Rübe in einer Stunde hinter der Hecke da drüben auftauchen wird und daß ich mich dann beim Hauswart zurückmelden werde. Wenn ich nämlich an so 'nem rauhen, kalten Morgen um fünf Uhr aufstehe und mir auf dem Steinfußboden fast die Knochen aus dem Leib bibbere, wo doch alle andern noch eine Stunde pennen können, bevor die Glocke läutet, und ich gehe durch die Gänge runter zu dem großen Eingangstor mit einem Passierschein in der Hand, dann fühle ich mich wie der erste und der letzte Mensch der Welt, beides zugleich, wenn ihr euch vorstellen könnt, was ich damit sagen will. Ich fühle mich wie der erste Mensch, weil ich kaum was auf dem Leibe habe und in Hemd und kurzen Hosen in die Saukälte rausgeschickt werde, wo doch sogar der erste arme Teufel, wenn er mitten im Winter auf die Erde kam, sich aus Blättern eine Art Kluft gemacht hat. Aber – da steh ich nun, kalt wie'n Eiszapfen, mit nichts in Aussicht, was mich wärmt, außer dem stundenlangen Geländelauf vor dem Frühstück, nicht mal 'n Stück Brot mit Hammelfett bekomme ich. Die trainieren mich tüchtig für das große Sportfest, wenn dann all die verblödeten, rotznäsigen Herzöge und feinen Damen kommen, die nicht bis drei zählen können und total verloren wären ohne ihre Sklaven, die auf ihren Wink springen. Sie halten uns Reden und sagen, der Sport ist das einzig Richtige, uns dazu zu bringen, ein ehrliches Leben zu führen und unsere juckenden Finger von den Ladenschlössern, den Geldschränken und den Haarnadeln zum Öffnen der Gasmesser zu lassen. Dann geben sie uns ein Stück blaues Band und einen Pokal als Preis, wenn wir uns mit Laufen oder Springen abgezappelt haben wie die Rennpferde. Nur werden wir nicht so gut versorgt wie Rennpferde; das ist der einzige Unterschied.

Da stehe ich also unterm Portal in Hemd und kurzen Hosen, nicht mal ein Stück trockenes Brot im Bauch, und ringsherum nichts wie Eis und Schnee. Ihr glaubt wohl, das bringt mich zum Heulen? Kein Gedanke! Daß ich mich wie der erste Mensch auf der Welt fühle, könnte mich nie zum Flennen bringen. Ich fühle mich hundertmal besser als oben im Schlafsaal, wo ich mit dreihundert andern zusammengepfercht bin. Nein, aber wenn ich manchmal so dort stehe und mich wie der *letzte* Mensch auf der Welt fühle, dann könnte ich heulen. Ich komme mir vor wie der letzte Mensch auf der Welt, weil ich denke, all die dreihundert Schläfer hinter mir sind tot. Sie schlafen so fest, daß ich denke, all diese Lausejungs sind in der Nacht abgekratzt, und ich bin der einzige, der übrig ist. Und wenn ich über die Büsche und die zugefrorenen Teiche schaue, habe ich das Gefühl, daß es immer kälter wird, bis alles, was ich sehen kann, auch meine roten Arme, mit tausend Meilen Eis bedeckt sind, die ganze Welt bis rauf zum Himmel und Land und Meer und alles. Und dann versuche ich, dieses Gefühl loszuwerden und so zu tun, als wäre ich der erste Mensch auf der Erde, und davon wird mir besser. Wenn ich mich also selbst genügend aufgedreht habe, dann schieße ich aus dem Toreingang hinaus und laufe los.

Ich bin hier in Essex. Es soll 'ne gute Anstalt sein, dieses Borstal, wenigstens sagte mir das der Direktor, als ich von Nottingham hierherkam. »Wir wollen euch vertrauen, während ihr in dieser Anstalt seid«, sagte er und strich mit seiner schneeweißen Nichtstuerhand seine Zeitung glatt, während ich die Buchstaben umgekehrt las: DAILY TELEGRAPH. »Aber wenn ihr glaubt, mit uns spielen zu können, dann werden wir mit euch spielen«, wahrhaftig, man hätte denken können, es geht um 'ne lange Tennispartie. »Harte, ehrliche Arbeit wollen wir, und vor allem wollen wir gute sportliche Leistungen«, sagte er noch, »und wenn du in beidem etwas leistest, kannst du sicher sein, daß wir dich gut behandeln und als ehrlichen Menschen ins Leben zurückschicken werden.« Da hätte ich mich glatt totlachen können, besonders, wo ich sofort danach die bellende Stimme des Feldwebels hörte, der mich und zwei andere in Habtachtstellung antreten und abmarschieren ließ wie die Muskoten. Als der Direktor immer wieder sagte, ›wir‹ wollen, daß ihr dies tut, und ›wir‹ wollen, daß ihr das tut, peilte ich immerfort nach den andern ›Brüdern‹ – zu wievielen waren sie denn eigentlich? Klar, es gibt Tausende von der Sorte, das wußte ich, aber soviel ich sah, war nur ein einziger im Zimmer. Ja, wirklich, es gibt Tausende in diesem ganzen gammeligen Land, überall in Läden, Büros und Bahnhöfen, und in allen Autos, Häusern und Kneipen, brave Spießer wie ihr und die andern, alle auf der Lauer nach Ausgestoßenen wie ich und meinesgleichen. Sie warten nur auf den Moment, wo wir einen falschen Schritt machen, um die Polente anzurufen. Und so wird das immer bleiben, ich sag's euch schon jetzt, denn ich habe bestimmt noch lange nicht all meine falschen Schritte hinter mir, und werde sie wahrscheinlich, bis ich abkratze, nicht hinter mir haben. Wenn die braven Spießer hoffen, mich davon abzubringen, falsche Schritte zu machen, dann verschwenden sie nur ihre Zeit. Da sollen sie mich lieber gleich an die Wand stellen und abknallen. Nur so werden sie mich und ein paar Millionen andere davon abbringen können. Ich hab nämlich sehr viel nachgedacht, seit ich hier bin. Sie können uns noch so viel bespitzeln, ob wir auch genügend schuften und ob wir gut arbeiten oder guten Sport treiben, aber Röntgenaugen haben sie eben doch nicht, um in unser Inneres zu schauen und rauszukriegen, was da vorgeht. Ich habe mir alle möglichen Fragen gestellt und über mein bisheriges Leben nachgedacht, das tue ich nämlich gern, es ist direkt ein Vergnügen. Es vertreibt einem die Zeit, und Borstal kommt mir dann nicht halb so schlimm vor, wie's die Jungens in unserer Gasse immer sagten. Und dieser Jux mit dem Geländelauf ist das allerschönste von Borstal, weil ich dabei prima nachdenken kann und dann alles viel besser verstehe, sogar noch besser als nachts im Bett. Außerdem werde ich bei all dem Nachdenken auch noch einer der besten Läufer der Anstalt. Ich zieh' meine Fünfmeilenrunde besser ab als jeder andere, den ich kenne.

Wenn ich mir also einrede, ich bin der erste Mensch, der je auf die Erde gekommen ist, und wenn ich dann über das bereifte Gras lostrabe, so zeitig früh, daß noch nicht mal die Vögel den Mut haben zu zwitschern, dann fange ich an nachzudenken, und das gefällt mir. Meine Runden mache ich wie im Traum; ich biege in die Alleen oder Fußwege ein, ohne es richtig zu wissen, ich springe über Bäche, ohne zu merken, daß sie da sind, und dem Melker, der so früh schon an der Arbeit ist, rufe ich ›Guten Morgen‹ zu, ohne ihn zu sehen. Geländeläufer sein macht richtig Spaß; man ist draußen in der Natur, ganz allein, keine Seele, die einem die Laune verdirbt, oder einem sagt, was man tun soll, oder daß irgendwo in der nächsten Straße ein

Laden ist, in den man einbrechen könnte. Manchmal denke ich, ich war noch nie so frei, wie in diesen paar Stunden, wenn ich aus dem Tor auf den Weg rauslaufe und bei der dicken, kahlen Eiche am Ende der Allee einbiege. Alles ist tot, aber das ist gut so, denn es ist tot, bevor es wieder lebendig wird, nicht tot, nachdem es schon gelebt hat. So sehe ich's jedenfalls an. Oft bin ich im Anfang ganz steif gefroren, das muß ich sagen. Ich fühle weder meine Hände, meine Füße, noch meinen Körper, wie so'n Geist, der gar nicht weiß, daß er Erdboden unter den Füßen hat, wenn er ihn nicht doch ab und zu durch den Nebel sehen könnte. Aber wenn auch manche Jungens in ihren Briefen an die Mama jammern, was für Schmerzen sie vom Frost auszustehen haben, ich tu das nicht, denn ich weiß ja, in einer halben Stunde wird mir warm sein, wenn ich zur Hauptstraße komme und an der Autobushaltestelle in den Fußweg am Weizenfeld einbiege; dann werde ich glühen wie ein Kanonenofen und munter sein wie ein Hund, dem man ein Stück Rasselblech unter den Schwanz gebunden hat.

Ach ja, es ist ein gutes Leben, sage ich mir, wenn du nur nicht auf die Spitzel und die Borstal-Bonzen und die übrige Bande, die sich brave Staatsbürger nennen, reinfällst. Trott-trott-trott, pf-pf-pf, slap-slap-slap, so fegen meine Füße über den harten Boden.

Swisch-swisch-swisch geht es, wenn meine Arme die kahlen Zweige eines Strauches streifen. Ich bin jetzt siebzehn, und wenn die mich hier rauslassen – falls ich nicht vorher ausbreche und sehe, daß alles anders wird – dann werden die versuchen, mich zum Militär zu keilen. Und was fürn Unterschied ist eigentlich zwischen dem Kommiß und der Anstalt hier? Mich können die nicht für dumm kaufen, die Hunde! Ich hab ja die Kaserne gesehen, ich wohne dort nämlich in der Nähe, und wenn da nicht die Muskoten mit ihren Gewehren Wache stünden, würde man zwischen den hohen Mauern dort und der Anstalt hier keinen Unterschied merken. Auch wenn die armen Schweine von Soldaten manchmal rauskommen und ein Bier heben – na, wenn schon! Komm ich nicht auch dreimal in der Woche zu meinem Geländelauf heraus, was hundertmal besser ist als picheln? Als die mir das erste Mal sagten, ich soll ohne einen Aufseher, der auf dem Fahrrad nebenher zottelt, Geländelauf üben, konnte ich es kaum glauben. Aber sie nannten es eine fortschrittliche, moderne Anstalt, obwohl sie mir ja nichts weismachen können, denn ich weiß, es ist genau wie jede andere Fürsorgeanstalt, nach all den Geschichten, die ich darüber gehört habe, nur, daß sie mich hier in der Gegend frei herumlaufen lassen. Borstal bleibt Borstal, ganz gleich, was sie tun. Jedenfalls hab ich erstmal gemeutert und gesagt, es ist hart, mich so früh am Morgen rauszuschicken und mit leerem Bauch fünf Meilen laufen zu lassen; aber dann haben sie mich rumgekriegt, bis ich's doch nicht so schlimm fand – aber eigentlich wußte ich das ja die ganze Zeit – bis sie mich auf den Rücken klopften und einen guten Kerl nannten, als ich sagte, ich würde es tun, und ich würde versuchen, ihnen den ›Pokal Mit Dem Blauen Band Für Den Geländelauf‹ (für ganz England) zu gewinnen. Und jetzt spricht der Direktor auf seinem Rundgang beinahe so mit mir, wie er mit seinem besten Rennpferd sprechen würde, wenn er eins hätte.

»Alles in Ordnung, Smith?« fragt er.

»Jawoll, Herr Direktor«, antworte ich.

Er zwirbelt seinen grauen Schnauzbart: »Wie steht es mit dem Laufen?«

»Ich hab mir vorgenommen, nach dem Abendbrot über das Anstaltsgelände zu laufen, um in Form zu bleiben, Herr Direktor«, sage ich.

Der Kerl mit dem dicken Bauch und den Schweinsaugen findet das schön: »So ist's recht! Ich weiß, du wirst uns den Pokal gewinnen«, sagt er.

Und im Stillen schwöre ich mir: ›Einen Dreck werd ich euch gewinnen!‹ Nein, ich werde den Pokal nicht gewinnen, auch wenn der schnurrbartzwirbelnde Esel alle Hoffnungen auf mich gesetzt hat. Denn was geht mich schließlich seine idiotische Hoffnung an, frage ich mich. Trott-trott-trott, slap-slap-slap, über den Bach und in den Wald, wo es fast ganz finster ist, und bereifte Zweige mich in die Beine stechen. Mir ist es verdammt schnuppe; nur ihm ist es wichtig. Für ihn ist es so viel, wie es für mich wäre, wenn ich irgendwo einen Renntip erwischen könnte und auf einen Gaul setzen, den ich nicht kenne, niemals gesehen habe und mich den Teufel drum scheren würde, ob ich ihn jemals sehe. Aber so wichtig ist ihm das! Und ich werde diesen Wettlauf verlieren, weil ich schließlich kein Rennpferd bin, und ich werde es ihn wissen lassen, wenn ich vor der Entlassung stehe, falls ich nicht noch vor dem Wettlauf abhaue. Bei Gott, so mach ich das! Schließlich bin ich doch ein Mensch und hab meine eigenen Gedanken und Geheimnisse und mein verdammt eigenes Leben, von dem er keine Ahnung hat und nie haben wird, weil er eben doof ist. Ich kann mir vorstellen, daß ihr lacht, wenn ich sage, der Direktor ist dumm, wo ich doch kaum schreiben kann, und er kann schreiben und lesen und rechnen wie ein Professor. Trotzdem ist es haargenau so, wie ich sage. Er ist dumm und ich nicht, denn ich durchschaue ihn und seinesgleichen besser, als er mich und meinesgleichen durchschaut. Zugegeben, wir sind alle beide schlau, aber ich bin schlauer, und zum Schluß bin ich ihm doch überlegen, auch wenn ich vielleicht mit zweiundachtzig im Kittchen verrecke, denn ich hole mehr Spaß und Spannung aus dem Leben raus als er. Er hat vielleicht tausend Bücher gelesen und, soviel ich weiß, hat er sogar selber welche geschrieben, aber ich weiß sicher, so sicher, wie ich hier sitze, mein Gekritzel ist tausendmal mehr wert als alles, was er jemals zusammenschreiben könnte. Was die Leute sagen, ist mir piepe, aber das hier ist die Wahrheit, die läßt sich nicht leugnen. Wenn er mit mir spricht und ich in seine militärische Fratze schaue, dann weiß ich, daß ich lebendig bin und er tot ist. Er ist tot, mausetot. Wollte er zehn Meter weit laufen, dann fiele er tot um; könnte er zehn Meter meiner Gedanken lesen – auch dann würde er tot umfallen, vor Überraschung! Vorläufig sind es so tote Burschen wie er, die über Burschen, wie ich einer bin, die Gewalt haben, und eigentlich bin ich ganz sicher, daß es immer so sein wird, aber trotzdem will ich bei Gott lieber so sein, wie ich bin, immer auf dem Sprung; ich will lieber in Läden einbrechen wegen ein paar Zigaretten und einem Glas Marmelade, als die Gewalt über jemand andern zu haben und eigentlich von den Fußspitzen aufwärts tot zu sein. Vielleicht wird man so tot, wenn man jemand in der Gewalt hat. Bei Gott im Himmel, um diesen Satz hinzukriegen, hab ich ein paar hundert Meilen Geländelauf gebraucht. Zu Anfang hatte ich ihn ebensowenig finden können wie eine Tausendpfundnote in meiner Tasche. Aber es stimmt, wißt ihr, wenn ich es recht bedenke. Es hat auch immer gestimmt und wird immer stimmen, und jedes Mal, wenn ich den Direktor sehe, wie er die Tür aufmacht und »Guten Morgen, Jungens!« ruft, bin ich noch sicherer, daß es stimmt.

Wenn ich so laufe und meinen dampfenden Atem aufsteigen sehe, als hätte ich in verschiedenen Körperteilen zehn Glimmstengel stecken, denke ich über die kurze Ansprache nach, die der Direktor mir hielt, als ich herkam: »Ehrlichkeit! Sei ehrlich!« Eines Morgens mußte ich so darüber lachen, daß ich zehn Minuten schlechter lief, weil ich stehenbleiben mußte und warten, bis das Seitenstechen aufhörte. Der Direktor war so besorgt, als ich so spät zurückkam, daß er mich zum Arzt schickte, der mich durchleuchtete und mein Herz untersuchte. – Sei ehrlich! das ist, als ob er sagen würde: »Sei so tot wie ich, dann wird es dir nicht mehr schwerfallen, deine gemütliche Bruchbude zu Hause zu verlassen und nach Borstal oder ins Gefängnis zu gehen. Sei ehrlich, und gib dich mit einer Arbeit zufrieden, die schöne sechs Pfund in der Woche einbringt.« Nun, trotz all diesem Laufen ist mir noch nicht ganz klar geworden, was er eigentlich meint, obwohl es mir jetzt ein bißchen aufgeht; und mir gefällt das gar nicht, was er meint, denn nach all meinem Spintisieren finde ich, es läuft auf etwas hinaus, das nichts für mich ist, so wie ich nun mal geboren und aufgewachsen bin. Denn da gibt 's noch was, was Leute wie der Direktor niemals verstehen werden, nämlich, daß ich ja ehrlich bin, daß ich nie etwas anderes war als ehrlich, und daß ich immer ehrlich sein werde. Klingt vielleicht komisch! Stimmt aber, weil ich weiß, was Ehrlichsein in meinem Sinn bedeutet, und er weiß nur, was es für ihn bedeutet. Ich finde, meine Ehrlichkeit ist die einzig richtige auf der Welt, und er findet, seine ist die einzig richtige auf der Welt. Das ist der Grund, weshalb dieses dreckige, große, von Mauern umgebene, eingezäunte Herrschaftshaus mitten in der Einöde dazu verwendet wird, Burschen wie mich einzusperren. Ja, wenn *ich* die Macht hätte, ich würde mir gar nicht die Mühe machen, eine solche Anstalt zu errichten und all die Polypen, die Direktoren, die feinen Huren, die Federfuchser, Offiziere und Parlamentsmitglieder hineinzustecken. Nein, ich würde sie an die Wand stellen und dran glauben lassen, wie sie es mit Burschen meinesgleichen früher getan hätten; das heißt, wenn sie jemals begriffen hätten, was es heißt, ehrlich zu sein. Aber das begreifen die nicht, und beim wahrhaftigen Gott, sie werden es auch niemals begreifen!

Ich war schon fast achtzehn Monate in Borstal, bevor ich ans Rauskommen dachte. Viel kann ich euch übrigens nicht über Borstal erzählen, weil ich keine Lust habe, Gebäude zu beschreiben, oder zu sagen, wieviel wacklige Stühle und vergitterte Fenster in einem Zimmer sind. Ich kann mich auch nicht beklagen, weil ich, um die Wahrheit zu sagen, in Borstal überhaupt nichts auszustehen hatte. Ich sage dasselbe wie ein Freund von mir, als er gefragt wurde, wie schlimm er den Dienst beim Barras gefunden hatte: »Gar nicht schlimm«, sagte er. »Ich hab zu futtern bekommen, eine Kluft zum Anziehen und Taschengeld, was, verdammt noch mal, ein ganz Teil mehr ist, als ich je zuvor hatte, außer, wenn ich mich dafür abarbeitete wie verrückt. Außerdem ließen sie mich meist gar nicht arbeiten, sondern schickten mich zweimal in der Woche stempeln.« – Na ja, so ungefähr das gleiche sage ich auch. In dieser Hinsicht hat Borstal mir nicht wehgetan, und da ich also keinen Grund zu klagen habe, brauche ich nicht zu erzählen, was wir zu futtern bekamen, wie die Schlafsäle waren, oder wie wir behandelt wurden. Aber in anderer Beziehung ist Borstal ein Erlebnis für mich. Nein, nicht, daß es mich aufsässig gemacht hat; das war ich ja schon immer, von Geburt an sozusagen. Aber es hat wohl zuwege gebracht, daß mir in Borstal die Augen dafür aufgegangen sind, womit die versuchen, mir Angst einzujagen. Sie haben ja noch mehr solche Mittel, wie Gefängnis und am Ende den Strick. Es ist so, wie wenn ich mich auf einen Mann stürze, ihn niederschlage und ihm den Rock herunterreiße und dann ganz plötzlich von ihm ablasse, weil er ein Messer zieht und es zückt, um mich niederzustechen wie ein Schwein, wenn ich ihm zu nahe komme. Dieses Messer ist Borstal, das Kittchen, der Strick. Hat man aber das Messer erst mal gesehen, dann lernt man was über den Kampf ohne Waffen. Das muß man, weil unsereiner diese Art ›Messer‹ niemals selber in die Hand bekommt, und dieser Kampf ohne Waffen, damit ist nicht viel los. Und doch muß man ihn führen, und man stürzt sich immer wieder auf den Mann, mit oder ohne Messer, in der Hoffnung, mit einer Hand sein Gelenk zu packen und mit der andern gleichzeitig seinen Ellbogen, und ihn dann so lange auf den Boden zu drücken, bis er das Messer fallen läßt.

Seht ihr, indem sie mich nach Borstal schickten, haben die mir das ›Messer‹ gezeigt, und seitdem weiß ich etwas, das ich früher nicht wußte: zwischen mir und denen ist Krieg. Natürlich wußte ich das auch schon früher, denn ich war ja schon in andern Anstalten gewesen, und die Jungens dort erzählten eine Menge über ihre Brüder in Borstal, es war aber doch nur eine Art Spielerei gewesen, wie mit Kätzchen, wie mit Boxhandschuhen, wie mit einem alten Knacker. Jetzt aber, wo sie mich das ›Messer‹ sehen ließen, ob ich nun jemals im Leben wieder ein Ding drehe oder nicht, jetzt weiß ich, wer meine Feinde sind und was Krieg ist. Meinetwegen können die so viele Atombomben werfen, wie sie wollen, in meinen Augen ist das kein Krieg, und ich werde nie Soldat sein, denn ich lebe ja in einer andern Art Kriegszustand, den die nun wieder fürn Kinderspiel halten. Der Krieg, den die für Krieg halten, ist reiner Selbstmord, und die Jungens, die hingehen und sich im Krieg abschlachten lassen, sollte man für versuchten Selbstmord ins Loch stecken, denn so ist's mit den Jungens, wenn sie sich zum Militär drängen, oder sich einziehen lassen. Ich weiß das, weil ich manchmal schon gedacht habe, wie gut es wäre, wenn ich mit allem Schluß machen könnte, und der leichteste Weg dazu wäre, dachte ich, auf einen großen Krieg zu hoffen, Soldat zu werden und mich umbringen zu lassen. Das habe ich aber wieder aufgegeben, als es mir dämmerte, daß ich ja bereits in einen eigenen Krieg hineingeboren bin, daß ich bei dem Klang von ›Kriegsliedern‹ aufgewachsen bin, Lieder von den Kämpfern, die in Dartmoor dran glauben mußten, in Lincoln halbtot geprügelt wurden, in der Einöde von Borstal festsaßen, Kriegslieder, lauter als alle Bomben der Deutschen. Die Kriege der Bonzen, das sind nicht meine Kriege, mit denen habe ich nichts zu tun, denn mein eigener Krieg beschäftigt mich voll und ganz.

Ich erinnere mich an eine Sache, da war ich vierzehn Jahre alt und zog mit drei Vettern aufs Land hinaus, alle ungefähr ebenso alt wie ich – später kamen sie in verschiedene Borstals, dann zum Kommiß, von wo sie bald desertierten, und dann ins Kittchen, wo sie wohl noch sitzen. Jedenfalls, damals waren wir alle noch halbe Kinder und wollten im Sommer zur Abwechslung in den Wald, um von den stinkenden, heißen Asphaltstraßen fortzukommen. Wir kletterten über Zäune und gingen durch Felder, klauten wohl auch ein paar saure Äpfel unterwegs, bis wir den Wald ungefähr eine Meile weit entfernt sahen. Oben auf dem Colliers Sattel hörten wir hinter einer Hecke 'n paar andere Kinder reden, Oberschüler – das war an den Stimmen zu merken. Wir schlichen näher ran und sahen zwischen den Brombeersträuchern durch, daß sie ein Picknick hatten, lauter feine Sachen aus Körben und Flaschen dabei und sogar Tischdecken. Es müssen Stücker sieben gewesen sein, Jungens und Mädels, von Papa und Mama für den Nachmittag fortgeschickt. Wir krochen also auf dem Bauch durch die Hecke wie die Krokodile, umringten sie und stürzten dann mitten 'rein, traten das Feuer aus, zertöpperten das Geschirr und schnappten uns die Fressalien. Dann liefen wir durch die Obstfelder in den Wald. Ein Mann verfolgte uns, der vorbeigekommen war, wie wir das Picknick plünderten, wir sind aber entwischt. Außerdem haben wir uns dann tüchtig den Bauch vollgeschlagen, denn wir waren furchtbar ausgehungert und konnten es kaum erwarten, uns mit den dünnen Salat- und Schinkenbrötchen und Kuchen vollzufressen.

Glaubt mir, ich werde mich in jedem Augenblick meines Lebens so fühlen, wie diese dämlichen Gören sich hätten fühlen müssen, bevor wir ihre Gruppe sprengten. Die ließen sich aber nicht im entferntesten träumen, daß so was passieren würde, genau wie der Direktor von unserem Borstal, wenn er uns was über Ehrlichkeit und lauter solchen Quatsch vorschwatzt und dabei keinen blassen Schimmer von irgend etwas hat, während ich in keinem Augenblick meines Lebens vergesse, daß wahrscheinlich jedes Mal ein großer Stiefel mein schönes Picknick zertreten wird, falls ich so verdreht und unehrlich wäre, mir so was zu leisten. Ich gebe zu, manchmal dachte ich daran, dem Direktor das alles zu sagen, damit er sich hütet. Aber jedesmal, wenn ich ihn vor mir sah, hab ich's mir wieder überlegt und gedacht, er soll entweder allein dahinterkommen, oder genauso durch den Wolf gedreht werden wie ich. Ich bin nicht hartherzig; tatsächlich habe ich ein paar Kumpels schon mit 'nem Pfund, einer Lüge, einem Glimmstengel oder einem Obdach ausgeholfen, wenn sie in der Patsche saßen, aber ich wäre ja verrückt, wollte ich riskieren, eingebuchtet zu werden, nur um dem Direktor einen Rat zu geben, den er gar nicht verdient. Wenn ich weich werde, dann weiß ich schon, für welche Art Leute ich mir das aufspare.

Außerdem würde kein einziger Rat, den ich dem Direktor gebe, ihm irgend etwas nützen, er würde ihm nur noch eher den Hals brechen, als wenn man ihm nichts gesagt hätte, und ich glaube, das ist genau das, was ich gerne möchte. Aber vorläufig laß ich alles so laufen wie's läuft, und das ist auch eine Sache, die ich in den letzten paar Jahren zugelernt habe. – Ein Glück, daß ich das alles nur in dem Tempo denken kann, wie ich mit dem Bleistiftstummel schreibe, den ich in der Hand halte; sonst hätte ich die Schreiberei schon vor Wochen hingeschmissen.

Wenn ich die Hälfte meines Morgenlaufes hinter mir habe und nach der eiskalten Dämmerung ein wenig trüben Sonnenschein auf den kahlen Zweigen der Birken und Ahornbäume sehen kann, und wenn ich dann die Abkürzung über die steile strauchbewachsene Böschung hinunter zum Hohlweg nehme und weiß, daß ich jetzt die Hälfte habe, und noch immer keine Menschenseele zu sehen ist und kein Laut zu hören außer dem Wiehern des scheckigen Fohlens in einem Stall, den ich nicht sehen kann, dann denke ich am tiefsten und verdrehtesten nach. Der Direktor würde einen Anfall kriegen, könnte er sehen, wie ich am Ufer runterrutsche, weil ich ja das Genick oder den Knöchel brechen könnte, ich kann aber nicht anders, denn es ist die einzige Spannung und Aufregung, die ich erlebe, wenn ich da wie eine ›Flugeidechse‹ aus der ›Untergegangenen Welt‹, von der ich im Radio gehört habe, verrückt wie ein kastrierter junger Hahn runterschieße, furchtbar zerkratzt, und mich fast fallen lasse – aber eben doch nicht ganz. Das ist der schönste Augenblick, weil ich dann keinen einzigen Gedanken, kein Wort oder Bild im Kopf habe, während ich abwärts sause. Ich bin leer, so leer wie vor meiner Geburt. Ich lasse mich aber doch nicht einfach fallen, denn ich glaube, da ist etwas in meinem tiefsten Innern, das nicht will, daß ich mich umbringe oder schwer verletze. Und es ist blödsinnig zu grübeln, weil es zu nichts führt, aber ich grüble doch, nachdem ich die Hälfte hinter mir habe, weil der Langstreckenlauf so früh am Morgen mich auf den Gedanken bringt, jeder solche Lauf ist ein Leben für sich, nur ein kleines Leben, das weiß ich, aber doch genau so'n Leben voll Ärger und Spaß und allen möglichen Abenteuern, wie man es überhaupt und wirklich durchmachen kann. Ich erinnere mich, ich dachte nach vielen solchen Läufen, man braucht keinen großen Grips, um zu wissen, wie ein Leben enden wird, wenn es erst einmal richtig in Gang ist. Aber natürlich habe ich mich auch da geirrt: zuerst erwischte mich die Polente, dann spielte mir meine eigene weiche Birne einen Streich, und nie konnte ich sicher sein, um all solche Fallen heil rumzukommen. Früher oder später bin ich doch immer reingefallen, wenn ich auch noch so oft gut davongekommen bin, ohne recht zu wissen, wieso. Wenn ich so zurückdenke, dann glaube ich, die großen Bäume haben sich die Zweige vors Gesicht gehalten und sich dahinter zugezwinkert – und ich sauste am Ufer runter, ohne irgendwas zu sehen.

II

Ich rede mir gar nicht ein: ›Hättest du das Ding nicht gedreht, dann wäre Borstal dir erspart geblieben.‹ Nein, was ich mir in mein Läuferhirn einhämmere, ist, daß es gemein war von meinem guten Stern, mich gerade dann im Stich zu lassen, als ich die Polente schon beinahe überzeugt hatte, daß ich es trotz allem nicht gewesen war. Es war Herbst und ein nebliger Abend, der mich und meinen Freund Mike reizte, durch die Straßen zu schlendern, anstatt vor dem Fernsehkasten oder auf einem feinen Plüschsitz im Kino zu hocken; ich war nämlich nach sechs Wochen ohne irgendwelche Arbeit ganz kribbelig. Natürlich könnt ihr mich fragen, wieso ich so lange auf der faulen Haut gelegen hatte, denn für gewöhnlich schwitzte ich mir genau wie x andere an der Fräsmaschine die Eingeweide aus dem Leib. Aber das war so: Mein Papa starb an Kehlkopfkrebs, und Mama kassierte runde fünfhundert Pfund von der Versicherung und der Fabrik, in der er gearbeitet hatte, als einmalige Zuwendung ›für Ihren schmerzlichen Verlust‹, sagten sie, oder so was Ähnliches.

Nun finde ich, und Mama muß wohl ebenso gedacht haben, ein Paket nagelneuer Fünfpfundnoten trägt keinem was ein, wenn sie nicht aus deiner Hand in die Ladenkasse beim Kaufmann wandern und der dir dafür die schönsten Sachen über den Ladentisch gibt. Sobald sie also das Geld weghatte, nahm unsere Mama mich und meine fünf Geschwister mit in die Stadt und puppte uns von Kopf bis Fuß neu ein. Dann bestellte sie einen 21-Zoll-Fernsehkasten und einen neuen Teppich, weil der alte von Papas letzten Stunden voller Blutflecken war, die sich nicht auswaschen ließen; dann nahm sie ein Taxi nach Hause, beladen mit Taschen voll Fressalien und einem neuen Pelzmantel. Und, stellt euch vor, ihr werdet sagen, ich spinne, aber sie hatte am nächsten Tag immer noch beinahe dreihundert in ihrer verbeulten Handtasche übrig! Wie konnte da also einer von uns arbeiten gehen? Armer Papa, er hat nichts mehr davon gehabt, und dabei hat er doch die Schmerzen ausgestanden und für den vielen Zaster ins Gras gebissen.

Jeden Abend saßen wir vor dem Fernsehkasten, ein Schinkenbrot in einer Hand, eine Tafel Schokolade in der andern und eine Flasche Limonade zwischen den Füßen auf dem Boden, während Mama mit irgendeinem Freier oben im neuen Bett lag, das sie gekauft hatte, und ich habe nie eine glücklichere Familie gesehen wie unsere, in den paar Monaten, als wir so viel Penunse hatten, wie wir brauchten. Na, als uns schließlich der Zaster ausging, hab ich mir nicht viel dabei gedacht; ich strich nur so durch die Straßen – mich nach Arbeit umsehen, sagte ich zu Mama – ich glaube aber, ich hab im stillen gehofft, nochmal irgendwie an fünfhundert Pfund zu kommen, damit das feine Leben, an das wir uns jetzt gewöhnt hatten, in alle Ewigkeit so weitergehen konnte. Es ist nämlich merkwürdig, wie schnell man sich an so'n besseres Leben gewöhnt. Vor allem hatten die Reklamen im Fernsehen uns gezeigt, was alles man in der Welt kaufen kann, viel mehr, als wir uns je hatten träumen lassen, wenn wir bloß die Schaufenster ansahen. Da hatten wir auch gar nicht so richtig hingesehen, weil wir ja doch kein Geld hatten, um was zu kaufen. Im Fernsehen kamen uns all diese Sachen noch zwanzigmal besser vor, als wir je gedacht hatten. Sogar die Kinoreklamen erschienen uns jetzt lahm und langweilig, denn jetzt sahen wir alles bei uns zu Hause. Über das Zeug, das still und stumm in den Läden rumstand, hatten wir nur die Nase gerümpft. Jetzt plötzlich sahen wir, was die Sachen wirklich wert waren, denn auf dem Bildschirm bewegten sie sich und glitzerten, und ein Mädchen mit 'nem Gesicht wie Milchpudding streckt ihre Klauen mit den polierten Nägeln gierig danach aus, oder drückt ihre bemalten Lippen drauf, nicht wie die schäbigen Reklamen, die man auf Plakaten oder in den Zeitungen sieht und die so mausetot sind. Diese da klimmerten vor unsern Augen rum, lauter halboffene Pakete und Büchsen, und alles, was man tun mußte, um sie zu besitzen, war, sie ganz zu öffnen, so, wie wenn man durch ein Ladenfenster einen offenen Geldschrank sieht und der Verkäufer ist eine Tasse Tee trinken gegangen, ohne an die Pinke zu denken. Die Filme, die sie zeigten, waren auch gut, wir konnten die Augen kaum von den Polizisten losreißen. Die verfolgten Einbrecher mit Taschen voll Zaster, und es sah so aus, als würden sie entwischen und sich mit dem Geld ein feines Leben machen – bis zum letzten Moment! Ich hoffte jedesmal, sie würden entkommen und Spaß an ihrer Beute haben, und wollte immer die Hand ausstrecken und den Bildschirm einschlagen (er sah ja wie ein Stück Leinwand aus, wie im Kino) – und ich wollte den Polypen in den Schwitzkasten nehmen, damit er nicht mehr hinter dem Burschen mit den Geldsäcken her konnte. Auch wenn er ein paar Bankangestellte umgelegt hatte, hoffte ich, er würde nicht geschnappt werden. Tatsächlich wünschte ich es dann noch mehr, weil es ja für ihn den elektrischen

Stuhl bedeutete, wenn er gepackt würde, und das wünsche ich keinem, egal, was er getan hat, denn ich habe in einem Buch gelesen, der Tod auf dem elektrischen Stuhl ist gar kein rascher Tod, sondern man sitzt da und schmort, bis man verreckt. Immer wenn die Polente die Gauner jagte, hatten wir den größten Spaß mit dem Fernsehkasten, denn wenn einer von denen sein großes Maul aufsperrte und zu salbadern anfing, wie sie den Gimpel fangen würden, hab ich einfach den Ton abgestellt, und dann sah man seine Klappe auf- und zugehen wie bei einem Goldfisch oder einem Karpfen, anstatt daß er wirklich spielte. Das war so komisch, daß die ganze Familie vor Lachen fast den nagelneuen Teppich versaut hätte, der noch nicht im Schlafzimmer gelandet war. Das beste aber war, als wir das mit einem Konservativen machten, der uns vorschwatzte, wie gut seine Partei regieren würde, wenn wir nur weiter für sie stimmten; sein Schlappmaul stand offen, man sah, wie er sich wichtig tat, wie er die Hand hob und den Schnauzbart zwirbelte und nach dem Knopfloch faßte, um sich zu vergewissern, daß die Blume auch nicht verwelkt war; da war es klar, er meinte kein Sterbenswort von dem, was er sagte, vor allem, weil nicht das leiseste Geräusch rauskam, denn wir hatten ja den Ton abgestellt. Als der Direktor hier in Borstal das erste Mal mit mir sprach, erinnerte mich das so stark an diese Sendungen, daß ich vor unterdrücktem Lachen beinahe kaputtging. Wirklich, wir stellten so einen Jux mit dem Kasten auf, daß Mama uns die ›Sehlöwen‹ nannte, weil wir so findig waren.

Mein Freund Mike kam mit Bewährung davon, weil es sein erstes Ding war – jedenfalls das erste, von dem die was wußten – und weil sie sagten, er hätte es nie getan, wenn ich ihn nicht breitgeschlagen hätte. Sie sagten, ich sei eine Gefahr für ehrliche Burschen wie Mike. (Stellt ihn euch vor: Hände in den Taschen, als ob sie ganz leer wären, den Kopf vorgebeugt, als ob er Geldstücke auf dem Boden suchte, um sich die Taschen damit zu füllen; zerrissener Pullover, und das Haar fällt ihm über die Augen. So spricht er auf der Straße Damen an und bittet sie um einen Schilling – weil er Hunger hätte.) Sie sagten, ich hätte das Ding ausgeknobelt, ich wäre der Anführer, wenn es darauf ankam, einen Burschen zu etwas zu überreden. Ich aber schwöre bei Gott, so ist es nicht, denn ich hab nicht mehr Grips als eine Fliege, wo ich doch das Geld an so 'ner idiotischen Stelle versteckt hatte. Und ich wurde, eben weil ich so doof bin, nach Borstal geschickt, denn, um die Wahrheit zu sagen, ich war schon vorher in so 'ner Anstalt gewesen, aber das ist eine andere Geschichte, und ich glaube, wenn ich sie je erzähle, ist sie genau so langstielig wie diese hier. Immerhin, ich war froh, daß Mike mit 'nem blauen

Auge davongekommen ist, und ich hoffe nur, er wird's auch weiter, nicht wie ich Esel, der sich schnappen läßt.

Also, in dieser nebligen Nacht rissen wir uns vom Fernsehkasten los, schmissen die Eingangstür hinter uns zu und zogen mitten auf der breiten Straße los wie langsame Schlepper auf einem Fluß, deren Sirenen kaputt sind, denn wir wußten in dem grimmig kalten Nebel um uns herum nicht, wo die Häuserreihe anfing. Ich fror mich ohne Mantel halbtot, denn Mama hatte in der Aufregung des Einkaufens vergessen, mir einen anzuschaffen, und als ich sie dann erinnerte, war der ganze Zaster weg. So pfiffen wir ›The Teddy Boys' Picnic‹, um uns warm zu halten, und ich sagte mir, ich würde bald zu einem Mantel kommen, und wenn es das letzte wäre, was ich ausfressen sollte. Mike sagte, er wolle auch einen und dazu noch eine Brille mit Goldrand statt dem Drahtdings, das sie ihm vor Jahren in der Schulklinik gegeben hatten. Er kapierte zuerst nicht, daß es so neblig war, und putzte jedes Mal an seiner Brille rum, wenn ich ihn vor einer Laterne oder einem Auto zurückriß; aber als er die Lichter auf der Alfreton Road wie die Augen eines Ungeheuers sah, steckte er die Brille ein und setzte sie erst wieder auf, als wir das Ding gedreht hatten. Beide zusammen hatten wir keinen halben Penny, und obwohl wir nicht hungrig waren, wollten wir doch gerne ein paar Schilling haben, als wir an der Fisch- und Kartoffelbackstube vorbeikamen, weil der herrliche Geruch von Salz und Essig und Backfett uns den Mund wässerig machte. Ich kann euch sagen – wir zogen von einem Ende der Stadt zum andern, und wenn wir nicht aufs Pflaster starrten, um nach verlorenen Brieftaschen und Uhren zu suchen, dann peilten wir nach den Fenstern der Häuser und den Ladentüren, für den Fall, daß wir etwas sahen, was leicht zu klauen war und sich lohnte.

Wir sprachen beide nicht darüber, aber ich weiß, daß wir das gleiche dachten. Was ich aber nicht weiß – und so wahr ich hier sitze, ich werde es wohl niemals wissen – ist, wer von uns beiden der erste war, der seine Stielaugen auf den Hinterhof der Bäckerei richtete. Schön und gut, ich kann mir ja ruhig einreden, ich war es, aber die Wahrheit ist, ich weiß bis heute nicht, ob es Mike war oder nicht; das eine weiß ich jedenfalls sicher, ich sah das offene Fenster nicht eher, als bis er mich in die Rippen stieß und darauf zeigte.

»Gesehen?« fragte er.

»Ja«, sagte ich, »nix wie rein!«

»Und was ist mit der Mauer?« flüsterte er und sah näher hin.

»Auf deinen Schultern«, sagte ich rasch.

Seine Augen waren schon oben: »Reichst du dann

rauf?« Es war das einzige Mal, daß er lebhaft wurde.

»Überlaß das nur mir«, sagte ich, immer sprungbereit. »Ich reich von deinen Boxerschultern überallhin.«

Im Vergleich zu mir war Mike bloß 'ne halbe Portion, aber unter dem schäbigen Pullover mit dem Schachbrettmuster hatte er Muskeln hart wie Stahl. Sah man ihn so die Straße langlaufen mit seiner Brille auf der Nase und den Händen in den Taschen, würde man denken, daß er keiner Fliege was tun könnte; aber ich hab mich nie gern mit ihm angelegt, denn er gehört zu den Leuten, die wochenlang kein Wort sagen, verbissen vor dem Fernsehkasten sitzen oder ein Cowboybuch lesen, oder auch nur pennen, und dann plötzlich – rums! kann er einen halbtot schlagen für einen Dreck, zum Beispiel jemand, der ihm im Kampf um die letzte ›Fußballpost‹ an 'nem Samstag abend zuvorgekommen ist, sich an einer Autobushaltestelle vorgedrängt oder ihn angestoßen hat, wenn er gerade von Nachbars Lieschen vor sich hinträumte. Einmal sah ich, wie er auf einen Burschen losschlug, nur weil der ihn komisch angesehen hatte, und dann stellte sich heraus, daß der Junge schielte; das wußte aber noch niemand, denn er war gerade erst an dem Tag in unsere Straße gezogen. Ein andermal war ihm so was ganz piepe, und ich glaube, wir waren nur deshalb Freunde, weil ich von einem Monatsende zum andern auch nicht viel sage.

Er hob die Hände hoch, wie wenn er von einer Maschinenpistole bedroht würde, und ging an die Mauer ran, als sollte er erschossen werden; und ich kletterte an ihm rauf, wie an einem Zaun oder einer Leiter. Und der stand da, die Pfoten flach seitwärts ausgestreckt, so daß ich draufstehen konnte, wie wenn sie 'n Wagenheber unter einem Auto gewesen wären. Es kam kein Laut von ihm, kein Atemzug. Na, ich verlor keine Zeit, nahm meinen Rock, den ich zwischen den Zähnen hielt, schmiß ihn auf die mit Glasscherben bedeckte Mauer, wo die Scherben nicht mehr so scharf waren, weil sie durch viele Zufallssteinwürfe abgeschliffen waren, und saß rittlings oben, bevor ich wußte, wie. Dann an der andern Seite runter, die Beine kamen mir beinahe am Hals wieder raus, als ich unten aufschlug. Der Aufprall war so hart, als wäre ich mit einem Fallschirm abgesprungen. Ein Kumpel hat mir mal erzählt, das ist so, wie wenn man von einer zwölf Fuß hohen Mauer runterspringt, und so hoch muß diese wohl gewesen sein. Dann rappelte ich mich hoch und machte Mike die Tür auf, der immer noch grinste und springlebendig war, weil wir den schwersten Teil der Arbeit jetzt hinter uns hatten. ›Ich kam, brach auf, trat ein‹, wie es in dem tollen Borstal-Lied heißt.

Ich habe überhaupt an nichts gedacht, weil ich das nie tue, wenn ich gerade mit was zu Gange bin, Rohre abmontieren, Säcke plündern, Schlösser knacken, Riegel aufschieben, wenn ich mit meinen knochigen Händen und magern Beinen und aller Gewalt versuche, irgendwas in Bewegung zu setzen und kaum merke, wie meine Lungen ein- und ausatmen und nicht einmal weiß, ob mein Mund offen oder zu ist, ob ich Kohldampf habe, ob mich die Krätze juckt – ich fluche vor mich hin und spucke in den späten nächtlichen Nebel. Und wenn ich doch von all dem nicht das Geringste weiß, wie kann ich dann ehrlich behaupten, ich denke in so einem Augenblick irgend etwas? Wenn ich überlege, was die beste Art ist, ein Fenster aufzukriegen oder eine Tür aufzubrechen, wie kann ich da denken, oder überhaupt was im Kopf haben? Das konnte der Kerl mit seinen vier Augen und dem weißen Kittel und seinem Notizbuch in der Hand nicht verstehen, obwohl er mich tagelang ausquetschte, nachdem ich hierher nach Borstal gekommen war. Und damals konnte ich es ihm auch nicht so erklären, wie jetzt, wo ich's aufschreibe. Und auch wenn ich's gekonnt hätte, wäre ihm vielleicht immer noch kein Licht aufgegangen, denn ich weiß ja bis zum jetzigen Augenblick nicht, ob ich's selber verstehe, obwohl ich mir wirklich alle Mühe gebe.

So war ich denn, ohne recht zu wissen wie, drin im

Bäckerladen und sah zu, wie Mike den Geldkasten packte, nachdem er ein Streichholz angezündet hatte, um zu sehen, wo er stand. Mike grinste wie ein Honigkuchenpferd über alle vier Backen, als seine Tatzen sich um den Geldkasten schlossen, als wollten sie ihn zerquetschen. »Fort«, sagte er plötzlich und schüttelte ihn so heftig, daß es klapperte. »Abhauen!«

»Vielleicht ist noch mehr da«, sagte ich und zog ein paar Schubladen aus dem Rollpult.

»Nein«, sagte er, als wenn er schon seit zwanzig Jahren im Fach gearbeitet hätte. »Das ist alles«, und er klopfte auf seinen Blechkasten, »mehr is' hier nicht.«

Ich zog noch ein paar andere Schubladen heraus, voll mit Rechnungen, Geschäftsbüchern und Briefen. »Woher weißt du 's, du Knallkopp?«

Er rannte an mir vorbei wie ein Stier aufs Tor: »Weil ich's weiß!«

Ob er nun recht oder unrecht hatte, wir mußten ja zusammenhalten und am selben Strick ziehen. Ich schaute wehmütig auf eine schnuckerige kleine Schreibmaschine, funkelnagelneu, wußte aber, so was ist zu leicht nachweisbar, und so hatte ich nur einen zärtlichen Blick für sie und ging hinter ihm raus. »Langsam«, sagte ich und zog die Tür hinter uns zu. »Wir haben gar keine Eile.«

»Nein, wirklich nicht«, sagte er über die Schulter.

»Wir haben Monate Zeit, den Zaster zu verjubeln«, flüsterte ich, wie wir durch den Hof gingen. »Paß bloß am Tor auf, daß es nicht so quietscht, sonst haben wir gleich wen auf dem Hals.«

»Meinst du, ich bin blöde?« sagte er, und das Tor quietschte so laut, daß die ganze Straße es hören konnte.

Ich weiß nicht, was Mike dachte, aber ich fing jetzt an zu überlegen, wie wir mit dem Geldkasten unter meinem Pullover sicher durch die Straßen nach Hause kommen konnten. Denn er hatte ihn mir in die Hand gedrückt, sobald wir auf die Hauptstraße gekommen waren, was ja vielleicht bedeutet, daß auch er angefangen hatte nachzudenken, was aber wieder nur beweist, daß man nie weiß, was im Kopf eines andern vorgeht, außer, wenn man selbst anfängt, über etwas nachzudenken. Mit meinem Denken in diesem Augenblick war es jedenfalls nicht weit her, ich hatte ziemlichen Bammel und der ließ mich nicht los, auch mit einer glühenden Lötlampe wäre er nicht wegzukriegen gewesen, Bammel davor, was wir sagen sollten, wenn uns womöglich ein Polyp fragte, wohin wir mit dem Höcker in meinem Bauch zogen.

»Was ist das?« würde er fragen, und ich würde sagen: »Eine Geschwulst.« – »Was heißt ›eine Geschwulst‹, mein Junge?« würde er weiter spitzeln. Ich würde husten und mich zusammenkrümmen als ob ich die furchtbarsten Schmerzen von der Welt in den Kaldaunen hätte und würde die Augen verdrehen, als ob ich auf dem Weg ins Krankenhaus wäre, und Mike würde mich am Arm nehmen wie mein allerbester Freund. »Krebs!« würde ich mühsam zu dem Spitzel sagen, was aber sein schnapsseliges Gehirn bestimmt auf einen Verdacht bringen würde. »Was, in deinem Alter?« Dann würde ich wieder stöhnen und hoffen, daß er sich wirklich wie ein Scheißkerl vorkommt, was natürlich ausgeschlossen ist, aber trotzdem: »Es liegt in der Familie. Mein Papa ist vorigen Monat dran gestorben, und ich werde nächsten Monat dran krepieren, so wie ich mich fühle.« – »Was, hat er's im Darm gehabt?« – »Nein, im Hals. Aber ich hab's im Magen.« – Stöhnen und Husten. – »Da solltest du aber nicht unterwegs sein, wenn du Krebs hast; du mußt ins Krankenhaus.« Jetzt werd ich böse: »Genau das will ich ja, wenn Sie mich nur ließen und mit der Fragerei aufhören würden. Stimmt's, Mike?« Mike brummt irgendwas, und der Polyp nimmt seinen Knüppel ab. Dann, gerade noch zur Zeit, wird der Polyp plötzlich freundlich und sagt ganz mitleidig, wir sollen sehen, daß wir weiterkommen, aber die Ambulanz im Krankenhaus schließt um zwölf und ob er uns nicht vielleicht lieber ein Taxi rufen soll? Wenn wir das wollten, würde er es tun und es sogar bezahlen. Aber wir antworten, er soll sich nicht bemühen, er wär ein guter Kerl, auch wenn er 'n Polyp ist, und daß wir einen Abkürzungsweg wüßten. Dann, gerade als wir um die Ecke biegen, geht ihm der dicke Kronleuchter auf, nämlich daß wir in der verkehrten Richtung gehen, und er ruft uns zurück. Das ist der Moment, wo wir türmen würden – – – wenn man das alles denken nennen kann!

Oben in meinem Zimmer bricht Mike dann mit Hammer und Meißel die Geldkassette auf, und bevor wir recht zu uns kommen, haben wir jeder achtundsiebzig Pfund, fünfzehn Schilling und viereinhalb Pence auf dem Bett ausgebreitet wie ein Weihnachtsessen: Kuchen und Pudding, Salat und belegte Brote, Obsttörtchen und Schokolade, alles ganz gerecht zwischen Mike und mir geteilt, denn wir waren für ›gleiche Arbeit, gleicher Lohn‹, genau wie Papas Genossen, bis er keinen Handschlag mehr tun konnte und keinen Schnaufer mehr hatte, um große Reden zu schwingen. Ich dachte, wie gut es ist, daß Leute wie der gute Bäcker nicht all ihren Zaster auf eine der großen Banken mit dem vielen Marmor bringen, die an jeder Ecke in der Stadt stehen; was fürn Glück für uns, daß er ihnen nicht traute, ganz gleich mit wieviel Millionen Tonnen Zement sie gebaut sind, oder wieviel Eisengitter und Geldschränke sie haben und noch so viele Polypen sie mit ihren blauen Glotzaugen von früh bis spät bewachen; wie prima es war, daß er einer eisernen Kasse vertraute, wo doch so viele Ladenbesitzer das für altmodisch halten und modern sein wollen, indem sie das Geld zur Bank bringen und so'n paar ehrlichen, aufrichtigen, hart arbeitenden, gewissenhaften Burschen wie Mike und mir keine Chance lassen.

Jetzt denkt ihr, und ich und jeder mit ein bißchen Grips im Schädel würde das denken, daß wir so saubere Arbeit geleistet hatten, wie nur möglich; und da der Bäckerladen wenigstens eine Meile von unserem Viertel entfernt war und uns keine Menschenseele gesehen hatte, und dazu der dichte Nebel, und wo wir uns doch nicht länger als fünf Minuten dort aufgehalten hatten, hätte die Polente eigentlich keine Chance, uns auf die Spur zu kommen. Aber da wärt ihr auf dem Holzweg, und ich auch und jeder andere ebenfalls, ganz gleich, wieviel Grips wir alle zusammen haben.

Bestimmt, Mike und ich warfen auch nicht mit der Pinke um uns, weil das die Leute sofort auf den Gedanken gebracht hätte, wir müssen was in unserem Bau haben, das uns nicht gehört. Und das wäre gefährlich gewesen, denn sogar in einer so 'nen Straße wie unsere gibt es Leute, die sich bei der Polizei gern Liebkind machen, obwohl ich nie begreifen kann, warum. Manche Brüder sind eben so gemein; wenn sie auch nur zwei Pence mehr haben als du, denken sie schon, du würdest sie ihnen bei der geringsten Gelegenheit klauen, und dann sorgen sie dafür, daß du ins Loch kommst, wenn sie dich sehen, wie du Bleirohre aus einem Klo montierst, auch wenn es gar nicht ihr Klo ist, nur damit ihre zwei Pence vor dir in Sicherheit sind. Und so ließen wir nichts und niemand merken, wie reich wir waren, wir gingen nicht etwa in die Stadt und kamen mit nagelneuen Teddy-Anzügen und einem Schlagzeug nach Hause wie ein Freund von uns, der vor einem halben Jahr ein Fabrikbüro beklaut hatte. Nein, wir sortierten die einzelnen Schillinge und Pennies raus, bündelten die Noten zusammen und stopften sie in das Abflußrohr vor der Tür im Hinterhof. »Da sucht sie bestimmt niemand«, sagte ich zu Mike. »Wir lassen sie ein, zwei Wochen da drin, und dann nehmen wir jede Woche 'n paar Pfund raus, bis alles alle ist. Geklaut haben wir, aber aus Dummsdorf sind wir nicht!«

Ein paar Tage später klopfte ein Stiller an die Tür. Fragte nach mir. Ich lag noch im Bett, es war elf Uhr, und ich mußte mich gewaltsam aus den gemütlichen schwärzlichen Bettüchern losreißen, als ich hörte, wie Mama mich rief: »Da ist ein Mann, der dich sprechen will«, sagte sie. »Beeil dich, sonst geht er fort.«

Ich hörte, wie sie ihn an der Hintertür zurückhielt, sie schwatzte, wie schön das Wetter gewesen war, aber daß es seit dem frühen Morgen nach Regen aussah. Er antwortete nicht, außer mit einem mürrischen Ja oder Nein. Ich fuhr in meine Hosen und fragte mich, weshalb er gekommen war. Ich wußte genau, es war ein Polyp, denn ›ein Mann, der dich sprechen will‹ bedeutete immer nur das in unserem Haus. Hätte ich gewußt, daß zu gleicher Zeit auch einer zu Mike gegangen war, dann wäre mir ein Licht aufgegangen, daß es wegen der hundertfünfzig Scheinchen im Abflußrohr an der Hintertür war, nicht mehr als zehn Zoll vom Stiefel des Kriminalen entfernt, wo Mama noch immer mit ihm sprach, weil sie glaubte, mir damit zu helfen, und dabei hatte ich nur den einen Wunsch, sie sollte ihn reinrufen, obwohl, wenn ich's mir genauer überlege, das noch verdächtiger erschienen wäre, als ihn draußen stehen zu lassen, denn die wissen ja, daß wir sie gefressen haben, und sie riechen Lunte, wenn sie sehen, daß wir's auf die süße Tour versuchen.

Ich kannte ihn schon! ›Borstal-Bernard‹, im eingedrückten Hut, ›Untersuchungs-Ulrich‹ in seinen Oderkähnen, ›Bewährungs-Willi‹ mit seinem schnieken Regenmantel, ›Drei-Monate-im-Loch!‹ mit Kragen und Schlips – (kommen alle in einem Borstal-Lied vor, das mein neuer Kumpel hier gedichtet hat; ich würd es auch ganz aufsagen, es hat aber mit dieser Geschichte nichts zu tun.) – Es war also ein Stiller, der noch nie so viel Zaster im Sack gehabt hatte, wie in dem Abflußrohr steckte. Er sah im Gesicht aus wie Hitler, bis zu dem Malerpinsel von Schnurrbart, aber da er sechs Fuß groß war, schien er noch schlimmer. Na, ich stellte mich aufrecht vor ihn hin, um ihm in die ahnungslosen blauen Augen zu schauen, wie ich's immer bei 'nem Polypen mache.

Dann ging die Fragerei los, und meine Mama sagte aus dem Hintergrund: »Er ist in den letzten drei Monaten nicht vom Fernsehkasten fortgewesen, er kann also nichts ausgefressen haben. Sie sollten lieber jemand anders suchen, denn sie verschwenden nur die Steuergelder, die ich mit der Miete bezahle und die Einkommensteuer, die mir vom Lohn abgezogen wird, wenn Sie hier rumstehen.« – Was natürlich 'n Witz war, denn soviel ich weiß, hat sie niemals weder das eine noch das andere bezahlt, und ich hoffe, sie wird es auch nie tun.

»Hör mal, Junge; du weißt doch, wo die Papplewick Straße ist, nicht?« fragte er mich und kümmerte sich nicht um Mama.

»Ist das nicht 'ne Seitenstraße von Alfreton Road?« fragte ich zurück, voll Hilfsbereitschaft und Interesse.

»Du weißt doch, daß dort an der linken Seite in der Mitte ein Bäckerladen ist, nicht?«

»Ist der nicht neben so 'ner Kneipe?« wollte ich wissen.

»Nein, zum Teufel!« antwortete er scharf. Polypen

kommen immer so schnell aus der Ruhe, und meistens gewinnen sie nichts dabei.

»Dann weiß ich's nicht«, sagte ich. Erste Runde zu Ende.

Er scharrte mit seinem großen Stiefel immer auf der Schwelle hin und her.

»Wo warst du denn vorigen Freitag abend?« Zurück in den Ring, dies war aber schlimmer als ein Boxkampf.

Es gefiel mir gar nicht, daß er mir anhängen wollte, wovon er nicht sicher wußte, daß ich es ausgefressen hatte.

»War ich vielleicht in dem Bäckerladen, von dem Sie gesprochen haben, oder in der Kneipe daneben?«

»Du kriegst fünf Jahre Borstal, wenn du mir nicht ordentlich antwortest«, sagte er und knöpfte seinen Regenmantel auf, obwohl es vor der Tür kalt war.

»Ich hab dauernd vorm Fernsehkasten gesessen, Mama hat's ja schon gesagt«, beteuerte ich drauflos. Aber er stellte immer weiter seine blödsinnigen Fragen: »Habt ihr denn ein Fernsehgerät?«

Auf seine Fragerei wäre nicht einmal ein zweijähriges Kind reingefallen, und was konnte ich auf die letzte Frage schließlich anders sagen, als: »Ist vielleicht die Antenne runtergefallen? Oder möchten Sie reinkommen und selbst sehen?«

Nach dieser Antwort war er noch saurer auf mich. »Wir wissen, du hast am Freitagabend keine Fernsehsendung gehört, und das weißt du genauso gut.«

»Vielleicht nicht gehört, aber ich hab gesehen, denn manchmal schalten wir zum Spaß den Ton aus.« Ich konnte hören, wie Mama in der Küche laut lachte, und ich hoffte nur, Mikes Mama lachte auch, wenn die Polypen auch zu ihm gegangen waren.

»Wir wissen, daß du nicht zu Hause warst«, begann er wieder und drehte am Türgriff. Immer sagen sie ›wir‹, nie ›ich‹, als ob sie sich mutiger und mehr im Recht fühlen, weil sie wissen, daß sie viele gegen einen sind.

»Ich hab Zeugen«, sagte ich. »Erstens mal meine Mama, zweitens ihren Freund; ist das noch nicht genug? Ich kann Ihnen noch ein Dutzend andere bringen, oder wie beim Bäcker auch noch 'ne Zugabe zum Dutzend, wenn es schon 'ne Bäckerei war, die beraubt wurde.«

»Lüg mir nichts vor«, sagte er, ohne auf das Bäkkerdutzend einzugehen. – Wo treiben sie bloß diese trüben Typen auf?!

»Das einzige, was ich von dir wissen will, ist, wo du das Geld versteckt hast.«

›Nicht wütend werden!‹ sagte ich immerfort zu mir, ›bloß nicht wütend werden!‹ Ich hörte, wie Mama Tassen und Teller rausnahm und eine Pfanne für den Speck auf den Herd stellte. Ich trat einen Schritt zurück und winkte ihm einzutreten, als ob ich ein Haushofmeister wäre. »Kommen Sie rein und durchsuchen Sie das Haus. Falls Sie 'nen Durchsuchungsbefehl dabei haben.«

»Hör mal, mein Junge«, sagte er, so richtig wie 'n gemeiner Scheißkerl das sagt, »ich hab jetzt genug von deinen Frechheiten. Wenn wir dich nach Guildhall bringen, dann bekommst du Dresche und ein blaues Auge dazu!«

Und ich wußte, damit war es ihm ernst, denn ich hatte schon genug über die Methoden gehört, die sie dort haben. Ich hoffte, eines Tages würden er und seine Spezis das blaue Auge und die Fußtritte bekommen, man kann ja nie wissen. So was kommt manchmal früher, als man glaubt, wie in Ungarn.

»Sag mir, wo das Geld ist, und ich bekomm dich auf Bewährung frei.«

»Was für Geld?« fragte ich, denn den Schmus hatte ich auch schon früher gehört.

»Du weißt sehr gut, welches Geld.«

»Seh ich so aus, als ob ich viel was von Geld weiß?« fragte ich und fuhr mit der Faust durch ein Loch in meinem Hemd.

»Das geklaute Geld; und du weißt sehr gut, wo es ist«, sagte er. »Du kannst mir nichts vormachen, versuch's erst gar nicht.«

»Waren es drei Schilling und achteinhalb Pence?« fragte ich.

»Verflixtes Diebsgesindel! Wir werden dich schon lehren, Geld zu klauen.«

Ich drehte mich um: »Mami«, rief ich, »ruf meinen Rechtsanwalt an, ja?«

»Kommst dir wohl sehr schlau vor, was?« sagte er ganz knurrig, »aber wir werden nicht eher ruhen, als bis wir diese Sache aufgeklärt haben.«

»Aber hören Sie doch auf«, flehte ich, als wenn ich mir die Augen aus dem Kopf heulen wollte, weil er mich so verkannte. »Das ist ja alles ganz schön, was wir hier so reden, fast wie ein Spiel, aber ich wollte, Sie würden mir sagen, worum es sich eigentlich dreht, denn wahrhaftiger Gott, ich komm gerade aus den Federn, und da stehen Sie an der Tür und sagen, ich hab 'nen Haufen Geld geklaut, von dem ich überhaupt keine Ahnung habe.«

Er schnellte herum, als ob er mich jetzt ertappt hätte, obwohl ich nicht begriff, wieso er auf den Gedanken kam. »Wer hat was von Geld gesagt? Ich nicht! Wieso bringst du unsere Unterhaltung plötzlich auf Geld?«

»Das haben Sie getan!« antwortete ich und dachte, er sei übergeschnappt und würde gleich Schaum vors Maul bekommen. »Sie denken doch bloß an Geld, wie alle Polypen – und an Bäckerläden.«

Er verzog das Gesicht: »Eine Antwort will ich von dir: Wo ist das Geld?«

Jetzt bekam ich das Ganze satt: »Ich mach Ihnen mal ’nen Vorschlag.«

Nach seinem aufleuchtenden Gesicht zu urteilen, dachte er, jetzt habe er gewonnenes Spiel: »Was fürn Vorschlag?«

Da sagte ich: »Ich geb Ihnen alles Geld, das ich habe, ein Schilling und viereinhalb Pence, wenn Sie mit dem ›dritten Grad‹ aufhören und mich reingehen lassen, damit ich frühstücken kann. Aufrichtig gesagt, ich sterbe vor Hunger. Seit gestern hab ich keinen Bissen im Magen. Hören Sie nicht, wie er knurrt?«

Er stand mit offenem Maul da, fragte mich aber noch eine halbe Stunde lang aus. Routinefragen nennen sie das im Kino. Ich aber wußte jetzt, es wurde ein Punktsieg für mich.

Dann ging er, kam aber am Nachmittag wieder – Haussuchung machen. Nichts hat er gefunden, nicht das Geringste, keinen Penny. Wieder fragte er mich aus, und ich sagte ihm nichts als Lügen, Lügen, Lügen, denn das kann ich stundenlang, ohne mit der Wimper zu zucken. Er konnte mir ja nichts Genaues nachweisen, und das wußten wir alle beide, denn sonst wäre ich im Nu in Guildhall gewesen. Er aber ließ nicht locker, weil ich schon früher mal wegen einem Einbruch in Untersuchung gewesen war. Und

Mike wurde genauso ausgequetscht, weil alle Polypen aus der Gegend wußten, daß er mein Kumpel war.

Als es dunkel wurde, saßen Mike und ich bei einem kleinen Licht in unserem Wohnzimmer; den Fernsehkasten hatten wir abgestellt. Mike saß gemütlich im Schaukelstuhl, ich lümmelte auf dem Sofa, und dazu rauchten wir ein Päckchen Woodbines. Bei verriegelter Tür und vorgezogenen Gardinen redeten wir über den Zaster, den wir in das Abflußrohr gestopft hatten. Mike fand, wir sollten ihn herausholen, nach Skegness oder Cleethorpes abhauen und uns dort ein feines Leben machen, wie große Herren in einem Hotel an der Mole wohnen, dann hätten wir wenigstens beide unsern Mordsspaß gehabt, bevor sie uns erwischten.

»Hör doch zu, du Quasselheini!« sagte ich, »wir werden überhaupt nicht geschnappt, und ein feines Leben machen wir uns auch – später.«

Wir waren ja so schlau, nicht einmal im Kino waren wir, obwohl wir gern gegangen wären.

In der Früh fragte das olle Hitlergesicht mich wieder aus, diesmal war noch ein Stiller mit dabei, und am nächsten Tag kamen sie wieder und versuchten alles mögliche, um was aus mir rauszukriegen, aber ich hielt mich wie 'ne Eins. Ich weiß, es klingt wie Wichtigtuerei, wenn ich das sage, aber ich war ihm gewachsen und würde nie umfallen und auf seine

Fragen antworten, ganz wurscht, wie lange die weitermachen. Ein paar Mal haben sie auch das Haus durchsucht, und da glaubte ich schon, sie hätten wirklich eine Spur, aber jetzt weiß ich, sie hatten keine, und es war alles bloße Vermutung ohne Hand und Fuß. Sie stellten das Haus auf den Kopf und drehten das Innere nach außen wie einen alten Socken, gingen vom Keller bis zum Dachboden, von vorn nach hinten, aber natürlich fanden sie nichts. Der eine steckte seine Visage sogar in den Kamin im Vorderzimmer, der seit Jahren außer Gebrauch war und nie gefegt wurde. Er sah hinterher aus wie Al Jolson, so daß er sich am Spülstein in der Küche waschen mußte. Immer wieder beklopften und beschnüffelten sie die große Pflanze, die Oma uns hinterlassen hatte, hoben sie vom Tisch hoch und suchten unter der Tischdecke, rückten sie beiseite, so daß sie den Tisch von der Stelle schieben und die Bretter unter dem Teppich befingern konnten, aber die stinkdämlichen Idioten kamen nicht auf den Gedanken, den Blumentopf auszuleeren, dann hätten sie nämlich den kaputten Geldkasten gefunden, den wir damals noch in der Nacht da reingesteckt hatten. Er wird wohl noch drin sein, wenn ich es mir jetzt überlege, und ich glaube, Ma wundert sich manchmal, warum die Pflanze nicht mehr so gut gedeiht wie früher. Als ob das mit einem Stück dickem Eisen um die Wurzeln rum möglich wäre!

Das letzte Mal klopfte er an einem verregneten Morgen fünf Minuten vor neun an die Tür, und wie gewöhnlich pennte ich noch wie ein Klotz in meinem wackligen Bett. Mama war den Tag auf Arbeit gegangen, so schrie ich ihm zu, er soll etwas warten und ging dann runter, um zu sehen, wer es war. Da stand er, sechs Fuß groß und pudelnaß, und zum ersten Mal im Leben tat ich was Gemeines, das ich mir nie verzeihen werde: Ich forderte ihn nicht auf, reinzukommen ins Trockene, denn ich wünschte ihm 'ne doppelseitige Lungenentzündung, an der er krepiert. Ich glaube, wenn er gewollt hätte, hätte er an mir vorbeigehen und doch reinkommen können, vielleicht war er aber an die Fragerei so zwischen Tür und Angel schon gewöhnt und wollte mit Reinkommen keine Zeit verlieren, auch wenn's regnete. Nicht, daß ich aus irgend so 'nem verrückten Grundsatz nicht ganz gemein bin, aber diese Gemeinheit hat mir keinen Segen gebracht, wie sich herausstellte. Ich hätte ihn behandeln sollen wie einen Bruder, den ich zwanzig Jahre nicht gesehen hatte, und hätte ihn reinholen sollen auf 'ne Tasse Tee und einen Glimmstengel, ihm von dem Kinostück erzählen, das ich am Abend vorher nicht gesehen hatte, ihn fragen, wie es seiner Frau nach der Operation ging und ob sie sie vorher rasiert hätten, und dann hätte ich ihn zufrieden und glücklich zur Vordertür rauslassen sollen. Aber nein, ich dachte, wir wollen doch sehen, was er zu sagen hat.

Er stellte sich neben die Tür, entweder, weil es dort weniger naß war, oder weil er mich mal von einer anderen Seite sehen wollte, vielleicht, weil er's langweilig fand, das Gesicht eines Burschen, der doch immer nur Lügen erzählt, immer von derselben Seite aus zu beobachten. »Du bist erkannt worden«, sagte er und wischte Regentropfen aus seinem Schnurrbart. »Eine Frau hat dich und deinen Freund gestern zusammen gesehen, und sie behauptet, ihr seid die gleichen Burschen, die sie in den Bäckerladen gehen sah.«

Ich war ganz sicher, es war wieder nur ein Schreckschuß, denn Mike und ich hatten uns am Tag vorher nicht mal gesehen, aber ich machte ein besorgtes Gesicht: »Dann ist sie eine Gefahr für unschuldige Leute, egal wer sie ist, denn der einzige Bäckerladen, in dem ich in letzter Zeit gewesen bin, ist in unserer Straße, wo ich Brot für Mama auf Pump geholt hab.«

Darauf fiel er nicht herein. »Jetzt will ich wissen, wo das Geld ist!« – als ob ich gar nicht geantwortet hätte.

»Ich glaube, Mama hat es mit auf die Arbeit genommen, damit sie sich in der Kantine Tee kaufen kann.« Der Regen schüttete nur so, und ich dachte, der Kerl wird noch weggespült werden, wenn er nicht reinkommt. Aber das war mir ziemlich egal, und ich sagte noch: »Ich erinner mich, ich hab's gestern abend in die Vase auf dem Fernsehkasten gelegt, es war alles, was ich hatte, ein Schilling und drei Pence, und ich hab's mir eigentlich für ein Päckchen Zigaretten für heute früh zurückgelegt, und ich war stinkwütend, als ich sah, daß es weg war. Es sollte mir über den heutigen Tag weghelfen, denn ich finde, das Leben ohne Glimmstengel ist nichts wert; finden Sie nicht auch?«

Ich kam so richtig in Schwung und fing an, mich ganz wohl zu fühlen. Ich begriff, daß dies die letzte Lügenrunde war, und wenn ich nur diesmal lang genug durchhalten konnte, dann war ich Sieger über diese Bande, Mike und ich würden in ein paar Wochen an die See fahren und ein Mordsgaudi haben, Penny-Fußball spielen und uns ein paar flotte Bienen anlachen und sie ordentlich vornehmen. »Bei dem Wetter kann man auch keine Kippen auf der Straße sammeln«, sagte ich, »die sind ja klatschnaß. Natürlich, ich weiß, man kann sie am Feuer trocknen, aber sie haben dann doch nicht mehr denselben Geschmack, wissen Sie. Das Regenwasser hat irgend'nen komischen Einfluß, man soll's gar nicht glauben: jedenfalls – der richtige Geschmack is weg.«

Ich begann mich in meinem idiotischen Hirnkasten zu wundern, warum der olle Schnüffler mich nicht anbellte und sagte, er hat keine Zeit, sich meinen Quatsch anzuhören. Aber er sah mich gar nicht mal an, und alle meine Pläne mit Skegness platzten jetzt in meiner weichen Birne, und ich hätte in die Erde sinken mögen, als ich sah, wohin er starrte.

Er sah *ihn!* – einen lieben, guten Fünfer, und ich konnte nur weiterschwatzen: »Das einzig Wahre ist, man muß richtige Glimmer haben, weil frische immer besser sind als verregneter Tabak, den man getrocknet hat, und ich kann mir vorstellen, wie Ihnen zumute ist, daß Sie kein Geld finden, denn ein Schilling und drei Pence haben oder nicht haben ist 'n Unterschied von zwei Schilling und Sixpence, und wenn ich's irgendwo rumliegen sehe, dann hänge ich mich an die Quasselstrippe und sage Ihnen morgen sofort Bescheid.«

Ich dachte, mich haut's vom Sockel! Drei Scheine waren jetzt schon vom Regen rausgeschwemmt worden, und es kamen noch mehr, zuerst lagen sie platt, nachdem sie rausgefallen waren, dann stellte sich der Rand vom Regenwasser und vom Wind an den Ecken hoch, als wenn sie lebendig gewesen wären und in die trockene, gemütliche Regenrinne zurückwollten, raus aus dem Sauwetter, und ihr könnt euch gar nicht vorstellen, wie sehr ich diesen Wunsch teilte.

Das olle Hitlergesicht wußte nicht recht, was er davon denken sollte und glotzte drauflos, und ich dachte, Mensch, red bloß immer weiter, obwohl ich ja wußte, daß es jetzt nicht mehr viel Zweck hatte.

»Na, klar, ich weiß, wie schwer es ist, an Geld zu kommen, und man findet keine Half-Crown-Stücke im Bus oder im Mülleimer, auch im Bett habe ich gestern abend keine entdeckt, denn das hätt ich ja gemerkt, nicht? Mit so was im Bett kann man doch nicht schlafen, dazu is das Zeug zu hart, jedenfalls vor dem Einschlafen würde mich das ...«

Der olle Hitler brauchte lange, ehe ihm ein Licht aufging. Die Scheine fingen an, sich über den Hof zu verbreiten, es kamen auch noch Zehn-Schilling-Scheine dazu, bevor seine Hand mich an der Schulter packte.

III

Der glotzäugige, dickbäuchige Direktor sagte zu einem glotzäugigen, dickbäuchigen Abgeordneten, der neben seiner glotzäugigen, dickbäuchigen Hure von Frau saß, ich sei seine einzige Hoffnung, das ›Blaue Band Des Borstal Preispokals Für Den Geländelauf‹ (für ganz England) zu gewinnen. Das stimmte, und ich mußte im stillen lachen, und ich sagte zu keinem von den glotzäugigen Dickbäuchen ein einziges Wort, das ihnen wirklich Hoffnung gemacht hätte, obwohl ich genau wußte, der Direktor nahm mein Schweigen so auf, daß er den Pokal im

Geist schon auf seinem Bücherbrett zwischen den paar anderen vergammelten Siegerpokalen stehen sah.

»Vielleicht könnte er irgendwie Berufsläufer werden, wenn er hier herauskommt«, und erst nachdem er das gesagt hatte und ich es mit meinen eigenen Löffeln gehört hatte, wurde mir klar, daß so was möglich ist: für Geld laufen, im Akkord für einen Schilling per Atemzug, ansteigend bis zu einer Guinea per Schnaufer, und sich mit zweiunddreißig aufs Altenteil zurückziehen mit durchlöcherten Lungen, einem Fußballherzen und Beinen wie Bohnenstangen mit Krampfadern. Dann hätte ich aber auch 'ne Frau und ein Auto, und mein grinsendes Läufergesicht wäre in den Zeitungen, ich hätte eine tolle Sekretärin, um die Stöße von Briefen zu beantworten von all den Weibern, die sich an mich ranschmeißen würden, wenn ich mir mal bei Woolworth ein Päckchen Rasierklingen kaufen will und 'ne Tasse Tee trinken. Das mußte man sich schon richtig überlegen, und der Direktor dachte schon, er hatte mich gewonnen, und da wandte er sich zu mir, als ob ich auf jeden Fall meine Ansicht dazu sagen müßte: »Wie würde dir das denn gefallen, mein lieber Smith?«

Eine ganze Reihe dickbäuchiger Glotzaugen strahlte mich an, ihre Fischmäuler öffneten sich, und ihre Goldzähne blitzten, und so gab ich ihnen die Antwort, die sie hören wollten, weil ich meinen Trumpf für später aufheben wollte: »Das würde ich fein finden, Herr Direktor.«

»Guter Junge! Gute Leistung! Das ist der richtige Geist; wunderbar!«

Und der Direktor sagte: »Hol uns heute den Pokal, und ich werde alles für dich tun, was ich kann. Ich lasse dich so trainieren, daß du jeden in der freien Welt schlagen wirst.« Und ich sah es im Geist vor mir, wie ich lief und jeden auf der Welt besiegte, wie ich sie alle hinter mir ließ, bis nur ich ganz allein in einem tollen Tempo über ein großes Moor trabte, wie ich zwischen Felsblöcken und Schilf durchbrauste, und plötzlich: KRACH! KRACH! Kugeln, die ja schneller sind, als irgendein Mensch laufen kann, Kugeln aus einem Polizeigewehr hinter einem Baum, und die treffen mich und reißen meine Kaldaunen auf, wie toll ich auch renne, und dann falle ich um.

Die Dickbäuche warteten drauf, daß ich noch was sagte. Und so sagte ich: »Danke, Herr Direktor.«

Sie schickten mich weg, und ich trabte die Stufen der Tribüne runter, raus aufs Sportfeld, weil der große Geländelauf jetzt beginnen sollte und die beiden Bewerber aus Gunthorpe sich schon früh an der Startlinie aufgestellt hatten und wild drauf waren, loszurennen wie weiße Känguruhs. Der Sportplatz sah Klasse aus, mit großen Teezelten ringsherum, wehenden Fahnen und Sitzplätzen für die Familien, die allerdings leer waren, weil keine Mami und kein Papi gewußt hatten, was der Eröffnungstag bedeutete. Außerdem liefen da auch noch Jungens den Hundertmeter-Vorlauf, und feine Herren und Damen gingen von einem Platz zum andern. Dazu der Borstal-Musikzug in blauen Uniformen, und oben auf den Tribünen die braunen Jacken von Hucknall und unsere eigenen grauen und dann die aus Gunthorpe mit ihren aufgerollten Hemdsärmeln. Der blaue Himmel war voll Sonnenschein, und es hätte wirklich kein besserer Tag sein können, und die ganze große Schau war wie aus ›Ivanhoe‹, das wir ein paar Tage vorher im Kino gesehen hatten.

»Komm her, Smith«, rief Roach, der Sportlehrer mir zu. »Wir wollen doch nicht, daß du bei dem großen Wettlauf zu spät kommst, nicht wahr? Obwohl du sie wahrscheinlich auch dann noch überholen würdest.« Die andern pfiffen und murrten daraufhin, ich kümmerte mich aber nicht drum und stellte mich zwischen Gunthorpe und einen der Aylesham-Spitzenläufer, kniete hin und pflückte ein paar Grashalme, um beim Laufen dran zu kauen. Das war nun also das ›große Rennen‹, für die nämlich, die von der Ehrentribüne aus unter dem flatternden Union Jack zusahen, ein Rennen für den Direktor, auf das er so sehr gewartet hatte, und ich hoffte, er und die übrige glotzäugige Gesellschaft waren schon eifrig dabei, hohe Wetten auf mich abzuschließen, hundert zu eins, alles Geld, das sie in der Tasche hatten, ihr ganzes Gehalt für die nächsten fünf Jahre, und je mehr sie auf mich setzten, desto mehr Spaß hätte ich. Denn der todsichere Sieger mit dem großen Namen, den sie ihm gemacht hatten, würde verlieren, er würde verlieren und sich kaputtlachen – ob er nun daran erstickte oder nicht! Meine Knie fühlten den Druck des kühlen Erdbodens, und aus dem Augenwinkel sah ich, wie Roach die Hand hob. Der Gunthorpe-Junge zuckte, bevor das Signal gegeben wurde, irgend jemand rief zu früh »Hurra!« Medway beugte sich nach vorn, dann ertönte der Schuß, und ich lief.

Wir machten einmal die Runde um den Sportplatz, dann ging es über einen mit Ulmen bestandenen, eine halbe Meile langen Fahrweg. Überall hörten wir begeisterte Zurufe, und mir schien, daß ich vorne lag, als wir aus dem Tor hinaus und auf die Allee liefen, obgleich mich das nicht genug interessierte, um's festzustellen. Die Fünfmeilenstrecke war mit knallweißen Kalkklecksen auf Torpfosten, Baumstämmen, Zäunen und Meilensteinen markiert, und alle paar hundert Meter stand ein Junge mit einer Wasserflasche und einem Verbandskasten und wartete auf die Läufer, die schlapp machten oder ohnmächtig wurden. Als es über den ersten Zaun ging, war ich noch immer Zweiter, ganz ohne Anstrengung, und wenn einer von euch 'nen Tip für einen Wettlauf haben will, dann sage ich euch dies: strengt euch nie an, und wenn, dann laßt es die andern Läufer nie merken! Du kannst bei einem Geländelauf immer Schritt halten, ohne daß die andern merken, daß du dich anstrengst, und wenn du deine Kräfte in dieser Art angewendet hast, um an die zwei oder drei, die vor dir sind, ranzukommen, dann kannst du später einen großen Vorstoß machen, der die Anstrengung der andern in den Schatten stellt, denn bis dahin hast du dich ja noch nicht anzustrengen brauchen. Ich lief also in gemütlichem Trab, und bald ging das so leicht, daß ich den Wettlauf ganz vergaß. Ich wußte kaum, daß meine Beine sich hoben und senkten und meine Arme vor- und zurückgingen, meine Lungen schienen gar nicht zu arbeiten, und das wilde Herzklopfen, das ich immer zu Beginn eines Laufes habe, hörte auf. Denn eigentlich renne ich nie, ich laufe nur, und irgendwie weiß ich, wenn ich den Wettlauf vergesse und nur so dahintrabe, bis ich gar nicht mehr weiß, daß ich laufe, dann gewinne ich das Rennen. Denn sobald ich das Ende der Strecke vor mir sehe, entweder einen Zaun oder die Ecke eines Bauernhauses, dann erst lege ich so richtig los, und das ist dann ein toller Spurt, weil ich das Gefühl habe, bis dahin bin ich überhaupt noch nicht schnell gelaufen und habe noch gar keine Kraft verbraucht. Und das kommt nur daher, weil ich derweil nachgedacht habe, und ich frage mich, ob ich der einzige im ganzen Laufsport bin, der diese Methode hat, das Laufen einfach vor lauter Nachdenken zu vergessen. Ich frage mich, ob irgendeiner von den andern Burschen denselben Trick raushat, obwohl ich ja tatsächlich weiß, daß es nicht so ist. Wie der Wind geht's über den holperigen Fußweg und in den Hohlweg, glatter als die geschorene Grasspur auf dem Sportfeld und besser fürs Nachdenken, weil er eben nicht zu glatt ist, und ich war in meinem Element an dem Nachmittag, da ich wußte, niemand kann mich im Laufen schlagen, aber ich war entschlossen, mich selbst zu schlagen, bevor der Tag zu Ende war. Denn als der Direktor zu mir sagte, ich soll ehrlich sein, damals, als ich neu hier war, da wußte er nicht, was das Wort bedeutet, oder er hätte mich nicht zu diesem Wettlauf genommen und loslaufen lassen in Hemd und kurzen Hosen und im Sonnenschein. Er hätte mich dorthin gesteckt, wo ich ihn hingesteckt hätte, wäre ich an seiner Stelle gewesen: in einen Steinbruch zum Steinebrechen, bis er sich das Rückgrat gebrochen hätte. Der olle Kriminal mit dem Hitlergesicht war ehrlicher als der Direktor, denn er hatte eine Stinkwut auf mich und ich auf ihn, und als meine Sache vor Gericht kam, klopfte ein Polyp um vier Uhr früh an unsere Tür und holte meine Mutter aus dem Bett, wo sie doch todmüde war, und schärfte ihr ein, pünktlich um halb zehn auf dem

Gericht zu sein. Das war die größte Gemeinheit, von der ich je gehört habe, aber ich würde das ›ehrlich‹ nennen, ebenso wie Mamas Worte ehrlich waren, als sie dem Polypen sagte, was sie von ihm dachte, und ihm alle Schimpfworte an den Kopf schmiß, die sie kannte, und dazu brauchte sie eine halbe Stunde und das ganze Haus wurde davon wach.

Ich trabte am Rand eines Feldes, das von dem Hohlweg begrenzt war; es roch nach frischem Gras und Geißblatt, und ich hatte das Gefühl, von einer langen Reihe von Windhunden abzustammen, die abgerichtet waren, auf zwei Beinen zu laufen, nur konnte ich keinen künstlichen Hasen vor mir sehen, und hinter mir war keiner mit einem Knüppel, der mich zum Schritthalten zwang. Ich lief an dem Gunthorpe-Jungen vorbei, dessen Hemd schon schwarz war von Schweiß, und ich konnte gerade die Ecke der eingezäunten Lichtung vor mir sehen, wo der einzige Bursche langsauste, den ich überholen mußte, um das Rennen zu gewinnen. Er strengte sich an, das Mal zu erreichen, das die Hälfte der Strecke angab. Dann lief er zwischen Bäumen und Gebüsch, wo ich ihn nicht mehr sehen konnte; ich konnte überhaupt niemand mehr sehen, und ich erlebte das Gefühl der Einsamkeit des Geländeläufers. Und ich merkte deutlich, daß dieses Gefühl das einzig wirkliche und ehrliche auf der Welt war, wenigstens für mich, und ich wußte, es würde niemals anders sein, ganz gleich, was ich manchmal empfand, und ganz gleich, was irgend jemand mir einzureden versuchte. Der Läufer hinter mir muß sehr weit zurückgeblieben sein, so still war es, stiller sogar und toter als um fünf Uhr früh an einem eisigen Wintermorgen. Es war schwer zu begreifen, und alles, was ich wußte, war, ich mußte laufen, laufen, laufen, ohne zu wissen warum, aber ich lief eben weiter durch Felder, von denen ich nichts merkte, durch finstere Wälder, die einem Angst einjagen konnten, über Hügel, ohne zu wissen, wie ich rauf und wieder runterkam, ich schoß über Bäche und hätte glatt einen Herzschlag bekommen, wenn ich reingefallen wäre. Und das Ziel bedeutet auch nicht das Ende von all dem, auch wenn einem die Menschenmenge zujubelt, denn man muß ja weiter, bevor man wieder zu Atem kommt, und wirklich aufhören tut man erst, wenn man über eine Baumwurzel stolpert und sich den Hals bricht, oder in einen alten unbenutzten Brunnen fällt und für immer im Dunkeln tot drin liegen bleibt. So dachte ich: ›Die kriegen mich nicht mit diesem albernen Wettlauf, mit diesem Laufen, um zu gewinnen, mit diesem Getrabe für ein Stückchen blaues Band, denn das hat weder Hand noch Fuß und führt zu nichts, auch wenn sie hoch und heilig beteuern, daß es das einzig Richtige ist. Am besten man kümmert sich um niemand und geht seinen eigenen Weg, nicht so einen, den die Leute einem vorgeschrieben haben, und dann stehen sie da mit Wasserkrügen und Jodflaschen für den Fall, daß du hinfällst und dich verletzt, damit sie dich aufheben können, auch wenn du lieber liegen bleiben willst, und dich wieder auf den Trab bringen.‹

Ich lief weiter, raus aus dem Wald, vorbei an dem Jungen, der vorne lag und nicht wußte, daß ich ihn jetzt überholen würde. Flip-flap, flip-flap, trott-trott, knirsche-knirsche, wieder mitten durch ein großes Feld, rhythmisch laufend auf meine mühelose Windhundart. Ich wußte, ich hatte den Wettlauf eigentlich schon gewonnen, obwohl er noch nicht mal zur Hälfte vorbei war, ich hatte ihn gewonnen, wenn ich das wollte. Ich konnte noch weiterlaufen, noch zehn oder fünfzehn oder zwanzig Meilen, wenn es sein müßte, und am Ziel tot umfallen, was ja letzten Endes dasselbe war wie ein ›ehrliches Leben führen‹, wie's der Direktor von mir wollte, denn darauf kam's doch raus: ›Siege im Wettlauf und sei ehrlich!‹ und ich trottete weiter, ich fand es herrlich und genoß den Lauf, weil er mir guttat und ich dabei so gut nachdenken konnte, was ich mittlerweile schon richtig gerne tat, aber der Gedanke, ich müßte den Wettlauf auch gewinnen und nicht nur laufen, der war mir schnurzegal. Eins von beiden: Ich mußte das Rennen gewinnen, oder es laufen, und ich wußte, ich konnte beides, weil meine

Beine mich ganz an die Spitze getragen hatten. – Jetzt kam ich zu der Abkürzung bei den Brombeersträuchern am Ufer und lief über den Hohlweg – sie würden mich auch weitertragen, denn sie schienen aus Stahl zu sein und hämmerten immer weiter mit der größten Leichtigkeit in die Furchen und auf die Baumwurzeln. Aber ich werde das Rennen nicht gewinnen, denn nur dann würde ich mir Mühe geben, als Erster durchs Ziel zu gehen, wenn Sieger sein bedeutet, nach dem größten Bankraub meines Lebens der Polente durch die Lappen zu gehen. Aber gewinnen bedeutet genau das Gegenteil, ganz egal wie sie versuchen, mich fertig zu machen oder reinzulegen, es bedeutet, daß ich den grinsenden Polizeivisagen direkt in ihre Arme laufe und lebenslänglich drin bleibe und Steine kloppe, und Steine kloppen will ich zwar, aber auf meine Weise und nicht so wie die es meinen!

Mir kommt noch ein anderer ehrlicher Gedanke: ich könnte an der nächsten Hecke nach links schwenken und mich unter ihrer Deckung heimlich vom Ziel auf dem Sportplatz davonmachen. So könnte ich drei oder sechs oder ein Dutzend Meilen über Land laufen und ein paar Hauptstraßen abschneiden, so daß diese Hunde niemals rauskriegen, in welche ich eingebogen bin. Und vielleicht könnte ich auf der letzten, wenn es schon dunkel wird, einen Fernfahrer anhalten, der mich umsonst mitnimmt und vielleicht auch nicht verpfeift, und könnte nach Norden abhauen. Aber nein, ich hab ja schon gesagt, ich bin nicht bekloppt, stimmt's? Ich werde nicht abhauen, wo ich doch nur noch sechs Monate habe, und außerdem ist hier auch nichts, wovor ich weglaufen wollte. Ich will nur die braven Spießer und die Dickbäuche ärgern, wenn sie da auf ihren feinen Plätzen sitzen und zusehen müssen, wie ich den Wettlauf verliere, obwohl ich das sicher weiß; wenn ich wirklich verliere, bekomme ich für den Rest meiner Zeit die dreckigste Latrinen- und Küchenarbeit aufgehalst – das ist so sicher, wie mich Gott geschaffen hat! Ich bin dann keinen Pfifferling mehr wert für irgend jemand hier, was der ganze Dank dafür ist, daß ich auf die einzige Art ehrlich bin, die ich kenne. Denn als der Direktor mir sagte, ich soll ehrlich sein, meinte er seine Art und nicht meine, und wenn ich ehrlich wäre, wie er es meint und ihm den Wettlauf gewinne, dann würde er dafür sorgen, daß ich es gut hätte in den sechs Monaten, die ich noch hier bin. Aber auf meine eigene Art, tja – da darf ich das nicht, und wenn ich wie jetzt einen Weg finde, ehrlich zu sein, dann bekomme ich alle Gemeinheiten zu spüren, die er sich ausdenken kann. Und wenn man es auf meine Art betrachtet, kann man ihm das auch nicht krumm nehmen. Denn es ist eben Krieg, hab ich's nicht gesagt? Und wenn ich ihn an der einzigen Stelle treffe, wo er verwundbar ist, dann wird er mir dafür antun, was er nur kann, weil ich ihm den Pokal nicht eingebracht habe, wo doch sein Herz schon so lange daran hängt. Im Geist sieht er sich schon am Ende des Nachmittags dastehen und mich auf den Rücken klopfen, wie ich den Pokal von Lord Ohrwurm oder irgendeinem andern kinnlosen Wundertier mit einem derartigen Namen entgegennehme. Und so werde ich ihn an der Stelle treffen, wo es ihm am meisten wehtut, und er wird alles tun, sich zu rächen – Wurst wider Wurst! Aber mir wird's mehr Spaß machen, weil ich zuerst zuschlage und weil ich es schon länger geplant habe. Ich weiß nicht, warum mir diese Gedanken besser gefallen als alle andern, die ich je vorher hatte, aber so ist es nun mal, und es ist mir auch piepe, warum. Ich glaube, es hat lange gedauert, bevor ich so denken konnte, weil ich ja in meinem Banditenleben weder Zeit noch Ruhe hatte, und erst jetzt kommen mir die Gedanken richtig, und die einzige Schwierigkeit ist nur, daß ich oft nicht aufhören kann zu denken, auch wenn's mir vorkommt, daß ich einen Krampf im Hirn habe und Frostbeulen und 'ne Lähmung – alles gleichzeitig. Dann muß ich meinen Schädel von all dem Denken ausruhen lassen und einfach durch die Brombeersträucher am Hohlweg laufen. All das ist noch ein weiterer Kinnhaken, den ich so Leuten wie dem Direktor versetze, um zu zeigen, daß seine Art Wettläufe nie gewonnen werden, wenn ich es verhindern kann, auch wenn immer irgendein Bursche, ohne es zu wissen, als Erster durchs Ziel läuft, und daß zum Schluß der Direktor verlieren muß, während Burschen wie ich uns an den Überresten seiner verkohlten Gebeine freuen und wie die Besessenen um die Ruinen von Borstal herumtanzen werden. Und so ist diese Geschichte hier wie der Wettlauf, und wieder werde ich ihm nicht den Sieg bringen, nur damit der Direktor seinen Willen bekommt. Nein! Ich bin ehrlich, wie er es mir gesagt hat, nur weiß ich nicht, was er meint, obwohl ich glaube, er wird nie eine eigene Geschichte loslassen, auch wenn er meine hier liest und weiß, von wem die Rede ist.

Ich komme gerade aus dem Hohlweg raus, habe mir Knie und Ellbogen gestoßen, bin von Brombeersträuchern zerkratzt, und der Wettlauf ist zu zwei Dritteln rum, und eine Stimme in mir sagt wie im Radio, wenn du dich einen eiskalten Morgen lang genauso wohlgefühlt hast wie der erste Mensch auf der Welt, und du weißt, wie es ist, wenn es dir an einem Sommernachmittag schlecht geht wie dem letzten Menschen auf der Welt, dann kommst du endlich dahin, wie der einzige Mensch auf der Welt zu sein, und du scherst dich einen Dreck um Gut oder Schlecht, du trabst nur einfach weiter in deinen Latschen, die auf dem guten trockenen Erdboden klappern, der dich bestimmt nie reinlegen wird. Jetzt purzeln aus mir die Worte wie zerbrechendes Kristallgeschirr, tief in mir ist etwas, das mich drückt, und ich weiß nicht, was schuld ist, es reibt und mahlt an meinem Herzen, als ob ein Sack mit verrosteten Schrauben drin wäre und ich sie jedesmal schüttle, wenn ich weitertrabe. Ab und zu unterbreche ich meinen gleichmäßigen Lauf und fasse nach meinem linken Schulterblatt, indem ich die rechte Hand über den Brustkasten schwinge, als ob ich das Messer wegstoßen wollte, das da irgendwo drinnen steckt. Aber ich weiß ja, da ist nichts, es kommt wahrscheinlich nur vom vielen Denken, das ich manchmal für Sorgen halte. Denn dann und wann glaube ich, ich mache mir die meisten Sorgen auf der Welt, wie ihr sicher auch schon gemerkt habt, weil ich diese Geschichte zusammengekriegt habe; aber komisch ist es, weil meine Mama nicht mal weiß, was das Wort ›Sorgen‹ bedeutet; ihr gerate ich also nicht nach. Aber mein Papa hat sich sein ganzes Leben lang schwere Sorgen gemacht bis zu dem Moment, wo er das Schlafzimmer mit seinem warmen Blut vollgespuckt hat und an dem Morgen abkratzte, als niemand zu Hause war. Nie werde ich das vergessen, bestimmt nicht, denn ich hab ihn dann gefunden, und oft wünsch ich mir, ich wär's nicht gewesen. Ich kam gerade vom Spielautomaten in der Fischbackstube und klimperte mit meiner mageren Beute in der Tasche durch das totenstille Haus. Sowie ich reinkam, wußte ich, daß was los war, lehnte meinen Kopf gegen den kalten Spiegel über dem Kamin und versuchte, die Augen nicht aufzumachen, um mein eiskaltes Gesicht nicht zu sehen, denn ich wußte, ich war so kreideweiß geworden, als ob ein Drakula-Vampir mich erwischt hätte, und sogar mein Penny-Gewinn klapperte nicht mehr, wie mit Absicht.

Gunthorpe hatte mich fast eingeholt. In der Ginsterhecke hörte ich jetzt die Vögel singen, und ein paar Drosseln flogen wie der Blitz in die Dornbüsche. Das Korn stand hoch im nahen Feld und würde bald mit Sensen und Mähmaschinen geschnitten werden. Ich sehe beim Laufen aber nicht gern um mich, um nicht abgelenkt zu werden, und so beschloß ich am Heuschober, mich um nichts mehr zu kümmern und trotz der Nägel in meinen Kaldaunen einen solchen Spurt einzulegen, daß ich Gunthorpe und die Vögel bald ein gutes Stück hinter mir hatte. Jetzt kamen bald die letzten anderthalb Meilen, in die ich reinzischte wie ein Messer in Margarine, aber die Stille, in die ich da zwischen zwei Zäune reintrabte, war wic unter Wasser, wenn man die Augen aufmacht und die Kiesel auf dem Grund des Baches sieht, und es erinnerte mich wieder an den Morgen, als ich nach Hause kam und mein Alter abgekratzt war – was ja komisch ist, weil ich nie mehr daran gedacht hatte, seitdem es passiert war, und auch damals hab ich nicht groß darüber nachgedacht. Warum jetzt? frage ich mich. Ich glaube, seitdem ich auf diesen Geländeläufen zu denken angefangen habe, da kann ich nicht anders, da kommt das alles zum Vorschein und kneift mich in den Kaldaunen und im Magen, und jetzt, wo ich meinen blutüberströmten Papa hinter jedem Grashalm in meinem verrückten Läuferhirn auftauchen sehe, bin ich nicht mehr so sicher, daß ich gerne nachdenke und daß es wirklich so was Tolles ist. Ich schluck meine Spucke runter, laufe aber jedenfalls weiter und verfluche die Gründer von Borstal mit ihrem Sport – flappiti-flapp, slopp-slopp, knirsche-knirsche – die sich vielleicht gleich am Anfang an mir rächen wollten, indem sie mir einen Film in den Kopf setzten, den ich sonst nie gesehen hätte. Nur, wenn ich alles, was auch kommt, bei diesem Wettlauf so aufnehme, kann ich weitermachen und mich wehren wie mein früheres Ich. Und jetzt, wo ich so weit gedacht habe, weiß ich, daß ich zum Schluß gewinnen werde bei diesem flapp-flapp-Laufen. – Jedenfalls ging ich also nach einer Weile die Treppe rauf, eine Stufe nach der andern, und dachte gar nicht darüber nach, wie ich Papa vorfinden würde und was ich dann tun würde. Aber jetzt denke ich oft drüber nach und über das Hundeleben, das Mama ihm bereitete, seitdem ich denken kann. Sie hielt es mit verschiedenen Männern, solange er noch lebte und gesund war, und ihr war es piepe, ob er es wußte oder nicht, und meist war er nicht so blind, wie sie dachte, und fluchte und schrie und drohte, ihr den Hintern zu versohlen, und ich mußte mich dazwischenwerfen und ihn zurückhalten, wo ich doch wußte, daß sie es verdiente. Was fürn Leben war das für uns alle! Na, ich will aber nicht klagen, denn sonst könnte ich genauso gut diesen verdammten Wettlauf gewinnen, was ich aber nicht tun werde. Wenn ich aber weiter so schnell laufe, dann gewinne ich gegen meinen Willen, und was hätte ich dann?

Jetzt kann ich den Lärm und die Musik vom Sportplatz schon hören, wie ich zu den Fahnen und dem letzten Stück des Fahrweges komme, der zum Ziel führt. Den Kies auf dem Boden fühle ich kühl und frisch an den eisenharten Muskeln meiner Beine. Ich bin kein bißchen außer Atem trotz dem Sack mit Nägeln, der so stark rasselt wie nur je, und noch immer kann ich einen Endspurt machen wie ein Sturmwind, wenn ich das will, aber es hängt eben alles von meinem Willen ab, und ich weiß jetzt, daß es in ganz England keinen zweiten Geländeläufer gibt, der an mein Tempo und meinen Stil heranreicht. Der quasselnde Hund von Direktor, unser halbtoter, halb verfaulter Alter, ist hohl wie ’ne leere Benzinkanne, und ich und mein Laufen sollen ihm ja bloß Ruhm einbringen, damit sein Blut mal wieder in Wallung kommt und sein Herz klopft, das er gar nicht hat; er will bloß, daß seine dickbäuchigen Freunde dabei zusehen müssen, wie ich keuchend durchs Ziel wanke, und er dann sagen kann: »Seht ihr, mein Borstal erringt den Pokal! Ich gewinne meine Wette, denn es lohnt sich, ehrlich zu sein und zu versuchen, die Preise zu gewinnen, die ich meinen Jungens aussetze, und das wissen sie, wußten es schon immer. Von jetzt an werden sie immer ehrlich sein, denn ich habe sie dazu gebracht.« Und seine Freunde werden denken: ›Wirklich, er erzieht seine Jungens zum rechten Leben, er verdient einen Orden, aber wir werden sogar dafür sorgen, daß er geadelt wird.‹ – In diesem Moment, wie die Vögel wieder zu zwitschern beginnen, da weiß ich genau, es wird mir immer schnurzegal sein, was irgendeiner von diesen kinn- und knochenlosen Spießern denkt oder sagt. Jetzt haben sie mich gesehen und schreien Hurra, und die Lautsprecher, die um den Sportplatz herum aufgestellt sind wie Elefantenohren, verkünden die große Neuigkeit, daß ich weit vorne liege und gar nicht anders kann, als vorne bleiben. Ich aber denke noch immer an den Tod, den mein Papa starb, der kein Spießer war und der die Ärzte aus dem Haus jagte, als sie ihn zum Sterben ins Krankenhaus schaffen wollten. Wie ein angestochenes Meerschweinchen hat er gegen sie gewütet! Er stand aus dem Bett auf und rannte ihnen im Hemd sogar noch die Treppe runter nach, obwohl er nur noch Haut und Knochen war. Sie versuchten ihm Medikamente aufzuschwatzen, aber darauf fiel er nicht rein und nahm nur den Schmerztöter ein, den Mama und ich von einer Kräuterhändlerin in der nächsten Straße geholt hatten. Erst jetzt weiß ich, was fürn tapferer Kerl er war. Als ich an dem Morgen ins Zimmer kam, lag er auf dem Bauch, das Laken zurückgeschlagen, und sah aus wie ein gehäutetes Kaninchen, sein grauer Kopf ruhte auf dem Bettrand und alles Blut, das er im Körper hatte, von den Füßen aufwärts, muß auf den Boden geströmt sein, denn fast das ganze Linoleum und der Teppich waren mit dem dünnen roten Blut bedeckt. Und ich lief den Fahrweg lang, und quer durch meine Adern war ein riesiger Staudamm, und der blockierte mein Herz, und der Sack mit den Nägeln drückte immer mehr, und ich fühlte mich eingeengt wie in einem Schraubstock, aber meine Füße waren wie Vogelflügel und die Arme wie Krallen, bereit über das Feld zu fliegen, nur wollte ich so eine Schau gar nicht abziehen, oder vielleicht gar den Wettlauf durch Zufall gewinnen. Ich kann die heiße trockene Luft jetzt riechen, wie ich zum Ziel laufe, ich komme an einem riesigen Grashaufen vorbei, Gras aus den Behältern der Mähmaschinen, die von meinen Kameraden geschoben wurden. Ich reiße ein Stück Baumrinde mit den Fingern ab und stopfe es in den Mund und kaue Holz und Staub und vielleicht Würmer, wie ich so laufe, bis mir fast schlecht wird, trotzdem schlucke ich davon, so viel ich nur kann, weil mir mein Bruder Innerlich zuflüstert, daß ich bestimmt noch eine verdammt lange Zeit leben muß, aber sechs Monate lang werde ich kein Gras mehr riechen oder die staubige Rinde schmecken oder den schönen Weg entlangtraben. Ich sag's bestimmt nicht gerne, aber, zum Teufel, irgend etwas brachte mich zum Heulen, und Heulen ist etwas, das ich, weiß der Kuckuck, nicht mehr getan habe, seit ich ein Rotzjunge von zwei oder drei war. Denn jetzt laufe ich langsamer, damit der Gunthorpe-Junge mich überholen kann, und ich tue es an einer Stelle, wo der Fahrweg zum Sportfeld abbiegt, wo sie sehen können, was ich tue, vor allem der Direktor und sein Anhang auf der Ehrentribüne, und jetzt laufe ich so langsam, daß ich fast auf der Stelle trete. Die Zuschauer auf den nächsten Plätzen haben noch nicht begriffen, was vor sich geht und rufen noch immer »Hurra!« wie die Verrückten und warten auf den Augenblick, wo ich durchs Ziel schieße. Und ich warte und warte und denke, wann wird denn der verfluchte Gunthorpe da hinten endlich an mir vorbei aufs Sportfeld laufen, denn ich kann ja nicht den ganzen Tag so weitermachen, und ich denke: Jesus Christus, das ist wieder mal mein Pech, daß Gunthorpe ausgefallen ist, und ich kann hier 'ne halbe Stunde rumhängen, eh der nächste Trottel auftaucht, aber auch dann, sage ich mir, rühre ich mich nicht vom Fleck, ich mache diese letzten hundert Meter nicht, und wenn ich mich mit gekreuzten Beinen aufs Gras setzen muß und der Direktor und seine kinnlosen Wundertiere mich aufheben und hintragen müssen, was aber gegen die Regeln ist. Deshalb könnt ihr Gift drauf nehmen, sie würden es nie tun, weil sie nicht schlau genug sind, die Regeln zu brechen, wie ich es an ihrer Stelle täte, obwohl sie die ja selbst aufgestellt haben. Nein, ich werde ihm zeigen, was Ehrlichkeit ist, und wenn es das Letzte ist, was ich je tun werde, obwohl ich genau weiß, er wird es nie kapieren, denn wenn er und alle andern, die so sind wie er, es kapieren könnten, dann würde das ja bedeuten, daß sie auf meiner Seite sind – und das ist ausgeschlossen. Bei Gott, ich werde hier aushalten wie mein Papa die Schmerzen ausgehalten und die Ärzte die Treppe runtergejagt hat. Wenn er den Mut dazu hatte, dann hab ich den Mut für das hier, und ich bleib hier und warte auf Gunthorpe oder Aylesham, bis sie hier über den Rasen fegen, und auf das Stück Wäscheleine zwischen den Zielpfosten loszischen. Ich werde diese Strippe erst dann berühren, wenn ich tot bin und an der andern Seite ein bequemer Sarg für mich bereitsteht. Bis dahin bin ich Geländeläufer, ich laufe ganz allein querfeldein, ganz gleich, wie mies mir dabei zumute ist.

Die Essex-Jungens schrien, bis sie blau im Gesicht waren, sie riefen, ich sollte 'nen Zahn draufmachen, fuchtelten mit den Armen, sprangen auf und taten, als wollten sie selbst auf die Strippe zulaufen, denn sie waren ja nur ein paar Meter entfernt. Ihr dummen Hunde, dachte ich, versessen auf das Ziel, und doch wußte ich, sie meinten gar nicht wirklich, was sie brüllten, denn in Wirklichkeit waren sie ja auf meiner Seite und würden es immer sein, sie können ja ihre Flossen nicht im Zaum halten, immer im Kampf gegen die Polizei oder eingebuchtet. Und da standen sie jetzt und amüsierten sich herrlich, brüllten mir »Hurra!« zu, weshalb der Direktor dachte, sie wären mit Leib und Seele auf seiner Seite, wo er doch so was überhaupt nicht glauben könnte, wenn er nur einen Funken Grips hätte. Jetzt konnte ich die feinen Damen und Herren auf der Ehrentribüne hören und sah, wie sie aufstanden, um mir beim Durchsziellaufen zuzuwinken. »Lauf zu!« schrien sie mit ihren affigen Stimmen, »lauf!« Ich aber war taub und blind und stand auf der Stelle, schmeckte noch die Rinde im Mund und heulte wie ein kleines Kind, heulte vor lauter Freude, daß ich sie endlich geschlagen hatte.

Denn ich hörte jetzt ein furchtbares Gebrüll und sah die Gunthorpe-Bande ihre Jacken in die Luft werfen, und ich spürte das Patt-patt von Füßen auf dem Fahrweg hinter mir. Es kam immer näher, und plötzlich fegten Schweißgeruch und ein Paar Lungen mit ihrem letzten Schnaufer an mir vorbei und auf die Strippe los, ganz ausgepumpt, von einer Seite zur andern schwankend, grunzend wie ein Zulukaffer, der's nicht besser versteht, wie mein eigener Geist, wenn ich mit neunzig Jahren in meinen gepolsterten Sarg torkele. Am liebsten hätte ich ihm selber aufmunternd zugerufen: »Weiter, weiter! Zerspring du nur! Häng dich doch auf an diesem Stück Strippe!« Aber er war schon dort, und da lief ich auch weiter und trottete hinter ihm her, bis ich ans Seil kam, und brach unter einem mörderisch klingenden Gebrüll zusammen, das mir schon in den Ohren gellte, als ich noch nicht durchs Ziel war.

Jetzt werde ich wohl langsam Schluß machen. Obwohl ihr nicht denken sollt, ich hab aufgehört zu laufen, denn irgendwie lauf ich noch immer. Der Direktor von Borstal bewies mir, daß ich recht hatte. Meine Ehrlichkeit hat er überhaupt nicht zu schätzen gewußt; nicht, daß ich das von ihm erwartet hätte, oder versucht hätte, sie ihm zu erklären, aber wenn er so gebildet ist, wie's immer heißt, hätte ihm doch von selber ein Licht aufgehen müssen. Er hat's mir kräftig heimgezahlt oder dachte das vielmehr, denn er ließ mich jeden Morgen Mülleimer aus der großen Anstaltsküche zum Ende des Gartens karren und ausleeren, und am Nachmittag mußte ich das Spülwasser über die Kartoffeln und Mohrrüben ausgießen, die in der Anstaltsgärtnerei gezogen wurden. Und abends schrubbte ich Fußböden, Meilen und Meilen. Aber für die sechs Monate war das nicht so schlimm, und das ist auch so was, was er nie begriffen hat, denn er hätte mich sonst noch viel schlimmer getriezt; aber es hat sich gelohnt, wenn ich so zurückschaue und mich an all das Denken erinnere, und vor allem, weil meine Kumpels begriffen, daß ich den Wettlauf mit Absicht verloren hatte. Sie sprachen kein böses Wort über mich, aber über den Direktor um so mehr – wenn sie unter sich waren.

Die Arbeit hat mich nicht umgeschmissen. Vielleicht hat sie mich in mancher Hinsicht nur noch stärker gemacht, und der Direktor wußte, als ich abging, daß seine Gemeinheit ihm nichts eingebracht hat. Nachdem ich aus Borstal fort war, wollten sie mich gleich zum Militär keilen, aber der Arzt erklärte mich für dienstuntauglich, und ich will euch auch sagen, warum. Kaum war ich raus und hatte nach diesem letzten Lauf auch die sechs Monate Schufterei hinter mir, da lag ich mit Rippenfellentzündung auf der Nase, was von meinem Standpunkt aus bedeutet, daß ich den Wettlauf des Direktors richtig verlor und meinen eigenen doppelt gewann, denn ich weiß bestimmt, hätte ich das Rennen nicht mitgelaufen, dann hätte ich die Rippenfellentzündung nicht bekommen, die mich vorm Kommiß bewahrt hat, mich aber nicht dran hindert, die Art Arbeit zu tun, nach der's mir in den Fingern kribbelt.

Jetzt bin ich wieder gesund, und die Maschine läuft wieder, und die Hunde haben mich bei dem letzten großen Ding, das ich gedreht habe, nicht erwischt. Hat mir runde sechshundertachtunddreißig Pfund eingebracht, und ich lebe jetzt noch davon, denn ich hab das Ding ganz allein gedreht, und danach hab ich die Zeit gehabt, das alles aufzuschreiben; das Geld reicht auch noch 'ne Weile, bis ich meinen Schlachtplan für einen noch größeren Fischzug ausbaldowert habe, 'ne dolle Sache, die ich aber keiner Menschenseele erzähle. Meine Methode und die Schlupfwinkel habe ich schon beim Fußbodenschrubben in Borstal ausgeheckt und auch mein Leben in der Freiheit in Unschuld und bei ehrlicher Arbeit. Zugleich hab ich aber auch die messerscharfen Feinheiten meines Fachs ausgeknobelt, und es wurde mir klar, was ich zu tun hatte, wenn ich freikam und was ich tun werde, wenn mich die Polypen mal wieder schnappen.

In der Zwischenzeit – wie es in ein paar dämlichen Büchern heißt, die ich seither gelesen habe und die doch alle an 'ner Zielstrippe enden und aus denen ich nichts gelernt habe – werde ich diese Geschichte einem Kumpel geben und ihm sagen, er soll versuchen, sie vielleicht als Buch rauszubringen, falls ich wieder von den Polypen erwischt werde, denn ich möchte zu gerne das Gesicht des Direktors sehen, wenn er sie liest – wenn er die Geschichte überhaupt liest, was ich nicht glaube. Und auch wenn er sie liest, wird er nicht kapieren, wovon eigentlich die Rede ist. Wenn ich nicht erwischt werde, dann wird der Junge, dem ich die Geschichte gebe, mich nie verraten. Er wohnt in unserer Straße, solange ich denken kann, und er hält zu mir, das weiß ich bestimmt.

Chrysanthemenduft

VON D. H. LAWRENCE

Die Klein-Lokomotive Nummer Vier kam mit sieben vollen Loren rasselnd von Selston heruntergetorkelt. Mit bedrohlichen Anzeichen hoher Geschwindigkeit tauchte sie hinter der Kurve auf. Das Fohlen jedoch, das sie aus dem Ginster aufgescheucht hatte, der im unfreundlichen Nachmittagslicht noch immer verschwommen flackerte, ließ mit seinem leichten Galopp die Lokomotive rasch hinter sich. Eine Frau, die auf dem Geleise nach Underwood gehen wollte, drückte sich in die Hecke hinein, hielt den Korb auf die Seite und blickte auf die Fußplatte der sich nähernden Lokomotive. Die Loren rumpelten schwerfällig eine nach der andern an ihr vorbei, in einem langsamen, unvermeidlichen Vorrücken, während sie wie ein Nichts zwischen den dahinpolternden Wagen und der Hecke eingezwängt stand; dann bogen sie ab, auf das Dickicht zu, wo die welken Eichenblätter lautlos niederfielen, und wo die Vögel, die neben dem Bahndamm an den scharlachroten Hagebutten gezupft hatten, ins Dämmerlicht hineinstoben, das sich schon ins Unterholz schlich. Im Freien sank der Rauch der Lokomotive zu Boden und bahnte sich einen Weg durch das grobe Gras. Die Felder lagen trübselig und öde da, und in dem sumpfigen Wiesenstreifen, der zum ›Loch‹, einem schilfumsäumten Grubentümpel führte, hatten die Hühner bereits ihren Auslauf zwischen den Erlen verlassen, um im geteerten Hühnerstall aufzusitzen. Hinter dem Teich ragte die Halde auf, und im flauen Nachmittagslicht züngelten Flammen wie rote Wunden über ihre aschfahlen Hänge. Gleich dahinter erhoben sich die schlank zulaufenden Schlote und die plumpen schwarzen Fördertürme der Kohlenzeche Brinsley. Die beiden Räder drehten sich flink vor dem hohen Himmel, und die Fördermaschine stieß ihr erregtes Gekeuche aus. Die Grubenarbeiter wurden nach oben befördert.

Die Lokomotive pfiff, als sie in die weite Bucht aus Stahlschienen einbog, wo ganze Reihen von Loren neben der Zeche vor Anker lagen.

Grubenarbeiter zogen einzeln und in trödelnden Gruppen wie Schatten vorbei und heimwärts. Am Rande der gerippten Schienenfläche kauerte drei Stufen unterhalb von der Schlacke des Bahndammes eine niedrige Hütte. Eine große, knochige Weinrebe klammerte sich an das Haus, als wollte sie das Ziegeldach wie mit Krallen herunterholen. Rund um den backsteingepflasterten Hof kränkelten ein paar graue Schlüsselblumen. Dahinter fiel der lange Garten zu einem mit Gebüsch überwachsenen Graben ab. Ein paar verholzte Apfelbäume, späte Pflaumen und struppige Kohlstauden standen dort. Längs des Gartenpfades hingen zerzauste rosa Chrysanthemen wie über Sträucher gebreitete rosa Lappen. Halbwegs den Garten hinab trat eine Frau geduckt aus einem mit Filz gedeckten Hühnerstall. Sie klinkte die Türe ein und ließ das Vorhängeschloß zuschnappen; dann richtete sie sich auf, nachdem sie ein paar Hälmchen von ihrer weißen Schürze gestrichen hatte.

Es war eine große Frau mit herrischem Ausdruck, hübschem Gesicht und starken schwarzen Brauen. Ihr glattes schwarzes Haar war sauber gescheitelt. Ein paar Sekunden lang stand sie ruhig da und beobachtete die Grubenarbeiter, die an der Bahn entlanggingen; dann wandte sie sich dem Wasserlauf zu. Ihr Gesicht war ruhig und entschlossen, der Mund vor Enttäuschung fest zusammengepreßt. Nach einer kleinen Weile rief sie:

»John!« Es kam keine Antwort. Sie wartete, und dann fragte sie deutlich:

»Wo bist du?«

»Hier!« kam die verdrießliche Stimme eines Kindes aus dem Gebüsch. Die Frau spähte scharf ins Dämmerdunkel.

»Bist du beim Bach unten?« fragte sie streng.

Anstelle einer Antwort zeigte sich das Kind vor den Himbeerzweigen, die wie Ruten hervorspießten. Es war ein kleiner, kräftiger Junge von fünf Jahren. Er stand ganz still und aufsässig da.

»Oh«, rief die Mutter, »und ich hab geglaubt, du wärst unten am feuchten Bach – du weißt ja, was ich dir gesagt habe ...«

Der Junge rührte sich nicht und gab keine Antwort.

»Komm! Komm jetzt ins Haus!« sagte sie sanfter. »Es wird dunkel. Da kommt Großvaters Lokomotive die Strecke entlang!«

Der Junge näherte sich langsam und stumm, in schmollender Haltung. Er trug Hose und Jacke aus einem Stoff, der für so kleine Sachen zu dick und zu hart war. Offensichtlich waren sie aus Männerkleidern für ihn zurechtgemacht.

Als sie langsam auf das Haus zugingen, rupfte er die zerzausten Chrysanthemen-Zweige ab und ließ ganze Händevoll von den Blütenblättern auf den Weg fallen.

»Tu das nicht – es sieht häßlich aus!« sagte seine Mutter. Er unterließ es, und in jähem Mitleid brach sie einen Zweig mit drei oder vier schlaffen Blüten ab und hielt ihn ans Gesicht. Als Mutter und Sohn dann den Hof betraten, zauderte ihre Hand, und anstatt den Blütenzweig beiseitezulegen, steckte sie ihn hinter ihr

Schürzenband. Mutter und Sohn standen am Fuß der drei Stufen und blickten über die Schienenbucht auf die heimkehrenden Grubenarbeiter. Das Räderrollen des kleinen Zuges ertönte aus nächster Nähe. Plötzlich fuhr die Lokomotive oberhalb des Hauses vorbei und kam gegenüber dem Gartentor zum Stehen.

Der Lokomotivführer, ein kleiner Mann mit rundem grauem Bart, beugte sich vom Führerstand oben auf die Frau nieder.

»Hast du ne Tasse Tee?« rief er munter und fröhlich.

Es war ihr Vater. Sie ging ins Haus und sagte, sie würde Tee aufgießen. Gleich danach kehrte sie zurück.

»Ich habe dich Sonntag nicht besucht«, begann der kleine graubärtige Mann.

»Ich habe dich auch nicht erwartet«, entgegnete die Tochter.

Der Lokomotivführer verzog das Gesicht; dann verfiel er wieder in seinen fröhlichen, flotten Ton und sagte:

»Oh, du hast's also schon gehört? Well, und was findest du nun?«

»Ich finde, 's ist zu bald«, erwiderte sie.

Ihren knappen Verweis beantwortete der kleine Mann mit einer ungeduldigen Gebärde und sagte schmeichelnd, jedoch mit gefährlicher Kälte:

»Well, was soll einer da machen? 's ist kein Leben für einen Mann in meinen Jahren, wie ein Fremder an seinem eigenen Herd zu sitzen. Und wenn ich mich wieder verheirate, dann kann's ebensogut bald sein – was geht das jemanden an?«

Die Frau erwiderte nichts, sondern wandte sich ab und ging ins Haus. Der Mann in der Lokomotive stand zuversichtlich da, bis sie mit einer Tasse Tee und einem Teller mit einem Butterbrot zurückkehrte. Sie ging die Stufen hinauf und stand neben der Fußplatte der zischenden Lokomotive.

»Das Butterbrot hättest du mir nicht bringen müssen«, sagte ihr Vater, »aber eine Tasse Tee« – er schlürfte ein wenig – »das ist was Gutes!« Er nahm noch ein paar Schlückchen, dann sagte er: »Ich hab gehört, Walter hätt wieder seine Tour?«

»Wann hat er die nicht?« entgegnete die Frau verbittert.

»Ich hab gehört, im ›Lord Nelson‹ hätt er geprahlt, er müsse erst das Sch...geld vertrinken, eh er nach Hause ginge: 'n halbes Goldstück war's.«

»Wann war das?« fragte die Frau.

»Samstagabend. Ich weiß, daß es stimmt.«

»Glaub's schon«, lachte sie bitter. »Und mir gibt er dreiundzwanzig Schilling ...«

»Aye, 's ist großartig, wenn ein Mann nichts anderes mit seinem Geld anfangen kann, als sich zum Vieh erniedrigen«, meinte der graubärtige Mann. Die Frau wandte den Kopf ab. Ihr Vater trank den Tee aus und reichte ihr die Tasse.

»Aye«, seufzte er und wischte sich den Mund, »'s ist ein schwerer Schlag!«

Er legte die Hand auf den Hebel. Die kleine Lokomotive zog ächzend an, und der Zug rumpelte zur Gleiskreuzung. Die Frau blickte wieder über die Stahlstränge. Die Dunkelheit verdichtete sich über dem Bahngelände und auf den Loren. Noch immer strebten Grubenarbeiter in grauen, ernsten Gruppen ihrer Wohnung zu. Die Fördermaschine hämmerte hastig und mit kurzen Pausen. Elizabeth Bates blickte auf die trübselige Prozession der Männer, dann ging sie ins Haus. Ihr Mann kam nicht.

Die Küche war klein und voll warmen Feuerscheins; rote Kohlen türmten sich glühend auf dem Kaminrost. Hier schien alles Leben vom weißen, warmen Kamin und dem Schutzblech eingefangen, in dem sich das rote Feuer spiegelte. Der Abendbrottisch war gedeckt; die Tassen blinkten im Halblicht. Im Hintergrund, wo die untersten Treppenstufen in den Raum vorstießen, saß der Junge und mühte sich mit einem Messer und einem weißen Stück Holz ab. Der Schatten verschluckte ihn fast. Es war halb fünf. Sie warteten nur noch die Ankunft des Vaters ab, um mit dem Abendbrot zu beginnen. Während die Mutter ihres Sohnes trotziges kleines Bemühen um das Holz beobachtete, erkannte sie sich selbst in seiner Schweigsamkeit und Beharrlichkeit, und den Vater erkannte sie an der Gleichgültigkeit, die das Kind allem, nur nicht sich selbst gegenüber empfand. Ihr Mann wollte ihr anscheinend nicht aus dem Sinn kommen. Er war vermutlich an seinem Haus vorbeigeschlichen, um erst zu trinken, ehe er nach Hause ging, während sein Abendbrot auf ihn wartete und verkam und vergeudet ward. Sie blickte auf die Uhr, dann nahm sie die Kartoffeln vom Feuer, um sie im Hof abzugießen. Die Gärten und Wiesen hinter dem Bach lagen in ungewisses Dunkel gehüllt. Als sie sich mit dem Kochtopf aufrichtete und das Kartoffelwasser hinter ihr in die Nacht hineindampfte, sah sie, daß die gelben Lampen längs der Landstraße brannten, die jenseits vom Schienennetz und der kleinen Wiese hügelan stieg.

Dann beobachtete sie wieder die Männer, die nach Hause zogen, doch nun weniger und immer weniger an Zahl.

In der Küche sank das Feuer zusammen, und der Raum glomm dunkelrot. Die Frau stellte den Kochtopf auf den Kaminabsatz und rückte einen Eierpudding dicht ans Feuerloch. Dann stand sie reglos da. Gleich darauf liefen erfreuliche, rasche junge Schritte auf die Haustür zu. Jemand hängte sich einen Augenblick an die Klinke, dann trat ein kleines Mädchen ein und begann, die Überkleidung abzustreifen, wobei es sich mit dem Hut eine Fülle von Locken ins Gesicht zog, die gerade von Blond zu Goldbraun heranreiften.

Ihre Mutter schalt sie, weil sie zu spät aus der Schule gekommen war, und sagte, sie würde sie an den dunklen Wintertagen zu Hause behalten müssen.

»Aber Mutter, es ist ja noch gar nicht richtig dunkel! Die Lampe brennt noch nicht, und Vater ist nicht zu Haus.«

»Ja, er ist nicht da. Dabei ist's schon Viertel vor fünf! Hast du ihn irgendwo gesehen?«

Die Kleine wurde ernst. Sie blickte die Mutter aus großen blauen Augen an.

»Nein, Mutter, ich hab ihn nicht gesehn. Warum? Ist er schon raus und am Haus vorbei nach Old Brinsley? Das kann nicht sein, Mutter, denn ich hab ihn nicht gesehn!«

»Davor würde er sich schon hüten«, entgegnete die Mutter verbittert, »er würde aufpassen, daß du ihn nicht zu sehen bekommst. Aber du kannst dich drauf verlassen: er sitzt jetzt im ›Prince of Wales‹. So sehr verspätet er sich nicht.«

Das Mädchen blickte die Mutter flehend an.

»Laß uns essen, Mutter, ja?« bat es.

Die Mutter rief John an den Tisch. Noch einmal

öffnete sie die Haustür und blickte über das Dunkel der Schienenstränge. Alles lag verlassen da; sie konnte die Fördermaschinen nicht mehr hören.

»Vielleicht«, sagte sie sich, »ist er unten geblieben, um etwas fertig abzuräumen.«

Sie setzten sich zu Tisch. John, der am andern Tischende nächst der Tür saß, wurde von der Dunkelheit fast aufgeschluckt. Keiner konnte des andern Gesicht erkennen. Das Mädchen kauerte vor dem Schutzblech und bewegte eine dicke Brotschnitte vor dem Feuer hin und her. Der Junge, dessen Gesicht sich als dämmeriger Fleck von den Schatten abhob, saß da und beobachtete die Schwester, die vom roten Feuerschein verklärt wurde.

»Ich finde es herrlich, ins Feuer zu schauen«, sagte sie.

»Findest du?« sagte die Mutter. »Warum?«

»Es ist so rot und voll kleiner Höhlen, und es ist so ein schönes Gefühl, und man kann's wirklich riechen.«

»Es ist gleich soweit, daß neu aufgelegt werden müßte«, erwiderte die Mutter, »und wenn Vater dann kommt, regt er sich auf und sagt, daß nie ein Feuer brennt, wenn er schwitzend aus der Grube heimkehrt. Eine Kneipe ist immer warm genug.«

Dann trat eine Stille ein, bis der Junge sich beklagte: »Mach doch schneller, Annie.«

»Tu ich ja! Ich kann doch dem Feuer nicht befehlen, daß es rascher macht, nicht?«

»Sie schwenkt's dauernd hin und her, damit's langsamer geht«, murrte der Junge.

»Denk nicht so häßliche Gedanken, Kind!« tadelte die Mutter.

Bald tönte es im dunklen Raum von eifrigem Knuspern und Kauen. Die Mutter aß sehr wenig. Sie trank entschlossen ihren Tee und saß grübelnd da. Als sie sich erhob, zeigte sich ihr Zorn in der strengen, unbeugsamen Kopfhaltung. Sie blickte auf den Pudding hinter dem Schutzblech und schimpfte los:

»'s ist schändlich, wenn ein Mann nicht mal zum Abendbrot nach Hause kommen kann. Ich seh nicht ein, was es mich noch angeht, wenn's zu Kohle verbrutzelt! Schleicht an seiner eigenen Haustür vorbei, um in die Kneipe zu gehen, und hier sitz ich und muß mit dem Essen auf ihn warten ...«

Sie ging hinaus. Als sie dann Stück für Stück frische Kohle aufs rote Feuer warf, fielen Schatten auf die Wände, bis die Küche fast in völliger Finsternis dalag.

»Ich kann nix sehn«, murrte der unsichtbare John. Gegen ihren Willen mußte die Mutter lachen.

»Die Mundstraße findet jeder«, sagte sie. Sie stellte den Aschenkasten vor die Tür. Als sie wie ein Schatten wieder vor dem Kamin erschien, beklagte sich der Junge abermals verdrießlich:

»Ich kann nix sehn!«

»Großer Gott«, rief die Mutter gereizt, »du bist

genauso schlimm wie dein Vater, wenn's mal ein bißchen dämmerig ist.«

Trotzdem nahm sie einen Papier-Fidibus von dem Häufchen auf dem Kaminsims und machte sich daran, die Lampe anzuzünden, die in der Mitte der Küche von der Decke niederhing. Als sie sich emporreckte, verriet ihre Gestalt, daß sie der Mutterschaft entgegenreifte.

»O Mutter!« rief das Mädchen laut.

»Was ist?« fragte die Frau und hielt sofort inne, obwohl sie den Zylinder über die Flamme stülpen wollte. Vom kupfernen Reflektor fiel ein schöner Schimmer auf sie, während sie mit erhobenem Arm dastand und das Gesicht ihrer Tochter zugewandt hatte.

»Du hast dir ja Blumen angesteckt!« rief das Mädchen und war von dem ungewöhnlichen Ereignis ganz entzückt.

»Meine Güte!« rief die Frau erleichtert. »Man könnte meinen, das Haus brennt ab.« Sie stülpte den Zylinder drüber und wartete einen Augenblick, ehe sie den Docht hochschraubte. Ein blasser Schatten schien undeutlich über den Fußboden zu schweben.

»Laß mich riechen!« bat das noch immer entzückte Kind, trat vor und hielt das Gesicht ans Schürzenband der Mutter.

»Geh weg, Dummchen!« erwiderte die Mutter und

schraubte die Flamme hoch. Das Licht verriet die Spannung in ihren Gesichtern, so daß die Frau es als fast unerträglich empfand. Annie beugte sich noch immer über das Schürzenband. Ärgerlich zog ihre Mutter die Blumen heraus.

»O Mutter, nimm sie nicht weg!« rief Annie, hielt ihr die Hand fest und versuchte, den Blütenzweig wieder hineinzuschieben.

»Was für ein Unsinn!« sagte die Mutter und wandte sich ab. Das Kind hielt die blassen Chrysanthemen an die Lippen und murmelte:

»Sie duften doch herrlich!«

Ihre Mutter stieß ein kurzes Lachen aus.

»Nein«, sagte sie. »Nicht für mich. Chrysanthemen waren da, als ich ihn geheiratet habe, und Chrysanthemen, als du geboren wurdest. Und als sie ihn das erste Mal betrunken nach Hause brachten, da hatte er eine braune Chrysantheme im Knopfloch.«

Sie blickte die Kinder an. Ihre Augen und die halbgeöffneten Lippen schienen zu fragen. Die Mutter saß eine Zeitlang schweigend da und schaukelte. Dann blickte sie auf die Uhr.

»Zwanzig vor sechs!« Mit einer Stimme voll schneidend bitterer Unbekümmertheit fuhr sie fort: »Hah, jetzt kommt er nicht eher, als bis sie ihn getragen bringen! Jetzt bleibt er da! Aber er soll mir nicht in seinem Grubendreck hereintorkeln, denn *ich* wasche ihn nicht! Er kann auf dem Fußboden liegen ... Ach, was für ein Schaf bin ich gewesen, was für ein Schaf! Und deswegen bin ich hergekommen: wegen so einem Dreckloch mit Ratten und Zeugs, an dem er sich vorbeischleicht, an seiner eigenen Haustür vorbei. Zweimal in der vergangenen Woche ... jetzt hat er wieder angefangen!«

Sie zwang sich zum Schweigen und stand auf, um den Tisch abzuräumen.

Während die Kinder eine Stunde oder länger zusammen spielten – in gedämpftem Eifer und mit überquellender Phantasie, einig aus Angst vor dem Zorn ihrer Mutter und aus Furcht vor ihres Vaters Heimkehr – saß Mrs. Bates in ihrem Schaukelstuhl und nähte ein ›Leibchen‹ aus dickem, sahnefarbenem Flanell, der, als sie die graue Webekante abriß, einen dumpfen Wehlaut hören ließ. Sie arbeitete emsig an ihrer Näherei und hörte den Kindern zu, so daß sich ihr Zorn erschöpfte, zur Ruhe legte, von Zeit zu Zeit die Augen aufschlug und aufmerkte, mit Ohren, die gespannt lauschten. Manchmal welkte ihr Zorn sogar und schrumpfte zusammen, und dann hörte die Mutter zu nähen auf und verfolgte die Schritte, die draußen auf den Bahnschwellen entlangstampften; dann warf sie den Kopf heftig in die Höhe und gebot den Kindern stille zu sein, doch faßte sie sich allmählich wieder, und die Schritte gingen am Tor vorbei, und die Kinder wurden nicht aus ihrer Spielwelt herausgerissen.

Und schließlich seufzte Annie und gab es auf. Sie blickte auf ihren Wagen voller Pantoffeln und verabscheute das Spiel. Klagend wandte sie sich an ihre Mutter:

»Mutter!« Doch es klang zu undeutlich.

John kroch wie ein Frosch unter dem Sofa hervor. Seine Mutter blickte auf.

»Nein, also!« rief sie. »Sieh dir bloß mal deine Hemdsärmel an!«

Der Junge streckte sie vor, um sie zu betrachten, und sagte nichts. Dann rief jemand mit heiserer Stimme ein Stück weiter unten an der Bahnstrecke, und Spannung hing knisternd in der Luft, bis draußen zwei Leute plaudernd vorbeigegangen waren.

»Zeit, zu Bett zu gehen!« sagte die Mutter.

»Vater ist nicht gekommen!« jammerte Annie klagend. Aber ihre Mutter war von Mut erfüllt.

»Einerlei. Wenn er kommt, werden sie ihn ins Haus tragen – wie einen Baumstamm. Und er kann auf dem Fußboden schlafen, bis er von selber aufwacht. Ich weiß schon, daß er morgen nicht auf Arbeit gehen kann – nach so einer Geschichte!«

Die Kinder ließen sich Gesicht und Hände mit einem Lappen waschen. Sie waren sehr still. Als sie die Nachthemden angezogen hatten, beteten sie, der

Junge mit unverständlicher Stimme. Die Mutter blickte auf sie nieder, auf den braunen, seidigen Schopf sich kräuselnder Locken im Nacken des Mädchens, auf den kleinen Schwarzkopf des Jungen, und das Herz brach ihr vor Zorn über den Vater, der allen dreien solchen Kummer bereitete. Die Kinder bargen die Köpfe trostsuchend in ihrem Rock.

Als Mrs. Bates nach unten kam, lag die Küche merkwürdig leer da, wie in verhaltener Erwartung. Sie nahm ihre Näherei auf und stichelte eine Zeitlang daran, ohne den Kopf zu heben. Mittlerweile hatte sich Furcht in ihren Zorn gemischt.

II

Die Uhr schlug acht, und sie erhob sich rasch und ließ die Näharbeit auf den Stuhl fallen. Sie ging zur Tür am Fuß der Treppe, öffnete sie und lauschte. Dann ging sie hinaus und schloß die Tür hinter sich zu.

Im Hof huschte etwas umher, und sie schrak zusammen, obwohl sie wußte, daß es nur die Ratten waren, von denen es hier wimmelte. Die Nacht war sehr dunkel. In der großen Bucht mit den Bahngeleisen, die mit Loren bedeckt waren, schimmerte kein Licht, nur weiter hinten konnte sie ein paar gelbe Lampen über dem Schacht erkennen und den roten

Klecks der brennenden Halde vor dem Nachthimmel. Sie lief hastig am Rand der Geleise entlang, dann überquerte sie die sich kreuzenden Schienenstränge und kam zum Drehkreuz neben dem weißen Gatter, von wo sie auf die Straße gelangte. Dort ließ die Furcht nach, die sie hergeführt hatte. Leute schlenderten nach New Brinsley; in den Häusern sah sie Licht brennen; zwanzig Meter voraus erblickte sie die breiten Fenster des ›Prince of Wales‹, strahlend und warm, und die lauten Stimmen der Männer konnte sie deutlich hören. Was für ein Schaf war sie gewesen, sich einzubilden, es könnte ihm etwas zugestoßen sein! Er saß bloß drüben im ›Prince of Wales‹ und trank. Sie zauderte. Noch nie war sie dort gewesen, um ihn zu holen, und sie wollte es auch nie tun. Daher setzte sie ihren Weg längs der unregelmäßigen Reihe von Häusern fort, die etwas abseits vom Fahrdamm lagen. Sie betrat einen Durchgang zwischen den Häusern.

»Mr. Rigley? – Ja! Wollten Sie ihn sprechen? Nein, er ist gerade nicht da.«

Die grobknochige Frau beugte sich aus ihrer dunklen Spülküche und blinzelte die andere an, auf die durch das Rouleau des Küchenfensters ein matter Lichtschein fiel.

»Sind Sie's, Mrs. Bates?« fragte sie mit einem Ton, der einen Anflug von Achtung hatte.

»Ja. Ich wollte gern wissen, ob Ihr Mann zu Hause ist. Meiner ist noch nicht da.«

»Nicht? O ja, Jack ist nach Hause gekommen und hat sein Abendbrot gegessen und ist wieder weggegangen. Bloß für'n halbes Stündchen vor dem Einschlafen. Haben Sie im ›Prince of Wales‹ gefragt?«

»Nein ...«

»Nein, natürlich nicht, 's ist nicht sehr angenehm.« Die andere Frau sprach mitfühlend. Eine verlegene Pause entstand. »Jack hat nix von Ihrem Mann gesagt«, schloß sie.

»Ja, ja. Ich vermute, daß er da drin festsitzt.«

Elizabeth Bates sagte es verbittert und bedenkenlos. Sie wußte, daß auf dem Hof nebenan eine Frau hinter der Tür stand und lauschte, aber sie kümmerte sich nicht darum. Als sie sich zum Gehen wandte, sagte Mrs. Rigley:

»Warten Sie ein Momentchen! Ich geh und frage Jack, ob er was weiß!«

»O nein! Ich möchte nicht ...«

»Doch, doch! Wenn Sie nur eintreten wollen und aufpassen, daß die Kinder nicht nach unten kommen und mit dem Feuer spielen.«

Elizabeth Bates widersetzte sich noch ein wenig und trat dann ein. Die andere Frau entschuldigte sich wegen des Zustands, in dem sich die Küche befand.

Die Entschuldigung war nötig. Kleidchen und

Hosen und Kinder-Unterwäsche lagen auf dem Sofa und auf dem Fußboden, und überall waren Spielsachen verstreut. Auf dem schwarzen Wachstuch des Küchentisches häuften sich Brotschnitten und Kuchenstückchen, Rinden und verschütteter Tee und eine Teekanne mit kaltem Tee.

»Ach, bei uns ist's genauso schlimm«, erwiderte Elizabeth Bates und blickte auf die Frau, nicht auf die Sachen. Mrs. Rigley hüllte ihren Kopf in einen Schal und sagte, während sie hinauseilte:

»Ich bleib keine Minute weg!«

Die andere saß da und vermerkte mit leiser Mißbilligung die allgemeine Unordnung der Wohnküche. Dann kam's ihr in den Sinn, die Schuhe zu zählen, die in allen Größen auf dem Fußboden herumlagen. Es waren zwölf. Sie seufzte, blickte auf das Durcheinander und dachte bei sich: »Kein Wunder!« Dann hörte sie das Schurren von zwei Paar Füßen im Hof, und die Rigleys traten ein. Elizabeth Bates erhob sich. Rigley war ein großer Mann mit sehr kräftigen Knochen. Besonders sein Kopf wirkte sehr knochig. Quer über seine Schläfe lief eine blaue Narbe, die von einer Wunde herrührte, welche er sich im Bergwerk geholt hatte, einer Wunde, in der sich der Kohlenstaub so blau wie beim Tätowieren erhalten hatte.

»Ist er noch nicht nach Haus gekommen?« fragte der Mann, ohne sie irgendwie zu begrüßen, jedoch voller Achtung und Mitgefühl. »Ich könnt's nicht sagen, wo er ist – da drüben ist er nicht ...« Er deutete mit dem Kopf zum ›Prince of Wales‹ hinüber.

»Vielleicht ist er zur ›Eibe‹ raufgegangen«, sagte Mrs. Rigley.

Es entstand wieder eine Pause. Rigley mußte sich offenbar etwas vom Herzen reden:

»Er wollte noch sein Tagewerk fertigmachen, als ich weg bin«, begann er. »Die Sirene hatte schon vor zehn Minuten aufgehört, und als wir rauf wollten, hab ich gerufen: ›Kommst mit, Walt?‹ und er hat gesagt: ›Geht schon! Ich hab bloß noch ne kleine Minute‹, also sind wir zur Grundstrecke gegangen, ich und Bowers, und haben gedacht, er wäre gleich hinter uns und käm mit dem nächsten Förderkorb rauf ...«

Er stand verwirrt da, als müßte er sich gegen eine Anklage verteidigen, seinen Kameraden im Stich gelassen zu haben. Elizabeth Bates, die jetzt wieder von einem Unglück überzeugt war, beeilte sich, ihn zu beruhigen:

»Ich nehme an, er ist in den ›Eibenbaum‹ gegangen, wie Sie sagten. Es wäre nicht das erste Mal. Ich hab mich mittlerweile halbtot geängstigt. Er kommt erst nach Hause, wenn sie ihn tragen müssen.«

»Aye, 's ist ein Jammer«, sagte die andere Frau bedauernd.

»Ich will doch schnell zu Dick raufgehn und nachsehn, ob er da ist«, erbot sich der Mann, besorgt, er könnte unruhig erscheinen, und besorgt, er könnte sich aufdrängen.

»Oh, ich will Sie ganz bestimmt nicht so stören«, wehrte Elizabeth Bates sehr nachdrücklich ab, doch er wußte, daß sie über sein Angebot froh war.

Als sie die Zufahrt entlangstolperten, hörte sie, wie Rigleys Frau über den Hof lief und bei ihrer Nachbarin die Tür öffnete. Da schien plötzlich all ihr Blut aus ihrem Herzen zu schießen.

»Vorsicht!« warnte Rigley. »Ich hab schon oft gesagt, wenn ich nicht endlich die Furchen in dem Weg hier ausfülle, dann bricht sich noch mal jemand ein Bein.«

Sie faßte sich wieder und ging rasch neben dem Bergarbeiter einher.

»Ich hab's nicht gern, wenn die Kinder im Bett liegen und niemand im Haus ist«, sagte sie.

»Nein, natürlich nicht!« erwiderte er höflich. Sie waren bald am Tor ihrer Hütte.

»Well, ich bleib nicht lange weg! Sorgen Sie sich nicht mehr, 's fehlt ihm ja nichts«, meinte der Akkordmeister.

»Vielen Dank, Mr. Rigley!« sagte sie.

»Gern geschehn«, stotterte er und ging schon. »Ich bleib nicht lange weg.«

Das Haus war still. Elizabeth Bates legte Hut und

Schal ab und rollte den Kaminvorleger wieder auf. Als sie fertig war, setzte sie sich. Es war ein paar Minuten nach neun. Dann erschrak sie beim raschen Tuckern der Fördermaschine und dem Schwirren der Bremsen am Seil, das in den Schacht hinunterlief. Wieder spürte sie das schmerzhafte Losstürmen ihres Blutes, und sie legte die Hand aufs Herz und sagte laut: »Meine Güte! 's ist bloß der Neun-Uhr-Wächter, der nach unten fährt«, und schalt sich.

Sie saß still und lauschte. Nachdem sie eine halbe Stunde so zugebracht hatte, war sie zermürbt.

»Warum arbeite ich mich nur in solchen Zustand hinein?« sagte sie sich kläglich. »Ich werd mir nur selber damit schaden!«

Sie nahm ihre Näherei wieder auf.

Viertel vor zehn hörte sie Schritte. Einer allein! Sie blickte auf die Tür, bis sie aufging. Es war eine ältere Frau in einer schwarzen Haube und einem schwarzwollenen Umhängetuch – seine Mutter. Sie war etwa sechzig Jahre alt, bleich und blauäugig, und ihr Gesicht war ganz verrunzelt und elend. Sie machte die Tür zu und wandte sich grämlich an ihre Schwiegertochter.

»Ach, Lizzie, was solln wir bloß tun, was solln wir bloß tun?« rief sie.

Elizabeth trat rasch ein wenig zurück.

»Was ist, Mutter?« fragte sie.

Die ältere Frau nahm auf dem Sofa Platz.

»Ich weiß es nicht, Kind, ich kann's dir nicht sagen.« Langsam schüttelte sie den Kopf. Elizabeth saß da und beobachtete sie besorgt und verärgert.

»Ich weiß es nicht«, wiederholte die Großmutter und seufzte sehr tief. »Mit meinem Kummer nimmt's kein Ende, wirklich nicht! Was ich schon alles durchgemacht habe, das ist doch wahrhaftig genug!« Sie weinte, ohne sich die Augen zu trocknen, und ließ ihren Tränen freien Lauf.

»Aber Mutter«, unterbrach sie Elizabeth, »was meinst du denn? Was ist los?«

Die Großmutter trocknete langsam die Augen. Ihr Tränenquell versiegte, als Elizabeth sie so geradezu fragte. Langsam wischte sie sich über die Augen.

»Armes Kind! Ach, du armes Ding!« ächzte sie. »Ich weiß nicht, was wir machen sollen, wirklich nicht – und du in deinem Zustand – 's ist furchtbar, wirklich!«

Elizabeth wartete.

»Ist er tot?« fragte sie, und bei ihren Worten pochte ihr Herz heftig, obwohl sie wegen der unglaublichen Verstiegenheit ihrer Frage eine leichte Schamröte aufsteigen fühlte. Ihre Worte erschreckten die alte Frau einigermaßen und brachten sie fast zur Vernunft.

»Sag das nicht, Elizabeth! Wir wollen hoffen, daß es nicht so schlimm ist; nein, Gott wird's uns ersparen, Elizabeth. Jack Rigley kam gerade vorbei, als ich mir vorm Zubettgehen ein Gläschen genehmigte, und er sagte: ›Vielleicht gehn Sie doch mal die Strecke entlang, Mrs. Bates! Walt hat einen Unfall gehabt. Vielleicht wolln Sie gern zu ihr und bei ihr sitzen, bis wir'n ihr ins Haus tragen können?‹ Es war keine Zeit, ihn auch nur ein Wort zu fragen, so schnell war er wieder weg. Und ich hab mir die Haube aufgesetzt und bin gleich zu dir, Lizzie! Ich hab so bei mir gedacht: ›Ach, das arme gute Kind, wenn jemand vorbeikäme und ihr's unvorbereitet sagt, dann kann ihr ja wer weiß was passieren!‹ Du mußt dich nicht aufregen, Lizzie – weißt ja, was dir sonst blüht. Im wievielten bist du jetzt, Lizzie – im sechsten? Oder im fünften Monat? Aye«, die alte Frau schüttelte den Kopf, »die Zeit verfliegt nur so, sie verfliegt einem! Aye!«

Elizabeths Gedanken kreisten um andere Fragen. Wenn er umgekommen war – würde es ihr gelingen, mit der kleinen Pension zu leben – außer dem, was sie hinzuverdiente? Sie rechnete rasch. Wenn er verletzt war – sie würden ihn nicht ins Krankenhaus schaffen – wie ermüdend würde es sein, ihn zu pflegen – aber vielleicht glückte es ihr dann, ihm das Trinken abzugewöhnen. Das könnte sie tun – solange er krank war. Bei der Vorstellung wollten ihr die Tränen in die Augen steigen. Aber was für einen sentimentalen Luxus leistete sie sich da? Sie wollte lieber an die

Kinder denken! Denen war sie auf jeden Fall unentbehrlich. Sie waren ihre Aufgabe.

»Aye«, jammerte die alte Frau, »mir scheint's bloß ein, zwei Wochen her zu sein, daß er mir seinen ersten Lohn gebracht hat. Aye, er war ein guter Junge, Elizabeth, doch auf seine Art. Ich weiß nicht, warum er dann so wurde und einem solchen Kummer machte, nein. Zu Hause war er ein glücklicher Bursche, und immer guter Dinge. Aber alles was recht ist, er ist 'n richtiges Sorgenkind geworden, wahrhaftig! Hoffentlich verschont ihn der liebe Gott, damit er sich noch ändern kann. Ich hoff's, ich hoff's! Du hast gehörig Kummer mit ihm gehabt, Elizabeth, weiß der liebe Himmel! Und er war so ein fröhlicher Bursche, als er noch bei mir war, das kann ich dir versichern. Ich weiß nicht, wie's kam ...«

Die alte Frau fuhr fort, laut zu denken, ein eintöniges, erbitterndes Geräusch, während Elizabeth angestrengt nachdachte und nur einmal zusammenfuhr, als sie die Fördermaschine geschwind tuckern und die Bremsen kreischend surren hörte. Dann hörte sie, daß die Maschine langsamer lief und daß die Bremsen keinen Lärm mehr machten. Die alte Frau bemerkte es nicht. Elizabeth wartete gespannt. Die Schwiegermutter redete und verfiel zwischendurch wieder in Schweigen.

»Aber er war nicht dein Sohn, Lizzie, und das

macht einen Unterschied aus. Einerlei, wie er ist, ich denk immer an ihn, wie er klein war, und ich hab gelernt, ihn zu verstehen und nachsichtig zu sein. Man muß nachsichtig mit ihnen sein ...«

Es war halb elf, und die alte Frau sagte gerade: »Aber es ist Kummer von Anfang bis zu Ende, nie ist man zu alt für den Kummer, niemals zu alt dafür...«, als das Gartentor aufflog und auf den Stufen schwere Schritte erklangen.

»Ich geh, Lizzie, laß mich gehn!« rief die alte Frau und stand auf. Aber Elizabeth war schon an der Haustür. Es war ein Mann in Grubenkleidern.

»Sie bringen ihn, Missis«, sagte er. Elizabeths Herz stockte einen Augenblick. Dann raste es weiter und erstickte sie fast.

»Ist er – geht's ihm schlecht?« fragte sie.

Der Mann wandte sich ab und blickte in die Dunkelheit hinaus:

»Der Doktor sagt, er wär schon seit 'n paar Stunden tot. Er hat ihn im Lampenschuppen untersucht.«

Die alte Frau, die dicht hinter Elizabeth stand, sank auf einen Stuhl, faltete die Hände und rief: »Oh, mein Junge, mein Junge!«

»Still!« sagte Elizabeth und zog die Brauen ärgerlich zusammen. »Sei still, Mutter! Weck die Kinder nicht auf! Ich will's auf keinen Fall, daß sie herunterkommen.«

Die alte Frau stöhnte leise und wiegte sich hin und her. Der Mann zog sich zurück. Elizabeth trat einen Schritt vor.

»Wie ist es gekommen?« fragte sie.

»Well, genau weiß ich's nicht«, erwiderte der Mann, dem es sehr unbehaglich war. »Er hat sein Tagewerk fertigmachen wollen, und die Akkordmeister waren weg, und eine Menge Hangendes ist auf ihn runtergestürzt ...«

»Und hat ihn zermalmt?« rief die Witwe und schauderte.

»Nein«, gab der Mann zur Antwort. »Es ist hinter seinem Rücken niedergegangen. Er war unter dem Überhangenden, und es hat ihn überhaupt nicht berührt. Es hat ihn eingeschlossen. Anscheinend ist er erstickt.«

Elizabeth wich zurück. Sie hörte die alte Frau hinter sich rufen:

»Was? Was hat er gesagt, wie's war?«

Der Mann wiederholte es, diesmal lauter: »Er ist erstickt.«

Da jammerte die alte Frau laut auf, und das kam Elizabeth zugute:

»O Mutter«, rief sie und legte die Hand auf die Schulter der alten Frau: »Weck die Kinder nicht auf! Weck die Kinder nicht auf!«

Sie weinte ein wenig, ohne es zu wissen, während

die Mutter sich hin- und herwiegte und stöhnte. Elizabeth kam es in den Sinn, daß sie ihn ja nach Hause brachten und daß sie bereit sein müßte. »Sie werden ihn ins Wohnzimmer legen«, sagte sie sich und stand einen Augenblick blaß und verwirrt da.

Dann zündete sie eine Kerze an und ging in das winzige Zimmer. Die Luft war kühl und dumpfig, aber sie konnte kein Feuer anzünden, denn es war kein Kamin da. Sie stellte die Kerze hin und blickte sich um. Das Kerzenlicht fiel glitzernd auf das Kristallglas der Hängelampe, auf die beiden Vasen, in denen ein paar von den rosa Chrysanthemen standen, und auf das dunkle Mahagoni-Holz. Ein kalter, totenhafter Geruch nach Chrysanthemen hing im Zimmer.

Elizabeth stand da und betrachtete die Blumen. Dann wandte sie sich ab und überlegte, ob genügend Platz wäre, ihn auf den Fußboden zu legen, zwischen den Diwan und das Glasschränkchen. Sie stieß die Stühle beiseite. Es würde genügend Platz sein, ihn hinzulegen und um ihn herumzugehen. Dann holte sie die alte rote Tischdecke und ein anderes rotes Tuch und breitete beides auf dem Boden aus, um ihr bißchen Teppich zu schonen. Sie schauerte zusammen, als sie das Wohnzimmer verließ, daher nahm sie ein sauberes Hemd aus der Kommode und hängte es zum Nachtrocknen vors Feuer. Die ganze Zeit über saß ihre Schwiegermutter sich wiegend auf dem Stuhl und stöhnte.

»Du mußt hier weggehen, Mutter«, sagte Elizabeth. »Sie bringen ihn hier rein. Komm zum Schaukelstuhl!«

Die alte Frau erhob sich willenlos, setzte sich ans Feuer und fuhr in ihren Klagen fort. Elizabeth ging in die Speisekammer, um noch eine Kerze zu holen, und dort, in dem kleinen Anbau unter den bloßen Dachziegeln, hörte sie die Männer kommen. Sie blieb auf der Schwelle der Speisekammertür stehen und lauschte. Sie hörte, wie sie hinten ums Haus gingen und ungeschickt die drei Stufen hinunterstiegen – ein Durcheinander scharrender Schritte und murmelnder Stimmen. Die alte Frau war still. Die Männer waren im Hof.

Dann hörte Elizabeth, wie Matthews, der Verwalter der Zeche, sagte: »Geh du zuerst hinein, Jim! Obacht!«

Die Tür öffnete sich, und die beiden Frauen sahen einen Bergarbeiter rückwärts ins Zimmer kommen; er trug das eine Ende der Bahre, auf der sie die genagelten Grubenschuhe des Toten sehen konnten. Die beiden Träger machten Halt, und der Mann am Kopfende duckte sich unter der Tür.

»Wo wollen Sie ihn haben?« fragte der Verwalter, ein kleiner, weißbärtiger Mann.

Elizabeth raffte sich zusammen und kam mit der noch nicht angezündeten Kerze von der Speisekammer her.

»Im Wohnzimmer«, sagte sie.

»Dorthinein, Jim!« wies der Verwalter an, und die Träger bogen rückwärts in das winzige Zimmer ein. Die Jacke, mit der sie den Leichnam bedeckt hatten, fiel ab, als sie ungeschickt durch die zwei Türen bogen, und die Frauen sahen ihren Mann bis zum Gürtel nackend, für die Arbeit entkleidet, daliegen. Die alte Frau begann mit leiser, entsetzter Stimme zu ächzen.

»Stellt die Bahre beiseite«, befahl der Verwalter, »und legt ihn auf die Tücher! Paßt jetzt auf! Paßt auf! Da haben wir's ...«

Einer von den Männern hatte die eine Chrysanthemenvase umgestoßen. Er stierte verlegen, dann stellten sie die Bahre hin. Elizabeth blickte nicht auf ihren Mann. Sobald sie ins Zimmer gelangen konnte, ging sie hinein und hob die zerbrochene Vase und die Blumen auf.

»Wartet einen Augenblick!« bat sie.

Die drei Männer warteten stumm, während sie das Wasser mit einem Lappen aufnahm.

»Je, o je, was für ne schlimme Geschichte!« sagte der Verwalter und rieb sich voller Sorge und Verwirrung die Stirn. »Hab noch nie im Leben so was gesehn, noch nie! 's ging ihn gar nichts an, zurückzubleiben. Hab noch nie im Leben so was gesehn! 's fiel einfach aalglatt über ihn weg und hat ihn eingesperrt. Etwa 'n Meter Zwischenraum, nicht mehr, und doch hat's ihn kaum gestreift.«

Er blickte auf den toten Mann nieder, der halb nackend auf dem Rücken lag und über und über mit Kohlenstaub besudelt war.

»›Asphyxie‹, hat der Doktor gesagt, 's ist wirklich die schlimmste Geschichte, die ich jemals erlebt habe. Sieht aus, als wär's absichtlich passiert. Glatt über ihn weg und ihn eingesperrt, wie ne Mausefalle ...« Seine Hand fuhr in einer heftigen Gebärde nach unten.

Die neben ihm stehenden Bergarbeiter nickten mit dem Kopf und bestätigten es traurig.

Das Grauenhafte des Ereignisses schwang noch in ihnen allen nach.

Dann hörten sie die Stimme des Mädchens, das schrill nach unten rief: »Mutter! Mutter! Wer ist da? Mutter, wer ist da?«

Elizabeth eilte an den Fuß der Treppe und öffnete die Tür.

»Schlaf weiter!« befahl sie scharf. »Was schreist du so? Schlaf sofort wieder ein – es ist nichts!«

Dann begann sie die Treppe hinaufzusteigen. Sie konnten hören, wie sie über die Dielen und dann über den Mörtelboden der kleinen Schlafkammer ging. Sie konnten jedes Wort verstehen:

»Was ist denn nur? Was ist denn nur mit dir, Dummchen?« Ihre Stimme klang vor unechter Sanftheit sehr bewegt.

»Ich dachte, es wären Männer gekommen«, antwortete die klagende Stimme des Kindes. »Ist er da?«

»Ja, sie haben ihn gebracht. Du brauchst dich über nichts aufzuregen! Geh und schlaf jetzt, sei ein liebes Kind!«

Sie konnten ihre Stimme in der Schlafkammer hören und warteten, während sie die Kinder wieder gut zudeckte.

»Ist er betrunken?« fragte das Mädchen scheu und leise.

»Nein – nein. Er – er schläft.«

»Schläft er unten?«

»Ja – und seid schön leise!«

Einen Augenblick waren sie still, dann hörten die Männer wieder das verängstigte Kind:

»Was ist das für ein Geräusch?«

»Nichts weiter, sag ich dir doch! Was regst du dich nur auf?«

Das Geräusch wurde von der stöhnenden Großmutter verursacht. Sie war blind für alles um sie her, saß schaukelnd im Stuhl und stöhnte. Der Verwalter legte ihr die Hand auf den Arm und ermahnte sie, leise zu sein. »Scht!«

Die alte Frau öffnete die Augen und blickte ihn an.

Sie war erschrocken über seine Einmischung und schien nichts zu begreifen.

»Wieviel Uhr ist es?« Die klagende, hohe Stimme des Kindes stellte, bevor es wieder unglücklich in Schlaf sank, eine letzte Frage.

»Zehn Uhr«, antwortete die Mutter etwas weicher. Dann beugte sie sich wohl nieder und küßte die Kinder.

Matthews winkte den Männern, fortzugehen. Sie setzten die Mützen auf und nahmen die Bahre. Sie schritten über die Leiche hinweg und gingen auf Zehenspitzen aus dem Haus. Keiner von ihnen sprach, bis sie außer Hörweite der ruhelosen Kinder waren.

Als Elizabeth nach unten kam, fand sie ihre Schwiegermutter allein im Wohnzimmer auf dem Fußboden, wie sie sich über den Toten beugte, so daß ihre Tränen auf ihn niederfielen.

»Wir müssen ihn zurechtmachen«, sagte die Ehefrau. Sie setzte den Teekessel aufs Feuer, dann kam sie wieder, kniete sich vor seinen Füßen hin und begann, die verknoteten Lederriemen zu lösen. Das Zimmer war feuchtkalt und von der einen Kerze nur schwach erhellt, so daß sie ihr Gesicht fast bis auf den Fußboden senken mußte. Endlich konnte sie die schweren Stiefel ausziehen und auf die Seite stellen.

»Du mußt mir jetzt helfen«, flüsterte sie der alten Frau zu. Gemeinsam entkleideten sie den Mann.

Als sie sich erhoben und ihn in der naiven Würde des Todes liegen sahen, stand die Frau in Furcht und Achtung befangen da. Ein paar Augenblicke blieben sie still und blickten auf ihn nieder, und die alte Mutter wimmerte. Elizabeth fühlte sich ausgeschlossen. Sie sah ihn, wie er dalag, so gänzlich unversehrbar in seinem Selbst. Sie ging ihn nichts an. Das konnte sie nicht hinnehmen. Sie beugte sich über ihn und legte die Hand auf ihn, ihn als ihr Eigentum beanspruchend. Er war noch warm, denn der Stollen war heiß, in dem er gestorben war. Seine Mutter hatte sein Gesicht in die Hände genommen und murmelte zusammenhanglos. Die alten Tränen fielen eine um die andre wie Tropfen von nassen Blättern: die Mutter weinte nicht, nur ihre Tränen flossen. Elizabeth umarmte die Leiche ihres Mannes und drückte Wangen und Lippen auf ihn. Sie schien zu lauschen, zu fragen, sie versuchte ihn zu erreichen. Aber es gelang ihr nicht. Sie wurde abgewiesen. Er war unzugänglich.

Sie erhob sich und ging in die Küche, wo sie warmes Wasser in eine Schüssel goß; sie brachte Seife und einen Lappen und ein weiches Handtuch.

»Ich muß ihn waschen«, sagte sie.

Da stand auch die alte Mutter mit steifen Gliedern auf und sah Elizabeth zu, wie sie behutsam sein Gesicht wusch und behutsam den großen blonden Schnurrbart mit dem Lappen beiseite wischte. Eine unergründliche Furcht hielt sie im Bann, daher diente sie ihm. Die alte Frau sagte eifersüchtig:

»Ich will ihn abtrocknen!« Sie kniete auf der andern Seite nieder und trocknete ihn langsam ab, während Elizabeth ihn wusch, und manchmal streifte ihre große schwarze Haube den dunklen Kopf ihrer Schwiegertochter. So arbeiteten sie lange Zeit schweigend. Nie vergaßen sie, daß es der Tod war – und daß sie den toten Körper des Mannes berührten, weckte seltsame Gefühle in ihnen, andersartige in jeder der beiden Frauen. Eine große Furcht hatte sie beide gepackt: die Mutter meinte, daß ihr Mutterleib Lügen gestraft und daß sie nicht anerkannt würde; die Ehefrau empfand die völlige Vereinsamung der Menschenseele, und das Kind in ihrem Leib fühlte sie wie eine Last, die nicht zu ihr gehörte.

Endlich war es beendet. Er war ein Mann mit einem schönen Körper, und sein Gesicht zeigte keine Spuren vom Alkohol. Er war blond, gut im Fleisch, und hatte schöne Gliedmaßen. Aber er war tot.

»Mein Junge!« flüsterte die Mutter, blickte fortwährend in sein Gesicht und sprach aus reinstem Entsetzen. »Mein lieber Junge – mein Junge!« Sie sprach leise und stieß die Worte flüsternd hervor, in einer Ekstase aus Furcht und Mutterliebe.

Elizabeth sank wieder auf den Fußboden, legte ihr Gesicht an seinen Hals und zitterte und bebte. Doch sie mußte sich abermals zurückziehen. Er war tot, und ihr lebendiges Fleisch fand neben seinem toten keinen Raum. Eine große Furcht und Müdigkeit hielt sie in Fesseln: sie war so unnütz. Ihr Leben war dahin – wie das seine.

»Weiß wie Milch ist er, so hell wie ein einjähriges Kindchen, der Liebe, der Schatz!« murmelte die alte Mutter vor sich hin. »Kein Makel an ihm, hell und rein und weiß, so schön, wie nur je ein Kind geboren wurde«, murmelte sie voller Stolz. Elizabeth hielt ihr Gesicht gesenkt.

»Er ist friedlich gestorben, Lizzie – so friedlich wie im Schlaf. Ist er nicht schön, das Lämmchen? Aye – er hat sich ausgesöhnt mit seinem Schicksal, Lizzie. Hat's sicher in aller Ruhe gekonnt, wie er da eingeschlossen war. Er hat wohl Zeit gehabt. Er würde nicht so aussehen, wenn er sich nicht ausgesöhnt hätte. Das Lämmchen, das gute Lämmchen! Ach, was für ein herzhaftes Lachen er hatte! Ich hab's gar zu gern gehört. Keiner konnte so herzhaft lachen wie er, Lizzie, als junger Bursche ...«

Elizabeth blickte auf. Der Kiefer des Mannes war etwas heruntergesunken, so daß der Mund unter dem Schnurrbart ein wenig offenstand. Die halb geschlossenen Augen sahen in der Dunkelheit nicht glasig aus. Das qualmig brennende Leben war von ihm gewichen und hatte ihn losgelöst und gänzlich fremd zurückgelassen. Und sie wußte, was für ein Fremder er für sie war. In ihrem Leibe regte sich eisige Furcht vor diesem einsamen Fremden, mit dem sie gelebt hatte und ein Fleisch gewesen war. War es das, was sich hinter allem barg: äußerste, ungebrochene Einsamkeit, verschleiert hinter der Lebensglut? Furchtsam wandte sie ihr Gesicht ab. Die Tatsache war zu vernichtend. Nichts hatte sie verbunden, und doch waren sie zusammengekommen, hatten immer wieder ihre Nacktheit ausgetauscht! Jedesmal, wenn er sie genommen hatte, waren sie zwei isolierte Wesen, so sehr voneinander getrennt wie eben jetzt. Er war ebensowenig verantwortlich wie sie. Das Kind lag wie Eis in ihrem Leibe. Denn während sie auf den toten Mann blickte, sprach klar und kühl und losgelöst ihr Geist: »Wer bin ich? Was habe ich getan? Ich habe gegen einen Mann gekämpft, der nicht existierte. Der da hat die ganze Zeit existiert. Was habe ich falsch gemacht? Was war das, womit ich gelebt habe? Dort liegt die Wirklichkeit – dieser Mann dort.« Und vor Furcht starb ihre Seele in ihr: sie wußte, daß sie ihn nie gesehen hatte, daß er sie nie gesehen hatte; sie waren sich im Dunkeln begegnet und hatten im Dunkeln gekämpft, ohne zu wissen, wem sie begegneten noch wen sie bekämpften. Und jetzt sah sie – und im Sehen verstummte sie. Denn sie hatte es falsch gemacht. Sie hatte gesagt, er wäre etwas, das er gar nicht war; sie hatte ihn zu kennen geglaubt. Und dabei war er die ganze Zeit allein gewesen, hatte gelebt, wie sie nie lebte, hatte empfunden, wie sie nie empfand.

Voller Furcht und Scham blickte sie auf seinen nackten Körper, den sie so schlecht gekannt hatte. Und er war der Vater ihrer Kinder. Ihre Seele wurde ihr aus dem Leibe gerissen und stand allein. Sie blickte auf seinen nackten Körper und schämte sich, als hätte sie ihn nicht erkannt. Denn er war schließlich er selbst. Es schien ihr furchtbar. Sie blickte in sein Gesicht, und dann kehrte sie ihr eigenes Gesicht gegen die Wand. Denn sein Ausdruck war anders als der ihre, seine Art war nicht ihre Art. Sie hatte ihn nicht anerkannt – sie sah es jetzt. Sie hatte ihn in seinem Selbst abgelehnt. Und das war ihr Leben gewesen – und sein Leben. Sie war dem Tod dankbar, der die Wahrheit wieder herstellte. Und sie wußte, daß sie nicht tot war.

Und die ganze Zeit quoll ihr das Herz über vor Kummer und Mitleid um ihn. Was hatte er gelitten? Was für grauenvolle Stunden für den hilflosen Mann? Sie war wie gelähmt vor Qual. Sie hatte ihm nicht helfen können. Er war grausam verletzt worden, dieser nackte Mann, dieses andere Wesen, und sie konnte es nicht wiedergutmachen. Da waren die Kinder – doch die Kinder gehörten dem Leben. Der tote Mann da hatte nichts mit ihnen gemein. Er und sie waren nur Kanäle gewesen, durch die das Leben geflossen war, um die Kinder hervorzubringen. Sie war eine Mutter – doch wie furchtbar, das wußte sie jetzt, eine Ehefrau gewesen zu sein! Und er, der jetzt tot war – wie furchtbar mußte er es empfunden haben, ein Ehemann zu sein! Sie spürte es, daß er in der nächsten Welt ein Fremder für sie sein würde. Wenn sie sich dort begegneten, im Jenseits, würden sie nur beschämt sein über das, was früher gewesen war. Die Kinder waren – aus einem geheimnisvollen Grund – aus ihnen beiden hervorgegangen. Aber die Kinder hatten sie nicht vereinigt. Jetzt, da er tot war, wußte sie, wie in alle Ewigkeit er von ihr getrennt war, wie in alle Ewigkeit er nichts mehr mit ihr zu tun hatte. Sie sah diesen Abschnitt ihres Lebens beendet. Sie hatten einander im Leben nicht anerkannt. Nun hatte er sich zurückgezogen. Eine Seelenangst überfiel sie. Es war also zu Ende: lange bevor er starb, war es zwischen ihnen hoffnungslos gewesen. Und doch war er ihr Ehemann gewesen. Aber wie wenig!

»Hast du sein Hemd, Elizabeth?«

Elizabeth drehte sich um, ohne zu antworten, obwohl sie sich bemühte, zu weinen und sich so zu verhalten, wie ihre Schwiegermutter es von ihr erwartete. Aber sie konnte es nicht, sie war vernichtet. Sie ging in die Küche und kehrte mit dem Wäschestück zurück.

»Es ist trocken«, sagte sie und griff hier und dort in das Baumwollhemd, um es zu prüfen. Sie schämte sich fast, ihn zu berühren: was für ein Recht hatte sie oder sonst jemand, Hand an ihn zu legen? Doch rührte sie seinen Körper voller Demut an. Es war eine schwierige Arbeit, ihn anzukleiden. Er war so schwer und so völlig leblos und gleichgültig und fern. Das Grauen ob des Abstandes zwischen ihr und ihm war fast zuviel für sie – es war eine so unendliche Kluft, über die sie hinwegblicken mußte.

Endlich war es beendet. Sie bedeckten ihn mit einem Leintuch und ließen ihn liegen, mit eingebundenem Kopf. Und sie verschloss die Tür des kleinen Wohnzimmers, damit die Kinder nicht sehen sollten, was dort lag. Dann, als sich der Frieden schwer auf ihr Herz gesenkt hatte, ging sie daran, die Küche aufzuräumen. Sie wußte, daß sie sich dem Leben unterwarf, das ihr gegenwärtiger Herr war. Doch vor dem Tod, ihrem endgültigen Herrn, wand sie sich in Furcht und Scham.

Das grauenvolle Radio

VON JOHN CHEEVER

Jim und Irene Westcott gehörten zu den Leuten, die anscheinend jenem zufriedenstellenden Durchschnitt von Einkommen, Vorwärtsstreben und Wohlangesehenheit entsprachen, der in den Statistiken der Mitteilungsblätter ehemaliger Collegestudenten errechnet wird. Sie hatten zwei Kinder, waren neun Jahre verheiratet, wohnten im zwölften Stock eines Mietshauses in einer der Siebziger Straßen zwischen der Fifth und Madison Avenue, gingen durchschnittlich 10,3 mal im Jahr ins Theater und hofften, eines Tages in Westchester leben zu können. Irene Westcott war eine heitere, unauffällige junge Frau mit weichem braunem Haar und feingeformter hoher Stirn, auf der noch nichts seine Spuren eingegraben hatte; bei kaltem Wetter trug sie einen Iltismantel, der auf Nerz gefärbt war. Man konnte nicht behaupten, daß Jim Westcott mit seinen siebenunddreißig Jahren jünger aussah, als er war; aber zumindest ließ sich von ihm sagen, daß er sich jünger zu fühlen schien. Er trug sein schon einen grauen Schimmer zeigendes Haar sehr kurz und kleidete sich, wie es seine Mitstudenten in Andover getan hatten; sein Wesen war ernst, leidenschaftlich und von zweckbestimmter Naivität. Die Westcotts unterschieden sich von ihren Freunden, sozial Gleichgestellten und ihren Nachbarn nur durch ihr gemeinsames Interesse für klassische Musik. Sie besuchten sehr viele Konzerte – wenn sie es auch selten anderen gegenüber erwähnten – und verbrachten viel Zeit mit Musikhören am Radio.

Ihr Rundfunkgerät war ein alter Kasten, unberechenbar und kaum noch zu reparieren. Keiner von beiden verstand etwas von der Technik des Radios oder einem der anderen elektrischen Geräte in ihrem Haushalt, und wenn der Apparat einmal versagte, schlug Jim einfach mit der flachen Hand gegen die Seitenwand des Kastens. Manchmal half das auch. An einem Sonntagnachmittag, mitten in einem Quartett von Schubert, setzte der Ton endgültig aus. Jim schlug wiederholt gegen den Apparat, aber nichts rührte sich – das Schubertquartett war für sie für immer verloren. Er versprach Irene, ein neues Radio zu kaufen, und als er am Montag von der Arbeit heimkam, berichtete er ihr, daß der Kauf bereits perfekt sei. Allerdings wollte er es ihr nicht beschreiben; er sagte nur, es würde eine Überraschung für sie sein.

Das Radio wurde am nächsten Nachmittag an der

Küchentür abgeliefert, und mit Hilfe ihrer Hausangestellten und des Boten packte Irene es aus der Kiste und brachte es ins Wohnzimmer. Die häßliche Form des riesigen Gehäuses aus Eukalyptusholz stieß sie sofort ab. Irene war stolz auf ihr Wohnzimmer; sie hatte die Möbel und Farben dazu so sorgfältig zusammengestellt, wie sie es bei ihren Kleidern tat, und das neue Radio schien sich in dieser harmonischen Umgebung wie ein feindlicher Eindringling auszunehmen. Die Anzahl der Skalen und Knöpfe verwirrte sie, und sie studierte sie gründlich, ehe sie den Stecker in die Dose einführte und das Gerät anstellte. Die Skalen erstrahlten in einem boshaften grünen Licht, und aus der Ferne hörte sie die Klänge eines Klavierquintetts. Die Musik blieb aber nur einen winzigen Augenblick leise; sie brach mit mehr als Lichtgeschwindigkeit über Irene herein und füllte die Wohnung mit einer solchen Urgewalt und Lautstärke, daß die Tonschwingungen eine Porzellanfigur von einem Tisch fegten. Sie stürzte zu dem Gerät und stellte es leiser. Die gewaltigen Kräfte, die in dem häßlichen Eukalyptusgehäuse eingeschlossen waren, beunruhigten sie. Doch kurz darauf kamen ihre Kinder aus der Schule nach Hause, und sie ging mit ihnen in den Park. Erst am späten Nachmittag fand sie wieder Zeit, sich an den Apparat zu setzen.

Das Mädchen hatte den Kindern ihr Abendbrot

gegeben und beaufsichtigte sie beim Baden, als Irene das Radio anstellte und die Lautstärke regelte, um ein Quintett von Mozart zu hören, das sie kannte und sehr schätzte. Die Musik drang klar aus dem Lautsprecher. Sie stellte fest, daß das neue Gerät einen viel reineren Klang hatte als das alte. Und da ihr vor allem der Klang sehr wichtig war, beschloß sie, das häßliche Gerät hinter dem Sofa zu verbergen. Doch kaum hatte sie sich mit dem Radio ausgesöhnt, als auch schon die Störungen begannen. Ein knisterndes Geräusch wie von einer brennenden Zündschnur stellte sich ein und begleitete das Singen der Streichinstrumente. Hinter der Musik ertönte ein Rauschen, das Irene unangenehm an das Meer erinnerte, und im Verlaufe des Quintetts gesellten sich noch viele andere Geräusche dazu. Sie probierte alle Knöpfe und Schalter aus, aber es gelang ihr nicht, die Störungen wegzubekommen; enttäuscht und bestürzt setzte sie sich wieder hin und bemühte sich, der Melodie zu folgen. Der Fahrstuhlschacht des Hauses lief an der Wand ihres Wohnzimmers entlang, und das Rasseln des Fahrstuhls brachte sie schließlich auf die Spur der Störgeräusche. Das Schlingern der Kabel und das Öffnen und Schließen der Fahrstuhltüren wurden vom Lautsprecher des Apparates wiedergegeben, und nachdem sie einmal erkannt hatte, daß ihr Gerät sehr empfindlich auf jede Art von elektrischen Schwingungen reagierte, begann sie zwischen den Mozartklängen das Klingeln von Telephonen, das Drehen von Nummernscheiben und das Brummen eines Staubsaugers herauszuhören. Während sie gebannt lauschte, konnte sie Türglocken, Fahrstuhlsummer, elektrische Rasierapparate und Küchenmaschinen unterscheiden, deren Geräusche aus den umliegenden Wohnungen stammten und von ihrem Lautsprecher übertragen wurden. Da sie kaum hoffen konnte, dieses mächtige, häßliche Gerät mit seiner fehlgeleiteten Empfindlichkeit für Mißklänge zu meistern, stellte sie es ab und ging zu ihren Kindern in deren Zimmer.

Als Jim Westcott an diesem Abend nach Hause kam, ging er sogleich zuversichtlich auf das Radio zu und drehte an den Knöpfen. Er mußte die gleiche Erfahrung machen, die Irene schon gemacht hatte. Ein Mann sprach auf der Station, die Jim gewählt hatte, und seine zunächst leise Stimme wurde augenblicklich so betäubend laut, daß sie die ganze Wohnung erschütterte. Jim drehte den Lautstärkeregler zurück und stellte den Apparat leiser. Doch bald, eine oder zwei Minuten später, begannen die Störgeräusche. Das Klingeln von Telephonen und Türglocken setzte ein, vereint mit dem Rasseln von Fahrstuhltüren und dem Summen von elektrischen Kochern. Der Grundton der Störung hatte sich geändert, seit Irene das

Gerät am späten Nachmittag ausprobiert hatte; der letzte elektrische Rasierapparat wurde abgestellt, die Staubsauger waren alle in den Abstellkammern verschwunden, und die Interferenz reflektierte jenen Tempowechsel, zu dem die Großstadt nach Sonnenuntergang übergeht. Er fummelte an den Knöpfen herum, konnte aber die Geräusche nicht herausbringen; deshalb stellte er das Radio ab und sagte Irene, daß er am nächsten Morgen die Lieferfirma des Gerätes anrufen und den Leuten die Hölle heiß machen würde.

Als Irene am nächsten Nachmittag von einer Verabredung zum Lunch nach Hause kam, erzählte ihr das Mädchen, daß inzwischen ein Mann dagewesen sei und das Radio repariert habe. Ohne Hut und Mantel abzulegen, ging Irene sofort ins Wohnzimmer, um das Gerät auszuprobieren. Sie stellte an, und aus dem Lautsprecher ertönte eine Schallplattenwiedergabe des *Missouri Waltz*. Sie erinnerte Irene an die dünne, kratzende Musik aus einem alten Grammophon, die manchmal über den See, an dem sie die Sommerferien verbrachten, zu ihr herübergeklungen war. Nach dem Ende des Walzers wartete sie auf eine Erklärung für diese Wiedergabe, aber es folgte keine. Nach einem kurzen Schweigen wurde die klägliche, kratzige Platte wiederholt. Sie drehte den Abstimmknopf und bekam eine befriedigende Wiedergabe eines ungestümen kaukasischen Tanzes – das Stampfen nackter Füße auf staubigem Boden und das Rasseln von Münzgehängen – doch im Hintergrund hörte sie Glocken schrillen und ein Durcheinander von Stimmen. In diesem Augenblick kamen die Kinder aus der Schule, und sie stellte das Radio ab und ging zu ihnen ins Kinderzimmer.

Als Jim am Abend nach Hause kam, war er müde von der Arbeit, nahm ein Bad und zog sich um. Danach setzte er sich zu Irene ins Wohnzimmer. Er hatte gerade das Radio angedreht, als das Mädchen sie zum Abendessen bat; er ließ es weiterspielen und ging mit Irene hinüber ins Eßzimmer.

Jim war zu müde, um sich auch nur den Anschein von Geselligkeit zu geben, und da nichts an dem Essen Irenes Aufmerksamkeit fesseln konnte, wanderte ihr Interesse von den Speisen zu den Resten des Silberputzmittels an den Kerzenhaltern und von dort weiter zu der Musik im Nebenzimmer. Sie lauschte einen Augenblick lang auf ein Prélude von Chopin und war überrascht, als plötzlich eine Männerstimme dazwischenrief: »Um Himmels willen, Kathy, mußt du denn immer gerade Klavier spielen, wenn ich nach Hause komme?« Die Musik brach unvermittelt ab. »Das ist meine einzige Gelegenheit«, antwortete eine Frauenstimme. »Ich bin ja den ganzen Tag im Büro.« – »Ich aber auch«, entgegnete der Mann. Er machte noch eine unanständige Bemerkung über das Klavierspielen und knallte eine Tür zu. Die von leidenschaftlicher Melancholie getragene Musik hub von neuem an.

»Hast du das gehört?« fragte Irene.

»Was?« Jim aß seinen Nachtisch.

»Im Radio. Ein Mann sagte etwas, während noch die Musik spielte – etwas Unanständiges.«

»Vielleicht ist es ein Hörspiel.«

»Ich glaube nicht, daß es ein Hörspiel ist«, meinte Irene.

Sie standen vom Eßtisch auf und gingen mit ihrem Kaffee ins Wohnzimmer hinüber. Irene bat Jim, einen anderen Sender zu versuchen. Er drehte den Knopf. »Hast du meine Sockenhalter gesehen?« fragte ein Mann. »Mach mir die Knöpfe zu«, erwiderte eine Frau. »Hast du meine Sockenhalter gesehen?« fragte der Mann noch einmal. »Erst mach mir die Knöpfe zu, dann werd' ich deine Sockenhalter schon finden«, antwortete die Frau. Jim drehte weiter zu einer anderen Station. »Wenn du doch bloß nicht immer Apfelkerngehäuse in den Aschenbechern liegenlassen würdest«, sagte ein Mann. »Ich kann diesen üblen Geruch nicht ausstehen.«

»Das ist wirklich merkwürdig«, sagte Jim.

»Nicht wahr«, stimmte Irene zu.

Jim drehte wieder am Abstimmknopf.

»On the coast of Coromandel
where the early pumpkins blow«,

erzählte eine Frauenstimme mit ausgeprägtem englischen Akzent,

»in the middle of the woods
lived the Yonghy-Bonghy-Bò.
Two old chairs, and half a candle,
one old jug without a handle ...«

»Mein Gott!« schrie Irene, »das ist das Kindermädchen der Sweeneys!«

»These were all his worldly goods«,

fuhr die englische Stimme fort.

»Stell das Ding ab«, rief Irene. »Womöglich können sie auch *uns* hören.« Jim schaltete das Radio aus. »Das war Miss Armstrong, das Kindermädchen der Sweeneys«, sagte Irene. »Anscheinend liest sie der kleinen Tochter vor. Sie wohnen in Nummer 17-B. Ich habe im Park mit Miss Armstrong gesprochen und kenne ihre Stimme ganz genau. Anscheinend bekommen wir mit unserem Apparat die Wohnungen anderer Leute.«

»Das ist unmöglich«, entgegnete Jim.

»Jedenfalls war das eben das Kindermädchen der Sweeneys«, erklärte Irene aufgebracht. »Ich kenne ihre Stimme. Ich kenne sie ganz genau. Ich möchte nur wissen, ob sie auch uns hören können.«

Jim stellte das Radio wieder an. Zuerst von weitem,

dann näher und näher, wie vom Wind getragen, ertönte die klare Stimme des englischen Kinderfräuleins:

»'*Lady Jingly! Lady Jingly!*
Sitting where the pumpkins blow,
will you come and be my wife',
said the Yongby-Bongby-Bò ...«

Jim beugte sein Gesicht zum Lautsprecher und rief laut »Hallo!« hinein.

»'*I am tired of living singly*
on this coast so wild and shingly.
I'm a-weary of my life;
if you'll come and be my wife,
quite serene would be my life ...'«

fuhr das Kindermädchen unbeirrt fort.

»Ich glaube, sie können uns nicht hören«, meinte Irene. »Dreh doch mal weiter.«

Jim versuchte es mit einer anderen Station, und ihr Wohnzimmer füllte sich mit dem Trubel einer Cocktailparty, die bereits sehr weit fortgeschritten war. Jemand spielte Klavier und sang ein ausgelassenes Lied, und die Stimmen der übrigen Teilnehmer klangen laut und beschwipst. »Eßt noch ein paar Sandwiches!« kreischte eine Frau. Grelle Lachsalven ertönten, und irgendein Geschirrstück zerschellte am Boden.

»Das müssen die Hutchinsons in Nummer 15-B

sein«, sagte Irene. »Ich weiß, daß sie heute nachmittag eine Party geben wollten. Ich habe Mrs. Hutchinson nämlich im Spirituosenladen gesehen. – Ist das nicht einfach köstlich? Dreh weiter. Versuch, ob wir die Leute in Nummer 18-C empfangen können.«

Die Westcotts belauschten an diesem Abend ein Selbstgespräch über den Lachsfang in Kanada, eine Bridgepartie, Erläuterungen zu einer Heimvorführung eines Films, der anscheinend während eines vierzehntägigen Urlaubs auf Sea Island gedreht worden war, sowie einen heftigen Familienstreit über ein überzogenes Bankkonto. Gegen Mitternacht stellten sie das Radio ab und gingen zu Bett, erschöpft vom vielen Lachen. Irgendwann in der Nacht begann ihr Sohn nach einem Schluck Wasser zu rufen, und Irene stand auf und brachte ihm etwas zu trinken. Es war noch sehr früh. Alle Lichter in der Nachbarschaft waren verloschen, und aus dem Fenster des Kinderzimmers konnte sie die verlassene Straße überblicken. Sie ging ins Wohnzimmer und stellte versuchsweise das Radio an. Ein leises Husten klang aus dem Lautsprecher, ein Stöhnen, und dann sprach ein Mann. »Geht's dir nicht gut, Liebling?« fragte er. »Doch«, antwortete eine matte Frauenstimme, »doch, ich glaube schon.« Und dann fügte sie mit vor unterdrückter Erregung zitternder Stimme hinzu: »Aber du weißt ja, Charlie, daß ich mich nicht mehr so recht beieinander fühle. Manche Woche komme ich mir nur eine Viertelstunde oder zwanzig Minuten lang ganz normal vor. Ich mag nicht noch einmal zu einem anderen Arzt gehen, die Rechnungen sind ohnehin schon so entsetzlich hoch, aber ich bin gar nicht mehr recht beieinander, Charlie. Ich fühle mich überhaupt nie mehr richtig wohl.« Sie waren nicht mehr jung, dachte Irene. Nach der Klangfarbe ihrer Stimmen schätzte sie die beiden auf etwa Mitte Vierzig. Der niedergeschlagene Grundton ihrer Unterhaltung und der Zug vom Schlafzimmerfenster ließen sie frösteln, und sie ging wieder ins Bett.

Am nächsten Morgen bereitete Irene für ihre Familie das Frühstück – das Mädchen kam erst um zehn Uhr aus ihrem Zimmer im Erdgeschoß des Hauses herauf – flocht ihrem Töchterchen die Haare und blieb in der Wohnungstür stehen, bis der Fahrstuhl mit ihrem Mann und den Kindern nach unten abgefahren war. Dann ging sie ins Wohnzimmer und stellte das Radio an. »Ich will nicht in die Schule gehen!« kreischte ein Kind. »Ich hasse die Schule. Ich geh' nicht in die Schule. Ich hasse die Schule!« Eine wütende Frauenstimme antwortete. »Du wirst in die Schule gehen. Wir haben achthundert Dollar bezahlt, um dich in diese Schule zu bekommen«, sagte sie, »und du wirst hingehen, auch wenn es dich umbringt!« Die nächste Station auf der Skala ließ die abgespielte

Platte mit dem *Missouri Waltz* erklingen. Irene drehte den Abstimmknopf weiter und drang in die Privatsphäre an mehreren Frühstückstischen ein. Sie belauschte Bekundungen von Verdauungsbeschwerden, sinnlicher Liebe, abgrundtiefer Eitelkeit, Glauben und Verzweiflung. Irenes Leben war fast so behütet und einfach, wie es nach außen hin den Anschein hatte, und die unverhüllte und manchmal brutale Sprache, die an diesem Morgen aus dem Lautsprecher drang, erstaunte und bedrückte sie. Sie lauschte weiter, bis das Mädchen in die Wohnung kam. Dann stellte sie rasch das Radio ab, denn sie wußte wohl, daß sie sich im Grunde unberechtigt Zutritt zu anderer Leute Angelegenheiten verschaffte.

Irene war an diesem Tag mit einer Freundin zum Lunch verabredet und verließ daher kurz nach zwölf Uhr die Wohnung. Als der Fahrstuhl in ihrem Stockwerk hielt, befanden sich bereits einige Frauen darin. Sie musterte ihre hübschen, unbeteiligten Gesichter, ihre Pelzmäntel und die Stoffblumen an ihren Hüten. Welche von ihnen war auf Sea Island gewesen, überlegte sie. Welche hatte ihr Bankkonto überzogen? Der Fahrstuhl hielt im zehnten Stock, und eine Frau mit einem Paar Skyeterriern trat ein. Sie trug ein Nerzcape, und ihr Haar war zu einem kunstvollen Turm aufgebaut. Sie summte den *Missouri Waltz*.

Irene trank zwei Martinis beim Lunch; forschend

betrachtete sie ihre Freundin, neugierig, welche Geheimnisse sie wohl haben mochte. Sie hatten eigentlich nach dem Essen gemeinsam einkaufen gehen wollen, aber Irene entschuldigte sich und ging nach Hause. Sie sagte dem Mädchen, daß sie nicht gestört zu werden wünschte, ging ins Wohnzimmer, schloß die Türen und stellte das Radio an. Im Laufe des Nachmittags hörte sie die schleppende Unterhaltung einer Frau mit ihrer zu Gast weilenden Tante, den hysterischen Abschluß eines Lunches und das Gespräch einer Frau mit ihrer Hausangestellten, der sie Anweisungen für eine bevorstehende Cocktailparty gab. »Schenken Sie niemandem vom besten Scotch ein, der nicht weiße Haare hat«, erklärte die Gastgeberin. »Versuchen Sie die Leberpastete loszuwerden, bevor Sie diese heißen Dinger anbieten; übrigens, können Sie mir fünf Dollar leihen? Ich möchte dem Fahrstuhlmann ein Trinkgeld geben.«

Während der Nachmittag zu Ende ging, nahmen die Unterhaltungen an Tiefe zu. Von ihrem Sitzplatz aus konnte Irene den Himmel über dem Central Park sehen. Hunderte von Wölkchen schwebten darüber hin, als habe der Südwind den Winter in kleine Stücke zerschlagen und bliese ihn gen Norden, und im Radio konnte sie die Ankunft von Cocktailgästen und die Heimkehr von Kindern und Ehemännern aus Schulen und Büros hören. »Ich habe heute morgen einen ganz anständigen Brillanten auf dem Fußboden des Badezimmers gefunden«, sagte eine Frau. »Er muß aus dem Armband gefallen sein, das Mrs. Dunston gestern abend getragen hat.« – »Wir werden ihn verkaufen«, erwiderte ein Mann. »Bring ihn zum Juwelier in der Madison Avenue. Mit Mrs. Dunston trifft es keine Arme, und wir könnten ein paar hundert Dollar gut brauchen ...« – »*Oranges and lemons, say the bells of St. Clement's*«, sang das Kindermädchen der Sweeneys, »*Halfpence and farthings, say the bells of St. Martins'. When will you pay me, say the bells at Old Bailey* ...« – »Das ist kein Hut«, kreischte eine Frau, und hinter ihr röhrte das Gelächter einer Cocktailparty. »Das ist kein Hut, das ist eine Liebeserklärung. Jedenfalls ist das die Ansicht von Walter Florell. Das ist kein Hut, hat er gesagt, das ist eine Liebeserklärung.« Und mit leiser Stimme fügte dieselbe Frau hinzu: »Sprich mit jemandem, Liebling, um Gottes willen, sprich mit jemandem. Wenn sie dich hier stehen und mit keinem ein Wort wechseln sieht, wird sie uns von ihrer Einladungsliste streichen, und ich finde diese Parties so himmlisch.«

Die Westcotts wollten an diesem Abend zu Freunden essen gehen, und als Jim heimkam, kleidete Irene sich gerade um. Sie kam ihm traurig und irgendwie mißgestimmt vor, und er brachte ihr einen Drink. Da ihre Freunde in der Nachbarschaft wohnten, gingen sie zu Fuß dorthin. Der Himmel spannte sich weit und hell über ihren Köpfen. Es war einer jener wundervollen Abende, die Erinnerungen und Sehnsüchte wecken, und die Luft strich weich über ihre Hände und Gesichter. An der Ecke spielte eine Heilsarmeekapelle: ›Süßer Jesus.‹ Irene zog ihren Mann am Arm und hielt ihn eine Minute lang zurück, um die Musik zu hören. »Das sind wirklich reizende Leute, nicht wahr?« sagte sie. »Sie haben so nette Gesichter. Wirklich, sie sind viel netter als die meisten Leute, die wir kennen.« Sie nahm einen Geldschein aus ihrem Portemonnaie, trat zu der Gruppe und ließ ihn in das Tamburin fallen. Als sie zu ihrem Mann zurückkehrte, trug ihr Gesicht einen verklärt melancholischen Ausdruck, den er noch nie bei ihr gesehen hatte. Und auch ihr Benehmen beim Abendessen kam ihm seltsam vor. Sie fiel ungehörig ihrer Gastgeberin ins Wort und starrte die ihr gegenübersitzenden Leute völlig hemmungslos an – eine Taktlosigkeit, für die sie ihre Kinder bestraft haben würde.

Die Nacht war noch mild, als sie nach Hause gingen; Irene blickte zu dem bestirnten Frühlingshimmel auf. »So weit der Strahl von dieser kleinen Kerze reicht«, deklamierte sie, »reicht auch der Schein der guten Tat in dieser garst'gen Welt.« In dieser Nacht wartete sie, bis Jim eingeschlafen war; dann stand sie auf, ging ins Wohnzimmer und stellte das Radio an.

Jim kam am nächsten Abend gegen sechs Uhr nach Hause. Emma, das Mädchen, machte ihm die Tür auf. Er hatte gerade den Hut abgelegt und wollte sich den Mantel ausziehen, als Irene mit tränenüberströmtem Gesicht und wirrem Haar in die Diele gestürzt kam. »Schnell, lauf hinauf zu Nummer 16-C, Jim!« schrie sie angstvoll. »Zieh den Mantel nicht aus! Lauf hinauf zu Nummer 16-C! Mr. Osborn schlägt seine Frau. Seit vier Uhr streiten sie sich schon, und jetzt schlägt er sie! Schnell, lauf hinauf und halt ihn zurück!«

Aus dem Radio im Wohnzimmer hörte Jim Schreie, Flüche und klatschende Geräusche. »Du weißt, daß du so etwas nicht anhören solltest«, sagte er. »Das ist ungehörig.« Mit ein paar raschen Schritten war er im Wohnzimmer und schaltete das Gerät aus. »Das ist genauso, als ob man anderen Leuten in die Fenster sieht. Du weißt, daß du so etwas nicht mitzuhören brauchst. Du brauchst nur den Knopf zu drehen.«

»Ach, es ist so entsetzlich, es ist so furchtbar«, schluchzte Irene. »Ich habe den ganzen Tag gehört, und alles ist so deprimierend.«

»Warum hörst du dann zu, wenn es so deprimierend ist? Ich habe dieses verdammte Radio gekauft, um dir ein wenig Freude zu bereiten. Ich habe eine Menge Geld dafür bezahlt«, sagte er. »Ich dachte, daß es dich froh machen würde. Ich wollte dir eine Freude bereiten.«

»Bitte, bitte, bitte schimpf nicht mit mir«, klagte sie und lehnte ihren Kopf an seine Schulter. »Die andern streiten und schimpfen schon den ganzen Tag. Alle streiten sich nur immer. Alle machen sich Sorgen wegen des fehlenden Geldes. Mrs. Hutchinsons Mutter stirbt in Florida an Krebs, weil sie nicht genug Geld haben, sie in die Mayo-Klinik zu schicken. Wenigstens behauptet Mr. Hutchinson, daß sie nicht genug Geld haben. Und irgendeine Frau in diesem Haus hat eine Liebesaffäre mit dem Hausverwalter – diesem abscheulichen Kerl! Es ist ekelhaft. Und Mrs. Melville hat Herzbeschwerden; Mr. Hendricks verliert im April seine Stellung, und Mrs. Hendricks macht ihm deswegen das Leben zur Hölle; das Mädchen, das dauernd den *Missouri Waltz* spielt, ist eine Hure, eine ganz gemeine Hure, der Fahrstuhlmann hat Tuberkulose, und Mr. Osborn verprügelt seine Frau.« Sie weinte leise vor sich hin, zitterte am ganzen Körper und versuchte, dem Tränenstrom mit den Handballen Einhalt zu gebieten.

»Aber warum mußtest du denn zuhören?« fragte Jim erneut. »Warum mußtest du dir dieses Zeug anhören, wenn dir davon so elend wird?«

»Oh, bitte, bitte, bitte schimpf nicht mit mir«, jammerte sie. »Das Leben ist zu furchtbar, zu schmutzig und gemein. Aber wir sind nie so gewesen, nicht wahr, Liebling? Nicht wahr? Ich meine, wir sind immer gut und anständig zueinander gewesen und haben uns immer geliebt, nicht wahr? Und wir haben zwei Kinder, zwei reizende Kinder. Unser Leben ist nicht schmutzig, nicht wahr, Liebling? Nicht wahr?« Sie warf die Arme um seinen Nacken und zog sein Gesicht zu ihrem herab. »Wir sind glücklich, nicht wahr, Liebling? Wir sind glücklich, nicht wahr?«

»Natürlich sind wir glücklich«, antwortete er matt. Er begann seinen Groll zu unterdrücken. »Natürlich sind wir glücklich. Entweder wird das verdammte Radio morgen in Ordnung gebracht, oder ich lasse es wieder abholen.« Er streichelte ihr weiches Haar. »Mein armes Mädchen«, sagte er.

»Du liebst mich doch, nicht wahr?« fragte sie. »Und wir nehmen es nicht so peinlich genau mit dem Geld oder machen uns Sorgen deswegen oder sind unaufrichtig zueinander, nicht wahr?«

»Nein, mein Liebling«, antwortete er.

Ein Mann kam am nächsten Vormittag und brachte das Radio in Ordnung. Als er fort war, stellte Irene das Gerät vorsichtig an und war überglücklich, eine Reklamesendung über kalifornischen Wein und eine Aufnahme von Beethovens Neunter Sinfonie mit Schillers ›Ode an die Freude‹ zu hören. Sie ließ das Gerät den ganzen Tag angedreht, und nichts Widerwärtiges kam aus dem Lautsprecher.

Als Jim nach Hause kam, wurde gerade eine spanische Suite gespielt. »Ist alles in Ordnung?« fragte er. Ihr fiel auf, daß sein Gesicht blaß war. Sie tranken ein paar Cocktails und setzten sich zu den Klängen des Zigeunerchors aus dem ›Troubadour‹ zum Abendessen. Als nächstes folgte ›La mer‹ von Debussy.

»Ich habe heute die Rechnung für das Radio bezahlt«, sagte Jim. »Es hat vierhundert Dollar gekostet. Ich hoffe, daß es dir Freude bereiten wird.«

»Bestimmt wird es das«, erwiderte Irene.

»Vierhundert Dollar sind ein gut Teil mehr, als ich mir leisten kann«, fuhr er fort. »Ich wollte etwas, das dir wirklichen Genuß bereitet. Es ist die letzte Extravaganz, die wir uns dieses Jahr erlauben können. Ich habe festgestellt, daß du deine Kleiderrechnungen noch nicht bezahlt hast. Ich sah sie auf deinem Toilettentisch liegen.« Er blickte ihr direkt in die Augen. »Warum hast du mir erzählt, du hättest sie bezahlt? Warum hast du mich angelogen?«

»Ich wollte nur, daß du dir keine Sorgen machen solltest, Jim«, antwortete sie. Sie trank einen Schluck Wasser. »Ich werde die Rechnungen aus meinem Taschengeld für diesen Monat bezahlen können. Im letzten Monat mußte ich Bettbezüge kaufen und diese Party geben.«

»Du mußt mit dem Geld, das ich dir gebe, etwas vernünftiger umzugehen lernen, Irene«, sagte er. »Du mußt dir darüber klar werden, daß wir in diesem Jahr nicht so viel Geld zur Verfügung haben werden wie im letzten. Ich hatte heute eine sehr ernüchternde Unterredung mit Mitchell. Keiner kauft mehr etwas. Wir verbringen schon unsere ganze Zeit damit, neue Absatzmöglichkeiten zu finden, aber du weißt ja, wie lange das dauert. Ich werde nicht jünger dabei, das weißt du. Ich bin siebenunddreißig. Im nächsten Jahr werden meine Haare ganz grau sein. Ich habe nicht so viel erreicht, wie ich gehofft hatte. Und ich glaube auch nicht, daß die Dinge sich zum Besseren wenden werden.«

»Ja, Lieber«, sagte sie.

»Wir müssen beginnen, uns einzuschränken«, fuhr Jim fort. »Wir müssen an die Kinder denken. Um es ganz offen zu sagen, ich mache mir große Sorgen wegen unseres Geldes. Ich weiß überhaupt nicht, wie die Zukunft aussehen wird. Niemand weiß das. Wenn mir etwas zustoßen sollte, hast du die Versicherung, aber damit würdest du heutzutage nicht sehr weit kommen. Ich habe sehr, sehr hart gearbeitet, damit du und die Kinder ein bequemes Leben führen können«, erklärte er bitter. »Und es macht mir absolut keinen Spaß zuzusehen, wie meine ganze Energie und meine ganze Jugend in Pelzmänteln und Radios und Bettbezügen verschwen...«

»Bitte, Jim«, unterbrach sie ihn. »Bitte. Man könnte uns hören.«

»*Wer* könnte uns hören? Emma auf keinen Fall.«

»Denk an das Radio.«

»Jetzt hab' ich's aber satt!« schrie er. »Deine übertriebene Ängstlichkeit fällt mir allmählich auf die Nerven! Das Radio kann uns nicht hören. Niemand kann uns hören. Und wenn schon – wen kümmert das?«

Irene stand vom Eßtisch auf und ging ins Wohnzimmer hinüber. Jim ging zur Tür und schrie von dort auf sie ein: »Wieso bist du auf einmal so tugendhaft geworden? Was hat dich über Nacht in eine Klosterschülerin verwandelt? Du hast den Schmuck deiner Mutter gestohlen, bevor ihr Testament gerichtlich bestätigt wurde. Du hast deiner Schwester nie einen Cent von dem Geld gegeben, das sie eigentlich haben sollte – nicht einmal, als sie es bitter nötig hatte! Du hast Grace Howland das Leben zur Qual gemacht – und wo war all deine Frömmigkeit und Tugend, als du zu diesem Abtreiber gingst? Ich werde nie vergessen, wie kalt du damals warst. Du hast deine Sachen zusammengepackt und bist zur Ermordung deines Kindes losgezogen, als handle es sich um eine Ferienreise. Wenn du wenigstens einen Grund hättest, wenn du nur einen ehrlichen Grund anführen könntest...«

Irene stand vor dem abscheulichen Radio, entehrt und von Übelkeit geschüttelt. Ihre Hand am Knopf zögerte noch einen Augenblick, die Musik und die Stimmen abzuschalten – sie hoffte, das Gerät möge freundlich zu ihr sprechen, das Kinderfräulein der Sweeneys möge zu reden beginnen. Jim schrie weiter von der Tür aus auf sie ein. Die Stimme im Radio klang gepflegt und unverbindlich. »Bei einem Eisenbahnunglück in Tokio kamen heute am frühen Morgen neunundzwanzig Menschen ums Leben«, sagte der Sprecher. »Ein Feuer in einem katholischen Hospital für blinde Kinder wurde heute früh von Nonnen gelöscht. Die Temperatur beträgt achteinhalb Grad, die relative Luftfeuchtigkeit neunundachtzig Prozent.«

Die Innigstgeliebte des Benjamin Cobb

von Clemence Dane

Es war ein Schock, einen Geistlichen mit Besitzermiene mein einstiges Heim betreten zu sehen. Ich wandte mich an den Angestellten des Häusermaklers, ein zwar freundliches, aber zu meiner Zeit noch nicht vorhandenes Geschöpf.

»Wohnt er da? Warum wohnt er nicht im Pfarrhaus?«

»Das ist das Pfarrhaus – ach so, Sie meinen das alte Pfarrhaus? Dort wohnt jetzt niemand mehr – es liegt zu nah beim Friedhof.«

»Für mich wäre es gut genug. Ich brauche nur etwas fürs Wochenende!«

»Wenn Sie wollen, können Sie es natürlich ansehen!« Er machte ergeben kehrt und ging die Straße hinauf. »An sich sollte ich es nicht heruntermachen, aber seit zwanzig Jahren hat kein Mensch mehr dort gewohnt. Der alte Cobb ist der letzte Bewohner gewesen.«

»Cobb? Der kleine Mr. Cobb?«

»Ach, natürlich, Sie haben ja einmal hier gewohnt! Kennen Sie ihn?«

»Ein wenig. Ich war damals noch ein Junge. Ich habe das Haus nie betreten.«

»Noch sonst irgend jemand, nach allem, was man hört. Komischer Kauz war der Reverend, was?«

Ich nickte, obwohl ich nur mit halbem Ohr zuhörte, denn wir hatten den Weg über den Kirchhof genommen, und ich wunderte mich über sein verändertes Aussehen. Und doch schien das Viereck des Himmels noch immer wie ein Türkis durch den Glockenturm, der Eibenbaum streckte noch immer die gestützten Zweige aus, und das mit Gänseblümchen vermischte, zum Mähen reife Sommergras wogte über den Gräbern. Aber die Eichen? Jetzt hatte ich es. Die Eichen standen noch immer in einer Reihe, aber in einer Reihe ohne Sinn; denn die Hecke, die sie bewacht hatten, war verschwunden, und hinter ihnen erstreckte sich eine unbearbeitete Fläche mit weißen Kreuzen und welkenden Kränzen.

»Natürlich!« entschied ich laut. »Es ist der Acker. Sie haben den Pfarrhausacker miteinbezogen.«

»Und das Pfarrhaus wird auch bald folgen.« Er riß die Tür in der hohen Steinmauer auf, wie ein Gefängniswärter ein Gefängnis aufschließt, und lachte:

»Es ist gut genug für Sie, was? Es ist leer.«

»Ausgefegt und ratzekahl?« sagte ich und starrte es an.

Da stand es, genau wie in meinem Gedächtnis, das

einzige unfreundliche Haus in der freundlichen Gegend. Mit dem bläßlichen Stuck, den beiden schwarzen Höhlen dort, wo das Glas der oberen Fenster zerbrochen oder entfernt worden war; mit der schmalen, wie ein mürrischer Mund vorstehenden Veranda hatte es immer noch das Aussehen eines bösen, menschlichen Gesichts. Ganz wie ich es in der Erinnerung behalten hatte. Ein durch das Blau dahinziehendes Stückchen Wolke spiegelte sich im Vorübergleiten in einer gesprungenen Fensterscheibe, und es war, als rolle jemand argwöhnisch den Augapfel in unserer Richtung. Der schmutzige Lorbeer bildete noch immer eine Hecke um das Kellergeschoß, die magere Tanne, die immer im Begriff war, zu sterben und doch nie ganz abstarb, kritzelte noch immer mit dürren Fingern auf die von Schlingpflanzen freie Nordwand. Der knorrige Rosenstrauch schlug noch immer gegen das Eßzimmerfenster, aber seine Blüten verwelkten unter dem Schutz der verfärbten äußeren Blumenblätter, und seine glanzlosen Blätter waren so runzlig und saftlos, daß man angenommen hätte, selbst die Blattläuse müßten verhungern. Der Garten war nichts als ein Kehrichthaufen und doch einst sehr gepflegt gewesen: der kleine Mr. Cobb hatte ihn selbst bearbeitet, es gab ein oder zwei Beete, jeden Frühling Bohnenstangen mit straffgezogenen Fäden und eine Spur hoffnungsvolles Grün. Aber ich konnte jetzt sehen, daß nichts an einem solchen Ort hätte gedeihen können, selbst wenn das Geld nicht so jämmerlich knapp gewesen wäre. »Wer wird denn Bäume fällen!« konnte ich schwach, über die Jahre hinweg, die entrüstete Stimme meiner Mutter hören; doch die Frau des kleinen Mr. Cobb hätte noch nicht einmal einen toten Ast vom Baum gebrochen. Sie hatte in den ersten Jahren ihrer Ehe mit einem Aufschlag der schönen Augen und einem Zurückwerfen des hübschen Kopfes geschworen, daß sie ›ihre Zurückgezogenheit liebe, jawohl! *Sie* sei kein öffentliches Eigentum, was immer ihr Mann auch sei!‹ Und mit diesem Augenaufschlag und Kopfzurückwerfen hatte sie eine weitere Tür für den Rest ihres Lebens hinter sich zugeschlagen. In den achtziger Jahren duldete man keine schlechten Manieren bei Leuten, die man als tieferstehend betrachtete, und jedermann wußte, daß der kleine Mr. Cobb unter seinem Stand geheiratet hatte. So wurden die mit Unkraut überwachsenen Wege samten von Feuchtigkeit, die Blumen erstickten unter den faulenden Blättern der alles überwuchernden Linden, und das Pfarrhaus blieb von Luft und Sonne und vor den Augen der Nachbarn völlig abgeschirmt.

Ich sagte:

»Es ist erstaunlich, daß sie es so lange ausgehalten haben. Wissen Sie, wo sie jetzt leben?«

»Leben? Sie sind tot«, sagte der Häusermakler.

»Sie sind schon vor Jahren gestorben. Ihr Grab ist gleich dort drüben hinter der Mauer.« Er bahnte sich einen Weg durch die Nesseln zu dem niedrigen Mäuerchen um den Friedhof und deutete im Gehen auf das Haus hinter uns mit den Worten: »Es wird im Frühling abgerissen, was übrigens gut ist. Wissen Sie, daß Sie keinen Mann, keine Frau und kein Kind dazu bringen könnten, nach Anbruch der Dunkelheit durch dieses Tor zu gehen? Ein seltsames Paar! Man sagt, sie habe ihn geschlagen.«

»Man sagt ... man sagt!« rief ich ungeduldig.

»Nun, gewiß, manche sagen auch, er sei derjenige gewesen, der sie eingeschlossen gehalten habe. Es heißt, wenn man im Dunkeln hierherkäme, würde man einiges durch jene Fenster sehen.«

»Ich würde denken, sie schlafen in Frieden«, sagte ich und beugte mich über die Mauer, um die Inschrift auf dem einfachen Grabstein, fast direkt zu meinen Füßen zu lesen. Sie lautete:

Zum Andenken an
BENJAMIN COBB
der fünfundzwanzig Jahre Seelenhirt dieser
Gemeinde war.
Er ist in die ewige Ruhe eingegangen
am 27. Februar 1903.

Sowie dem Andenken an

EILEEN

seine innig geliebte Frau,

die ihm eine Woche später in den Tod folgte.

Darunter stand in kleinen Buchstaben, halb versteckt von den Gänseblümchen:

RICHTE NICHT!

»Wer hat denn die Idee gehabt, diesen Stein aufzustellen?« fragte ich neugierig.

»Die Idee? Das weiß ich nicht. Die alte Miss Shepperley hat jedenfalls dafür bezahlt.«

»Die Lehrerin? Ist sie denn noch am Leben?«

»Am Leben und munter, pensioniert natürlich. Sie vermietet Wohnungen. Vielleicht könnte sie Sie vorerst unterbringen. Ich weiß ein Haus, das ich Ihnen gerne morgen zeigen würde. Vorausgesetzt, Sie sind bereit, bis Hundert zu gehen.«

»Hundert ist das äußerste. Also sie hat den Grabstein setzen lassen?«

»Jawohl. Sogar auf eigene Kosten. Sie wollte es tun. Als ›Buße‹, soll sie gesagt haben.«

»Als ›Buße‹? Aber sie war doch immer gut Freund mit dem Pfarrer?«

»Gewiß, aber wer war das nicht, soviel ich weiß. Es heißt, als das Ende kam ...«

Doch in diesem Augenblick unterbrach ich den Mann mit dem Versprechen, mir das Haus für Hundert morgen anzusehen, und wurde ihn damit los. Ich wollte nicht von diesem Fremden, der alles nur vom Hörensagen wußte, vom Ende des kleinen Mr. Cobb erfahren.

Lang vergessener, tapferer kleiner Mr. Cobb! Den ganzen blumenbedeckten Weg entlang tänzelte er vor mir her, ein schwarzberockter Schatten, der, um schneller vorwärtszukommen, wild mit den Armen, Beinen und Rockschößen fuchtelte. Er hatte es immer eilig, der kleine Mr. Cobb, er war immer so begierig, mit seiner Tagesarbeit fertig zu werden, immer so glücklich über die Rückkehr zu einem ungewissen Empfang und doch stets so entschlossen – diese Tatsache wurde in der Erinnerung sehr deutlich – daß nicht die geringste Kleinigkeit dieser Arbeit schlecht getan sein durfte, obwohl er gewußt haben mußte, wie wenig er sich dafür eignete. Ein erfolgreicher Geistlicher muß, glaube ich, etwas vom Schauspieler in sich haben und etwas von einer Frau, und der kleine Mr. Cobb war völlig männlich, eigensinnig, wahrhaftig und genau; und wenn er auch kein Whitefield war, so war seine Gemeinde zumindest gut versorgt und seine Kirche so gut gehalten wie sein weißes Übergewand. Im Dorf behauptete man, er besitze nur ein einziges und wasche es selbst. »Umso mehr gereicht es ihm zur Ehre!« sagte meine Mutter zornig, als ihr das zu Ohren kam, denn es war stets fleckenlos sauber. Wenn er dann ernst und eifrig um den Altar trottete, erinnerte er mich immer an den guten Hund Toby im Kasperletheater, der seine Halskrause erträgt und brav kopfsteht. Manchmal wünschten wir wirklich, Mr. Cobb wäre ein bißchen weniger gründlich: vom ›Wenn der böse Mensch ...‹ bis zum ›... sei stets mit euch‹ ersparte er uns nichts; wir kämpften uns jeden Sonntag durch Gebete, Psalme, Bittgebete, Abendmahl und drei lange Kirchenlieder, wenn er sie bezeichnenderweise auch im raschesten Tempo nahm und seine Predigten kurz und markig waren. Nur zwei- oder dreimal im Jahr wurde das Programm geändert. Wenn der kleine Mr. Cobb das Schiff hinaufstürmte, wobei seine förmliche Haltung durch seine Raubvogelblicke, die Flüsternde oder leere Sitze entdeckten, nicht einmal beeinträchtigt wurde, wenn der ehrwürdige Galopp des Gottesdienstes sich zu einem Hochzeitsmarschtempo verringerte und als letzte Prüfung das nicht endende *Benedicte* auf das *Te Deum* folgte, dann pflegten wir Kinder uns zuzunicken und der Nurse Trotz bietend umzudrehen, um Umschau zu halten, denn ›All die Herrlichkeit der Werke des Herrn‹ war ein sicheres Zeichen dafür, daß der sagenhafte Mr. Cobb im Betstuhl des Pfarrhauses saß. Warum das *Benedicte* ihm bei solchen Gelegenheiten zusagte, wußten wir nicht; wahrscheinlich machen seine triumphierenden Klänge Kinderohren wenig Eindruck. Immerhin ist es mir heute klar: der kleine Mr. Cobb schlug Rad vor seinem Weibchen und demonstrierte eifrig, daß er seine Gemeinde zu fesseln verstand und Herr in seiner eignen Kirche war. Der kleine Mr. Cobb paradierte vor seiner Innigstgeliebten.

»Die Innigstgeliebte!« Solange ich denken kann, war das der Spitzname der Gemeinde für die Frau des Pfarrers gewesen. Durch seine übel vermerkte Ritterlichkeit, zwischen spöttischem Grinsen und einem Lächeln an irgendeiner Teegesellschaft entstanden, wurde der Name, lange, nachdem die Entrüstung vergessen war, durch des Pfarrers eigene Gewohnheit am Leben gehalten, nie ohne irgendeine zärtliche Qualifikation von ihr zu sprechen:

»Meine liebe Frau neigt zu der Annahme ...«

»Wie meine liebe Frau immer findet ...«

Und einmal, in der furchtbaren Nacht, da er mit sehr hoch erhobenem Haupt und einer peinlichen Röte auf den ledrigen Wangen zu uns gekommen war, um eine Schlafgelegenheit zu erbitten, hatte es geheißen:

»Wie Sie ja wissen, ist die Gesundheit meiner lieben Frau sehr erschüttert. In solchen Zeiten gerät Eileen – meine Frau – das heißt, meine innig geliebte Frau –

einfach außer sich. In solchen Zeiten ...«, und er verstummte mit zitternden Lippen. Trotz der Scham und dem Stolz des kleinen Mannes und seinen klappernden Zähnen, denn er war bis auf die Haut durchnäßt, hatte mein Vater zehn Minuten gebraucht, um zu begreifen, daß die Frau ihn ausgeschlossen hatte und es Mr. Cobb überließ, die kalte Märznacht so gut er konnte zu verbringen. Er habe die Schlüssel zur Kirche nicht, erklärte er, sonst hätte er nicht gestört – nein, er wolle sich nicht hinlegen – er wäre froh, wenn er bis zum Morgen am Feuer sitzen dürfe, er müsse früh gehen, seine Frau werde ihn dann brauchen. Und dazu erklärte er vertraulich bei einem mit Sachverständnis geschlürften Glas Portwein: »Es sind die Nerven, mein lieber Herr! Ihre Nerven! Das macht sie ganz elend und völlig erschöpft.«

Er war so offensichtlich entsetzt bei dem Gedanken, daß irgend jemand mit ihm wachen sollte, daß meine Angehörigen schließlich zu Bett gingen und ihn mit den Füßen auf dem Kamineinsatz, in ein Federbett gewickelt, allein ließen; und als meine Mutter am Morgen, bevor die Dienstboten erwachten, herunterschlich, um ihm eine Tasse Tee zu machen, sah er so überrascht und – der gute, wohlanständige Mann – so schockiert aus, daß sie nicht wußte, ob sie über ihn lachen oder weinen sollte und meinen Vater herunterrufen mußte. Und dann schickten sie ihn, nach einem guten Frühstück, gemeinsam zurück in sein sogenanntes Heim.

Tapferer, kleiner Mr. Cobb. Als ich mich umwandte, um einen letzten Blick auf das Pfarrhaus zu werfen, war mir fast, als sähe ich ihn noch einmal in der offenen Haustür stehen und mit ihm mein eigenes, kleines Ich von einst, das er soeben bei unbefugtem Eindringen ertappt hatte. Ich konnte fast noch seine Stimme hören, rasch und hart, als sei er und nicht ich der Erschreckte:

»Du solltest hier nicht spielen, weißt du! Das ist kein Ort für Kinder! Wo ist deine Mutter?«

Ich deutete stumm auf eine Ecke der blühenden Hecke, wo Mutter und meine Kusinen saßen und Schlüsselblumen aufreihten, und er brachte mich, die Hand noch auf meiner Schulter, sogleich zu ihnen. Meine Mutter mußte erraten haben, daß etwas nicht stimmte, denn sie stand auf, schob Blumen und Kinder beiseite und kam uns durch das lange Gras entgegen.

»Aber Hughie ...«, begann sie rasch, doch ihr Blick war auf den kleinen Mr. Cobb gerichtet, und damals wurde mir zum ersten Mal klar, daß Erwachsene eine Sprache der Augen haben.

Er gab mir einen freundlichen Puff in ihre Richtung.

»Ich habe einen Gast gehabt, aber ich habe ihm gesagt, Mrs. James, daß mein Garten kein Ort zum

Spielen ist. Er ist viel zu feucht, wirklich.« Und dann, als ich davontrottete, um zu den andern zu gehen, hörte ich ihn hastig, mit gedämpfter Stimme sagen: »Sie dürfen ihn nicht hierherlassen, meine Liebe. Es ist kein Ort für Kinder! Nein, nein, nein! Kein Ort für Kinder!«

Allerdings war es kein Ort für Kinder, dachte ich in der Erinnerung an meinen einzigen weiteren flüchtigen Blick in jenes verbotene Gebiet. Ich mußte älter gewesen sein, denn ich wurde, glaube ich, hingeschickt, um ein Briefchen abzugeben. Und ich erinnere mich an den raffinierten Schauer, mit dem ich mich auf den Weg machte, erfüllt von einer, durch die Bruchstücke all des bösartigen Klatsches, den ich gehört hatte, so angestachelten Neugier, daß das: »Wir werden ja sehen, ob du es wagst, hineinzugehen. Wir werden ja sehen, ob du auf eine Antwort warten wirst. Wir werden ja sehen!« meiner Schwester kaum nötig war. Freilich hatte ich bereits allen Mut verloren, als ich an den Lorbeer vor dem Erker kam, und tauchte, bei einem Geräusch im Haus, in die Büsche, um Atem zu schöpfen, bevor ich als letztes Wagnis die Hürde von Türschwelle und Klopfer nahm.

Sie waren beide zu Hause. Er saß am Schreibtisch und schrieb vermutlich seine Predigt, denn es war ein Samstag, und sie garnierte einen Hut mit den unvermeidlichen rosa Rosen. Ich erinnere mich besonders deutlich daran, weil ich mich fragte, wozu sie eigentlich einen Hut brauche, da sie doch nie ausging. Als sie fertig war, legte sie ihn hin und sagte etwas. Ich sah ihre Lippen die Worte bilden, die ich nicht hören konnte. Er drehte sich zu ihr um und lächelte. Er mußte gesagt haben, der Hut sei schön, denn sie lächelte zurück und setzte ihn auf und fing an, die Bänder zu binden, als sei sie befriedigt. Dann sagte er wiederum rasch etwas mit aufleuchtenden Augen und deutete mit dem Kopf auf die Kirche. Aber sie runzelte die Stirn und schüttelte den Kopf, und als er mit freundlich drängenden Bewegungen zu sprechen fortfuhr, warf sie den Hut so heftig weg, daß er vom Sofa auf den Boden fiel. Und als er sich danach bückte, lachte sie über ihn mit einem abscheulich lauten Lachen, das ich durch das geschlossene Fenster hören konnte. Ich sah, wie er sich aufrichtete, den Hut sorgfältig hinlegte und sie mit einem Auslöschen seines strahlenden Ausdrucks ansah, das mich ergriff. Es war wie das Erlöschen eines Sonnenstrahls an einem schimmernden Frühlingstag. Ich kannte den Blick so gut und aus so schlechtem Gewissen, denn es war genau der, mit dem meine eigene Mutter mich ansah, wenn ich ungezogen war. Ich schämte mich furchtbar für sie. Er sprach ein Wort aus: es mußte ihr Name gewesen sein, aber sie musterte ihn nur frech, drehte ihm den Rücken und fegte aus dem Zimmer. Sie ließ die Tür hinter sich weit offen, und da ich so damit beschäftigt war, den Flur hinaufzusehen, so davon in Anspruch genommen, Eindrücke zu sammeln, um den anderen davon zu erzählen, vergaß ich den kleinen Mr. Cobb darüber ganz. Er mußte sich sofort wieder an seinen Aufsatz gemacht haben, denn er war in die Arbeit vertieft, als seine Frau, immer noch mit ihrem düsteren Ausdruck, ein Tablett mit Bestecken und Geschirr in den Händen, zurückkam. Sie warf das Tischtuch in eine Ecke und legte achtlos, so daß das eine Ende am Boden schleifte, ein anderes auf. Man konnte sogar durch das geschlossene Fenster das laute Klirren hören, mit dem sie das Tablett auf die Anrichte knallte und Bestecke und Geschirr verteilte. Sie war wie eine schlecht zugerittene Stute, die wir einmal besessen und wieder verkauft hatten, nachdem sie meinen Vater fast getötet hatte. Ich beobachtete, wie sie ihren Mann nach jeder Herausforderung mit funkelnden Augen ansah, ganz wie es Lady zu tun pflegte, und ihr Mund einen häßlicheren Ausdruck annahm, nur weil er sie ignorierte. Denn er schrieb weiter, rückte seinen Stuhl weg, wenn sie ungezogen an ihm vorbeidrängte, und hielt, ohne ein Wort, seine Papiere fest, wenn ein Schwung ihrer Hüften sie beim Vorübergehen vom Tisch geweht hätte. Sein Ausdruck blieb unverändert: er kaute noch immer geduldig am Federhalter, wie ein Terrier an seinem Stecken;

aber etwas an seinen gebeugten Schultern brachte mich auf. Sie hatte endlich das Essen fertig und sagte es ihm mit einer Bewegung der Lippen, schlenderte an ihren Platz und setzte sich, das Kinn in die Faust gestützt, die andere Hand und den Arm über den Tisch gespreizt, so daß ein Glas umfiel und der häßliche Beinlöffel in einem Sprühregen von Salz aus dem Fäßchen kippte.

Einen Augenblick war es vollkommen still im Zimmer, in dem die beiden Menschen wie Statuen saßen, sie am Tisch und er an dem schäbigen Schreibtisch. Dann schalt sie über die Schulter: »Soll ich vielleicht den ganzen Tag hier warten?« Man konnte die Worte von ihren zusammengepreßten Lippen lesen; ihre abgeplatteten Augenlider und die Nasenlöcher zuckten wie ein Katzenschwanz. Daraufhin stand er auf, rieb sich, mit einem Anflug von Abbitte in dem heiteren Lächeln und einer Spur zu viel Lebhaftigkeit im Gang, die Hände und setzte sich ans Ende des Tisches, mit dem Rücken zu mir. Er beugte den Kopf zum Tischgebet, nahm Tranchiermesser und Gabel und legte sie wieder hin; dann folgte wieder eine der wunderlichen Pausen, und ich sah, wie er die Hand ausstreckte und über die ihre legte. Aber da fuhr sie hoch wie eine Verrückte, griff nach dem schweren Deckel vor sich und zielte direkt auf ihn. Der Deckel verfehlte ihn um Haaresbreite und fuhr krachend durchs Fenster, mir vor die Füße. Ich war zu erschrocken, um mich zu rühren. Ich konnte jetzt ebenso gut hören wie sehen, die Sturzflut von Worten aus ihrem Mund war verwirrend, es waren Worte ohne Sinn, die einem in der Erinnerung blieben wie der erste Anblick von Blut, Roheit oder Tod.

Er ließ sie reden, ohne in den Pausen ihres Ausbruchs mehr zu sagen als »Eileen, Eileen!« und dann war es so plötzlich wie ein Gewitter vorbei, und sie fiel schlaff und erschöpft in ihren Stuhl zurück. Und er ging – zu meiner Verwunderung – rasch zu ihr hin (ich fragte mich scheu, was er mit ihr machen werde), und sie klammerte sich mit beiden Händen an ihn, als zöge sie sich aus einer Grube, ihr Kopf fiel mit einem kleinen, keuchenden Schrei auf seine Schulter, und sie schloß die Augen. Er nahm sie sofort in die Arme und hob und schleifte sie zu dem Roßhaarsofa. Ich erinnere mich, daß ich fand, er sähe sehr komisch aus, wie er die schwere Frau so herumschleppte. Ich hörte sie sagen:

»Geh nicht! Und dann – Benjy, ich wollte nicht ...«

Er schüttelte ein Kissen auf und legte eine Decke über sie, eine bunte Flickendecke, die einen Augenblick meine Aufmerksamkeit ablenkte; denn unser Kindermädchen pflegte Flickendecken zu machen, und es war Mode bei uns Kindern, Seidenreste für sie zu sammeln. Als ich mich wieder den seltsamen

Spielern in meinem Stück zuwandte, machte der kleine Mr. Cobb sich mit einem Sandwich und einem Teller zu schaffen und drängte sie, zu essen und zu trinken. Aber sie wollte nichts anrühren. Sie sagte – ich höre sie noch heute:

»Laß mich in Ruhe! Ach, kannst du mich nicht in Ruhe lassen!« Und im gleichen Atemzug: »Geh nicht!«

Er murmelte gequält etwas von einer Verabredung im Dorf und: »Du weißt, meine Liebe, daß wir darum so früh zu Mittag gegessen haben ...«

Sie sah ihn mit funkelnden Augen an und sagte noch einmal: »Geh nicht!«

Aber er erwiderte nur mit gelassener Entschiedenheit:

»Meine Liebe, du weißt, ich muß gehen!« und fischte im Wandschrank nach seinem breitkrempigen Hut. Ich sehe heute, was meine kindlichen Augen von damals nicht sahen, wie charakteristisch seine kleine Rede für ihn war. Wahrscheinlich war es ihm in seinem ganzen Leben nicht ein einziges Mal eingefallen, daß es möglich wäre, um ihretwillen eine Pflicht zu vernachlässigen; vielleicht war diese Einstellung überhaupt schuld an ihrem Elend.

Sie warf sich wieder aufs Sofa.

»Du tust nie etwas, um mir eine Freude zu machen!« Und als er munter erwiderte: »Es ist nur wegen der Schulen, meine Liebe! Ich bin zurück, ehe du überhaupt gemerkt hast, daß ich fortgewesen bin«, gewährte sie ihm kein antwortendes Lächeln. Sie sagte:

»Es ist mir gleichgültig, ob du überhaupt zurückkommst.« Und als er auf der Türschwelle zögerte, sich mit seinen Gebetsbüchern zu schaffen machte und sie freundlich ansah, als hoffe er auch jetzt noch auf eine andere Art Abgang, schrie sie:

»So *geh* doch endlich, wenn du schon gehst.«

Daraufhin ging er. Ich wartete, bis er den Garten verlassen haben mußte, um zu entwischen. Er kam aus der Vordertür und machte einen Augenblick halt auf den ungepflegten, zerbrochenen Stufen, die seine Armut verrieten, und ich hörte ihn sehr leise vor sich hinsagen: ›Mein armes Mädchen! Mein armes Mädchen!‹ und seufzen. Dann drückte er den breitkrempigen Hut fest auf den Schädel und trabte energisch wie immer los. Und ich dachte bei mir, wie seltsam es sei, eine Frau, die älter als Mutter war, ein Mädchen zu nennen.

Miss Shepperley wohnte noch immer gegenüber der Schule, doch der Weg dorthin erschien mir sehr viel kürzer als einst, und ich kam, was mich amüsierte, ganz wie immer pünktlich zur Teestunde. Miss Shepperley erkannte mich nicht gleich, aber dann freuten wir uns sehr über das Wiedersehen. Zehn Minuten später saß ich in dem gleichen Roßhaarsessel, in dem ich immer zu sitzen pflegte, das gleiche Service mit den türkisfarbenen Rändern stand auf dem Tisch zwischen uns, und der gleiche Teewärmer mit den handgemalten Eschscholtzien, ein Werk meiner Schwester, bedeckte die gleiche braune Teekanne mit dem angeschlagenen Knauf, und von der anderen Straßenseite drangen die ›John Peel‹ und ›Early in the Morning‹ schmetternden, schrillen Stimmen der Nachmittagsgesangsklasse wie einst durchs offene Fenster ins Zimmer. Eigentlich erinnerten nur Miss Shepperleys Schläfen, die sehr grau gegen die braunen Flechten des Hinterkopfs erschienen – ihr Haar war ganz braun gewesen, als ich sie kannte – daran, daß ich ein vielbeschäftigter junger Mann und kein Achtjähriger war, der zum Spaß zu Miss Shepperley zum Tee gekommen war.

Wir unterhielten uns: ich erzählte ihr alles, was ich getan hatte, und sie erzählte mir alles, was sie in den letzten fünfzehn Jahren gemacht hatte; und ich dachte, wie weit und wie schnell ich gelaufen war und wie mäuschenstill Miss Shepperley dagesessen hatte, und doch war ihr der Stillstand gut bekommen, denn sie war aus den unbändigen Fünfzigerjahren als eine freundliche alte Hexe hervorgegangen, mit der ganzen Schönheit einer alten und der ganzen Energie einer jungen Frau. Ich fing an, wieder eine sehr hohe Meinung von ihr zu haben, wie ich sie stets gehabt hatte, und sie merkte es und blinzelte mir zu. Nach einer Stunde wußte sie alles über meinen Roman und meinen Verleger und meine Verlobung und meine übrigen Hoffnungen und Ängste, und dann begannen wir mit den Erkundigungen nach allen alten Freunden, bis ich schließlich sagte:

»Der kleine Mr. Cobb ist also tot. Das tut mir sehr leid.«

»Für ihn?« fragte sie rasch. »Das braucht Ihnen nicht leid zu tun!«

»Vermutlich nicht. Aber ich mochte ihn. Die Frau ist auch tot, habe ich gehört – oder vielmehr *gesehen*.«

»Ah, Sie sind auf dem Friedhof gewesen?« fragte sie und fügte errötend hinzu: »Den Stein habe ich setzen lassen.«

»Man hat es mir gesagt. Warum, Miss Shepperley?«

Sie lächelte mich nachsichtig an.

»Warum wollen Sie es wissen? Für den Verleger? Nun gut, mein Lieber, Sie können die Geschichte erzählen, wenn Sie gerne möchten. Niemand würde sie glauben, also macht es nichts. Außerdem gibt es keine Geschichte.«

«Es *muß* eine geben. Was war es, Miss Shepperley? Hat sie getrunken? Oder Drogen genommen? Was war mit ihr los?«

Sie blinzelte mir zu und plötzlich begriff ich, daß ich in Miss Shepperleys Augen trotz Verleger und Verlobung nicht viel älter als der kleine Junge war, der mit ihr Tee zu trinken pflegte. Sie sagte:

»Alkohol, Drogen – so etwas haben wir hier nicht. Ihr in London habt eure Kinos. Aber in einem Dorf genügen die Leidenschaften selbst als Stimulans.«

Ich sah sie plötzlich mit anderen Augen und sprudelte hervor:

»Sie haben nicht immer hier gelebt?«

Sie lächelte mich an.

»Nein, mein Lieber!«

Und das ist alles, was ich je von Miss Shepperleys Lebensgeschichte erfahren habe. Wir saßen schweigend da. Ich wußte nicht, noch weiß ich es heute, ob ich zurückgewiesen worden war, oder ob man mir Vertrauen geschenkt hatte. Dann sagte ich unsicher:

»Die Leidenschaften?«

»Liebe, Haß, Eifersucht, Gram und Mitleid, mein Lieber. Auch Mitleid kann eine Leidenschaft sein. Ja, sie alle standen in voller Blüte im Pfarrhaus - Passionsblumen – die einzigen Blumen, die jener Garten je hervorgebracht hatte.«

»Und was für Früchte?«

»Staub und Asche. Sie sind beide tot, mein Lieber. Und weisen auf eine verborgene Bedeutung hin und verschönen eine Geschichte. Wollen Sie sie erzählen?«

»Auf jeden Fall möchte ich sie hören.«

Sie sagte nachdenklich:

»Sie könnten sie ›Die Geschichte der beiden Liebenden‹ nennen, wenn es den Titel nicht schon gäbe.«

Ich sah sie an, um zu sehen, ob sie scherze, aber sie war ganz ernst. Ich sagte:

»Liebende? Aber Miss Shepperley, sie hat ihm das Leben doch zur Hölle gemacht. Sogar ich weiß das aus den Bruchstücken, an die ich mich erinnere.«

»Aber sie hat ihn geliebt.«

»Ich habe die beiden zusammen gesehen.«

»Sie hat ihn geliebt.«

»Das werde ich niemals glauben.«

»Ich habe es einst auch nicht glauben wollen, und darum bedrückt es mich, daß ich dazu beigetragen habe, sie umzubringen. Und doch wiederum nicht allzusehr, denn Sie können sicher sein, wo immer sie sich jetzt befinden, im Himmel oder in der Hölle, er wird auf sie aufpassen.«

»Ich gebe zu, daß er sie geliebt hat, obwohl selbst das kaum zu glauben ist.«

»Sie ist einmal jung gewesen, wissen Sie!« sagte Miss Shepperley.

»Ja, natürlich«, sagte ich unsicher.

»Ja, aber ich meine wirklich *jung*. Sie hatte die Gaben der Jugend. Schon damals einen mürrischen Mund und grobe Hände, aber – ich glaube, sie muß

Reize für einen kleinen Mann wie ihn gehabt haben. Mit fünfundzwanzig Jahren hätte man sie – eine Fruchtbarkeitsgöttin genannt, wenn sie sich nicht so wahnsinnig geschnürt hätte. Aber sie war eitel wie ein Pfau: damit hat der ganze Kummer angefangen. Als sie herkam – die beiden waren in den Flitterwochen – war sie in Turnüre und Federn, ganz und gar in Seide und billigen Spitzen ... und das bei seinem Gehalt von hundertundfünfzig im Jahr! Es brachte die Leute auf, da sie wußten, was sie wußten.« Und als ich fragend die Brauen hob, fügte sie hinzu: »Oh, sie hatte ihn während des Studiums geangelt – sie war ein Mädchen aus der Stadt. Es war ein Fang, müssen Sie wissen. Bester in zwei verschiedenen Fächern und so weiter. Wäre seine Heirat nicht gewesen, hätte er alles machen können. Alle möglichen Leuchten kamen ihn besuchen – zuerst – bis sie sie vertrieb.«

»Aber warum denn? Warum?«

»Mein Lieber, sie war eifersüchtig auf die Steine, über die er schritt, und das Unkraut, das er im Garten auszog. Und wissen Sie, ich glaube, das gefiel ihm. Er hatte alle seine Aussichten aufgegeben, um sie zu heiraten, und ihr Verhalten bedeutete ihm wahrscheinlich zuerst so etwas wie eine Belohnung. Es war etwas Neues für ihn. Er war ein gelehrter Schuljunge, und ich denke, sie muß ihm zu Kopf gestiegen sein wie schlechter Champagner. Er war ein furchtbarer

Pedant, müssen Sie wissen, als sie zuerst herkamen.«

»Der kleine Mr. Cobb?«

»Man würde es nicht denken, was – ein so lieber kleiner Kerl. Aber er war es wirklich. Mein Gott, waren seine Predigten intellektuell. Eine wahre Wonne, wenn man Sinn dafür hatte – aber was soll man in einem Dorf mit Geist? Sie können sich vorstellen, daß man die beiden wegen seiner Pedanterie und ihrer Gewöhnlichkeit nicht mochte. Er witterte das, er lernte rasch, aber sie – keineswegs! Sie kränkte die Menschen, wo sie hinkam – machte dumme Fehler und ließ sich nichts sagen. Und erinnerte einen ständig daran, daß auch sie eine Dame sei, das arme Wesen. Natürlich hätten wir uns mit ihr abgefunden, wenn es ihr nur an Bildung gefehlt hätte, aber außerdem hatte sie das Temperament eines Fischweibs, und wenn sie die Beherrschung verlor, war ihr völlig gleich, was sie sagte oder tat. Wahrscheinlich war es ihr überhaupt nicht bewußt. Ich erinnere mich an eine Szene bei einem Damenkränzchen, einem Lesezirkel, als mit Ausnahme von mir sämtliche Frauen im Zimmer aufstanden und das Haus verließen. Ich war in irgendeiner amtlichen Eigenschaft da, sonst wäre ich auch gegangen. Aber stellen Sie sich vor, als alle weg waren, wandte sie sich an mich (und Sie dürfen nicht vergessen, daß sie sich unmöglich, wirklich unmöglich benommen hatte) und sagte in einer reuigen und hilflosen Art, die trotz allem entwaffnend war:

›Sind sie nicht Biester? Finden Sie nicht auch? Was man sagt, paßt ihnen nicht!‹ (Damals benutzte man Worte wie Biest noch nicht! Es war ein furchtbares Wort.) Und dann:

›Und dabei habe ich mir solche Mühe mit dem Tee gegeben.‹

Und das hatte sie wirklich, mein Lieber! Es war die Art Tee, der in einem großen Haus protzig gewesen wäre. Geschweige denn bei seinem Gehalt und dem bißchen, was er von seinen gelehrten Gesellschaften bekam. Ich musterte all die süßen Kuchen und die seidenen Deckchen, und wahrscheinlich merkte sie, was ich dachte, denn sie kam zu mir und stellte sich in ihrer scheußlichen Haltung vor mich hin, die Hände in die Hüften gestützt wie ein Feldwebel, ach – ich sehe sie noch heute vor mir, wie ihre Figur dabei zur Geltung kam, und sagte:

›Nun, was ist daran wieder nicht recht?‹ Und dann: ›Auch Sie können gehen, wenn Sie mich so ansehen!‹

Aber ihre Lippen zuckten und sie tat mir leid. Sie war einfach wie ein unwissendes, schlecht erzogenes Kind.«

»Ich bewahre ihm trotzdem meine Sympathie«, sagte ich.

»Ja, natürlich – was das betrifft. Wissen Sie, daß zu

einem gewissen Zeitpunkt sogar die Rede davon war, ihn zum Rücktritt zu zwingen? Ich glaube, es wurde schließlich nur deswegen nichts daraus, weil der Kirchenvorstand so feige war. Niemand hatte, wenn er vor ihm stand, den Mut, ihm den Grund anzugeben. Aber er lernte – wie er lernte! Er ist in den ersten zwei Jahren zu dem Menschen geworden, den Sie gekannt haben, und hat es nach jenem letzten Auftritt fertiggebracht, sie irgendwie unter Kontrolle zu halten. Tatsächlich wurde es einfacher, nachdem sie erklärt hatte, sie empfange die und die nicht mehr, und alle in weitem Umkreis ihr auswichen. Eine Zeitlang kam sie zu den offiziellen Zusammenkünften, Konzerten, Missionsarbeit und so weiter, dann kam ein Kind zur Welt und starb, und von da an hätte sie selbst tot sein können, so wenig bekamen wir von ihr zu sehen. Aber es wurde weiter geklatscht. Sie hatten zuerst Mädchen, konnten aber keine auch nur einen Monat halten. Die Mädchen sagten alle dasselbe: eine gute Herrin, bis sie auf Widerstand stößt, und dann – ein Teufel! Sie hielten fest daran, daß sie nett zu ihnen war und sie gern geblieben wären, aber sie fürchteten für ihr Leben, wenn sie einen ihrer Anfälle hatte!«

»Und von ihm? Was sagten sie über ihn?«

»Er schreckte sie ab. Man konnte mit ihm nicht warm werden. Immerhin sprachen sie alle gut von ihm. Aber von ihr hieß es immer: ›Ach, die arme

Gute. Sie ist wirklich furchtbar, die arme Gute!‹ als bewunderten sie sie halb und halb.«

»Aber sie blieben nicht?«

»Nein, und unter uns gesagt, mein Lieber, sehe ich darin den Grund für seinen Tod. Sie übernahm die Hausarbeit auf ihre Weise, aber sie war ein nachlässiges, nutzloses Geschöpf. Ich habe immer gesagt, er sei unterernährt. Sie hat ihn mit gekochten Eiern und billigen Süßspeisen gefüttert, stelle ich mir vor, und als die Grippe kam – hatte er keine Widerstandskraft. Gott verzeih mir, daß ich das sage, denn er ist fähig, aus dem Grabe aufzustehen, um mir zu widersprechen. *Er* hat sich nie beklagt.«

»Warum in aller Welt hat er sie je geheiratet?« fing ich an.

»Sie würden nie so ein Narr sein, was?« sagte Miss Shepperley. »Wegen Körper und Seele – aber der Körper hat das erste Wort, wenn man jung ist. Ist es nicht so? Sie sind ein junger Mann, und ich bin eine Frau und eine alte Frau – aber ist es nicht so?« Und dann, als ich nicht antwortete: »Nein, nein, was mich interessiert ist, was sie in ihm sah!«

»Das ist doch ziemlich offensichtlich oder nicht? Sie sagten selbst ...«

»Gewiß, ich sagte, sie sei auf Männerfang aus gewesen, und er war keineswegs der erste ...«

»Oh, so eine war sie ...«

»Ich bin nie ganz sicher gewesen. Seine Freunde waren sehr loyal. Es hat nie eine Andeutung, nie auch nur ein Augenzwinkern gegeben. Sie waren zu loyal – eben das machte einen mißtrauisch. Aber wenn sie nicht war, wofür wir sie manchmal gehalten haben und was wir uns zuflüsterten und sagten und schrien (Sie wissen, was ein Dorf ist), so heißt das noch lange nicht, daß sie ihn nicht geliebt hat. Mit Körper und Seele – aber vielleicht hatte zur Abwechslung bei ihr die Seele das erste Wort. Stellen Sie sich vor, er hätte sie nicht geheiratet. Er hat sie vor etwas gerettet: glauben Sie vielleicht, sie hätte das nicht gewußt? Aber ich sage, auch sie hat ihn gerettet. Es ist besser, einem bricht das Herz, als daß man es einschrumpfen läßt, mein Lieber. Ich bin altmodisch: ich glaube, daß Ehen im Himmel geschlossen werden, sogar diese. Zumindest ist er mit ihrer Hand in der seinen gestorben. Das hat mir Dr. Davis erzählt. Was glauben Sie, sind seine letzten Worte gewesen?«

»Sie hätten sein müssen: ›Innigstgeliebte‹«, sagte ich.

»Sie waren: ›Doktor, sorgen Sie dafür, daß sie sich ausruht!‹ Davis sagt, das habe ihm den Rest gegeben, und er ist an seltsame Auftritte gewohnt. Er und Mr. Cobb waren gut zwei Wochen auf den Beinen gewesen, müssen Sie wissen, denn das halbe Dorf war gelähmt vor Angst vor der Grippe, und kaum hatten sie die unter Kontrolle, war der Pfarrer umgefallen, wo er stand. Man ließ sie holen – es war das erste Mal seit Jahren, daß sie das Haus eines Nachbarn betrat – aber sie schockierte alle. Sie schien nicht zu merken, wie krank er war: ihre einzige Sorge war, ihn fortzuschaffen, ihn ins Pfarrhaus zurückzubringen. Er sei ihr Mann, und es sei an ihr, zu entscheiden, und es herrsche eine Verschwörung gegen sie und so weiter – ach, es war furchtbar. Davis war schließlich ziemlich grob mit ihr, wurde mir gesagt, aber er konnte ihr das Zimmer nicht verbieten, denn der Pfarrer verlangte nach ihr. So saß sie die ganze Nacht da, während er immer schwächer wurde, und stritt leise mit Davis. Gegen Morgen begann der kleine Mr. Cobb an ihrer Hand zu zerren, sagte Davis, und sich vom Kissen emporzurecken, bis er sie mit den Lippen berührte, und dann sagte er, wie ich schon erzählt habe, während Davis ihn aufrichtete: ›Doktor, sorgen Sie dafür, daß sie sich ausruht.‹ Und damit schlummerte er ein und starb eine Weile später. Er war nur fünfzig.«

»Und?« fragte ich sanft.

»Und?« erwiderte sie. Und dann sah ich, daß ihre Lippen zitterten und wünschte, ich hätte den Mund gehalten. Aber sic konnte sich gut beherrschen, alles außer ihrem Mienenspiel.

»Es bedeutet Ihnen nicht viel, mein Lieber«, sagte sie fest, »aber wir – wir hatten ihn sehr gern.«

Ich sagte:

»Auch ich habe ihn sehr gern gehabt, sonst hätte ich ihn über all die Jahre wohl nicht so fest im Gedächtnis behalten. Aber das ist nur der halbe Grabstein, Miss Shepperley!«

»Ach, ja, das arme Ding!« sagte sie. »Ich hatte sie ganz vergessen. Wir alle hatten sie vergessen! Was für ein Begräbnis war es doch! Das ganze Dorf kam. Wir mochten ihn wirklich, und jeder sprach im Flüsterton, wie erstaunt, als wäre es eine Überraschung. Und erst später fiel uns Mrs. Cobb ein. Sie war nicht gekommen – das hatte nichts zu sagen: Frauen pflegten es bis vor kurzem nicht zu tun, aber man hörte, daß sie ganz unmöglich zu Dr. Davis und dem Gutsbesitzer gewesen war. Sie hatte Dr. Davis mehr oder weniger deutlich zu verstehen gegeben, daß seine Behandlung den Tod des Pfarrers verschuldet habe, und dann mit dem Gutsbesitzer wegen eines Umzugs und der Einrichtung des Hauses gefeilscht – jawohl, noch ehe ihr Mann auch nur begraben war – und einen furchtbaren Streit mit dem Leichenbestatter gehabt. Es hieß, das einzige, was ihr wichtig gewesen zu sein schien, war ihre Trauerkleidung. Lady Sarah, die ihr zusammen mit dem Gutsbesitzer einen Besuch abgestattet hatte, bot an, ihr Kleider zu leihen, denn sie wußte natürlich, daß kein Geld da war, und ich bin überzeugt, sie hat es auf eine nette Art getan – aber nein! Sie war fest entschlossen, Trauerflor und Alpakastoffe beim Tuchhändler zu bestellen, bis der alte Brown sie selbst besuchen kam und ihr unverblümt zu verstehen gab, daß er sowie auch die übrigen Mitglieder des Kirchenvorstandes ihr um des Pfarrers willen helfen würden, daß er aber keinen Kredit für Firlefanz geben werde. Er kam erschüttert zurück, wissen Sie, und sagte, sie habe ihn keifend aus dem Haus getrieben. Danach kam zwei oder drei Tage niemand mehr in ihre Nähe, was ich gut verstehen kann. Aber am Samstag, eine Woche nach seinem Tod, war ich bei Brown im Lebensmittelladen, und während er mich bediente, erzählte er mir etwas, das mich stutzig machte. Er sagte, seit er dort gewesen sei, habe er keine Bestellungen mehr aus dem Pfarrhaus gehabt, und sein Botenjunge habe ihm heute früh erzählt, daß die Milchkannen seit zwei Tagen nicht geleert worden seien. Der Junge hatte sie am Gartentor abgestellt, und als Brown ihm sagte, er solle bis an die Haustür gehen, hatte er erklärt, ebenfalls Angst zu haben, da der Garten voller Vogelscheuchen sei. Brown sagte mit Recht, etwas müsse geschehen, aber er selbst würde auch nicht für viel Geld in ihre Nähe gehen und auch seine Frau nicht gehen lassen. Er sagte, und ich bin sicher, er glaubte es, sie sei vom Teufel besessen. Ein Temperament wie das ihre hat auch wirklich etwas Teuflisches.«

»So sind also Sie hingegangen!« sagte ich.

Sie errötete.

»Woher wissen Sie?«

»Aus alten Zeiten«, sagte ich und lächelte; aber sie antwortete nur mit ihrem vertrauten, besorgten Stirnrunzeln:

»Ja, ich weiß, ich mische mich in fremde Angelegenheiten.«

»Nennen Sie es so?« fragte ich.

Sie streckte die Hand aus und berührte die meine.

»Netter Junge!« sagte Miss Shepperley. Und dann: »Aber diese Einmischung war nicht so einfach. Es war Jahre her, seit ich mit ihr gesprochen hatte. Sie hatte wegen der Konzerte eine Abneigung gegen mich gefaßt. Mr. Cobb verließ sich für die Veranstaltung auf mich, und das paßte ihr nicht. Es macht mir nichts aus, es Ihnen zu sagen. Ich bin zu alt, als daß es mir noch etwas ausmachen würde. Doch als ich zum Pfarrhaus ging, fand ich es eigentlich sehr nett von mir, daß ich mich um sie kümmerte. Aber im Grunde mischte ich mich ja um seinetwillen und nicht ihretwegen ein. Der Junge hatte ganz recht gehabt: zwei Töpfe mit geronnener Milch standen an der Treppe, und eine Staubschicht lag auf der Sahne, und als ich die Tür in der Mauer aufmachte, bot sich mir ein unerhörter Anblick. Der ganze Garten war mit schwarzen Kleidern übersät, sie waren auf Büschen ausgebreitet, hingen von Zweigen und flatterten und bauschten sich im Wind, bis das Ganze aussah wie ein Bild von Geiern auf einem Schlachtfeld, das ich einmal gesehen hatte. Ich dachte, sie müsse verrückt geworden sein, bis ich die Pfützen und Rinnsale schwarzen Wassers auf dem Kies und den Stufen bemerkte. Dann begriff ich. Es war ihre Trauerkleidung, mein Lieber. Sie hatte alle ihre Kleider gefärbt. Seltsam, nicht, wie Kummer auf die Menschen wirkt! Ich konnte sie sehen, wie ich den Weg heraufkam. Sie saß am Tisch im Eßzimmer und ratterte auf ihrer Maschine, bis ich dachte, sie würde zerspringen; aber obwohl das Eßzimmerfenster nur zwei Meter vom Treppenaufgang entfernt war, und obwohl ich wußte, daß sie mich gesehen hatte, erfolgte keine Antwort, als ich klopfte. Ich wollte mich jedoch nicht abhalten lassen, nachdem ich schon einmal soweit gegangen war – Gott weiß, daß ich wirklich hoffte, ihr beizustehen! Also trat ich einfach ein, ging durch den Flur und ins Zimmer – und stand ihr gegenüber, wie sie zwischen Tisch und Wand saß. Ich sagte:

›Verzeihen Sie. Darf ich eintreten?‹

Sie stand nicht auf. Sie hob kaum den Kopf, und ich fing an zu glauben, sie werde überhaupt nicht sprechen, und fragte mich, was ich nun tun solle. Aber nach einer Weile sagte sie:

›Was wollen Sie hier – jetzt?‹

Ich sagte: ›Ich dachte, ich könnte Ihnen vielleicht etwas helfen, Mrs. Cobb.‹

Sie fuhr fort, die Kurbel zu drehen und den Stoff unter die Nadel zu schieben, während sie, ohne mich anzusehen, sagte:

›Schade, daß Sie nicht früher gekommen sind!‹

Ich sagte, während ich meine Gereiztheit zurückhielt:

›Man hat Hemmungen, lästig zu fallen.‹

›Ja‹, sagte sie, ›Sie alle zusammen haben seit zwanzig Jahren Hemmungen gehabt, lästig zu fallen! Aber wahrscheinlich denken Sie, daß Sie jetzt, da mein Mann mich im Stich gelassen hat, kommen und gehen können, wie es Ihnen beliebt‹, jawohl, das sagte sie. Stellen Sie sich vor. Ich war so empört, daß ich nur ein:

›Mrs. Cobb‹, herausbrachte.

›Na ja‹, sagte sie, beugte das Gesicht zum Stoff hinunter und biß einen Faden ab, ›hat er mich vielleicht nicht im Stich gelassen?‹ und dann: ›Was zwang ihn dazu, sich in diesen ‚Häusern' genannten Misthaufen abzuplagen?‹

Ich sagte und bemühte mich aus allen Kräften, ruhig zu bleiben:

›Mrs. Cobb, begreifen Sie denn nicht ...?‹

›Ich begreife, daß er mehr an seine erbärmliche Gemeinde als an seine Frau dachte. Glauben Sie, er hätte auf mich gehört, als ich ihn anflehte, zu Hause zu bleiben – ihn bat und anflehte? Er nicht. Es ist, als habe er es mir zum Ärger getan.‹

Nun, bei diesen Worten geriet ich so ganz und gar und völlig außer mir wie noch nie in meinem Leben vorher oder nachher. Ich sagte:

›Ihnen zu Gefallen, würde ich denken!‹

Daraufhin ließ sie ihre Arbeit fallen und stand auf.

›Was zum Teufel meinen Sie damit?‹ sagte sie mit einer heiseren Straßenmädchenstimme, so wie betrunkene Frauen sprechen, und ihr Gesicht war glühendrot. Aber es war mir egal. Ich sagte:

›Sie kennen die Hölle, die ich meine‹, und damit kam ich in Fahrt: ich sagte ihr, was wir von ihr und ihm hielten. Ich sagte ihr, wie wir sie alle diese Jahre hindurch beobachtet und ihn liebgewonnen und bemitleidet hatten und schließlich froh gewesen waren, zu hören, daß er tot und von seinen schweren Leiden erlöst sei. Wenn je eine Frau das Leben eines Mannes zerstört hatte, sagte ich ihr deutlich, so sei sie diese Frau mit ihrem Egoismus und ihrer Grausamkeit und ihren verrückten Wutausbrüchen. Und wenn diese Epidemie vor Gott und nach Ansicht der Gemeinde seine Erlösung gewesen war, so war er nichtsdestoweniger ein Ermordeter, und daß sie es sei, die ihn getötet habe.

Dann verstummte ich, und einen Augenblick starrten wir uns wortlos an. Ich keuchte und sie ebenfalls, und ihr Gesicht hatte eine seltsam scheckige Farbe angenommen mit roten Flecken auf schneeweißem Grund, und ihr Mund stand halb offen. Schließlich sagte sie ganz ruhig wie eine Dame und nicht wie ein Fischweib (eine Seite von ihr, die ich mir nicht hatte träumen lassen):

›Sie müssen verrückt sein!‹

Ich sagte: ›Wirklich, Mrs. Cobb? Dann sind alle in diesem Dorf verrückt, denn ich sage nur, was wir alle denken.‹

Sie sah nachdenklich auf ihre Arbeit herunter, als habe sie sie noch nie gesehen, und dann wieder auf mich mit dem gleichen Blick, und dann sagte sie leicht stotternd:

›Aber – aber ich habe ihn geliebt.‹

Ich lachte, nicht boshaft, sondern weil ich nicht anders konnte. Wahrscheinlich war ich nicht weit entfernt davon, einen hysterischen Anfall zu bekommen. Es hatte mich erschüttert, zu sagen, was ich gesagt hatte, aber sie sprach ganz sanft weiter:

›Warum lachen Sie? Ich habe ihn geliebt.‹ Und dann mit einer Art Beschleunigung ihrer Rede in dem stillen Zimmer wie ein aufziehender Sturm an einem düsteren Tag: ›Ich habe ihn geliebt. Was Sie sagen, ist nicht wahr! Ich sage Ihnen, ich habe ihn geliebt – ich habe ihn geliebt.‹ Und dann: ›Benjy, du weißt es.

Benjy, sag es ihr! Benjy!‹ Sie wartete, wie auf eine Antwort, und bewegte die Hände hin und her, wie auf der Suche nach einer Stütze: und als keine Antwort kam – ich wußte nichts zu sagen, mein Lieber – fiel sie plötzlich in ihrem Stuhl zurück, ließ den Kopf in die Hände sinken und fing an zu weinen. Nein, es war kein hysterischer Anfall. Es war Schmerz, der einen Ausweg fand: Schmerz, wie ich ihn mir nie hätte träumen lassen, und doch habe ich mein Teil gehabt, würde ich sagen. Es war nicht, als ob eine Frau weine: es war wie das Weinen einer verlorenen Seele am Tag des Jüngsten Gerichts – nach dem Urteilsspruch. Ich schien nicht sie zu sehen, verstehen Sie, es war, als beobachtete ich ein Naturereignis. Ich dachte – lachen Sie nicht über mich – ich dachte an die Flut, wenn der Regen herunterströmt und die Welt zermalmt und zerschmettert und flach peitscht und überschwemmt. Immer wieder ging es mir in seiner Stimme, Sie wissen, der trockenen Sonntagsstimme des kleinen Mr. Cobb, durch den Kopf, wenn er die Lesung in der Kirche hielt: ›... da aufbrachen alle Brunnen der großen Tiefe, und taten sich auf die Fenster des Himmels ...‹

Wirklich, es war das Fürchterlichste und Unmenschlichste, was ich je gesehen habe, wie dieses böse, bittere Geschöpf dasaß und weinte und weinte und weinte, wie eine ertrinkende Welt.

Wahrscheinlich habe ich eine Stunde dagesessen und ihr zugesehen und nicht gewagt, zu sprechen.

Nach einer Weile hatte sie sich ausgeweint und saß da und rang die Hände. Dann hob sie schließlich den Kopf, wie horchend, und die armen, verweinten Augen irrten schwach durchs Zimmer und blieben an irgendetwas haften, einmal an dem Lederstuhl am Kamin und ein andermal an den gefärbten Stoffbahnen vor ihr, und dann fingen ihre Lippen an zu zittern, und Tränen strömten ihr in die Augen, und die Muskeln an der Kehle traten hervor, und man sah, wie sie mit sich kämpfte, wobei ihr Gesicht ganz verzerrt wurde wie eine komische Maske, und dann – fiel ihr Kopf wieder herunter, und der Regen begann von neuem. Wirklich, man konnte sehen und hören, wie die Wälder wie Streichhölzer entzweibrachen, die Städte weggeschwemmt wurden, die Gebirge der Welt unter diesem Platzregen zu Schutt zerfielen: und immer noch wüteten die Stürme mit Böen, Blitz und Wasser, löschten alles Menschliche aus und vernichteten das Angesicht der Welt.

Nur war es nicht die Welt: es war eine Frau, die weinte.

Und dann fing sie an mit dem Kopf gegen die Wand zu schlagen.

Sie können sich vorstellen, daß ich ihr zuredete, den Arm um sie legte, versuchte, sie zu irgendeiner

Art von Vernunft zu bringen. Oh, *mein* Zorn war vergangen, war in den ersten fünf Minuten verraucht und hinweggefegt. Sie können mir glauben, mein Zorn schien eine recht triviale Angelegenheit. Sie tat mir nicht einmal leid: wie soll einem ein solcher Mensch leidtun? Aber ich wollte, sie solle sich beherrschen. Ein solcher Schmerz war unanständig, man konnte damit nicht leben, er mußte versteckt werden. Ich sprach ihr Trost zu, soweit ich konnte, aber es war, als wolle man versuchen, einen unterhöhlten Fels aufzuhalten, der ins Meer abgleitet. Ich wußte nicht, was ich tun oder sagen sollte. Und als sie anfing, mit der Stirn gegen die Wand zu schlagen, jawohl, und ich zu ihr ging, streifte sie mich ab wie eine Fliege – sie war eine große, starke Frau – und da ging ich Hilfe holen. Ich dachte, sie werde sich umbringen.«

»Versuchte sie das, glauben Sie?«

»Ich glaube nicht. Ich glaube, sie wollte nur ihren Schmerz erleichtern. Sie war immer ein heftiges Geschöpf gewesen, und darum litt sie auch heftig, wenn sie litt. Aber natürlich konnte ich sie nicht weitermachen lassen. Ich brauchte Hilfe. Ich ging hinaus, so spät es auch war, rannte den ganzen Weg und versuchte, die Gemeindeschwester zu finden, aber sie war ausgegangen, um einen Patienten zu pflegen, und als ich zur Frau des Küsters kam, war auch sie nicht zu Hause. Es muß eine Stunde gedauert haben, bis ich jemanden fand, und als ich zurück ins Pfarrhaus kam, war Mrs. Cobb verschwunden. Sie war weder im Zimmer noch im Haus.

Was für eine furchtbare Nacht war das doch! Wir gingen zuerst zum Arzt, und er weckte Wills, den Polizisten – Sie erinnern sich an ihn? Um diese Zeit war das halbe Dorf auf den Beinen und mit Lichtern und Laternen unterwegs. Irgend jemand, ich weiß nicht mehr wer, verbreitete das Gerücht, und etwas später flüsterten alle sich's zu und schrien es dann heraus:

›Die Teiche! Sucht in den Teichen!‹

Sie kennen die beiden Teiche an der Straßenseite, gegenüber von Oulson's Hügelland, bei Drake's Bottom?«

»Ich weiß«, sagte ich. »Sie sind tief.«

»Und viel benutzt, mein Lieber, in den letzten hundert Jahren, viel benutzt! Ich könnte Ihnen Geschichten erzählen! Also machten wir uns alle Hals über Kopf die anderthalb Kilometer nach Drake's Hill auf und hatten schön zu tun, als wir hinkamen. Wir klopften Oulson heraus, um ein Netz auszuleihen, aber er hatte keines: also nahmen die Männer schließlich die Netze, die er für seine Kirschbäume benutzte, und wir behalfen uns damit. Das alles brauchte Zeit, um so mehr bei der Dunkelheit und Nässe – ach, wir waren eine Schar Dummköpfe, und nach einer Stunde begriffen wir es. Wir fanden Kessel und Töpfe und Pfannen, aber nicht Mrs. Cobb. Es war graues Tageslicht, als wir wieder auf Drake's Hill und zurück zum Pfarrhaus kamen. Es war genau, wie wir es verlassen hatten, und wir fingen an, auseinanderzugehen – denn was sollten wir tun? Wir waren durchnäßt und erschöpft! – als einer aus einer Schar Buben, die über den Friedhof nach Hause zurückgingen, einen Kriegsruf und ein Geheul ausstieß, und dann kamen alle zurückgerannt und schrien, sie hätten sie gefunden. Dummköpfe, die wir waren, hatten wir keinen Augenblick an den Friedhof gedacht! Wie ich zu Mrs. Wills sagte, ›und wir nennen uns Frauen! Wir hätten es wissen müssen!‹

Sie lag mit dem Gesicht auf seinem Grab, Erde rings um sich verstreut, als hätte sie darin gewühlt. Ihre armen Hände waren aufgerissen und die Arme bis zu den Ellenbogen voll Lehm, und sie war tot – tot und zur Ruhe gekommen.«

»Armes Ding!« sagte ich. Und gleich darauf: »Was war es gewesen – das Herz?«

»An Erfrierungen ist sie gestorben, wahrscheinlich auch an Erschöpfung, würde ich sagen, nach all dem Weinen, aber es wurde unter ›Erfroren‹ gebracht. Sie mußte die ganze Zeit, da wir suchten, dort gelegen haben. Sie hatte Reif auf dem Kleid und im Haar. Ach, wissen Sie, es hat mir ins Herz geschnitten, zu denken, wie traurig es ihn gemacht haben muß, sie dort über sich, in der Dunkelheit, rufen zu hören und keine Antwort zu bekommen, da er sie so zärtlich geliebt hatte. Wahrscheinlich ist das *seine* Strafe gewesen. ›Kindlein, Ihr sollt euch keinen Götz machen‹, darüber habe ich ihn einmal predigen hören, eine seiner orthodoxen Predigten mit lauter griechischen Ableitungen und dem Athanasianischen Glaubensbekenntnis.«

»Die Armen«, sagte ich noch einmal, »oder zumindest ›der Arme‹! Ich kann nicht viel Sympathie für sie aufbringen, oder sind Sie dazu imstande?«

Aber Miss Shepperley antwortete nicht, und als ich aufblickte, sah ich, daß sie nicht auf mich, sondern auf die Kinderstimmen hörte, die plötzlich sehr laut und näselnd in das stille, heiße Zimmer drangen:

Ihr feinen Herrn im Inselreich,
Laßt's wohl euch sein daheim,
Wie wenig kümmert Euern Sinn
des Seemanns Not und Pein.
Denkt der Gefahr der wilden See
und leiht ihm euer Ohr.

Sie wandte sich mit einer Bewegung um, so heftig wie ein Schrei. Ich habe nie vorher gewußt, daß soviel Leidenschaft aus alten Augen sprechen konnte.

»›Die Gefahr der wilden See‹, mein Lieber, das ist es! ›Die Gefahr der wilden See!‹ Sind wir je zu den Pforten von Himmel und Hölle gefahren, und haben wir das Gesicht der Liebe erblickt? – Nun, Ihnen mag es noch geschehen. Sie sind jung. Aber ich? Welches Recht habe ich, zu urteilen? Bin ich gewesen, wo sie gewesen sind? Gewiß, sie sind gescheitert, aber bedenken Sie die Sterne, zu denen sie steuerten. Die Körper zu begraben, wenn sie an Land geschwemmt werden, und die Seelen Gottes Hauch zu empfehlen, der sie getrieben hat – das ist unsere Sache. Aber nicht, sie zu richten, denn wir sind nicht auf ihrer Reise gewesen, und wir können sie nicht verstehen.«

Hinweis

Herausgeberin und Verlag danken folgenden Autoren, Verlegern und Agenturen für die Erteilung der Rechte: Paul List Verlag KG, München, für *Bäh, bäh, schwarzes Schaf* von Rudyard Kipling; Frau Elisabeth Schnack, Zürich, für die Übersetzung *Bartleby* von Herman Melville; Rainer Wunderlich Verlag, Tübingen, für die Übersetzung an *Lord Mountdrago* von W. Somerset Maugham (aus dem gleichnamigen Band im Diogenes Verlag); Rupert Hart-Davis Ltd., London, für *Der Feind* von Hugh Walpole; Rowohlt Verlag GmbH, Hamburg, für *Ein Privatprozeß* von James Thurber (aus: *Gesammelte Erzählungen*, © Rowohlt Verlag GmbH, Reinbek bei Hamburg, 1971) und *Das grauenvolle Radio* von John Cheever (© Mit Genehmigung des Rowohlt Verlages, Reinbek bei Hamburg); Nymphenburger Verlagshandlung, München, für die Übersetzung an *Tennessees Partner* von Bret Harte; Rosica Colin, London, für *Die Einsamkeit des Geländeläufers* von Alan Sillitoe (revidierte Übersetzung unter dem Titel *Die Einsamkeit des Langstreckenläufers* als Einzelausgabe im Diogenes Verlag); Mohrbooks Literary Agency, Zürich, für *Chrysanthemenduft* von D. H. Lawrence aus dem Band *Der preußische Offizier* im Diogenes Verlag) und *Die Innigstgeliebte des Benjamin Cobb* von Clemence Dane. – Die Rechte an allen andern Erzählungen liegen beim Diogenes Verlag.

Mary Hottingers Anthologien im Diogenes Verlag

Mord
Kriminalgeschichten von Edgar Allan Poe bis Raymond Chandler. Mit Vignetten von Paul Flora. detebe 20030

Mehr Morde
Kriminalgeschichten von Cyril Hare bis Henry Slesar. Mit Vignetten von Paul Flora. detebe 20031

Noch mehr Morde
Kriminalgeschichten von Dorothy Sayers bis Peter Cheyney. Mit Vignetten von Paul Flora. detebe 20032

Wahre Morde
Die berühmt-berüchtigtsten Kriminalfälle aus England. detebe 20587

Gespenster
Geschichten aus England von Daniel Defoe bis Edward Bulwer-Lytton. detebe 20497

Mehr Gespenster
Geschichten aus England, Schottland und Irland von Rudyard Kipling bis H. G. Wells. detebe 21027

Noch mehr Gespenster
Geschichten aus aller Welt, von Balzac bis Čechov. In memoriam Mary Hottinger, herausgegeben von Dolly Dolittle. detebe 21310

Ehegeschichten
von Joseph Conrad bis Mary McCarthy, für den Literaturfreund ausgewählt von Mary Hottinger. detebe 21529

Familiengeschichten
von W. Somerset Maugham bis F. Scott Fitzgerald, für den Literaturfreund ausgewählt von Mary Hottinger. detebe 21530

Kindergeschichten
von Charles Dickens bis Doris Lessing, für den Literaturfreund ausgewählt von Mary Hottinger. detebe 21531

Ganz gemeine Geschichten
von Rudyard Kipling bis D.H. Lawrence, für den Literaturfreund ausgewählt von Mary Hottinger. detebe 21532

Liebesgeschichten aus Lateinamerika
von Machado de Assis bis Gabriel García Márquez. Herausgegeben von William Matheson. detebe 21252

Liebesgeschichten aus Österreich
von Adalbert Stifter bis Heimito von Doderer. Herausgegeben von Maria und Herbert Eisenreich. detebe 21123

Liebesgeschichten aus Rußland
von Alexander Puschkin bis Anton Tschechow. Herausgegeben von Johannes von Guenther. detebe 21013

Liebesgeschichten aus der Schweiz
von Jeremias Gotthelf bis Max Frisch
Herausgegeben von Christian Strich und Tobias Inderbitzin. detebe 21124

Liebesgeschichten aus Spanien
von Miguel Cervantes bis Ana Maria Matute
Herausgegeben von Christine Haffmans
detebe 21203

Mord
Herausgegeben von Mary Hottinger
Mit Vignetten von Paul Flora. detebe 20030

Mehr Morde
Herausgegeben von Mary Hottinger
Mit Vignetten von Paul Flora. detebe 20031

Noch mehr Morde
Herausgegeben von Mary Hottinger
Mit Vignetten von Paul Flora. detebe 20032

Oft bin ich schon im Traume dort
Deutschsprachige Dichter und Dichterinnen in ihren letzten Versen. Herausgegeben und eingeleitet von Jutta Rosenkranz
Diogenes Evergreens

Science-Fiction-Geschichten des Golden Age
von Ray Bradbury bis Isaac Asimov. Herausgegeben von Peter Naujack. Mit Vignetten von Peter Neugebauer. detebe 21048

Klassische Science-Fiction-Geschichten
von Voltaire bis Conan Doyle. Herausgegeben von William Matheson. detebe 21049

Spionagegeschichten
und -affären von Goethe bis Eric Ambler
Herausgegeben von Graham Greene, Hugh Greene und Martin Beheim-Schwarzbach. Mit fünfzig Zeichnungen von Paul Flora
detebe 20699

Mehr Spionagegeschichten
von John Buchan bis Ian Fleming. Herausgegeben von Eric Ambler. Deutsch von Peter de Mendelssohn. detebe 21420

Die schönsten Weihnachtsgeschichten aus aller Welt
in 3 Bänden. Herausgegeben von Christian Strich. Leinen

Alan Sillitoe im Diogenes Verlag

Die Flamme des Lebens
Roman. Aus dem Englischen von Hanna Neves
Leinen

Der Sohn des Witwers
Roman. Deutsch von Peter Naujack
Leinen

Nihilon
Roman. Deutsch von Fritz Güttinger
Leinen

Der Tod des William Posters
Roman. Deutsch von Peter Naujack
detebe 20952

Der brennende Baum
Roman. Deutsch von Peter Naujack
detebe 20953

Samstagnacht und Sonntagmorgen
Roman. Deutsch von Gerda von Uslar. detebe 20230

Ein Start ins Leben
Ein Schelmenroman. Deutsch von Günter Eichel und
Anna von Cramer-Klett. detebe 20545

Die Einsamkeit des Langstreckenläufers
Erzählungen I. Deutsch von Günther Klotz
detebe 20413

Fußball
Erzählungen II. Deutsch von Hedwig Jolenberg und Günther Klotz
detebe 20414

Die Lumpensammlerstochter
Erzählungen III. Deutsch von Wulf Teichmann
detebe 20415

Mimikry
Erzählungen IV. Deutsch von Wulf Teichmann und
Anna von Cramer-Klett
detebe 20416

Männer, Frauen und Kinder
Erzählungen V. Deutsch von Wulf Teichmann
detebe 20417

Der Mann, der Geschichten erzählte
Roman. Deutsch von Hanna Neves
detebe 21473